그의 모든 것,

All or Nothing, And…

또는…

그의 모든 것, 또는…

초판 1쇄 찍은 날 § 2005년 4월 7일
초판 1쇄 펴낸 날 § 2005년 4월 17일

지은이 § 연두
펴낸이 § 서경석

편집장 § 문혜영
편집 및 디자인 § 이종민

펴낸곳 § 도서출판 청어람
등록번호 § 제1081-1-89호
등록일자 § 1999. 5. 31
어람번호 § 제5-0040호

주소 § 경기도 부천시 원미구 심곡1동 350-1 남성B/D 3F (우) 420-011
전화 § 032-656-4452 팩스 § 032-656-4453
http://www.chungeoram.com
E-mail § eoram99@chollian.net

ⓒ 연두, 2005

ISBN 89-5831-495-8 03810

그의 모든 것,

All or Nothing, And…

또는…

연두 지음

도서출판 청어람

Alll o r N o t h i n g , a n d ...

"**어**떻게 시간이 났네요?"

열기로 달아올라 있던 그녀의 몸은 언제 그랬냐는 듯 차갑게 식어 끈적끈적한 살 냄새를 풍겼다. 몸 깊은 곳에 지펴진 열기가 희미하게 남아 선혜는 잠시 침대에서 느긋하게 여운을 즐기고 있다가 이내 몸을 일으켰다. 그리곤 의자에 걸려 있는 자신의 카디건을 가져와 위에 걸쳤다. 땀은 객실 안의 건조한 공기에 차갑게 변해 오슬오슬 소름이 돋게 만들었다. 언제나 사람이 있는 집이라는 공간과는 다르게 대부분의 시간이 빈 공간으로 존재하는 객실은 짧은 순간의 정체도 감싸주지 않았다.

그녀가 카펫에 떨어져 있는 팬티를 입으며 지나가는 말처럼 그에게 일정을 묻자 말없이 베개에 머리를 대고 눈을 감고 있던 민준이 잠긴 듯한 목을 가다듬으며 쉿소리를 냈다.

"으음…… 조금 있다 가봐야 돼."

냉장고에서 물을 꺼내던 그녀의 손이 잠시 멈추었다가 다시 움직였다. 의례 관계를 맺고 나면 객실에서 저녁식사를 하고 헤어져서 그런지 민준은 오늘따라 그녀가 뭐라고 하기도 전에 미리부터 시간이 없다고 말하고 있었다. 선혜의 미간이 잠시 좁혀졌다. 그녀가 차가운 물을 입 안으로 흘려 넣어 가득 물고 볼 안에서 이리저리 움직였다. 갈증에 메말라 있던 입술이 물기가 닿자 촉촉하게 번들거렸다. 그녀가 입술에 묻은 물기를 손으로 훔쳐 내며 못마땅하듯 중얼거렸다.

"그냥 만나자고 할 때 시간없다고 하지 그랬어요?"

"아, 미안. 사무실에 들어가 봐야 할 것 같아서."

민준이 부스스한 머리카락을 손으로 쓸어 넘기며 침대에서 일어나 앉았다. 방금 전 있었던 육체관계 때문인지 그는 이리저리 고개를 돌리며 딱딱하게 굳어 있는 근육을 이완시켰다.

"별장은 잘되고 있어요?"

어느새 선혜는 입고 있던 카디건을 벗어 던지고 욕실로 걸어가고 있었다.

"그럭저럭. 조금 있으면 1차 설계도가 나올 것 같아."

그가 잠시 별장 설계에 대해 곰곰이 생각하더니 침대 옆에 있는 전화를 들었다.

"난 여기서 간단히 먹을 생각인데 당신은?"

선혜가 어쩔 수 없다는 듯 작은 한숨을 토해내며 고개를 끄덕였다. 그리곤 욕실로 들어갔다. 커피와 간단한 식사를 주문한 민준도 객실 다른 쪽에 있는 욕실로 들어가 샤워를 했다. 아주 잠시 가졌던 그의 사적인 시간, 그 사적인 시간이 미지근한 물줄기와 함께 씻겨졌다.

그가 욕실에서 나와 옷을 다 갈아입고 넥타이를 매고 있을 때쯤 주문한 음식이 도착했다. 그가 방금 뽑은 커피 향을 음미하며 입가에 가져가려 할 때 선혜가 욕실에서 나왔다. 그녀는 물기가 뚝뚝 떨어지는 머리카락을 손으로 털어내며 화장대로 다가가더니 드라이어로 정성스럽게 말리기 시작했다. 아무렇게나 헝클어져 있던 그녀의 머리카락이 손가락 사이에서 결을 따라 펴지며 윤기를 냈다. 빗으로 머리카락을 빗어 내리던 선혜가 커피를 마시고 있는 거울 안의 그를 응시했다. 마치 거울 속의 그와 거울 속의 그녀 자신에게 말하듯 선혜가 빗을 화장대에 내려놓으며 단호히 말을 뱉어냈다.

"나 요즘에 혼담 오가고 있어요."

커피를 마시던 민준이 시선을 들어 거울 속에 있는 그녀의 눈과 마주쳤다. 그는 이유를 묻지 않고 그녀의 모습을 물끄러미 응시하고 있었다.

"그래? 어디랑?"

"제성."

　　제성이라면 민준의 회사에서 호텔 건물을 설계한 곳이었다.
사 년 전쯤에 지어진 강원도에 있는 수 인터내셔널 호텔이 제성
그룹의 것이었다. 선혜는 민준의 말을 기다리며 조용히 거울 속
의 그를 바라보았지만 그는 고개를 끄덕일 뿐 더 이상 말이 없
었다. 그녀가 삐죽이 나와 있는 머리카락을 발견하고는 다시 빗
을 집어 올려 그 부분을 빗어 내렸다. 어깨까지 내려오는 머리
카락이 단정하고 깔끔하게 정돈되자 그제야 빗을 내려놓았다.
삐죽이 빠져나온 머리카락은 마치 그와의 관계인 것 같아 그녀
의 손길이 더 단호했다. 조용한 객실에 빗을 내려놓는 소리가
울려 퍼졌다. 그녀가 거울 안에 보이는 민준의 모습을 눈을 가
늘게 뜨고 쳐다보았지만 그는 무슨 생각에 빠졌는지 객실 창밖
으로 고개를 돌리고 커피를 마실 뿐이었다.
　　그녀가 화장대에서 일어나 그가 앉아 있는 탁자로 걸어갔다.
그러자 민준이 비어 있는 찻잔에 커피를 따랐다. 그녀가 맞은편
의자에 앉아 무슨 말을 하려고 입을 열다가 이내 다물곤 커피
잔에 손을 가져갔다. 그리곤 커피 한 모금을 마시곤 옆에 있는
빵을 손가락으로 작게 뜯어 입 안에 넣고 오물거렸다. 금방 구
웠는지 빵은 따뜻했고, 고소한 향기를 머금고 있었다. 마른 나
무 조각을 씹듯 작은 빵 조각을 입 안에서 메마르게 씹고 있던
그녀가 말없이 커피만 마시는 민준을 유신히 쳐다보더니 조용
히 속삭이듯 말했다.
　　“당신을 보면 문득문득 궁금해져요.”

"뭐가?"

그가 한쪽 눈썹을 찡그리며 의아한 표정을 지었다. 새삼스러운 소리를 듣는다는 듯한 그의 얼굴에 선혜가 피식 웃음을 터뜨렸다.

"당신이란 사람이 누군가를 욕심내서 속이 끓는 그런 감정을 겪어봤을까, 뭐 그런 거요. 그걸 겪어봐서 지금은 안 그러는 건지 아니면 원래부터 그런 건지 궁금할 때가 있어요."

그가 멀뚱한 얼굴로 그녀를 쳐다보고 있더니 별 싱거운 이야길 다 듣겠다는 듯 웃음을 터뜨렸다. 그리곤 무언가를 추억하듯 허공을 응시하며 고개를 주억거렸다.

"있었던 것 같아. 아마도."

가벼운 어조로 중얼거린 민준이 잔에 남아 있는 마지막 한 모금의 커피를 마셨다.

"아마도는 뭐예요? 있었으면 있었지."

그녀가 고개를 갸우뚱거리며 미간을 찌푸렸다. 그녀의 타박에 그는 자신도 헷갈린다는 얼굴로 어깨를 으쓱이곤 자리에서 일어났다.

"이제 가봐야 할 것 같아. 여기 더 있을 거야?"

"먼저 가요. 화장해야 돼요."

"그래, 그럼."

함께 호텔을 나서본 적이 없었다. 그리고 함께 호텔을 들어간 적도 없었다. 서로 적당히 끌렸고, 적당히 육체관계를 맺는 것으로 암시를 주고 받은 이후 그녀가 방 번호를 쪽지로 그에게 건넸고, 그는 방으로 찾아왔다. 그렇게 한 달에 두어 번 호텔방에서 만나 관계를 맺고 헤어지곤 했다. 함께 호텔을 나선 적은 없지만, 민준은 양해를 구하듯 항상 더 있겠냐며 물었고, 선혜는 의례히 화장을 하거나 챙겨야 할 게 있다고 대답했다. 드러내 놓고 같이 나갈 수 없다는 말을 하지 않으면서 드러내 놓고 같이 나가지 않는 암묵적이고 에두른 방식이었다.

그가 의자에 걸쳐져 있는 상의를 집어 들곤 옆에 있는 가방을 챙겼다. 그리곤 객실 문 쪽으로 걸어나갔다. 그녀가 커다란 그의 뒷모습을 말없이 바라보고 있다가 그를 불렀다.

"민준 씨."

문을 열려고 손을 가져가던 민준이 등을 돌려 그녀를 쳐다보았다. 선혜가 엷은 미소를 입가에 그리며 말했다.

"당신 만나는 동안…… 나 좋았어요."

그가 무표정한 얼굴로 은은한 그녀의 얼굴을 응시했다. 그리곤 잠시 망설이듯 입술을 꼭 다물더니 고개를 끄덕이며 웃었다.

"그래."

그리곤 문을 열고 나갔다. 문이 닫히자 움직일 것 같지 않게 느긋하게 앉아 있던 선혜가 차가워진 커피를 입 안에 털어 넣고는 자신도 옷을 갈아입었다. 정장을 말끔히게 차려입은 그녀가 가방에서 립스틱을 꺼내더니 화장대 앞으로 다가가 하나의 색으로 입술을 정리했다. 경계가 분명치 않았던 그녀의 입술선이 하나의 선으로 그려져 있었다. 하나의 선으로 입술의 경계가 분명해지는 것이 어쩌면 사람들에게 더 자연스러움으로 인식될는지도 모른다.

객실 복도를 걷고 있던 민준이 엘리베이터 버튼을 누르곤 앞에 있는 은색의 문을 응시했다. 그의 입에서 쓴웃음이 섞여 있는 한숨이 새어나왔다.

〈어찌나 쉽게들 먼저 상대를 끊어내는지. 관계의 끝에 남아 있는 여운조차 감당하기 싫어 상대에게 모든 걸 던져 버린다.〉

"당신 만나는 동안…… 나 좋았어요."

방금 전 들었던 선혜의 말을 떠올리며 민준의 입가가 살짝 일그러졌다. 그러나 그것도 잠시 그는 다시 무덤덤한 얼굴이 되어 엘리베이터 안으로 걸음을 옮겼다.

잠시 후 그가 차를 기다리며 로비에 서 있는데 핸드폰이 울렸다. 가방 안에서 핸드폰을 꺼내 발신자를 확인해 보니 그의 집이었다.

"네."

집에서 일하는 윤씨 아줌마의 목소리가 들려왔다.

[저예요. 지금 통화 괜찮으세요?]

상대의 목소리는 차분했지만 밤늦게 걸려온 전화에 민준의 목소리가 약간 날카로워졌다.

"무슨 일 있는 겁니까?"

예민한 그의 음성에 아줌마가 얼른 부정을 하며 급하게 말을 이었다.

[아뇨. 민우가 전화 좀 연결해 달라 해서요.]

"민우가요?"

수화기를 민우에게 건넨 건지 그의 질문에도 핸드폰은 조용했다. 잠시 침묵 어린 기계음만이 귓가에 들리는가 싶더니 민우의 목소리가 들려왔다.

[형, 혹시 선우 선생님 연락처 알아?]

진흙 같은 늪 속에 작은 돌 하나가 들어와 부딪치며 파장을 일으켰다. 그러나 파장은 안으로 빨려 들어가 원 하나 그리지 못하고 잠겨 들어갔다. 그가 무심한 어조로 대답했다.

"모르는데……."

핸드폰 너머로 동생의 작은 한숨 소리가 그의 귓가를 파고들었다.

[알 수 있는 방법 없을까?]

"왜?"

딱딱한 그의 말투에도 민우는 개의치 않는 듯했다.

[선생님 보고 싶어서.]

그의 눈빛이 더 딱딱하게 굳어졌다.

[방법없어?]

"글쎄……."

뜨뜻미지근한 그의 반응에 민우가 잠시 말을 잇지 않고 침묵을 지키더니 이내 퉁명스러운 목소리로 말했다.

[시간있으면 한번 알아봐 줘.]

마지못한 듯 무뚝뚝한 그의 목소리가 흘러나왔다.

"그래, 알았다."

그가 통화를 마치고 핸드폰을 가방에 넣으려는데 호텔 직원이 차 열쇠를 건네주었다.

잠시 후 차는 도로를 달리는가 싶더니 종로에 있는 회사를 향해 유유히 향했다. 어느 순간 신호등에 걸려 그가 차를 세우고는 물끄러미 앞에 지나가는 사람들을 쳐다보았다. 한밤의 행단보도엔 사람들이 바삐 어디론가 향하고 있었다. 언젠가 한 번은 우연으로라도 그녀와 부딪칠 줄 알았지만 그런 일은 일어나지 않았다. 민준이 주머니에 있는 담배를 꺼내 불을 붙였다. 그가 크게 한 모금을 빨아 하얀 연기를 내뿜고는 신호등이 바뀐 행단보도를 가로질렀다.

〈선우…… 지선우……. 한때는 내가 모든 걸 걸고서라도 잃고 싶지 않았던 사람. 너는 지금 잘 지내고 있니?〉

all or nothing

『그들은 왜 의자를 만드는가?

지난 주말, 필자는 타는 듯한 더위 그 한가운데에 의자를 만드는 세 명의 작가들을 만났다. 9월에 있을 전시회로 작가들은 다들 더위도 도망갈 정도로 뜨거운 시간들을 보내고 있었다.

사실 우리 나라엔 의자를 만드는 전문디자이너가 드물다. 대부분은 다양한 제품 디자인과 겸업을 하는 편이지만 이 세 명은 유독 의자만을 고집하며 꾸준히 작품을 발표해 왔다. 무엇이 그들을 그토록 사로잡은 걸까? 그들에게 의자는 어떤 의미일까? 필자는 물어볼 말을 한아름 안고 그들이 있는 경기도 안성으로 향했다.』

“선우 씨, 밖에 누가 찾아왔는데.”

“네?”

컴퓨터 키보드를 두드리며 이번 달 잡지에 들어갈 기사를 쓰고 있던 선우가 고개를 들어 사무실 문 쪽을 살폈다. 그러나 문쪽엔 사람의 그림자도 보이지 않았다. 그녀가 시선을 돌려 지숙을 의아스럽게 쳐다보자 그녀가 씩 웃으며 말을 건넸다.

“아래층에 있는 카페에 있겠다고 전해달랬어.”

선우의 눈썹이 의아스럽다는 듯 찡그려졌다. 오늘 만나기로 약속된 사람이 없었거니와 사무실에 이렇게 말없이 찾아올 만한 사람도 없었던 것이다. 그리고 사무실 안으로 들어오지 않는 거 보면 일로 관계된 사람은 아닌 것 같았다.

〈누구지?〉

추측할 수 없는 누군가의 존재에 선우가 잠시 머뭇거리며 망설이고 있자 동료인 지숙이 짓궂은 미소를 입가에 그리며 말했다.

“아주 잘생긴 남자던데…… 그동안 애인 없다고 하더니, 숨겨놓은 애인 아니야?”

선우가 피식 헛웃음을 터뜨리며 중얼거렸다.

“애인이 있으면 왜 숨겨요? 언니 약 올리지.”

지지 않고 받아치는 선우의 말에 지숙이 가볍게 눈을 흘기는데 그녀가 자리에서 일어나 사무실 밖으로 나갔다. 문을 열고 사라지는 선우를 보면서 지숙은 문득 방금 전 그녀에게 말을 걸던 남자의 얼굴을 떠올려 봤다. 선이 굵은 남자였다. 그렇다고 우락부락하게 생긴 건 아니었다. 화장실을 갔다가 멍하니 걸어오고 있는데 위에서 그림자가 드리워지는 거 아닌가. 고개를 들어 확인했을 땐 순간 위협감까지 느낄 정도로 몸집이 크고 선이 굵은 남자가 서 있었다. 그리고 목소리까지 낮았다. 남자의 모습을 떠올리던 지숙의 얼굴에 알 수 없는 묘한 표정이 떠올랐다.

〈그 남자랑 선우가 친구?〉

지숙의 입에서 말도 안 된다는 코웃음이 흘러나왔다. 머리 속으로 두 사람의 서 있는 모습을 상상해 보던 지숙은 고개를 저었다. 그 남자도 그 남자겠지만 선우는 딱 부러지면서 어딘가 부드러움이 흐르는 그런 여자였다. 그리고 체격은 다른 여자들과 비슷할 정도이지만 피부가 말랑말랑하니 부드러워 억센 느낌을 줄 수 없는 여자였다. 그런 선우가 그 남자와 친구?

지숙의 눈가에 음흉스런 기운이 스며들기 시작했다.

〈훗! 애인이 분명해. 너 기사 마감만 끝나봐라, 이 언니한테 다 불어야 할걸.〉

지숙이 무한정 뻗어가는 상상의 나래를 접고 그녀가 써야 할 기사를 다시 작성하기 시작했을 때, 선우를 태운 엘리베이터가 일층에 도착했다.

선우는 카페 쪽으로 걸어가면서 그 안에 앉아 있는 사람을 보려고 기웃거렸지만 아직 한낮이라 내부는 보이지 않았다. 그녀가 마침내 문을 열고 내부를 두리번거리다 창가에 앉아 있는 한 남자에게 시선을 고정시켰다. 예상치 못한 일을 조우하면 사람은 그 순간 이상하게 차분해지는 법인가 보다. 선우가 지금 그랬다. 그녀를 뚫어지게 응시하고 있는 남자를 보며 그대로 차분하게 멈추어 있었다. 마감 직전인지라 예민하게 신경이 곤두서 있던 선우의 머리 속이 어떠한 느낌도 받아들이지 않겠다는 듯 정지되었다. 상대에 대한 호기심으로 반짝이고 있던 그녀의 눈도 윤기없는 메마른 빛으로 변해갔다.

문 앞에서 그를 발견한 그 자세로 멈추어 선 채, 그를 응시하고 있는 선우를 민준이 바라보았다. 지난 삼 년 동안 한 번도 만나지 않았던 여자를. 많이 바뀐 듯했다. 물론 그가 알고 있던 그녀의 모습이 대부분 남아 있었지만, 그녀가 직장 여성인 사회인으로 된 모습은 오늘 처음이었기에 청바지가 아닌 정장 바지가, 면 티가 아닌 아이보리 빛 니트가 그에겐 낯설었다. 그녀는 이제 어린 티를 다 벗은 여인처럼 성숙하고 단아했다. 바뀐 건 겉에 걸치고 있는 옷뿐만이 아니었다. 언제나 하나로 질끈 묶어 머리 뒤에서 찰랑거리던 머리카락이 이제 단정하고 차분하게 정리되어 있었다. 민준이 그녀의 머리카락을 뚫어지게 응시했다.

그녀에게서 시선을 떼지 않고 살갗 하나하나를 어루만지듯 쳐다보는 그의 눈을 선우가 빤히 응시했다. 아주 서서히 숨통을 죄어오는 듯한 느낌에 그녀가 미세하게 미간을 찌푸렸다. 이내 그 시선을 거부하듯 그녀가 말을 뱉어냈다.

"오랜만이네요."

그녀의 목 근처에 머물러 있던 그의 시선이 그녀의 말에 잠시 아래로 내려지더니 이내 그녀의 눈을 응시했다. 눈동자에 흐르고 있던 알 수 없는 열기는 자취없이 사라지고, 무심한 빛깔이 대신 자리잡았다.

"많이 변했다."

〈뭐가요?〉

순간 선우의 마음속으로 반문이 떠올랐지만 그가 무얼 보고 변했다고 생각하는지 묻고 싶지 않았다. 그녀가 옅게 미간을 찌푸리며 말했다.

"변한 거 없어요. 당신이 변했다고 생각하는 거지……. 근데 무슨 일이죠?"

빨리 이 시간을 정리하려는 듯 급하게 용건을 말하는 선우의 말에 민준의 얼굴에 쓴웃음이 짧은 순간 스쳐 지나가다 다시 무표정한 얼굴이 되었다. 그러나 '무슨 일'이냐는 말에 그의 눈이 잠시 누군가를 생각하는 것처럼 다른 빛을 띠며 굳어졌다. 어느새 민준이 딱딱하게 굳은 얼굴로 저어되는 무언가를 그녀에게 내밀 듯 경계 어린 목소리로 말했다. 그러나 그 목소리엔 절박함마저 담겨 있는 듯했다.

"민우가 당신을 보고 싶어해."

'민우'라는 이름이 그의 입에서 흘러나오자 선우가 순간 입을 꾹 다물고 눈을 동그랗게 떴다. 그리고 무언가를 추측하듯 딴생각에 빠져들었다.

〈민우가 날 보고 싶어한다고? 어느 날 갑자기? 삼 년 동안 아무 연락도 없다가? 왜 지금 와서 그가 이런 말을 하는 거지?〉

선우는 민준의 의도를 파악하겠다는 생각으로 그를 유심히 쳐다보며 퉁명스럽게 반문했다.

"갑자기 왜요?"

소파 팔걸이에 비스듬히 팔을 기대며 여유로운 모습을 잃지 않았던 그가 한숨을 뱉어내며 두 손을 바지 주머니에 구겨 넣었다. 그녀에게 부탁을 하는 이 상황이 맘에 안 드는 건지, 아니면 그녀의 쌀쌀한 태도에 마음 상하고 싶지 않다는 방어적 행동인지 그는 두 손을 주머니에 넣고 뒤로 몸을 기댔다. 그리곤 남이 들으면 정말 모르는 사람에게 말을 하는 사람인 것처럼 무뚝뚝한 목소리로 용건이란 걸 말했다.

"민우가 지금 많이 안 좋아. 근데 당신을 찾아."

그의 태도와는 상관없이 많이 안 좋다는 민우의 이야기를 들은 선우가 복잡한 얼굴빛을 띠었다. 애정과 동시에 꺼려지는 무엇, 동시에 함께했던 지난 시간에 대한 추억까지 그녀의 얼굴 위에 드리워졌다. 그녀가 마지막으로 과외를 했던 학생, 그리고 동시에 그녀가 한때 사랑했던 남자의 하나밖에 없는 남동생, 그리고 많이 아픈 아이, 그 아이가 민우였다. 과외를 한 건 일 년 남짓이었다. 그리고 민우가 과외했던 선생은 그녀 말고도 여러

명이었다. 말없이 민우를 떠올리고 있던 선우가 스스로에게 되뇌듯 말했다.

"왜 날 찾는지 모르겠군요. 그 아이를 가르쳤던 과외 선생이 한둘도 아니었는데……."

단순한 질문이었다. 민우가 그리 깊게 속내를 털어놓고 가깝게 지냈던 사이가 아니었기에 이렇게 시간이 꽤 지난 후에 그녀를 찾는다는 그 아이의 마음이 선우는 궁금했다. 그러나 그 질문이 민준에게 퉁명스러운 반문으로 들렸는지 그의 얼굴이 어두워지며 불쾌한 감정으로 드러냈다. 그의 입에서 비꼬는 듯한 날선 목소리가 흘러나왔다.

"내가 민우 과외 선생하고 잔 건 당신이 유일해서 그런 거겠지."

그의 말이 끝날 쯤엔 선우의 눈이 예리하게 반짝였다.

"당신은 지선우랑 잔 게 아니고 민우 과외 선생하고 잤었나 보죠?"

예리한 칼날처럼 말을 뱉어내던 그녀가 스스로에게 지쳤다는 듯 쓴웃음을 흘렸다. 아직도 그가 바뀌기를 기대하는 것 같아 스스로에게 신물이 났다. 그는 무표정했고, 그녀는 비웃었다.

"당신은 안 변했네요. 예전 그대로예요."

그의 태도를 조롱하는 그녀의 말에 민준이 입을 꽉 다물고 그녀를 노려보았다. 그러나 그의 눈빛은 그녀에 대한 분노라기보다는 이런 부탁을 하러 온 자신에 대한 분노 같기도 했다.

부탁을 해도 마치 명령처럼 상대에게 위압감을 주는 그의 태도에, 그리고 부탁을 하면서도 상대에게 순순한 태도를 요구하는 그의 행동에 선우가 발끈한 얼굴로 차갑게 말을 뱉어냈다.

"그 아이가 아프든 말든 나랑 무슨 상관이죠? 당신 동생이지 내 동생은 아니잖아요. 난 예전에 만났던 남자 동생까지 챙겨가며 살 정도로 마음이 흘러넘치는 인간이 아니에요."

그녀의 말이 이어질수록 그의 눈동자 속에 날카로운 빛이 짙어져 갔다. 음산할 정도로 낮은 그런 목소리가 그의 입에서 속삭이듯 흘러나왔다.

"마음이 넘치는 인간이 아니어도 민우를 만나. 그 아이가 당신한테 그 정도는 요구할 수 있는 자격이 된다고 생각하니까."

〈자격?〉

선우가 비틀린 웃음을 작게 터뜨리며 그의 말에 강하게 받아쳤다.

"그럼, 당신은 나한테 민우를 만나라고 말할 자격이 있다고 생각하나 보죠?"

카페 안은 팽팽한 침묵만이 자리잡았고, 서로를 못마땅하게 쳐다보는 날카로운 시선만이 오가고 있었다.

늦은 밤, 짙은 어둠이 깔린 땅바닥을 가로등에서 나오는 불빛만이 환하게 비출 때가 되어서야 민준이 집으로 향했다. 그의 차가 현관 옆에 있는 주차장으로 들어간 지 꽤 오랜 시간이 지났음에도 그는 밖으로 나오지 않았다. 차는 주차장에 제대로 멈추어 섰지만 민준은 운전석에 앉아 무슨 생각을 하는지 꼼짝하지 않은 채 정면에 있는 유리창을 응시할 뿐이었다. 낮에 만난 선우를 떠올리며 그가 그렇게 어둠 속에 잠겨 있었다. 시간이 흐르면 색이 바래듯 그렇게 기억은 희미해지고, 상대가 주었던 감흥도 결국 감정의 착각상태일 거라고 되뇌며 그녀와 헤어졌다. 그리고 삼 년의 시간이 흘렀다.

〈시간은 도대체 어디로 흐른 걸까. 도대체 어디로 흘렀기에 예전에 느꼈던 감정들을 아직도 고스란히 느끼게 하는 걸까.〉

그의 입술 사이로 탄식과도 같은 한숨이 흘러나왔다. 삼 년 동안 떨어져 있었으니 거리있는 타인처럼 그녀를 볼 수 있을 거라고 생각했는데, 선우는 여전히 그에게 무언가를 불러일으켰다. 그녀를 만지고 싶다는, 그리고 그녀를 안고 싶다는 어떤 감흥들. 그런 것들을.

이제 기억 속의 이미지가 아닌 실체의 형상으로 선우를 보게 된 지금, 민준은 알 수 없는 묵직한 파동에 그나마 유지하고 있던 평온함이 흐트러지는 것 같았다. 어느 순간 운전대를 잡고 있던 그의 손에 힘이 들어갔다.

〈모든 걸 말해야 했을까. 그녀를 오게 하기 위해 비굴하게 하나하나 다 설명해야 했을까.〉

싫었다. 동정심이란 걸 자극해 동생을 보러 오게 하고 싶진 않았다. 민우가 다른 사람에게 그런 대우를 받는 것도 싫었지만, 선우에게 동정심을 받는 것도 싫었다. 다른 누구도 아닌 선우에게. 그건 정말 참을 수 없었다. 머리 속에 가득 들어차 헝클어진 실타래를 민준이 바라보다가 질끈 눈을 감고 운전석에 기댔다. 집에 들어가 다시 민우와 말씨름을 하기 전에 잠시나마 어둠이 가져다 주는 정적의 부드러운 손길에 그가 몸을 맡겼다.

잠시 후 차에서 내린 민준이 집 안으로 들어갔다. 그의 발걸음 소리를 들었는지 작은 방에서 윤씨 아줌마가 나와 그를 맞았다.

“식사는 하셨어요?”

“네, 먹었습니다. 민우는요?”

민준이 민우 방 쪽으로 시선을 보내며 동생의 상태를 물었다. 아줌마도 방문을 힐끔 보더니 어깨를 으쓱이며 말했다.

“아까 보니까 자는 것 같던데요.”

민준이 고개를 끄덕이곤 이층으로 올라가려고 걸음을 떼려는데 민우의 방에서 가느다란 외침이 들려왔다.

“형, 어떻게 됐어?”

순간 그의 발걸음이 멈칫하고 세워졌다. 지금 선우를 다시 본 것만으로도 스스로를 감당하느라 버거운데 동생과 말을 섞어야 한다는 게 짜증이 났다. 그러나 순간적으로 떠오르는 짜증을 작은 한숨으로 흘려보내며 민준은 민우의 방으로 걸어갔다.

방문을 여니 언제나 그렇듯 침대에 누워 있는 민우가 보였다. 민준은 그의 동생을 물끄러미 바라보았다. 이제 여윌 대로 여위어 마치 거식증에 걸린 사람처럼 비쩍 말라 있는 민우였다. 밥이란 걸 위장에서 소화시키는 게 힘들어 민우는 이제 거의 대부분의 시간을 링거를 맞고 멀건 유동식을 먹고 있었다. 힘줄이 다 보이는 가느다란 손목에 꽂혀 있는 바늘과 그 주변을 감싸고 있는 의료용 테이프를 민준이 쳐다보며 침묵을 지키고 있는데 민우가 멀뚱한 얼굴로 말을 건넸다.

"선우 선생님이랑 연락됐어?"

민준은 곧바로 입을 열지 않았다. 머리 속에선 '연락이 되지 않는다' 라고 말해야 한단 생각이 들었지만 마음은 이상하게 울컥했다. 민우가 상처받지 않도록 모든 상황을 민준 혼자 걸러내곤 했지만, 지금 이 순간은 그걸 하는 게 힘들었다. 그건 아마도 선우이기 때문이리라. 궁금한 듯 호기심 어린 눈빛으로 그를 쳐다보고 있는 동생 민우를 민준이 말없이 응시했다.

〈왜 너는 상처받지 않아야 하니?〉

비틀린 감정이 부글부글 속에서 끓어올랐다. 민준이 감정이 담기지 않은 무채색의 목소리로 말했다.

"연락됐어."

그의 대답에 민우의 눈에 반짝이는 유리알이 들어찼다. 거의 모든 몸이 마비되다시피 해서 손 하나 움직이는 것도 힘들어하는 민우였지만 눈만은 그가 여타의 사람들과 똑같이 정상이란 걸 알려주듯 총명하게 빛났다.

"그래서 만났어?"

숨 쉬기가 힘들어 헐떡이듯 바람 빠지는 소리가 났지만 민우의 목소리엔 기대감과 반가움이 역력히 묻어나고 있었다. 그런 민우의 반응에 민준이 방금 전 보다 더 무심함을 가장하며 대답했다.

"바쁘다고 하더구나."

그의 대답이 밖으로 흘러나오는 순간 방 안은 깔끄럽지 못한 서걱한 기운이 맴돌았다. 유독 선우를 많이 따랐던 민우에게 그 말은 분명 상처가 될 말이었다. 타인에게 자신을 드러내지 않는 것이 오랜 습관처럼 되어 있던 민우가 조금이나마 선우에게는 자신을 보여주었다. 그 마음을 알기에 민준은 동생의 기분을 조금은 알 수 있었다. 기쁨에 반짝이던 눈은 어느새 시무룩해져 있었다. 그러나 자신의 몸을 감싸고 있는 이불을 응시하며 민우가 가쁜 숨을 토해내곤 다시 말을 꺼냈다.

"내가 아프다고 말했어?"

"그래."

시무룩한 눈은 이제 슬픔을 띠어가고 있었다. 민우는 이제 침울한 얼굴로 자신의 앙상한 손을 응시했다. 아마도 마음대로 나갈 수도 없는 자신의 육체를 저주하고 있는 것이리라. 만나고 싶은 사람 하나 마음대로 만나지 못하고 다른 사람의 손을 빌어 연락을 취해야 하는 게 서글픈 것이리라. 이제 어느 정도는 그런 감정들에서 벗어난 민우였지만 오랜만에 시도된 무엇이 좌절된 지금 다시 한 번 그런 감정들을 느끼고 있었다. 그러나 시간이 얼마 남지 않았다. 무언가를 기다리고, 주저하고, 망설이기엔 매 순간이 아까웠다. 자신의 손을 물끄러미 내려다보고 있던 민우가 고개를 들어 형을 바라보았다. 그리고 빙긋이 연한 노란색의 미소를 지으며 말했다.

"연락처 있으면 알려줘. 내가 연락해 볼게."

'쓸데없는 짓 하지 말라' 는 말이 목구멍까지 치밀었지만 민준은 지친 듯 핸드폰을 꺼냈다. 동생이 아프다고 인간관계마저 대신 해주려는 자신이나 쓸데없는 짓 하지 말라고 스스로에게 되뇌며, 민준이 선우의 핸드폰 번호를 찾아 메모지에 적었다. 그리곤 동생의 손에 쥐어주곤 방을 나갔다.

관심없다는 듯 방문을 열고 나가는 민준의 뒷모습을 민우가 눈을 가늘게 뜨고 노려보았다. 분명 선우 선생님이랑 만나서 못된 말을 했음이 틀림없었다. 부루퉁하니 떫은 감 씹은 얼굴인 걸 보면 아마도 만나자마자 싸운 것이리라. 곰곰이 생각에 빠져 있던 민우가 힘겹게 침대 옆에 있는 전화기를 손에 쥐어 들었다. 손에 쥔 수화기가 떨어질 듯 말 듯 위태로웠지만 부들거리는 다른 손으로 버튼 하나하나를 조심스럽게 눌렀다.

〈전화라도 연결시켜 주고 나가지. 젠장.〉

그냥 나가 버린 형에게 욕을 중얼거리며 민우가 간신히 전화번호를 다 눌렀다. 벨소리가 울리자 해냈다는 성취감에 민우가 입가에 웃음을 그린다. 아직은 팔이 움직인다는 게 얼마나 축복인가, 손을 움직인다는 게 얼마나 다행인가. 민우는 수화기를 든 자신을 음미하며 기뻐했다.

[띠리리리리— 띠리리리리리—]

신호음이 다섯 번 정도 갔을까. 민우는 다시 버튼을 누르는 게 힘겨워 기다릴 수 있는 최대한의 시간 동안 신호음이 울리게 했다. 마침내 열 번 정도가 울리고 나서야 귀찮은 듯한 기운이 역력한 목소리가 수화기 안에서 들려왔다.

[네, 지선우입니다.]

선우는 지금 마감 직전이었다. 오늘 밤엔 무슨 일이 있어도 글을 넘겨야 했기에 지금 그녀는 한창 타자를 두드리고 있었다. 낮에 있었던 민준과의 만남으로 오후 시간을 어영부영 보내 버리는 바람에 지금에서야 발등에 떨어진 불을 급하게 끄고 있었던 것이다.

"네, 누구세요?"

수화기 안에서 사람의 말소리가 들려오지 않고 작은 숨소리만 들려오자, 선우는 이상한 전화인가 싶어 약간은 날카롭게 되물었다. 게다가 발신자 번호도 모르는 번호였다. 그녀가 컴퓨터 화면에 시선을 응시한 채 그냥 끊을까 하는데 그제야 목소리가 들려왔다.

[선생님, 저 민우예요.]

순간 핸드폰을 내려놓으려던 선우의 손이 얼른 귓가에 가까워졌다. 그리고 짜증이 묻어났던 얼굴에도 엷은 미소가 떠오르고 있었다.

"민우?"

[네.]

짧은 대답이었지만 목소리가 너무 힘이 없어 선우는 순간 가슴이 덜컹 내려앉았다. 예전에 민우를 가르쳤을 땐 보통 아이들보다 몸이 조금 약하긴 했었지만 이 정도로 힘이 없지는 않았었다. 목소리는 오히려 다른 아이들보다 더 밝은 아이였다. 근데 왜 이렇게 힘이 없고, 숨이 가쁘게 들리는 걸까?

"민우야, 오늘 네 형이 너 아프다고 하면서 왔었어. 근데 너 많이 아픈 거야?"

민준에 대한 감정 때문에 낮에는 그렇게 말했지만 사실 선우는 민우에게 아무런 사심이 없었다. 일단 마감이 끝나면 민우에게 따로 연락을 해볼까 생각하고 있었던 선우는 갑작스런 전화에 내심 반가우면서도 당황스러웠다. 그녀가 정말 궁금하다는 듯 물어보자 민우가 웃음을 터뜨리며 대답했다.

[네, 조금 많이 아파요. 그래서 선생님 만나고 싶어서 형에게 부탁했던 건데…….]

은근히 서운함을 내비치는 민우의 말에 선우가 미안한 듯 말했다.

"진즉에 네가 전화하지 그랬어. 그럼 바로 갔지. 근데 내가 오

늘은 마감이라 정신이 없거든. 그래서 내일쯤에나 연락하려고
했지."

급하게 쏟아지는 선우의 변명조 말에 민우가 다 안다는 듯 너
그러운 웃음을 터뜨렸다.

[선생님, 그럼 마감 끝나면 시간 되는 거예요?]

"응. 근데 너 입원해 있는 거야?"

[아뇨, 집이에요. 기억하고 있으시죠? 예전에 그 집이에요.]

"아……."

선우가 바로 대답을 하지 못하고 말을 얼버무렸다.

〈예전의 그 집이라.〉

순간 가고 싶지 않다는 생각이 그녀의 가슴속에 떠올랐다. 민
준과의 추억이 있는 그 집에 들어서는 건 스스로를 고문하는 일
이 될 게 뻔한 거라는 걸 가슴이 먼저 알아차렸다. 그렇다고 아
픈 아이를 나오라고 할 수도 없는 문제여서 그녀가 뜸을 들이다
대답했다.

"……그럼 내일이나 모레쯤에 갈게."

출발할 때 전화하겠다는 말로 통화를 끝낸 선우가 핸드폰을
물끄러미 응시했다. 곧 죽어도 '선생님'이라고 깍듯하게 예우하
는 민우였다. 그래 봐야 그녀보다 다섯 살 어린데, 맞먹거나 은
근히 기어오르거나 그런 행동이 없는 아이였다. 오히려 그런 모
습이 더 어른스럽게 느껴지게 만들었다.

〈이제 민우가 21살이 된 건가. 민우랑 그 사람이랑 띠 동갑이

니까 그 사람은 33살이 되었겠구나.〉

꼬리에 꼬리를 물듯 자연스럽게 민우에서 민준으로 상념이 이어지자 선우가 미간을 찌푸리며 생각의 꼬리를 싹둑 잘랐다. 그리곤 다시 컴퓨터 화면에 보이는 기사에 집중했다. 이내 그녀의 손이 자판 위를 떠돌아다니기 시작했다.

이튿날, 선우는 이른바 '예전의 그 집'을 향하고 있었다. 그 집은 도시 외곽에 있었다. 민우의 몸이 약해 공기가 좋은 곳에 있어야 한다는 민준의 말이 새삼 떠올랐다. 도시를 상징하는 회색 빛 콘크리트 건물이 조금씩 낮아지고, 돌이나 철근보다 나무가 좀 더 많이 보일 때쯤이 되자 버스 안으로 싱그러운 초록색 바람이 불어왔다. 바람에 실려오는 흙냄새를 맡은 선우가 문득 지금과 똑같은 냄새를 맡았던 그날의 기억을 떠올렸다. 처음 그 집에 가게 되던 날을. 마치 꿈속에 본 장면을 현실에서 보는 것처럼, 현실에서 본 장면이 이제는 꿈처럼 되어버린 과거의 기억과 교차됐다. 유리창 밖으로 스쳐 지나가는 낯익은 이미지가 선우를 삼 년 전의 어느 날로 데려가고 있었다.

대학 4학년, 학기가 시작되는 그 즈음이었을 것이다. 선우가 수업을 마치고 사물함에 책을 넣고 있는데 친하게 지내는 조교 언니가 복도에서 선우를 발견하자 반가운 듯 그녀 곁으로 걸어왔다.

"선우야, 배고파. 밥 좀 사주라!"

다짜고짜 밥을 사라는 조교 언니 지윤의 말에 선우가 기가 막힌 듯 웃음을 터뜨렸다.

"내가 왜 밥을 사요?"

퉁명스럽게 눈을 흘기는 선우를 보며 지윤이 씨익하고 음흉한 미소를 짓더니 그녀의 어깨에 자신의 팔을 턱하니 얹어놓고 말했다.

"너, 나한테 밥 사야 할걸."

뭔가 준비한 게 있다는 듯한 지윤의 말에 선우가 눈을 동그랗게 뜨고 궁금한 듯 쳐다보자 지윤이 곧장 속내를 털어놓았다.

"내가 끝내주는 밥줄 하나 물어왔거든."

"밥줄이요?"

선우의 반문에 지윤은 일단 밥 먹고 얘기하겠다는 말을 하며 그녀의 손을 잡고 건물 밖으로 잡아끌듯 걸었다. 그리고 학교 밖에 있는 어느 작은 레스토랑으로 그녀를 데려갔다.

두 사람이 앉아 있는 탁자 위에 깨끗하게 비워진 접시가 보일 때쯤 선우의 놀란 듯한 목소리가 들려왔다.

"그렇게나 많이요? 웬만한 데보다 거의 두 배네요."

지윤이 준비한 끝내주는 밥줄은 바로 과외였다. 조건이 너무 좋은지라 선우가 약간 의심스러운 눈빛으로 지윤을 응시했다.

"혹시 아이가 변태거나 아니면 무슨 정신병자예요? 왜 그렇게 많은 돈을 준대요?"

지윤이 피식 웃음을 흘리며 말했다.

"아니야, 그런 거. 그 애 형이 나 동아리 선배인데 나한테 부탁을 하더라고. 집이 서울 외곽에 있어서 학생들이 잘 안 오려고 한대."

사실 다음 학기 등록금 때문에 휴학을 할까 했던 선우였다. 물론 등록금을 구할 수 없을 정도는 아니지만 스스로 해결하고 싶었다. 엄마에게, 그리고 엄마의 남자에게 손 벌리고 싶지 않았기 때문이다. 여하튼 가르칠 학생에 대해 기분 좋게 이것저것 묻고 있던 선우가 문득 스쳐 지나가는 호기심에 그 형에 대해 물었다.

"근데 형이 남동생 과외 자리까지 찾아요? 그런 거 원래 부모님들이 하지 않나?"

애피타이저로 나온 아이스크림을 떠먹고 있던 지윤이 순간 코를 찡그리며 말했다.

"그 선배 부모님 돌아가셨어. 아마 대학 다닐 때 그랬을 거야."

선우가 고개를 주억거리며 말했다.

"그럼 애한테는 거의 부모님이겠네요."

"그렇겠지?"

지윤도 자세한 이야기는 모르는지 맹맹한 대답을 할 뿐이었다.

과외 이야기가 오간 지 일주일쯤 지났을 때 첫 과외 날짜가 잡혔다. 지하철에서 버스로 갈아타고 약 두 시간 만에 동네에 도착한 그녀가 두리번거렸다. 대충 약도가 그려진 종이를 들고 문자로 표현된 상징물과 실제의 건물들을 비교해 가며 그 근처를 걷고 있을 때 어디선가 그녀를 향해 소리치는 목소리가 들려왔다.

"여기예요!!"

작은 철제 문 너머 한 남자 아이가 한쪽 손을 흔들며 그녀를 바라보고 있었다. 봄 햇살이 환해서 그랬던 걸까. 그녀에게 손짓을 하며 인사하는 아이는 말 그대로 환한 햇살 같았다. 가볍기보단 포근하고 경쾌하기보단 조용한 그런 햇살이었다. 조건이 좋은 자리라 아이가 다루기 힘들어서 그런 게 아닐까 내심 걱정하고 있던 선우는 민우라는 남자애를 보자 안도했다.

집 앞에 다다른 그녀가 민우에게 한쪽 손을 들어 인사를 하다가 아이 뒤에 또 다른 사람이 있다는 것을 알아차렸다. 집 앞에 작은 정원에서 한 남자가 호스로 나무에 물을 뿌리면서 그녀를 쳐다보고 있었다. 그녀가 어떤 사람인지 파악하려는 듯 속 안 깊숙이까지 꿰뚫어 버릴 것 같은 시선을 그녀의 얼굴에 고정시키고 있었다. 민우라는 아이에게 인사를 건네려던 선우의 얼굴이 조금씩 굳어져 갔다. 아니, 긴장했다는 게 더 맞는 표현이리라.

고등학생의 형이면 그래 봐야 그녀 나이 또래거나 일이 년 위일 거라고 생각했는데 남자는 훨씬 어른이었다. 정말 아이의 부모 같은 분위기였다. 진지하면서도 엄격한, 그리고 깊은 눈이었다. 선우는 자신도 모르게 고개를 숙여 인사를 건넸다. 남자는 살짝 머리를 끄덕이며 그녀의 인사에 반응했다. 그리곤 고개를 돌려 물을 뿌리고 있는 곳으로 시선을 돌렸다. 별다른 말 없이 마치 불청객이 온 것처럼 뻣뻣하게 대하는 남자를 보며 선우가 머뭇거리며 서 있자 민우가 얼른 문을 열어주었다. 앞장서서 현관문이 있는 곳으로 걸어가는 민우라는 아이를 따라 선우가 걸어가는데 등 뒤에서 남자의 목소리가 들려왔다.

"수업 끝나면 좀 봅시다."

밑도 끝도 없이 불쑥 들려오는 무뚝뚝하면서도 낮은 목소리였다. 선우가 예의상 고개를 돌려 남자가 있는 쪽을 쳐다봤다. 순간 남자의 눈과 마주쳤다. 무심하면서도 날카로운 그런 눈빛이 그녀를 향하고 있었다. 선우가 평소의 자신과는 다르게 작게 우물거리듯 중얼거렸다.

"네."

그리곤 다시 민우를 따라 현관문으로 걸어갔다. 그녀의 미간이 살포시 찌그러졌다. 모르는 사람을 만나면 조금 낯을 가리는 편이긴 했지만 이 정도로 사람 앞에서 바보처럼 행동하는 자신이 아니었는데 이상하게 그녀는 긴장했고, 마치 아무것도 모르는 아이처럼 어벙하게 행동하고 있었던 것이다. 그게 맘에 들지 않았다. 그리고 저 남자가 그 모습을 한심하게 볼까 신경 쓰였다. 그녀의 미간이 심하게 찌그러지다 등 뒤로 현관문 닫히는 소리가 들려오자 서서히 펴졌다. 선우는 자신이 숨을 참은지도

모르고 있다가 현관문 소리에 그제야 숨을 토해내면서 스스로
에게 낯설어했다. 자신이 이렇게 낯가림을 하는 사람이었나, 의
문스러운 순간이었다. 하지만 민우의 형이 눈앞에 보이지 않자
예의 그녀의 차분함이 회복되었다.

민우를 따라 곧장 방으로 들어가니 마음은 더 편해졌다. 민우
의 방은 여타의 남학생 방과 별반 다르지 않았다. 방 한가운데
에는 과외를 위해 준비된 듯한 커다란 상이 말끔한 모양으로 펴
져 있었다. 얼룩 하나 없이 투명해서 상 위에 얼굴이 비칠 정도
였다. 그녀가 상 앞에 가방을 내려놓으며 앉으려고 하는데 부엌
에서 음료수를 가져온 민우가 방으로 들어오면서 투덜거리듯
말을 꺼냈다.

"여하튼 독불장군이 따로 없다니까."

혹시나 그녀에게 하는 말인가 싶어 선우는 눈을 동그랗게 뜨
고 민우를 응시했다. 그러자 민우가 너털웃음을 터뜨리며 말을
이었다.

"아뇨, 우리 형이요."

선우가 피식 웃음을 흘리곤 가방에서 책을 꺼냈다. 며칠 전
민우와 전화통화를 하면서 교재를 정했기 때문에 바로 수업에
들어갈 준비를 했다. 민우가 책상에 있는 자신의 책을 가지고
상이 있는 곳으로 걸어오면서 그녀에게 말을 걸었다.

"독불장군으로 안 보여요? 그냥 보기만 해도 딱 그래 보이지
않아요?"

자기 혼자 느끼는 게 아니라는 듯 뭔가 객관적인 검증을 원하는 민우는 선우에게 호응 어린 반응을 요구했다. 상대에게 호응을 원하는 성격인 걸 보면 민우는 꽤 주변 사람을 신경 쓰고 사는 성격이리라. 그것도 처음 보는 사람에게. 그런 민우의 성격을 짐작하며 선우가 잠시 머뭇거리다 고개를 끄덕였다.

"응, 조금 그런 것 같더라."

"그쵸? 이번에도 문과 지원한다고 하니까 어찌나 생난리를 치던지……."

선우의 반응에 민우는 넉살 좋게 자세한 속내를 털어놓기 시작했다.

"왜? 문과가 어때서?"

그녀가 의아한 시선으로 그를 쳐다보자 민우는 이맛살을 찌푸리며 대답했다.

"문예창작 쪽으로 가고 싶어서 문과로 한다고 하니까 뜬구름 잡는다고 그러잖아요."

선우가 조금은 알겠다는 듯 고개를 끄덕였다. 그녀도 신문방송학과를 지원할 때 주위에서 그런 소리 비슷한 걸 들었기에 민우에게 더 감정이입이 되고 있었다.

약 두 시간 후 수업이 끝나고 선우가 가방을 챙겨 방을 나섰다. 그리곤 그를 만나고 가라는 민우 형의 말을 기억해 내곤 거실을 두리번거렸다. 그러나 아무런 기척도 보이지 않았다. 거실 유리창 너머 정원도 살폈지만 아무도 없었다. 뒤따라 나오던 민

우가 선우의 행동이 뭘 의미하는지 얼른 눈치 채고 말을 건넸
다.

"아무래도 이층에 있는 거 같은데요."

"아……."

민우의 시선을 따라 그녀가 고개를 돌리자 거실 한쪽에 이층
으로 향하는 계단이 있었다. 선우가 짧은 순간 멈칫거리며 난감
한 시선으로 이층을 쳐다보았다. 이층에 그 남자와 둘만 마주하
게 될 상황이 왠지 저어됐던 것이다. 긴장된다고나 할까, 껄끄
럽다고나 할까. 그리 사람 편하게 하는 사람이 아닌 것 같은 분
위기인지라 선우는 망설이며 서 있었다. 그러나 그 사람보고 내
려오라고 하는 건 말이 안 되는 것 같고.

민우는 무심하게도 주방으로 가서 물을 마시고 있었기에 선
우는 호흡을 가다듬고 이층으로 향했다. 그녀의 마음을 알려주
듯 나무로 만든 계단은 그녀의 발걸음에 맞춰 삐걱거리며 신경
을 긁었다. 계단을 올라가던 선우는 예민해지려는 신경을 잠재
우기 위해 이층을 구경하듯 두리번거렸다. 집은 정말 누가 지었
는지 한마디로 멋있었다. 나무와 철제로 적절하게 혼합된 집은
아늑하면서도 무겁지 않게 섬세한 곡선으로 이루어져 있었다.
나무의 질감이 주는 편안하면서도 근원적인 느낌 위에 철제의
곡선이 조화되어 유려함과 산뜻한 미를 드러냈다. 게다가 집 안
가득 햇살이 들어올 수 있도록 창문은 과학적으로 배치되어 있
었다.

　이층에 다 올라간 선우는 순간 천장에서 쏟아져 내리는 햇살에 입을 딱 벌리고 위를 쳐다보았다. 천장은 잡지에서나 볼 수 있는 집처럼 유리로 만들어져 있었다. 여타의 무늬나 소재 없이 그냥 통유리로 되어 있어 그녀가 지금 안에 있는 건지 밖에 있는 건지 알 수가 없을 정도였다. 선우가 입을 벌리고 넋이 나간 얼굴로 위를 쳐다보고 있는데 어디선가 방문 열리는 소리가 들려왔다. 선우가 얼른 입을 다물고 소리가 나는 곳을 쳐다보았다. 한쪽 문 앞에 민우의 형이 서 있었다.

　"들어와요."

　선우가 말없이 그를 응시했다.

　〈그냥 여기서 말하지. 그래 봐야 과외비 주려고 그러면서.〉

　그는 그녀를 내버려 두고 자기 혼자 방 안으로 들어가 버렸다. 그녀가 한숨을 토해내곤 방 안으로 들어갔다. 문을 열고 들어가 보니 그곳은 서재였다. 커다란 책상과 수많은 책이 빼곡히 채워져 있었고, 한쪽 벽엔 전체가 액자였다. 액자 속엔 세계의 여러 건물 사진이 넣어져 있었다. 액자에 있는 사진을 유심히 보려던 선우는 민준의 목소리에 언뜻 정신을 차리고 그를 바라보았다.

　"앉아요."

　멀뚱히 서 있는 선우가 신경 쓰였는지 민준은 그녀에게 앉으라고 권했지만 선우에겐 그게 권유를 가장한 명령조의 말로 들려 거부감이 들었다. 그러나 그냥 넘어가기로 했다. 어차피 과외라는 걸 하면 처음만 만나고 거의 마주칠 일이 없는 법이니까. 그녀가 소파에 앉자 민준이 책상에 있는 작은 메모지와 펜을 들고 맞은편 소파에 앉았다.

〈시험을 보려나.〉

선우가 민준의 손에 있는 메모지를 물끄러미 응시하자 그가 그녀 앞에 메모지와 펜을 건네주었다.

"계좌번호 적어요, 수업료는 매달 통장으로 넣을 수 있게. 내가 출장 가는 일이 잦아서 날짜를 맞춰서 만나기가 어렵거든요."

"아, 네……."

선우가 고개를 주억거리며 메모지와 펜을 들고는 자신의 통장 계좌번호를 적기 위해 가방에서 수첩을 꺼냈다. 푸른 바다빛의 수첩은 파란 사과 모양의 똑딱이 버튼이 크게 붙어 있었다. 선우는 그 수첩을 꺼내면서 왠지 민망했다. 어린 소녀의 취향을 드러내는 민망함 같은 것이었다. 모던한 스타일보다는 위트가 있는, 그러면서도 단아한 그런 디자인을 좋아하는 그녀였다. 사실 그런 자신의 취향에 별생각없었는데 그녀가 꺼내는 수첩을 맞은편에 앉아 있는 남자가 뚫어지게 쳐다보자 은근히 신경이 쓰였다.

그녀가 얼른 수첩을 펴서 계좌번호가 적혀 있는 페이지를 찾았다. 그리곤 탁자에 몸을 숙여 메모지에 옮겨 적기 시작했다. 그녀가 마지막 숫자를 적고 은행 이름과 예금주를 적으려고 하는데 맞은편에서 소리가 들려왔다.

"민우 잘 부탁합니다."

또박또박 글자를 쓰고 있던 선우가 정중한 그의 목소리에 고개를 들고 그를 응시했다. 그리곤 의례적인 말이겠거니 하며 호응하듯 대답했다.

"네."

그리곤 다시 메모지에 시선을 가져갔다. 그러자 남자의 말이 이어졌다.

"그 녀석이 선천적으로 몸이 좀 약한 아이니까 공부하다 힘들다 그러면 쉬게 하십쇼."

〈특별히 약해 보이진 않던데…….〉

메모지에 내용을 다 적은 선우가 의아한 시선으로 그를 응시했다. 물론 민우라는 아이가 키가 크거나 다부진 근육질은 아니었지만 그렇다고 비실비실하게 생긴 것 또한 아니었기 때문이다. 호리호리하다는 표현이 적당할 정도의 평범한 남자 고등학생 같았던 것이다.

"아…… 네."

일단 그렇다고 하면 그런 거니까, 선우는 별다른 대꾸 없이 그냥 짧게 긍정의 표현을 했다. 그리곤 메모지를 그에게 건넸다. 민준이 메모지를 받아 한번 응시하더니 다시 탁자에 내려놓았다. 그가 별다른 말이 없자 선우가 벌떡 몸을 일으키곤 꾸벅 인사를 했다.

“그럼 가보겠습니다.”

민준이 그녀를 따라 소파에서 일어났다. 그리곤 짧게 목례를 하고는 자신의 책상으로 걸어갔다. 책상에 있는 수첩에 그 메모지를 끼워 넣는 걸 보면서 선우가 문 쪽으로 걸음을 옮겼다. 그녀가 서재 문을 열려고 손잡이에 손을 가져가는데 불쑥 민준의 목소리가 들려왔다.

“혹시…… 이건 만약을 위해서 하는 말인데.”

어울리지 않게 조심스러운 말투였다. 선우가 등을 돌려 그를 응시했다. 남자는 잠시 뜸을 들이다 작은 한숨 소리를 토해내곤 말을 이었다.

“혹시라도 민우가…… 손을 떨거나 식은땀을 흘리면 집에서 나가 있어요. 그리고 바로 나에게 전화해요.”

선우는 뭔가 사정이 있는 것 같아 차마 ‘왜요?’ 라고는 묻지 못한 채 그런 의미가 담긴 시선만 그에게 보냈다. 그러자 민준이 약간은 씁쓸한 미소를 그리더니 이내 무표정한 얼굴로 말을 끝맺었다.

“그 녀석이 아플 때 다른 사람이 옆에 있는 걸 싫어해요. 다시는 그 사람을 안 보려고 들죠.”

“아, 네…….”

그 이유를 들을 수 있을까 해서 선우가 그의 말을 기다렸지만 민준은 용건이 끝났다는 태도로 책상에 있는 서류에 손을 가져갔다. 선우는 주춤주춤 고개 숙여 인사를 하곤 이층에서 내려왔다.

그 집을 나설 땐 아무런 생각이 없던 그녀가 서울에 도착할 즈음엔 이런저런 상상으로 머리가 복잡해져 갔다. 이중인격 같은 거라서 민우라는 아이가 돌변하는 건가? 아니면 약물 복용을 해서 금단 증상이 나오는 걸까? 그녀가 보았던 민우의 이미지와는 전혀 다른 상상이 그녀의 머리 속을 채우기 시작하면서 왠지 불안하고 찜찜했다. 그렇다고 이제 와서 거절하기엔 조건이 너무 좋았고, 민우를 보았을 때 느꼈던 화사함과 밝음에 대한 그녀 자신의 직감도 믿고 싶었다. 그렇게 과외는 시작되었고, 선우는 민준과 민우를 만나게 되었다.

두 사람을 처음 보았던 그날을 회상하다 보니 선우가 타고 있던 버스는 어느새 그녀가 내려야 할 역에 도착해 있었다. 버스는 그녀를 내려둔 채 희뿌연 흙먼지를 날리며 떠났지만, 그녀는 내린 곳에 잠시 멈춰 서서 과거와 현재가 교차하는 그 순간에 잠겨 있었다. 그러나 그 모든 교차점을 외면하며 민우가 있는 집을 향해 발을 내디뎠다.

한 오 분 정도 걸었을까. 그녀의 눈은 눈앞에 펼쳐진 길을 낯설어했지만 그녀의 발은 익숙하게 알아서 걷고 있었다. 양 갈래 길에서 어느 길로 들어서야 할지 헷갈려 멈칫하면 몸이 기억하는 방향에 맞추어 선우는 좀 더 익숙한 느낌을 주는 쪽으로 그저 발걸음을 내디딜 뿐이었다. 그러자 눈앞에 그 집이 보였다.

처음 봤을 때 그 모습 그대로 존재하고 있었다. 단지 조금 달라진 게 있다면 정원에 심어놓은 나무가 굵은 나뭇가지를 펼치며 마당 한가운데에 시원한 그늘을 만들고 있다는 거였다.

〈오늘은 평일 한낮이니까 그는 없을 것이다.〉

프리랜서 기자로 일하고 있는 선우는 월말에 마감을 끝내고 나면 시간을 자유롭게 쓸 수 있었다. 은색으로 빛나는 알루미늄 철제 문 앞에서 선우는 움직임을 멈추고 집에 있는 거실 유리창을 응시했다. 몸이 멀어진 만큼 마음도 멀어질 수 있었는데, 그가 살고 있는 집 앞에 서자 다시 복잡한 감정이 비집고 들어오기 시작했다. 그러나 선우는 눈을 질끈 감아 그 감정들을 잠재웠다.

〈그냥 민우만 만나고 가는 거야. 그 이상도 그 이하도 아니야. 그 사람과 그렇게 됐다고 민우와의 관계마저 망가뜨리면 안 돼. 지선우, 민우와 그 사람을 동일시하지 마.〉

감고 있던 눈을 천천히 뜨고 선우가 철제 문을 열었다. 시끄럽게 울어대는 매미 소리와 한여름을 식혀주는 바람 소리와 그에 맞춰 춤추는 나뭇잎들, 그사이로 철제 문이 열리는 쇳소리가 울렸다.

현관문에 다다라 초인종을 누르자 집 안에서 어떤 아줌마가 문을 열어주었다. 아줌마의 모습을 기억하지 못했던 선우가 정중하게 인사를 하려 하는데, 윤씨 아줌마가 눈을 동그랗게 뜨고 말을 걸었다.

"아이구, 선우 학생 아닌가."

무심결에 고개를 숙이려던 선우는 눈앞에서 웃고 있는 아줌마를 찬찬히 살폈다. 그리고 기억해 냈다. 예전에 과외할 때 집안일을 도와주러 일주일에 한 번씩 오시던 아줌마였다. 선우가 어색하게 웃음을 지으며 말했다.

"안녕하세요."

손님이 드나들지 않는 이 집에 오랜만에 아는 사람이 나타나자 윤씨 아줌마는 호들갑스럽게 말을 풀어내기 시작했다. 물론 어서 들어오라고 현관문을 활짝 열어젖힌 건 두말할 나위도 없었다.

"예뻐졌네. 이젠 영락없이 아가씨야. 학교는 졸업했어? 맞다, 졸업했겠네. 근데 민우 만나러 온 거야?"

도대체 어떤 질문부터 대답을 해야 할지 알 수가 없어 선우는 그저 '네' 라는 대답을 우물거리며 어색한 웃음을 지을 뿐이었다. 아줌마의 목소리가 워낙 걸걸한지라 집 안 전체에 울려 퍼졌다. 아줌마가 그녀의 한쪽 손을 잡고 말을 걸려고 하는데, 민우의 방 안에서 소리가 들려왔다.

"선생님 왔어어요오오?"

그 목소리에 아줌마는 아쉬움이 역력한 얼굴로 그녀의 손을 놔주었다.

"들어가요. 민우 학생이 많이 기다렸나 봐."

"네."

선우는 고개를 끄덕이곤 곧장 민우가 있는 방으로 걸어갔다. 그리고 문을 열고 그녀를 향해 웃고 있는 민우를 보는 순간 선우는 충격으로 온몸이 뻣뻣해져 문 앞에서 움직일 수가 없었다.

〈맙소사……!〉

민우는 많이 아픈 정도가 아니라 곧 죽을 사람처럼 야위어 있었다. 텔레비전 다큐멘터리에서나 볼 수 있는 환자처럼 앙상하게 뼈만 남은 그런 모습. 충격으로 벌어지려는 입을 선우가 얼른 깨물어 무표정한 얼굴을 만들었다. 자신의 표정이 민우에게 상처가 될까 조심스러웠다. 그녀가 목에서 올라오는 쓴물을 간신히 목구멍 안으로 삼키고 있는데 민우가 그녀에게 말을 건넸다.

"많이 달라졌죠?"

마치 옷을 바꿔 입은 사람처럼 말하는 민우를 보며 선우는 그저 고개를 끄덕일 수밖에 없었다. 그녀가 침대 옆에 있는 의자로 걸어가 앉았다. 잠시 할 말을 잃은 선우가 그저 민우의 얼굴만 응시하고 있는데 윤씨 아줌마가 쟁반 가득 과일과 음료수를 담아 들어왔다. 함께 담소를 나누고 싶어 얼른 뭔가를 준비해 온 아줌마는 무표정하지만 굳어버린 선우의 얼굴 표정을 보고는 그녀 옆에 있는 탁자에 조용히 놓고 방을 나갔다. 그리고 둘만의 대화를 나누라는 의미로 문을 닫아주었다.

민우가 접시에 담긴 수박과 참외, 그리고 메론을 바라보더니 선우에게 권했다.

"드세요. 오시느라 힘들었죠?"

선우가 고개를 젓고는 포크로 과일 하나를 찍었다. 그리곤 민우에게 말했다.

"먹을래?"

씹어서 먹기가 힘들다는 말을 하기 싫었던 민우는 그저 고개를 저었다. 그 움직임은 미세했고 미약했다. 그녀가 손에 쥔 포크를 입가에 가져가 메론 한입을 입 안에 넣고 오독오독 씹었다. 입 안에 있는 메론 조각이 물컹물컹하니 묘하게 썼다. 열대과일에서 느껴지는 비릿함이 더 생생하게 그녀의 입 안을 맴돌았다. 메론을 입에 물고 침묵하고 있는 선우를 민우가 물끄러미 응시했다.

"신문기자 되고 싶다고 하시더니…… 됐어요?"

입 안에 있는 메론을 다 넘긴 그녀가 피식 너털웃음을 흘리며 고개를 끄덕였다.

"그와 비슷한 건 됐어."

순간 민우의 눈이 반짝였다.

"와아아, 대단하네요. 어떤 일인데요?"

선우가 포크를 접시에 내려놓고는 눈을 위로 치켜뜨며 자신의 일이 뭔지 구체적으로 생각해 보았다.

"음…… 그러니까 프리랜서 기자 같은 거야. 어떤 테마를 맡아서 그것만 전문으로 쓰는 거지."

이제 민우의 눈은 호기심으로 더 반짝이고 있었다. 방 안에만 간혀 텔레비전과 음악, 그리고 책을 벗삼아 시간을 보냈던 그에게 몇 년 만에 세상 밖을 들여다볼 수 있는 매개체가 생긴 것이다.

"그래서 어떤 테마를 맡으셨어요?"

자신이 맡고 있는 일에 대한 열정으로, 그리고 지금까지 해왔던 여러 사건들로 선우의 눈은 조금씩 활기를 띠고 있었다.

"테마는 '뭔가를 만드는 사람들'이야. 코너명이 People to make, making people이야. 회사에서는 쌍피라고 부르지."

이번 달에 취재한 의자를 만드는 가구 디자이너들의 이야기를 그녀가 들려주자 민우의 눈빛이 꿈을 꾸듯 반짝였다. 이제 대화는 리듬을 타고 흘러가고 있었다. 민우는 계속 궁금한 게 생기는지, 아니면 세상 밖의 새로운 일들을 듣고 싶은 건지 그녀에게 끊임없이 질문을 했고, 선우는 자신이 글을 쓰면서 겪었던 일들을 과장과 긴장감이란 양념을 쳐서 민우에게 들려주었다. 어쩌면 민우는 선우를 통해 자신이 꿈꿨던 작가로서의 삶을 일부분이나마 상상해 보고 확인해 보고 싶었던 건지도 모른다. 그런 느낌에 선우가 있었던 일들을 열심히 박박 긁어모아 민우 앞에 펼쳤다.

의자를 만드는 작가 중 한 사람이 취재를 거부해 그녀가 가슴 졸였던 일을 민우에게 말하고 있을 때, 민준의 차가 집 앞에 도착해 있었다. 그가 맡은 설계가 감리에 들어간지라 바쁜 일정 사이에 빈 시간이 생겼던 것이다. 현관문을 열어주는 아주머니에게 민준은 거실에 들어서자마자 저녁을 차려달라고 했다. 그리곤 끈적끈적한 몸을 씻기 위해 이층으로 올라가려는데 민우의 방에서 말소리가 들려왔다. 그가 한쪽 눈을 치켜올리며 동생의 방문을 바라보았다. 그러자 부엌으로 들어가려던 윤씨 아줌마가 얼른 설명을 했다.

"아까 선우 학생이 왔어요. 아시죠? 민우 과외했었던……."

순간 그의 눈동자가 짙게 변하며 뚫어지게 방문을 응시했다. 그러나 이내 관심없다는 듯 어깨를 으쓱이고는 이층으로 올라갔다. 잠시 후 저녁상을 다 차린 윤씨 아줌마가 민우의 방문을 빠끔히 열고는 말을 건넸다. 그 탓에 둘의 대화는 뚝 끊어졌다.

"선우 학생, 저녁 먹어요."

선우가 급하게 손사래를 치며 말했다. 민우에게 계속 이야기를 하느라 그녀의 얼굴이 벌겋게 달아올라 있었다.

"아뇨, 이제 가야 돼요. 곧 갈 거예요."

윤씨 아줌마는 눈을 동그랗게 뜨고 약간은 의아한 눈으로 그녀를 쳐다보다가 민우에게 시선을 보냈다. 과외할 때 시간이 늦으면 저녁을 먹고 가곤 했었고, 지금 시간이 저녁 먹을 시간이었던 것이다. 굳이 거절할 이유가 없는데, 그렇다고 이 늦은 저녁에 일이 있는 것도 아닐 테고. 상황을 지켜보고 있던 민우가 부탁하듯 선우에게 말했다.

"저녁 먹고 가요, 선생님. 서울에 도착하려면 두 시간은 걸릴 텐데…… 중간에 배고파요."

듣고 보니 그렇긴 했다. 중간에 내려서 먹기도 마땅치 않고, 사실 배도 고픈 참이었다. 문제는 밥 먹고 있는데 그와 맞닥뜨릴까 고민이었다. 윤씨 아줌마가 혼자 먹기 싫어서 그런가 보다 싶어 얼른 먹고 일어나야지 생각하며 거실로 나갔다. 그녀의 등 뒤로 침대에 기대고 비스듬히 앉아 있던 민우가 피곤한지 천천히 베개에 머리를 기대었다. 오랜만에 긴 시간 동안 앉아서 이야기를 나눈 게 꽤 힘들었던 모양이다.

식탁에 차려져 있는 두 사람 분의 상차림을 보고는 선우가 한쪽에 자리를 잡고 앉았다. 보글보글 금방 끓여낸 찌개를 아줌마가 두 손에 들고 오자 선우가 찌개 놓을 자리를 치워주곤 아줌마가 앉기를 기다렸다. 그러나 아줌마는 다시 주방으로 들어갔다. 선우가 멀뚱히 반찬을 바라보고 있는데, 아줌마가 주방을 나와 현관 쪽으로 걸어가는 게 아닌가.

"어디 가세요?"

그녀가 눈을 말똥거리며 의아한 얼굴로 물어보자, 윤씨 아줌마는 별걸 다 묻는다는 얼굴로 그녀에게 말했다.

"나? 집에 가서 저녁 먹고 오려고. 우리 남편 들어올 시간이 됐거든."

선우가 뜨악한 얼굴로 후다닥 뛰어가는 아줌마의 뒷모습을 응시하다 다시 식탁 쪽으로 고개를 돌리려는데 민준이 불쑥 들어오는 게 아닌가. 선우는 말 그대로 굳어버렸고, 민준은 짧은 순간 멈칫하더니 아무렇지 않은 듯 무심한 얼굴로 그녀 맞은편 의자에 앉았다. 그리곤 수저를 들어 앞에 있는 국을 떠먹었다. 선우는 여전히 굳은 얼굴로 앞에 있는 음식들을 쳐다볼 뿐이었다. 유치하게 밥상 앞에서 일어날 수도 없고, 선우가 못마땅한 얼굴로 침묵을 지키고 있다가 수저를 집어 들었다. 밥 떠먹고 반찬 먹고, 밥 떠먹고 찌개 먹고, 그렇게 입 안으로 가는 일련의 행동들을 기계적으로 하고 있던 선우는 묵묵히 식사를 하고 있던 민준이 대뜸 말을 꺼내자 목구멍에 사레가 들릴 뻔했다.

"민우랑 상관없다고 한 사람이 여긴 웬일이야?"

무심하면서도 놀리는 듯한, 그러면서도 날이 서 있는 그런 목소리였다. 순간적으로 목구멍에 음식이 걸린 선우가 꿀꺽 침을 삼키곤 식탁 옆에 있는 물 잔을 집어 들었다. 그리곤 한입 마시고는 소리나게 물 잔을 내려놓았다. 그녀가 그의 시선을 외면하곤 차갑게 쏘아붙였다.

"당신 면상 보러 온 거 아니니까 신경 꺼요."

그리곤 반 그릇 정도 남은 밥을 연신 퍼먹었다. 밥 두 숟갈에 반찬 한 번. 그의 한쪽 입꼬리가 곡선을 이루며 바람 빠지는 듯한 웃음이 새어나왔다. 시종일관 무표정하게 굳어 있던 그의 얼굴에 짧은 순간 즐거운 기색이 스쳐 지나갔다. 묵묵히 앞에 있는 밥그릇만 뚫어지게 노려보며 입 안에 음식을 넣고 있는 그녀에게 민준이 달면서도 쓰디쓴 그런 미소를 입가에 띠며 중얼거리듯 말했다.

"그 말버릇은 여전하네. 생긴 건 어느 양가댁 규수처럼 곱게 생겨 가지곤 입만 열었다 하면……."

고개를 돌리지 않고 끝까지 그의 시선을 외면하던 선우가 서늘한 시선으로 그를 응시하자 민준의 말이 멈춰졌다. 약 오른 사람처럼 그를 노려볼 거라고 생각했는데 그녀는 슬픔이 깃든 냉랭한 시선으로 그를 응시하고 있었다. 민준의 눈이 깊은 빛을 띠어갔다.

〈내가 너의 눈빛을 그렇게 만든 거니?〉

선우의 입에서 담담하지만 날선 목소리가 조용히 흘러나왔다.

"난 안 돼요. 아무 일 없는 것처럼 당신과 이런 얘기 나누는 거 안 돼요. 그러니까 그런 시시껄렁한 말로 감 찔러보듯이 그렇게 날 찌르지 말아요. 듣기 괴로우니까."

민준의 눈동자가 탁하게 변하는가 싶더니 짧은 순간 미세하게 흔들렸다. 그러나 시선을 외면하고 있던 선우는 그 표정을 보지 못하고 자리에서 일어났다. 그리곤 주저없이 가방을 챙기러 민우의 방으로 들어갔다. 간결한 소리를 내며 닫히는 민우의 방문을 민준이 그늘진 시선으로 바라보았다.

〈아…… 알고 있다, 싫다는 사람에게 이런 식으로 주변을 맴도는 짓을 하는 건 안 되는 일이란 거. 그래, 잘 알고 있다.〉

민준이 손에 들고 있던 젓가락을 식탁 위에 내려놓고 그녀가 방금 전까지 앉아 있던 의자를 응시했다. 그의 곁에 덩그러니 자리를 잡고 있는 의자를 복잡한 시선으로 바라보던 그의 눈이 괴로운 듯 질끈 감겨졌다.

〈너를 다시 만나지 말았어야 했어.〉

무작정 이 집을 나가야겠다는 생각에 성큼성큼 걸어가 무심코 문을 연 선우는 눈을 감고 침대에 누워 있는 민우의 얼굴을 보는 순간 치밀어 올랐던 감정의 소용돌이를 잠재웠다. 민우는 창백해진 얼굴로 힘겹게 숨을 들이 내쉬며 휴식을 취하고 있었다. 선우의 눈빛이 복잡한 빛을 띠어갔다. 민우에게는 감정이 없지만, 저 아이의 마음을 배려하기 위해 스스로를 고문하는 짓은 하고 싶지 않았다. 다른 이의 감정을 우선시해 질질 끌려 다니는 그런 짓은 이제 그만둘 때가 됐다.

어느 정도 혼란스러운 마음을 정리한 그녀가 소리없이 탁자 쪽으로 걸어가 가방을 집어 들었다. 그녀가 잠시 그 자리에 서서 민우를 깨워 인사를 건넬까 아니면 그냥 갈까 고민하다가 이내 발걸음을 돌려 문 쪽으로 걸어갔다. 나중에 전화를 해야겠다는 생각을 하며 그녀가 문을 열다가 다시 한 번 민우의 모습을 눈에 담으려고 고개를 돌리는 순간 민우가 천천히 눈을 떴다. 조금 전까지 정에 굶주린 아이처럼 반짝이던 눈빛은 사라지고 스물한 살의, 아니, 어쩌면 그보다 더 많은 나이의 깊고도 깊은 그런 눈빛이 민우의 눈에 자리하고 있었다. 이미 세상의 빛과 어둠을 본 지극한 평온이 민우에게서 흘러나왔다. 선우가 입술을 깨물었다.

〈무슨 말을 할까? 한때 과외를 했던 학생에게 삼 년 만에 나

타나 갑자기 모든 걸 해결해 줄 수 있는 것처럼 질문을 퍼부울
까? 왜 그렇게 된 거냐고? 무슨 병이냐고? 앞으로 어떻게 되는
거냐고?〉

　그건 잔인한 짓이다. 그저 떠오르는 호기심을 들이대며 자신
의 궁금증이나 풀어보려는 저급한 짓이다. 민우를 위해 어떠한
거라도 하겠다는 마음도 없는 그녀가 뭐라고 말한단 말인가? 질
문에 답을 다 해준 사람은 질문한 사람이 떠나고 난 후 변하지
않는 현실에 비참함을 맛볼 뿐이다. 그걸 알고 있었다, 선우 그
자신의 경험으로. 이와는 다르지만 비슷한 상황에 처해봤던 그
녀로서는 더욱더 아무 말도 할 수 없었다. 입 안에 고인 침을 힘
겹게 삼킨 선우가 민우에게 작별인사를 건넸다.

　"민우야, 나 갈게."

　민우가 천천히 고개를 끄덕였다. 간신히 턱을 움직여 대답하
는 민우의 모습에 선우가 아픈 가슴을 잠재우느라 주먹을 꼭 쥐
었다. 이내 그녀의 손이 문 손잡이를 잡자 진지한 민우의 목소
리가 들려왔다.

　"선생님, 우리 형 사랑했었죠?"

　순간 숨 쉬는 걸 멈추어 버린 선우가 미동없이 서 있다가 크
게 숨을 토해내곤 피식 새는 듯한 웃음을 흘렸다.

　"응, 한때는……."

　그녀가 아픔이 드리워진 얼굴을 보이기 싫어 고개를 돌리지
않았지만 민우는 그녀에게 계속 말을 꺼냈다.

"형하고 다시 시작해 달라는 말 같은 건 안 할게요. 그건 당사자들 문제니까. 단지⋯⋯."

선우가 고개를 돌려 민우를 응시했다. 메마른 종이 위에 떨어졌던 물방울이 이젠 다 말라서 그 흔적만 남아 있는 그런 눈빛이었다. 그녀의 눈을 민우가 똑바로 응시하며 조금은 절박함이 묻어나는 어조로 말을 이었다.

"가끔씩 우리 형을 좀 만나주면 안 될까요? 형이 어떻게 사는지 지켜봐 주세요."

민준이 책임과 권위로 상대에게 신뢰를 받는다면 민우는 부드러운 마음으로 비집고 들어와 상대의 감정을 건드렸다. 그러나 이런 것에 흔들릴 만큼 그녀는 순수할 수 있는 나이가 아니었다. 선우의 입에서 메마른 모래알 같은 그런 목소리가 흘러나왔다.

"난 네 대신이 될 수 없어. 네가 많이 아프다고 해서 네 부탁을 들어줄 생각도 없고. 네 부탁을 들어주려면 내가 힘들게 되거든."

선우가 잠시 말을 잇지 못하고 침묵을 지키다가 엷은 미소를 지었다.

"서운하니?"

민우가 천천히 고개를 저었다. 그리곤 그녀를 향해 멋쩍은 웃음을 보여주었다. 선우가 화답하듯 민망한 웃음을 지었다. 너무 냉정한 것 같아 미안했다. 그러나 저 아이가 그녀의 상처를 아는 것도 아니었고, 설혹 알았다 해도 치유해 줄 수 없는 문제였다.

"갈게."

짧은 인사를 남기곤 선우가 방문을 열고 나갔고, 방에 남겨진 민우는 깊은 한숨을 토해냈다. 그녀가 거실로 나왔을 땐 집 안 어느 곳에서도 그의 모습은 보이지 않았다. 식탁은 깨끗하게 치워져 있었다.

〈왜 그의 흔적을 찾는 거니? 미련하게시리. 그렇게 어긋나고도 모자란 거니?〉

자신도 모르게 집 안 곳곳을 두리번거리며 민준의 모습을 찾고 있던 선우가 어느 순간 미간을 찌푸리며 입술을 꽉 깨물었다. 그리곤 현관문 쪽으로 걸어갔다. 등 뒤에 남겨진 집 안 곳곳이 그녀의 뒷덜미를 간질이고 가슴 어딘가를 지그시 눌러온다. 한때는 이 집에서 살게 될 줄 알았다. 그리고 민우는 자신의 시동생이 될 줄 알았다. 그러나 그런 일은 결코 일어나지 않았다.

선우가 현관문을 열고 밖으로 나갔다. 집 안의 불빛 때문에 밤이 오는 걸 알 수 없었던 그녀가 눈앞에 펼쳐진 어두운 밤길을 응시했다. 어느새 밖은 새까맣게 어두워져 있었다. 도시 외곽이라 길은 어두웠고, 사람의 흔적은 보이지 않았다. 돌아가는 길이 꽤 무서울 것 같았다. 그녀가 어두운 길목을 걸어갈 준비를 하고는 작은 철제 문을 열었다. 이로써 오늘의 힘겨운 방문은 끝이 난 것이다. 그녀가 손에 들고 있던 가방을 어깨에 크로스로 둘러멨다. 그리곤 집 앞에 주차되어 있는 검은 승용차를 지나치려는데 차 안에서 목소리가 들려왔다.

"타, 데려다 줄게."

흠칫 놀란 선우가 뻣뻣하게 굳은 몸으로 소리가 난 곳을 쳐다보았다. 차 운전석에 민준이 앉아 있었다. 아니, 그녀를 보고 있었다. 선우가 조금은 퉁명스럽게 말했다.

"됐어요. 조금만 걸으면 되는데요 뭐."

그녀의 대답에 민준이 짜증 섞인 얼굴로 딱딱하게 말을 꺼냈다.

"쓸데없는 고집 부리지 말고 타. 이 시간에 여자 혼자 걸으면 위험해."

그리곤 말을 마치자마자 시동을 걸고 헤드라이트를 켰다. 다시 한 번 거절을 할까 하다가 선우는 지친 듯 한숨을 내쉬며 운전석 옆자리가 있는 쪽으로 걸어갔다. 그녀가 좌석에 몸을 싣자마자 차는 지체없이 밤길을 달리기 시작했다.

골목길을 거의 다 빠져나올 때쯤 그녀가 창밖을 두리번거리며 말을 꺼냈다. 버스 정류장 앞엔 한 사람도 보이지 않았던 것이다. 게다가 버스는 언제 올지 알 수도 없었다.

"전철역 앞에서 세워줘요."

잠시 후 선우의 눈앞에서 전철역이 재빠르게 스쳐 지나갔다. 선우가 짜증이 묻어나는 얼굴로 그를 노려보다가 다시 유리창으로 시선을 돌렸다. 차 안은 말 그대로 정적이 감돌았고, 두 사람 다 그 정적을 깨뜨리려는 시도 같은 건 하지 않았다. 평일이라 밤늦게 시내로 진입하는 도로는 한산했다. 창밖으로 빠르게 스쳐 지나가던 나무들이 보이지 않고, 네온사인이 반짝이는 건물들이 보이기 시작했을 때, 선우의 입에서 정적을 가르는 말소리가 흘러나왔다.

"민우, 어디가 아픈 거예요? 원래 갖고 있던 그 병은 저렇게까지 되는 건 아니었잖아요."

그녀의 말이 끝났지만 민준은 대답이 없었다. 그러자 선우가 참을 수 없다는 듯 분통을 터뜨리며 말했다.

"도대체 어디가 어떻게 아픈 거냐고요?"

순간 묵묵히 차를 운전하고 있던 그가 핸들을 꺾어 도로 옆에 나 있는 사잇길에 차를 세웠다. 그의 갑작스런 행동에 선우는 순간 놀란 숨을 들이켰다. 어둠 속이라 그의 눈동자는 더 짙은 색을 띠었다. 그의 날카로운 눈빛이 어둠 속에서 번뜩였다.

"왜, 눈물이라도 흘려주고 가려고?"

그녀가 들이킨 숨을 내쉬지 못하고 그대로 굳어버렸다. 민준의 목소리는 조금씩 거칠어졌다.

"어설픈 동정심이나 호기심은 집어치워. 너한테 그런 거 원한 적 없으니까."

잔인하게 내뿜어지는 그의 말을 숨을 멈추고 듣고 있던 선우가 씩씩거리며 거친 숨을 토해내고는 따지듯 말했다.

"내가 당신한테 그 정도도 물어볼 수 없는 사람인가요?"

그녀가 지친 얼굴로 피식 허탈한 웃음을 흘리며 덧붙이듯 말을 이었다.

"아…… 내가 잊고 있었네요. 내가 당신한테 그 정도의 사람이었다는 걸 깜박했네요. 미안해요, 당신 말대로 쓸데없는 걸 물어봐서. 당신이 오랄 때 오고, 가랄 때 갔어야 했는데 말이죠? 예전처럼 말이에요. 그렇죠?"

그녀의 말이 이어질수록 민준의 눈은 아픈 빛을 띠며 어두워져 갔다. 그러나 어둠 속에서 그의 그런 눈빛이 보일 리 만무했다. 반응없이 그녀만 응시하고 있는 그를 보며 선우는 애써 잠재웠던 비틀린 감정이 분출되기 시작했다.

"네, 혼자 잘해봐요. 당신은 잘난 사람이니까."

거칠게 숨을 토해내며 분노를 터뜨리던 그녀가 이내 쓰디쓴 웃음을 흘리려는데 갑자기 그의 손이 그녀의 뒷머리를 잡아채 끌어당겼다. 그리곤 눈물이 나올 만큼 아프도록 그녀의 입술에 키스를 퍼부었다. 순간적으로 놀란 그녀는 미동도 못하고 있다가 두 손으로 그의 가슴팍을 밀었다. 하지만 그의 행동을 저지하는 데는 아무런 효과도 발휘되지 못했다. 선우가 어금니에 힘을 주어 입술을 꽉 다물자 민준이 으르렁거리듯 신음 소리를 내며 그녀의 아랫입술을 아프게 깨물었다. 선우의 입술이 아픈 신음을 흘리며 벌어지는 순간, 그가 그 틈을 놓치지 않고 자신의 혀를 깊게 넣어 그녀의 입 안 곳곳을 파고들었다. 정신을 차릴 수 없을 정도로 절박하게 그녀에게 키스를 퍼붓고 있던 민준의 입술에서 쥐어짜는 듯한 괴로운 목소리가 흘러나왔다.

"널 다시 만나는 게 아니었는데……."

그 목소리에 선우가 눈을 질끈 감고는 강하게 그를 떠밀었다. 거친 숨을 토해내며 그녀의 목 근처에 얼굴을 묻고 있던 민준이 힘없이 뒤로 밀려났다. 그가 가쁜 숨을 토해내며 운전석에 머리를 기댔다. 그리곤 눈을 감았다. 그녀는 떨고 있었다. 잊으려고 애썼던 상처를 무언가가 들쑤시고 있는 건지 온몸이 떨려왔다. 그녀의 입에서 낮은 중얼거림이 흘러나왔다.

"맞아, 다시 당신을 보는 게 아니었어."

선우가 두 팔로 자신의 몸을 감싸고는 피가 날 정도로 입술을 깨물었다. 그녀의 눈에서 눈물이 툭 하고 떨어졌다.

"난 당신 세컨드로 살기 싫거든."

날카로운 유리 조각에 베이는 것 같은 그런 아픔이 민준의 몸을 타고 스며들어 왔다. 그가 복잡한 눈빛으로 정면에 있는 차 유리를 응시했다. 선우가 단호함이 담긴 어조로 마지막 말을 중얼거리곤 차에서 내렸다. 사박사박 골목길을 걸어가는 선우의 발소리가 멀어지고, 백미러로 그녀가 택시를 잡아타는 게 보였다. 말없이 그 모습을 바라보고 있던 민준이 큭큭거리는 비틀린 웃음을 흘렸다.

〈들었니, 권민준? 저 여자가 너의 세컨드였다고 하는구나. 저 여자가…….〉

어느새 자조 어린 그의 얼굴이 무표정하게 변했다. 멍하니 허공을 바라보고 있던 민준은 그녀가 그의 마음을 온통 휘젓던 어느 날로 돌아가고 있었다.

그날도 여느 날의 연속이었다. 부모님이 돌아가신 후 그가 챙겨야 할 일과 보살펴야 할 동생, 그리고 신경 써야 할 그 외 모든 것을 묵묵히 수행하며 그의 시간은 채워졌다. 다른 사람들보다 조금 일찍 부모를 잃은 것뿐이라고 스스로를 다독이며 그는 스물다섯 살 군대를 갔다 온 후 완전히 예상치 못한 다른 삶을 살고 있었다. 동생의 앞날을 위해 아버지의 회사를 살려두기 위해 동분서주하며 뛰어다니고, 아무것도 모르는 경영이란 걸 공부하고, 어머니가 해왔던 살림이란 것에 익숙해져 갔다. 그렇게 삼 년을 보내고 나서야 그는 원래 그 자신이 하고자 했던 건축 설계로 돌아올 수 있었다. 아버지의 회사를 도려먹기 위해 얼마나 많은 사람들이 그에게 접근했던가. 그는 삼 년의 시간 동안 그전엔 볼 수 없었던 세상을 보았다. 그리고 믿을 수 있는 사람이 없다는 것도 배웠다. 아니, 믿을 건 자기 자신밖에 없다는 것을 깨달았다. 그리고 그 모든 것이 그의 몫임을 받아들였다.

〈아…… 그럼에도 나는 어딘가 한구석엔 안식처를 찾았던 걸까.〉

찬찬히 예전 자신의 상태를 회상하던 민준이 이제 구체적인 어느 날의 기억을 떠올렸다.

주말 한낮, 그녀가 과외를 한 지 두어 달이 되던 때일 것이다. 경쟁 입찰을 하느라 몇 날 며칠을 밤샘으로 고생했던 그가 오랜만에 휴식을 취하며 집에서 쉬고 있었다. 늦은 새벽에야 돌아온 그가 잠에서 깨어났을 때 해는 이미 중천에서 한창 자신의 존재를 과시하고 있었다. 그는 샤워를 마치고 커피나 한 잔 마실 생각으로 아래층으로 이어지는 계단을 터벅터벅 내려오고 있었다. 그때 어디선가 청명하기까지 한 웃음소리가 그의 귓가를 파고들었다. 무슨 일인가 싶어 잠시 발걸음을 멈추고 아래층을 쳐다보니 민우의 방에서 선우가 웃음이 가득한 얼굴로 걸어나왔고, 민우는 똥 마려운 강아지처럼 그녀를 따라 나왔다.

"아우, 한 번만 만나줘요."

민우의 어리광 섞인 말투에 민준의 눈이 매섭게 가늘어졌다.

그의 한쪽 눈썹이 꿈틀거리며 지금 무슨 상황인가 싶어 예민하게 귀를 세웠다.

〈뭐야. 공부하라고 그 비싼 돈 주고 과외를 시키는데 저 녀석이 지금…….〉

민준의 눈이 의심으로 위험하게 빛나려 하는 순간 여자의 입에서 퉁명스러움이 묻어나는 경쾌한 목소리가 울려 퍼졌다.

"내가 걜 왜 만나? 걔 너무 눈 높은 거 아니야?"

말 끝머리에 가선 얄미울 정도의 거만함이 드러나 민준은 지금 금방 무슨 생각을 했는지도 잊어버린 채 여자의 얼굴을 뚫어지게 응시했다. 민우의 과외 선생을 새로 뽑고, 거의 마주칠 기회가 없었던지라 민준은 그저 그러려니 여타의 다른 학생들처럼 생각했는데 여자는 얌전한 이미지와는 다르게 얄궂은 면이 있었다. 여하튼 민준이 계단에서 내려오지도, 그렇다고 올라가지도 못하고 계단 중간에서 어정쩡하게 서 있는데 민우의 애처로운 목소리가 들려왔다.

"그 자식이 선생님 만나게 해달라고 절 얼마나 괴롭히는데요. 아주 찰거머리처럼 달라붙어서 안 떨어져요. 그러니까 선생님이 만나서 확 딱지를 놓아주시면 돼요."

일주일 전쯤 필요한 교재가 있어 둘이 함께 서점에 간 일이 있었다. 학교 앞에 있는 서점이라 그곳에서 민우는 같은 반 친구를 만나게 되었는데, 선우를 보고 그 친구가 완전 넋이 나가 민우에게 만나게 해달라고 애걸복걸하며 괴롭히고 있었던 것이다.

선우가 잠시 침묵을 지키고 입술을 삐쭉 내밀며 딴생각에 빠져드는가 싶더니 눈을 동그랗게 뜨고 민우를 응시했다. 그리고 아주 얄미운 표정으로 이죽거렸다.

〈저런 표정을 지을 줄 아는 여자였나?〉

민준은 자신의 눈을 껌벅이며 여자의 몰랐던 일면을 유심히 관찰하고 있었다.

"그럼 내가 걔 떨어뜨려 주면 넌 나한테 뭘 해줄 건데?"

민우가 기가 차다는 듯 입을 벌렸다. 늑대 새끼 떨어뜨려 내려다 늙은 여우를 만난 얼굴이랄까. 민우는 이맛살을 찌푸리며 경계하듯 말했다.

"뭘 원하시는데요?"

순간 여자의 얼굴이 아주 음흉스럽게 변했다. 민준은 여자의 얼굴에서 떠오르는 그 기묘한 얼굴을 놓치지 않고 포착해 냈다. 눈은 음흉하게 반짝반짝 빛이 났고, 입술은 양쪽으로 포물선을 그리며 하얀 이가 드러났다. 씨익…… 이란 말은 바로 저럴 때 쓰는 말일 것이다. 선우가 새침한 얼굴로 입을 열었다.

"이번 기말고사에서 10등만 올려."

민우가 이해할 수 없다는 듯 아리송한 얼굴로 되물었다.

"10등이요? 저 반에서 10등 올릴 등수가 아닌데요."

반에서 3등이니 10등을 어떻게 올린단 말인가. 그러나 선우는 웬 어쭙잖은 소리냐는 얼굴로 민우를 쳐다보더니 당연한 걸 내미는 사람처럼 능청스럽게 대답했다.

"반은 무슨, 전교에서 말이야."

순간 민우의 입이 쩍 벌어졌다. 민우가 발끈 성을 내며 소리쳤다.

"예에에? 전교 등수에서 10등 올리는 게 얼마나 힘이 든데요. 상위권으로 갈수록 더 치열한 거 몰라요?"

모르는 걸 일깨워 주듯 말하는 민우의 태도에 선우가 마치 손수건을 떨어드리듯 손을 내저으며 무심한 얼굴로 말했다.

"싫음 말고."

선우가 휙 등을 돌려 현관문이 있는 곳으로 걸어갔다. 그러자 민우가 그 징글징글한 친구가 떠올랐는지 진저리치는 얼굴로 다급하게 선우를 불렀다.

"아, 알았어요, 알았어. 근데 왜 내 성적을 올려요? 걔한테 그래야 되는 거 아니에요?"

선우가 별 시답잖은 소리를 다 듣겠다는 얼굴로 멀뚱히 대답했다.

"걔가 성적을 올리든 죽을 쓰든 그게 나랑 무슨 상관이니?"

민우의 눈썹이 모아졌다.

"그럼 나는요?"

선우가 모나리자 같은 묘한 웃음을 띠며 말했다.

"네 성적이 오르면 내 과외 자리가 보장되잖아. 후훗. 그리고 가격 올릴 때 유리해지거든."

입술을 일그러뜨리며 늙은 여우에게 시달린 듯한 얼굴로 망연히 서 있는 민우를 내버려 두고 선우가 어깨에 둘러멘 가방을 손으로 잡곤 신발을 신었다. 그리곤 정말 사랑스러운 연인에게 해주는 듯한 '빠이빠이' 인사를 민우에게 날리며 문을 열고 사라졌다. 민우는 멍하니 그 현관문을 응시했고, 민준은 계단에서 지금 보았던 여자의 변화무쌍했던 얼굴 표정을 생각하며 멍해 있었다.

처음 서재에서 그와 얘기를 나눈 날, 그녀는 정말 얌전하기만 한 여학생으로 봤던 것이다. 차분한 외모와는 달리 생생하게 팔딱대는 듯한 말을 뱉어내던 그녀를 떠올리며 그가 고개를 저었다. 그리곤 민준이 계단을 내려서려는데 민우가 방으로 들어가려다 그를 보았다. 그러나 그가 이 모든 상황을 봤다는 걸 모르는지 혼자만의 고뇌에 빠진 듯한 얼굴로 한숨을 쉬며 방 안으로 들어가 버렸다. 거실은 아무 일 없었던 것처럼 평소의 그 무덤덤한 기운으로 돌아가 버렸지만 민우와 민준에게는 뭔가가 달라진 날이었다. 민우에게는 여우에게 붙잡혀 고뇌의 시간이 시작된 날이었고, 민준에게는 재밌는 구경거리 하나가 생긴 날이었다. 그날 이후 민준은 집으로 돌아와 선우와 우연히 한자리에 있게 되거나 한공간에서 마주치게 되면 관심있게 지켜보는 버릇이 생기기 시작했다.

그렇게 시간이 흐른 어느 날이었다. 가을이 다가온다는 것을 알리듯 사람의 살갗에 스며드는 듯한 부슬비가 추적추적 내리기 시작한 날이기도 했다. 모든 직원들이 휴가를 마치고 그가 맨 마지막으로 늦은 휴가를 받은 첫 날이었다. 회사 직원으로서 는 말단에 속하는 위치였지만 선친의 경영 지분을 갖고 있는 그로서는 이럴 때 주주로서 양보를 하곤 했다. 결국 모든 직원이 휴가를 갔다 오고 경영 부분을 함께 논의하고 이끌어가는 이사 까지 휴가를 갔다 오고 나서야 민준의 차례가 돌아왔다. 가을이 발 앞에 성큼 다가온 그날, 민준은 별 휴가 계획 없이 거실에서 신문을 읽고 있었다. 느긋하니 요즘 돌아가는 경제 상황을 읽고 있는데 과외를 하고 있던 민우와 선우가 방에서 나왔다.

"그럼 다다음 주에 보자."

"네."

민우를 향해 웃음 띤 얼굴로 말하고 있던 선우가 거실에서 민 준을 본 순간 처음 보았던 그때의 모습대로 무표정하면서도 뚱 한 얼굴로 그를 향해 고개 숙여 인사했다. 순간 그녀의 표정 변 화에 이상하게 부아가 난 민준이 퉁명스럽게 말을 꺼냈다.

"왜 다다음 주에 봅니까?"

갑작스런 그의 질문에 선우가 눈을 동그랗게 뜨고 그를 응시 하더니 사무적인 어조로 설명하기 시작했다.

"아…… 네. 제가 일주일 정도 다른 일이 있어서 한 주만 쉬기 로 했어요. 또 민우 2학기 시작하는데 한 주 정도는 쉬는 게 낫 겠다 싶어서요."

〈민우? 당신이 놀고 싶어서 그런 거겠지.〉

그가 속으로 그녀의 말에 장난스런 조소를 보냈다. 민우가 멀뚱한 얼굴로 옆에서 고개를 끄덕여 동의한다는 의사를 표시했지만 민준이 무뚝뚝하게 말을 꺼냈다.

“다음부턴 날짜 움직이지 말고 규칙적으로 수업해 주십시오.”

순간 선우의 눈에서 불길이 일었다. 명확하게 불쾌함을 드러내는 눈빛이었다. 그러나 입술을 한번 앙다물더니 선우가 싱긋 웃으며 고개를 끄덕였다.

“네, 그럴게요. 죄송합니다.”

민준과 선우 사이에 묘한 긴장감이 흘렀지만 민우는 그저 문제가 해결됐다고 생각했는지 어깨를 으쓱이고는 주방으로 걸어갔다. 그리곤 냉장고에서 사과 하나를 꺼내 아작아작 씹어 먹었다. 선우가 민우에게 눈짓으로 인사를 건네곤 밖으로 나갔고, 민우는 신문을 읽고 있는 민준의 뒤통수를 눈을 가늘게 뜨고 노려봐 주곤 방 안으로 들어갔다.

〈독불장군. 우리가 어련히 알아서 할까.〉

문 닫히는 소리가 울려 퍼지자 신문에 시선을 고정시키고 있던 민준이 눈썹을 찌그러뜨리며 방문을 응시했다.

〈뭐가 불만이야?〉

그가 영문을 모르겠다는 얼굴로 문을 노려보고는 이내 읽고 있던 신문에 다시 눈길을 가져갔다. 그런데 그가 다음 페이지를 들추려는 순간 현관문의 쇳소리가 울려 퍼졌다. 민준이 소리난 곳으로 고개를 들어보니 그녀가 거실로 들어오고 있었다. 놓고 간 게 있나 보다 하고 시선을 돌리려는 순간 그의 눈에 그녀의 발이 보였다. 아까는 그녀의 얼굴 표정에 시선을 빼앗겨 그의 눈에 들어오지 않았던 건지, 거실 마룻바닥을 걸어가는 그녀의 하얀 발이 그의 눈에 갑작스럽게 파고들었다. 맨발이었다. 작고 앙증맞은 발가락 열 개에 진줏빛 매니큐어가 발라져 있었다. 왜 그 발가락에 자신이 눈길을 못 떼는지 스스로도 의아스러웠다. 몰래 무언가를 훔쳐보는 것 같아 민준이 신경을 끄기 위해 다시 신문을 펼치려고 손을 움직이다가 자신도 모르게 그녀의 발을 다시 힐끗거렸다. 이번엔 그녀의 발목을 보게 되었다. 그리고 발목에 섬세하게 걸려 있는 가는 줄도 보였다. 은으로 만든 듯한 작은 구슬들이 올망졸망 엮여서는 발목에서 미세하게 찰랑거렸다. 연두색과 파란색의 구슬이 엮여져 있는 줄이 경쾌하고 귀여웠다. 그 줄 위에 조그만 복숭아 뼈가 아담하게 튀어나와 있었다. 왜 그 순간 신문을 들고 있는 손에 열기에 퍼져 갔던 걸까. 그 이유를 알 수가 없었다. 그가 자꾸만 시선을 끌어당기는 발목에서 간신히 눈길을 떼려는데 그 작은 발이 자신의 앞에 서는 게 아닌가. 민준이 고개를 들어 선우를 응시했다. 그러자 선우가 떨떠름한 기색이 역력한 그런 미소를 지으며 중얼거리듯 말을 걸었다.

"저…… 신문 남은 거 없나요?"

그가 잠시 질문을 인식하지 못한 채 멍하니 그녀의 입술만 바라보고 있는데 선우가 주위를 두리번거리며 뭔가를 찾다가 다시 그를 쳐다보았다. 그리곤 손가락으로 그가 들고 있는 신문을 가리키며 어색하게 말을 이었다.

"그 신문…… 읽은 부분만 저 주실래요?"

민준의 한쪽 눈썹이 치켜올라 가다 이내 무심한 얼굴로 앞부분을 뚝 떼어 그녀의 손에 건네주었다. 선우가 짧게 고개를 까닥여 고마움을 표시하곤 다시 현관 쪽으로 걸어갔다. 그리곤 뒤도 돌아보지 않고 밖으로 나갔다. 민준은 그녀가 왜 신문을 달라고 했을까, 그것도 왜 읽은 부분만 달라고 했을까 궁금해 거실에 있는 커다란 유리창으로 고개를 돌렸다. 창밖으로 그녀가 신문을 위로 들고는 걸어가는 게 보였다. 비가 오고 있던 것이다. 부슬부슬 스며들듯 내리는 그런 부슬비가 오고 있었다. 소리없이 오는 비에 그는 비가 오는지도 모르고 있었던 것이다. 그러나 비를 피하기 위해 신문을 달라고 했던 거라는 인식을 하기도 전에 그녀를 바라보고 있던 민준의 입술이 한쪽으로 묘한 곡선을 그리고 있었다. 선우는 그 와중에도 최대한 비를 묻히지 않기 위해서 집게손가락과 엄지손가락 끝으로 신문 양끝을 잡고 있었던 것이다. 그 모습이 이상하게 그의 마음을 비집고 들어왔다. 어떠한 상황에서든 최대한 몸을 사리려 애쓰는 그녀의 몸부림이 재밌었다. 그러나 얄궂은 미소를 그리고 있던 그의 입술에서 미소가 사라졌다. 소리없이 내리던 부슬비가 그녀가 몇 걸음을 떼자마자 소나기처럼 변해 버린 것이다. 순식간에 그녀가 들고 있던 신문이 굵은 빗방울에 너덜거리자 조심스럽게 걸음을 옮기던 선우가 하늘을 한번 올려다보고 입술을 일그러뜨리더니 신문을 확 구겨 버리는 게 아닌가. 방금 그녀의 입에서 욕설이 나왔다는 것을 그는 장담할 수 있었다. 새침을 떨며 얌전한 아가씨처럼 행동하는 저 여자는 알고 보면 다혈질의 성격이라는 것은 이미 저번에 계단에서 들었던 대화로 능히 짐작할 수 있었다. 그가 기가 막힌 듯 쉰 웃음을 흘리다가 이내 그녀의 행동 때문에 눈을 휘둥그레 떴다. 결단을 내겠다는 듯 신문을 처참하게 구긴 그녀가 잠시 주위를 두리번거리며 무언가를 살피더니 이젠 공처럼 만들어진 신문 뭉치를 휙 하고 옆집 정원에 던지는 게 아닌가. 정말 빠른 움직임이었다. 흡사 첩보원이 무표정한 얼굴로 비밀의 장소에 뭔가를 놓곤 아무렇지 않은 얼굴로 걸어가는 것처럼 선우는 신문을 던지는 순간에도 멈춰 서지 않고 걸어가면서 던졌다. 그리곤 아무 일 없다는 듯 빗속을 걸어갔다. 멍하니 그 모습을 바라보고 있던 민준이 순간 입술 사이로 비집고 터져 나오는 웃음을 참지 못하고 끅끅거렸다.

선우는 저 멀리 어디선가 그가 그녀의 뒷모습을 쳐다보고 있다는 것도 모르고 씩씩거리며 걷고 있을 뿐이었다. 왜냐, 여름 샌들이 물에 젖어 발가락이 앞쪽으로 마구 쏠리는 게 아닌가. 발 앞부분의 반 정도가 샌들 끈을 뚫고 나와 있었고, 번들거리는 샌들 바닥 때문에 걷는 게 힘들었다.

〈그냥 우산을 빌려달랄 걸 그랬나.〉

선우가 걸음을 옮기면서도 고민을 했다. 그러나 꽤 걸어온 길을 다시 가는 것도 귀찮았고 민준에게 다시 말을 거는 것도 싫었다. 이상하게 사람을 긴장시키는 그의 시선을 받아내며 사람 좋은 미소를 얼굴에 그리는 것도 싫었다. 아까도 신문을 달라고 말하다가 입술에 경련이 일 뻔한 그녀였다. 물건을 잘 빠뜨리고 챙기지 못하는 선우는 우산을 빌렸다가 나중에 가져오는 게 귀찮을 것 같아 그냥 신문을 달라고 했던 거였다. 그녀가 이젠 어쩔 수 없다는 얼굴로 이 모든 짜증 짬뽕의 상황을 받아들이고 터벅터벅, 아니, 미끈미끈 걸음을 내디뎠다. 그런데 갑자기 한쪽 샌들 끈이 뚝 끊어지는 게 아닌가. 디자인이 맘에 쏙 들어서 여름 내내 신었던지라 샌들은 물기를 참지 못하고 나가떨어져 버렸다. 솟구치는 짜증을 살살 달래가며 평정심을 유지하려고 애쓰던 선우가 순간 짜증을 참지 못하고 새된 비명을 냅다 질렀다.

"으아아아아아아아아아아아~"

조용한 동네에 선우의 앙칼진 비명이 널리 퍼져 나갔다. 그리고 저 멀리 뒤에서 우산을 들고 걸어오던 민준의 발걸음도 순간 주춤거리게 만들었다. 허공을 가르며 저 멀리 하늘에 닿을 정도로 악을 쓰던 선우가 어느 순간 소리 지르는 걸 멈추고 자신의 발을 내려다보고 있었다. 그리곤 아직 다 털어내지 못한 짜증의 여운을 한숨으로 흘려내고는 걸음을 옮겨보았다. 그러나 끈이 나간 한쪽 샌들은 그녀의 발을 감싸지 못하고 앞서 간 발 뒤에 덩그러니 멈춰 있었다. 그녀의 한쪽 발은 샌들 위에, 그리고 다른 한쪽 발은 흙 위에 놓여 있어 우스꽝스러운 자세로 서 있는데, 등 뒤에서 민준의 목소리가 들려왔다.

"신발 망가졌어요?"

그녀가 몸을 돌려 그를 쳐다보려는 순간 그녀의 위로 우산이 받쳐졌다. 머리 위로 드리워지는 그림자를 의식하며 그녀가 위로 시선을 들어 우산을 확인했다. 그리곤 앞에 있는 민준의 얼굴을 쳐다보았다.

민준은 그녀의 위에 우산을 씌어주며 다른 손에 있는 우산을 내밀려 했다. 그러나 자신을 향해 고개를 돌린 선우를 본 순간 움직일 수가 없었다. 비를 맞아 머리카락에서 빗방울이 그녀의 얼굴로 흘러내렸고, 그녀의 볼은 싸늘한 공기 때문인지 아니면 방금 전 내지른 비명 때문인지 벌겋게 달아올라 있었다. 그는 지금 그녀의 얼굴에 넋을 빼앗기고 만 것이다. 아니, 눈을 크게 뜨고 자신을 뚫어지게 쳐다보는 그녀의 눈에 그는 머리 속이 하얗게 비워져 가는 느낌이 들었다. 검은색 눈동자 안에 맑은 고동색이 물처럼 퍼져 마치 유리알처럼 반짝반짝 빛을 내고 있었다.

〈뭐지?〉

민준이 스스로에게 의문을 던지며 선우의 눈에서 헤어나오지 못하는 자신의 정신을 다시 가져오려고 발버둥을 쳤다.

그가 숨을 멈추고 미동없이 그녀의 눈만 응시하고 있자, 선우는 순간적으로 그를 보고 가슴이 두근거린 자신에게 속으로 조소를 보내곤 입을 열었다. 그녀의 목소리가 둘 사이에 드리워진 긴장된 무언가를 거둬들이는 효과를 발휘했다.

"예, 신발이 망가졌네요."

그녀는 자신의 그런 모습을 보여주는 게 못마땅한지 뭔가 저어하는 얼굴로 중얼거리듯 작은 목소리로 대답했다. 민준이 입을 열어 말을 꺼내다가 자신의 목소리가 아닌 것 같은 잠긴 목소리가 나오자 헛기침을 하면서 목을 가다듬었다. 그리곤 무뚝뚝하게 말을 건넸다.

"다른 신발로 갈아 신고 가요."

선우가 입술 끝에 볼우물을 만들며 고개를 끄덕였다. 그리곤 허리를 숙여 자신의 샌들을 벗어 손에 쥐었다. 잠시 후 그녀의 손에 한 쌍의 샌들이 대롱거렸다. 선우가 허리를 펴더니 민준에게 다른 손을 내밀었다. 그가 짧은 순간 멍하니 그녀의 행동을 쳐다보고 있다가 뭔가를 달라는 듯 손을 내밀고 있는 그녀의 손을 의아한 얼굴로 쳐다보았다. 그러자 선우의 시선이 그의 다른 손에 쥐어 있는 우산을 향했다. 그의 집까지 가는 데 백여 미터밖에 안 되는 길도 우산을 같이 쓰기 싫다는 명백한 표현이었다. 민준의 눈썹이 짧은 순간 살며시 일그러졌다. 그가 얼른 손에 쥔 우산을 그녀에게 내밀자 그녀가 우산을 펴곤 맨발로 그의 집을 향해 걸어갔다. 그녀의 작은 발에 흙이 묻고, 작은 발목엔 빗방울에 튕긴 흙이 묻었다. 그녀의 뒤에서 민준이 느긋하게 그녀를 따라 걸었다. 그러나 선우는 지금 자신이 제대로 걷고 있는 건지, 아니면 뒤뚱거리며 흉하게 걷고 있는 건 아닌지 신경이 무지 쓰였다. 방금 전 그가 우산을 씌어주었을 때 선우는 가슴 한구석 어딘가에서 무언가가 툭 하고 떨어지는 느낌을 받았다. 빗속에 서 있는 민준의 모습이 꾕장히 잘생겨 보였던 것이다. 물론 그의 생김새가 어느 정도 괜찮은 것은 인정하지만 그렇다고 지금까진 얼굴을 보고 숨이 멎는 것 같은 느낌을 받은 적은 없었다. 항상 양복만 입은 모습만 보다가 편하게 셔츠를 걸치고 끝이 닳아 해진 면 바지를 입어서 그런가. 이상하게 오늘따라 그의 분위기가 생경했고 낯설게 다가왔다. 둘은 방금 전 느꼈던 이상한 기분을 생각하느라 각자 딴생각에 빠져 걷고 있었다.

선우가 현관 앞에 도착했을 땐 민우가 거실에서 텔레비전을 보고 있었는지라 그녀가 현관으로 들어오자 발딱 일어나 다가왔다. 그리곤 그녀의 손에 대롱거리는 샌들을 보곤 욕실에 들어가서 수건을 가져왔다. 그녀가 거실에서 수건으로 발을 닦고 있는데 뒤따라 들어온 민준이 말없이 이층으로 올라갔다. 선우가 무표정한 얼굴로 그의 뒷모습을 유심히 응시하다가 이내 고개를 저으며 닦고 있던 발이나 마저 닦았다. 그리곤 욕실로 들어가 씻고, 민우가 가져온 운동화를 신었다.

민준은 이층으로 향하는 계단을 밟으며 빗속에서 자신에게 파고들었던 이상한 감정의 소용돌이를 털어내려 노력하고 있었다. 그저 비가 와서 우산을 주고 온 것뿐이라고, 그리고 신발이 망가져서 데려온 것뿐이라고, 비를 맞으면 여자는 다 예뻐 보이는 거라고. 애써 그렇게 자신을 휘저어놓았던 어떤 느낌들을 부정했다.

〈아무리 생각해 봐도 그때 그 순간이었어.〉
운전석에 앉아 담배를 피우던 민준이 조소 어린 웃음을 흘렸다. 그날 이후 그녀에게 온 정신을 빼앗겨 스스로 세워놓았던 금기까지 깨뜨릴 뻔했었다.

그가 쓰디쓴 얼굴로 담배를 끄고는 차에 시동을 걸었다. 그리곤 그의 동생 민우가 있는 집으로 향했다. 그의 부모님이 그에게 남겨놓고 간 하나뿐인 남동생. 한 치 앞만을 보여주는 헤드라이트 불빛을 의지 삼아 눈앞에 있는 먹먹한 어둠을 응시하는 그의 눈은 지쳐 있었고, 끝을 알 수 없는 어둠이 자리잡고 있었다.

그의 차가 어두운 도로를 홀로 달리고 있을 때 선우를 태운 택시는 그녀의 집 앞에 도착해 있었다. 계산을 마친 그녀가 자신의 원룸이 있는 건물로 터벅터벅 걸어갔다. 두 개의 잠금장치를 푼 그녀가 현관문에 들어서자마자 가방을 던지곤 버릇처럼 컴퓨터를 켰다. 그리곤 씻을 생각도 없이 침대에 털썩 드러누웠다. 움직임을 멈춘 회로처럼 멍하니 천장에 있는 형광등을 바라보다가 그 따가운 불빛에 그녀가 눈을 감았다. 그리곤 한쪽 손을 천천히 자신의 입술로 가져갔다. 아플 정도로 거칠게 키스를 퍼부었던 그의 입술을. 그 감촉이 생생하게 흔적을 남겨 그녀의 입술은 벌겋게 부풀어 있었고 따가울 정도로 쓰라렸다. 언제나 그랬다. 부드럽게 서로를 배려하며 주고받는 키스보단 그는 마치 다른 이의 사람을 탐하는 것처럼 조바심을 치며 그녀를 아프게 했다. 언제나 다른 사람의 몫을 빼앗는 것처럼 불안한 키스를 했다.

〈뜨겁도록 아픈 키스. 입술에 불씨가 튄 것처럼 쓰라리고 화끈거리는 그런 키스. 왜 그는 항상 그런 키스를 했던 걸까.〉

눈을 감고 자신의 아랫입술을 손가락으로 쓰다듬던 그녀가 두 사람이 처음 키스를 나누었던 때를 떠올리기 시작했다.

긴 여름 방학이 끝나고 개학을 며칠 앞둔 어느 날이었다. 일주일 동안 친구들과 동해로 바람을 쐬고 돌아온 선우는 햇볕에 그을려 건강해 보였다. 일주일 만에 본 민우도 그동안 줄창 놀아서 그런 건지 꽤 풀어져 있었다. 수업이 끝난 후 둘은 거실에 나와 앞으로의 과외 일정을 조정하고 있었다. 아줌마가 깎아준 과일을 먹으면서 선우는 거실에 있는 창을 바라보았다. 그 창을 참 좋아했다. 밖의 풍경이 다 보여 숨통이 트인다고나 할까. 가을이 오기 직전 늦더위가 한창 기승을 부리는 날씨인지라 매미들은 더 치열하게 울어대고 있었다. 늦여름의 한가로움 때문이었을까, 선우는 소파에 앉아 여유롭게 거실을 둘러보다가 이층

으로 향하는 계단을 자신도 모르게 살피고 있었다. 덥다며 수업
이 끝나자마자 욕실에서 세수를 하고 온 민우가 오늘따라 이상
하게 불안해 보이는 선우를 보며 의아한 듯 질문을 했다.

"뭐 찾아요?"

"응? 아, 아니……."

자신도 모르게 무언가를 찾듯 두리번거리던 선우는 민우의
질문을 듣고서야 무의식적인 행동을 멈추었다. 그리곤 인식했
다, 자신이 민준의 존재를 찾고 있었다는 걸. 이 집 어딘가에서
불쑥 나타날지도 모른다는 사실에 그를 신경 쓰고 있다는 것을
말이다. 이층으로 향하는 자신의 의식을 붙잡아 앞에 있는 민우
에게 되가져온 선우가 앞으로의 일정에 대해 이야기를 꺼냈다.
개학을 하면 평일에 오기가 쉽지가 않았던 것이다. 원래 이번
방학 때만 할 생각이었는데 민우와의 과외가 자리잡아 가면서
새로 다른 아르바이트 자리를 만드는 게 귀찮아지기도 했다. 여
하튼 주말 하루 동안 세 과목을 몰아서 하자는 선우와 이틀 동
안 나눠서 하자는 민우가 옥신각신하고 있을 때 갑자기 현관문
이 벌컥 열렸다.

"하루 동안 다 몰아서 하는 건 아무래도……."

문이 열리는 소리에 말하는 도중이었던 선우가 순간 말을 딱
멈췄다. 현관문을 열고 나타난 사람이 민준이란 걸 인식한 순간
선우는 말을 잇지 못하고 그를 빤히 응시했다. 민준도 아주 짧
은 순간 거실로 발을 들여놓지 못하고 소파에 앉아 있는 선우를

응시했다. 둘 사이에 아무도 눈치챌 수 없는 묘한 긴장이 흘렀
다. 그녀가 먼저 그에게 가 있는 시선을 얼른 돌리곤 말을 끝맺
었다.

"아무래도 무리겠지?"

"네, 무리예요."

민우가 고개를 끄덕이며 맞장구를 치고 있을 때, 민준이 성큼
성큼 거실을 가로지르며 이층으로 올라갔다. 선우는 민우에게
무언가를 말하고 있었지만 그의 발걸음 소리를 들으며 자신이
지금 무슨 말을 하는지 알 수가 없었다. 손끝이 파르르 떨리고,
심장이 쿵쾅쿵쾅 떡방아를 찧는 것처럼 빨리 뛰었다. 마치 달에
살고 있던 토끼가 그녀의 심장으로 이사를 온 것 같았다. 참으
로 알 수 없는 일이었다. 뭐, 특별히 무슨 일이 있었던 것도 아
니고, 첫눈에 반한 것도 아닌데 왜 이제 와서 이런단 말인가.

〈도대체 내가 왜 저 인간을 보고 심장이 뛰는 거냐고.〉

여하튼 한참 횡설수설 말을 잇던 그녀가 소파에서 벌떡 일어
나 민우에게 인사를 건넸다. 그리곤 가방을 집어 들고 현관 쪽
으로 걸어가려는데 이층에서 민준의 말소리가 들려왔다.

"잠깐 나 좀 봅시다."

태연한 얼굴을 가장했지만 도망치듯 걸음을 옮기고 있던 선
우는 순간 심장이 멎는 느낌이 들었다. 그녀가 숨을 멈춘 채 이
층을 향해 고개를 올렸다. 계단 중간쯤에 민준이 서 있었다. 어
느새 입고 있던 옷을 갈아입은 그는 푸른색 셔츠에 면 바지를

입은 모습이었다. 선우는 순간 그의 목에 풀어져 있는 셔츠 깃을 쳐다보게 되었다. 무슨 수용소 감독관처럼 딱딱하게 보였던 그는 헐렁한 셔츠에 목 근처 단추를 풀었음에도 여전히 딱딱해 보였다. 그는 언제나 그렇듯 무뚝뚝하고 무심한 얼굴로 그녀에게 볼일이 있다는 식으로 말을 꺼내곤 다시 이층으로 올라가 버렸다.

선우가 소리없는 숨을 크게 삼키곤 계단으로 터벅터벅 걸어가 이층을 향해 떨어지지 않는 발걸음을 떼었다. 계단을 하나하나 밟아 올라가면서 그녀의 표정은 점점 일그러져 갔다. 심장이 거세게 뛰기 시작한 것이다. 스스로의 상태가 맘에 들지 않아 그녀의 입술은 부루퉁하니 나와 있었고, 눈썹은 찡그리고 있었다. 저번처럼 서재에서 기다리고 있을 거라고 생각한 선우는 떠오르는 감정대로 얼굴을 구기고 있는데 계단 맨 끝을 밟자마자 마주 닥친 민준의 모습에 눈을 동그랗게 뜨고 얼른 표정을 수습했다. 그리곤 무표정하면서도 새침한 타인의 얼굴을 만들었다.

이층 거실에서 소파에 앉아 천장 유리창에 쏟아져 들어오는 환한 햇살에 시선을 주고 있던 민준이 그녀의 기척을 느꼈는지 고개를 돌려 그녀를 쳐다보았다. 그리곤 말없이 시선을 마주치지 않는 그녀에게 소파에 앉으라는 고갯짓을 했다.

그가 생활하는 이층은 일층과는 다른 분위기의 인테리어였다. 의자 하나하나가 누군가 손수 만든 것처럼 재질이 특이했고, 디자인도 독특하고 유별났다. 서재에서 본 의자와 거실에서 본 의자는 모양과 소재가 다 달랐다. 하지만 평소라면 의자라든지 벽에 걸려 있는 그림들을 구경했을 선우지만 지금은 권민준이라는 존재를 의식하느라 아무것도 눈에 들어오질 않았다. 선우가 민준의 맞은편 의자에 앉았다. 나무를 통째로 깎아 만든 그 위에 털가죽을 덧씌워 놓은 의자였다. 무슨 테디베어의 털처럼 보드랍고 복슬복슬했다. 앉기 미안할 정도로 분위기있는 의자였지만 민준의 눈짓에 선우는 의자에 앉아 그가 용건을 꺼내기를 기다렸다. 그러나 민준은 그녀가 앉았는데도 한동안 입을 열지 않았다. 탁자에 있는 커피를 한 모금 마시고 조용히 내려놓은 그는 뭔가 불만이 있는 것처럼 입을 꽉 다물고 있었다. 선우는 물끄러미 그의 행동을 지켜보다가 그의 머리카락이 젖어있다는 것을 발견하곤 물기 어린 그 머리카락을 응시했다. 아마도 방금 샤워를 했나 보다. 민준이 침묵을 지키며 눈길을 탁자에 두고 단어를 고르고 있는 동안 선우의 시선이 그의 귓가에 있는 짧은 머리카락과 그의 턱에 있는 수염 자국을 응시했다. 밤샘을 하고 왔는지 턱엔 수염이 거뭇거뭇하게 나 있었다. 그의 턱에서 삐죽 나온 수염 하나를 발견하곤 신기해하고 있는데 느닷없이 민준이 말을 꺼냈다.

"이번 달까지만 하고 그만 했으면 좋겠습니다."

순간 선우가 눈을 깜박이며 그를 멀뚱히 쳐다보았다. 한마디로 얼어붙은 것이다. 그녀가 잘릴 만한 이유가 없었다. 민우의 성적을 올려놓았고, 그녀가 일주일 휴가 외에는 과외를 빼먹거나 늦은 적도 없었다. 그렇다고 그녀의 성격이 더러워서 그와 다툼이 있었던 것도 아니고, 아니면 민우가 선우를 좋아해서 딴 생각을 품는 그런 불상사도 없었다. 사실 그녀가 그만둔다고 해야 할 상황이었다. 원래 방학 동안만 봐주기로 했던 거였기에 개학을 하면서 그녀가 그만두기로 처음부터 암묵적으로 약속이 되어 있었다. 그러나 그녀가 먼저 그만두겠다고 말하지 않은 이상 개학 후에도 계속하는 걸로 서로 알고 있었다. 그렇다면 돈 문제? 그건 어불성설이었다. 이 집 어디를 둘러보아도, 그리고 민준이 하고 다니는 폼새나 민우가 쓰는 물건을 보건대 돈이 없는 구석은 눈 씻고 찾아보려 해도 없었다. 선우는 정말 알 수가 없었다. 그녀의 눈동자 속에 의문이 가득 들어차기 시작했다. 스스로 관두는 것이 아닌 잘리는 것으로 관두는 것은 처음 겪는 일이라 마음 한구석 불쾌한 기분도 드는 그녀였다.

〈도대체 뭐가 문제란 말인가.〉

그래도 혹시나 싶어 선우가 돌다리를 두드려 보았다.

"제가 일주일을 쉬어서 그런 건가요?"

자신이 할 말만 짧게 꺼내곤 앞에 있는 커피를 마시던 민준이 웬 뜬금없는 소리냐는 듯 그녀를 응시하다가 고개를 저었다. 그리곤 탁자 위에 커피를 조용히 내려놓곤 잠시 주저하다가 입을 열었다.

"원래 이번 방학까지만 시킬 생각이었습니다. 민우가 몸이 안 좋아서 주말까지 빡빡하게 공부하는 건 무리다 싶어서요."

원래 그럴 생각이라는데 그녀가 무슨 말을 하겠는가. 그저 받아들일 수밖에 없었다. 그러나 알 수 없이 찜찜한 마음이 들어 선우의 눈빛이 날카로워졌다.

"알겠습니다. 이번 주까지 하고 그만두겠습니다."

뭐, 어차피 자신도 학교 다니면서 주말마다 이곳에 와서 과외를 하는 건 무리다 싶었다. 그러나 민우와 친해지면서 계속하는 것도 괜찮다 싶었던 것이다. 민준이 고개를 끄덕이곤 다시 커피에 손을 가져갔다. 그러나 어느 순간 둘의 시선이 딱 마주쳤다. 선우는 그 순간 느꼈다, 지금 그가 말한 이유가 진짜 이유가 아니라는 것을. 그의 짙은 눈동자 속엔 다른 걸 담고 있었다. 뭔가를 깊게 생각하고 있는 결코 가볍지 않은 시선이었다. 무언가가 숨겨져 있는 눈빛이었다. 선우는 무언가가 그녀의 뒷덜미를 스멀스멀 기어다니는 것 같아 기분이 안 좋았다. 뭔가를 숨기고 서로 아닌 척 넘어가는 것에 예민할 정도로 찜찜해했다. 어릴 때부터 생긴 일종의 결벽증이라 적당히 모른 척 넘어가는 것에 예민할 정도로 거부감을 가지고 있는 그녀였다. 결국 그 찜찜한 기운을 견디지 못하고 그녀가 조심스러우면서 대범하게 불쑥 말을 뱉어냈다.

"진짜 이유는 그게 아니죠? 우리 둘 사이에 흐르는 무엇 때문 아닌가요?"

그녀의 말이 떨어지는 순간 포커페이스로 무표정한 얼굴을 가장하고 있던 그의 얼굴에 무언가가 스쳐 지나갔다. 놀람? 당황? 딱히 그런 건 아닌 뭐라고 정확히 꼬집어낼 수 없는 번뜩임이었다. 그의 눈이 가늘어졌다. 가늘어진 눈 속에 상대를 꿰뚫어 버릴 것 같은 깊은 빛이 자리잡고 있었다. 그녀의 얼굴을 뚫어지게 응시하는 그의 시선을 선우가 피하지 않고 받아내며 그의 눈을 똑바로 쳐다보았다. 대답을 요구하듯 그녀가 말없이 그의 시선을 받아내고 있자 민준의 입술이 아주 짧은 순간 일그러졌다가 다시 한일 자를 그렸다. 그의 입에서 낮은 중얼거림이 흘러나왔다.

"인생 피곤하게 살 성격이군."

그녀가 먼저 정면으로 부딪쳤는데도 대응하지 않고 한 걸음 물러서 평가를 내리자 신경이 거슬렸다. 그녀가 그런 성격인 것에 보태준 거 있는 것도 아니지 않은가. 그리고 사실 모두에게 그런 성격을 내미는 것도 아니었다. 저 남자가 모르고 있을 뿐이지. 나름대로 선을 긋고, 안쪽에 속한 사람들이란 생각이 들면 그런 태도를 내밀었다.

〈안쪽에 속한 사람?〉

속으로 이 상황을 파악하고 있던 선우가 떠오르는 생각을 마주하곤 스스로 당황해하며 눈썹을 찡그렸다. 그러나 그런 깨달음에 혼자 놀라고 신기해할 때가 아니었다. 앞의 권민준이 느긋한 얼굴로 그녀를 응시하고 있지 않은가. 위에서 상대의 행동을 바라보는 것처럼 평가를 내리는 그의 태도에 선우가 불쾌감이 묻어나는 시선으로 그를 노려보았다. 그녀의 지지 않고 받아치는 시선에 민준의 눈이 방금 전보다 더 날카롭게 빛났다. 그러나 왜 선우는 그 눈빛에서 공허한 무언가를 보게 되었을까. 상대를 거부하고 부정하는 속에서도 그의 눈빛 속엔 무언가를 갈구하는 듯한 뜨거움을 담고 있었다. 그가 갈구하는 게 무언지 그 실체를 알고 싶다는 욕구가 생기기 시작했다. 선우는 이제 그의 눈빛 속에 담긴 어두운 그림자가 뭘 의미하는 걸까 곰곰이 생각하고 있었다. 그때 민준의 목소리가 들려왔다. 웃음기를 담고 있는 목소리였지만 음색은 전혀 기분 좋은 느낌이 들지 않았다. 그의 눈빛도 여전히 딱딱하게 굳어 있었다.

"그렇게 일일이 확인해야 직성이 풀리는 성격인가?"

시비를 거는 듯한 민준의 여유로운 말투에 선우는 말을 받아치려고 입을 열다가 그의 눈을 본 순간 아무 말도 하지 못하고 입을 다물어 버렸다. 무심함을 가장하며 그 안에 숨겨져 있었던 뜨거운 열기가 그의 눈 속에서 확연히 내뿜어지고 있었다. 그건 욕망이었다. 이제 그 실체를 숨기지 않고 그가 빤히 그녀의 얼굴을 응시했다. 그녀의 입술과 콧날과 목 언저리를. 그리고 다시 그녀의 눈을. 애무하듯 그녀의 얼굴 구석구석을 응시하는 그를 보며 선우의 얼굴이 서서히 벌게져 갔다. 그 순간 선우는 절감했다, 그녀가 어리다는 것을. 그가 어른 남성이라는 것을. 그녀가 겁없이 정면 대응을 했지만 막상 그가 정면으로 욕망을 드러냈을 때 선우는 당당히 그 시선을 받아들일 준비가 되어 있지 않은 풋내기라는 것을.

붉게 홍조를 띤 선우가 더 이상 그의 시선을 견디지 못하고 눈길을 피했다. 그리곤 자신의 손에 쥐고 있는 가방을 응시하며 읊조리듯 중얼거렸다.

"그럼, 이만 가보겠습니다."

선우가 의자에서 일어나 인사를 건네곤 그의 곁을 지나쳤다. 그러나 그녀가 그의 반경을 다 벗어나기도 전에 그의 손이 재빠르게 선우의 손목을 움켜잡았다. 순간적으로 강하게 쥐어오는 그의 손아귀에 선우는 아픈 신음을 내지를 뻔했다. 갑작스런 그의 행동에 당황한 그녀가 차마 고개를 돌리지 못하고 있는데 꽉 잠긴 듯한 그의 목소리가 흘러나왔다.

"밖에 나가서 얘기합시다. 차 앞에 가 있어요."

그녀가 말없이 고개를 끄덕이자 민준이 그제야 손목을 놔주었다. 어찌나 강하게 움켜쥐고 있었던지 그리 약한 피부가 아닌데도 벌겋게 자국이 남아 있었다.

잠시 후, 그의 차가 주차된 곳에 선우가 서 있었다. 차에 기대어 물끄러미 정원에 있는 나무를 쳐다보고 있던 그녀가 시간이 지나도 그가 나오지 않자 스스로의 모습에 기가 차서 집에 가기 위해 이내 걸음을 옮겼다. 그렇게 한참 길을 따라 걷는데 뒤에서 차 소리가 들려왔다. 그녀가 몸을 돌려보니 민준이 차를 천천히 그녀 곁에 세우고는 그녀가 타기를 기다리고 있었다. 늦여름이 가는 게 싫은지 매미가 징그럽게도 울어대던 날이었다.

차는 어딘가를 향해 빠른 속도로 달렸다. 가로수가 늘어선 국도를 지겹게 달린다 싶을 때쯤 선우가 침묵을 참지 못하고 그에게 물었다.

"어디로 가는 거죠?"

"식당."

무슨 근사한 카페나 조금은 분위기있는 그런 곳에서 속내를 나눌 것 같아 마음의 준비를 하고 있었던 선우는 예상치 않은 그의 대답에 잠시 눈을 끔벅이며 운전하는 민준의 옆모습을 쳐다보았다. 그는 왜 그러냐는 얼굴로 그녀를 힐끔 보고는 다시 운전에 집중하는 듯했다.

"애기하자면서요."

그녀가 보조석 깊숙이 몸을 묻고 밖으로 지나가는 가로수들을 구경했다. 푸르다 못해 파란 잎들이 무성하게 가로수 길 가장자리를 수놓고 있었다.

"밥 안 먹었잖아."

그는 참 무뚝뚝하다. 선우가 고개를 돌려 다시 민준을 응시했다. 어느새 그녀에게 반말을 쓰는 게 아닌가. 너무 자연스러워 그녀도 알아차리지 못했다. 묘하게 기분이 이상했다. 꼬박꼬박 존댓말을 쓰며 민우 선생님으로 대우하던 그가 반말을 하니 이제 진짜 개인적인 관계 안에서 둘만 존재하는 것처럼 느껴졌다. 그러나 그런 친밀한 관계에서 오는 것과는 다르게 혹시나 여자로 느껴지는 것에서 오는 가벼운 태도는 아닐까 싶어 조금은 속이 꼬였다. 기회 봐서 그녀도 말을 놔야겠다는 생각을 하며 그녀가 입술을 부루퉁하니 내밀고 입술을 잘근거렸다.

어느 순간 차 속도가 느려지는가 싶더니 국도 사이로 나 있는 작은 오솔길 안으로 민준이 핸들을 돌렸다. 며칠 전 비가 오고, 초가을이 시작될 때라 잎들은 생생한 향기를 내뿜으며 두 사람을 맞아주었다. 드문드문 자갈이 깔려 있는 길을 더 달리는가 했더니 어느새 눈앞에는 작은 토담집이 있었다. 참 신기하다. 그녀가 과외를 마치고 버스를 타면 매번 지나치는 길이었지만 그땐 이 오솔길이 보이지 않았거니와 그 안에 이런 가게가 있는 줄도 몰랐다. 드러나지 않고 이렇게 자리잡고 있는 존재가 이 세상엔 얼마나 많을까.

선우가 차에서 내리며 주변을 두리번거렸다. 흙으로 빚은 집은 길을 안내해 주듯 안으로 들어가는 길에 통나무가 깔려 있어 어느 시골집에 초대받은 것처럼 사람을 편안케 했다. 그녀가 발 아래에서 재잘거리는 자갈 소리를 듣고 있는데 차를 주차하고 온 민준이 그녀에게 한번 시선을 보내더니 먼저 식당 안으로 들어갔다. 그녀가 한숨을 뱉어내며 그를 따라 들어갔다.

〈이럴 때 옆에 다가와 함께 들어가자고 하면 어디 덧나나.〉

가게 안으로 들어가니 점원이 두 사람을 방으로 안내했다. 문을 열리고 그녀가 발을 내디디려다 눈앞에 보이는 풍경에 작은 감탄을 터뜨렸다. 작은 방이었다. 나무로 된 식탁과 광목으로 만들어진 담담한 방석이 놓여 있는 그런 아담한 방. 하지만 방문 맞은편 벽이 유리로 되어 밖의 풍경이 보였다. 창밖으로 이 집 가운데에 있는 정원이 보였다. 돌로 둘레가 감싸인 웅덩이 같은 곳에서 대나무를 타고 물이 흘러 그 아래에는 연꽃이 피어 있었다. 연잎 위에 물방울이 튕겼지만, 물방울은 연잎에 스며들지 못하고 쪼르르 잎을 타고 떨어졌다. 연잎의 가장자리가 미세하게 흔들릴 뿐이었다.

"정식 두 개 주십쇼."

그녀가 창밖으로 보이는 풍경에 넋을 잃은 채 앉는 둥 마는 둥 하고 있을 때 민준이 주문을 했다. 주인으로 보이는 중년의 여인은 민준에게 잘 지냈냐는 인사를 건네며 친근한 미소를 건넸다.

"너무 좋네요. 자주 오는 곳이에요?"

"음…… 가끔."

너무 짧은 대답이라 더 이상 말을 이어갈 수가 없었다. 도통 속을 알 수 없는 얼굴로 그는 그녀가 방금 전까지 넋을 놓고 있었던 작은 정원을 바라보았다. 그 또한 그녀처럼 이곳이 좋은 건지 아니면 그녀가 모르는 어떤 추억이 있는 건지 민준은 흐르는 물에서 시선을 떼지 않았다.

"여긴 어떻게 알게 됐어요? 난 마음먹고 찾아도 이런 곳은 안 나오던데."

흐르는 물소리, 연꽃 위에 맺혀 있는 물방울들, 물이 고일 때마다 대나무가 텅 빈 소리를 내며 아래로 물을 쏟아냈다. 선우도 함께 정원을 바라보며 나지막이 물었다. 그러자 그가 엷은 미소를 입가에 그리며 그녀의 말에 동감한다는 듯 대답했다.

"여긴 꽤 폐쇄적으로 운영돼서 사람들이 찾기가 힘들어."

자주 온다는 사람치곤 낯선 곳에 대해 평가하는 사람처럼 그는 무덤덤한 얼굴로 주변을 둘러보았다. 그러나 그의 태도와는 상관없이 '폐쇄적'이라는 곳에 자연스럽게 앉아 있는 그 모습이 선우에겐 경계심을 만들었다. 혹시나 잠원동 어머니와 같은 부류가 아닐까 그런 생각이 머리 속을 스쳐 지나갔다. 끼리끼리 자기들만 이용할 수 있는 그럴듯한 곳을 만들어 나름대로 특권 의식에 사로잡혀 있는 그런 사람인가? 요즘엔 개나 소나 골프 치러 온다고 짜증을 부리던 엄마의 투덜거림이 문득 떠올랐다. 그렇게라도 자신의 삶이 가치있는 것이라고 확인하고 싶어하는 엄마를 한때는 참 안타깝게 생각했던 적도 있었다. 그녀의 마음 속에 경계심이 자리잡을 찰나에 다시 민우와 윤씨 아줌마가 떠올랐다. 민준의 집은 그런 느낌은 아니었기에 경계의 밖과 안을 살피며 그녀가 혼자 생각에 잠겨들었다. 그렇게 침묵이 드리워질 때 퉁명스러울 정도로 무심한 목소리가 들려왔다.

"아버지가 설계한 곳이야."

"아……."

그녀가 고개를 끄덕이며 다시 한 번 주변 풍경을 세심하게 뜯어보았다. 갑자기 작은 돌멩이 하나도 새롭게 보였다.

〈이 사람의 아버지도 건축가였구나. 이런 섬세한 감성이 저 무뚝뚝한 남자에게도 깃들어 있을까?〉

그녀가 앞에 앉아 있는 무표정한 민준을 유심히 쳐다보고 있
는데 방문이 열리며 음식이 차려졌다. 세 명의 점원이 차례대로
들어오더니 종류별로 담은 쟁반 위의 그릇들을 상 위에 가지런
히 놓았다. 선우는 눈앞에 펼쳐진 갖가지 나물들을 입을 벌리고
쳐다보았다. 생전 듣도 보도 못한 나물들이 작은 접시에 조금씩
담겨져 깔끔하니 입맛을 돋웠다. 민준이 젓가락을 들고는 그녀
도 들라는 시선을 보냈다. 선우는 젓가락으로 처음 본 나물 하
나를 집어 입에 넣었다. 쌉쌀하면서도 씹을수록 단맛이 났다.
나물 본연의 향과 맛이 그대로 살아 있어 그녀를 즐겁게 했다.

"처음 보는 나물이 많네요."

그녀가 입 안에 있는 나물을 오물거리며 말하자 그가 덤덤한
얼굴로 대답했다.

"혼자 살면 나물 같은 거 먹기 힘들 것 같아서……."

다른 나물에 젓가락을 가져가던 그녀의 손길이 멈칫했다가
다시 움직였다.

〈민우에게 내 얘기를 물은 걸까.〉

그녀가 고추장에 버무려진 나물을 입에 넣었다. 독특한 향이
입 안 가득 감돌았다.

〈여기 데려온 건 나한테 이걸 먹이려고 그런 건가?〉

앞에 앉아 있는 남자가 달라 보였다. 만날 출장이니 야근 같
은 것에 바빠 보이던 사람이 어떻게 나물 생각을 했을까. 윤씨
아줌마가 웬만한 집은 저리 가라 할 정도로 음식 솜씨가 좋아

그녀가 집에 있을 때보다 더 잘 먹었다. 가끔 과외 끝난 후 밥을 먹고 갈 땐 배가 터지도록 먹고 가기 일쑤였다. 그녀가 강정 하나를 입 안에 넣고 오독오독 씹으며 그를 빤히 응시하자 민준은 국을 뜨며 말했다.

"부모님 돌아가시고 나물이 먹고 싶은데 할 줄 몰라서 애먹은 적이 있었어. 찌개도 그렇고, 국도 그렇고 왜 어른들이 잘하는 그런 음식 있잖아."

"그땐 아줌마 안 계셨었어요?"

"음, 처음엔 그런 걸 생각 못했지. 당연히 내가 해야 되는 거라 생각했거든."

선우가 어느 정도 이해된다는 얼굴로 고개를 끄덕이자 그가 피식 웃으며 말을 이었다.

"혼자 해보려고 별짓 다해봐도 그 맛이 안 나는데 어느 날 직장 선배 집에 갔더니 나이 드신 아줌마가 음식을 하더라고. 그런데 맛이 내가 원했던 맛이었어. 아마 세월에서 오는 맛인 것 같아."

그녀도 알 것 같아 말없이 고개를 끄덕였다. 물론 민준만큼은 아니지만 그녀가 만든 된장국보다는 가끔 성북동에서 먹는 국이 훨씬 맛있었다. 그녀로서는 음식으로 쓰이는지도 모르는 무청을 가지고 성북동 어머니는 기가 막히게 구수한 국을 끓여냈다. 어쩌다 한번 그 국을 먹게 되면, 불편한 자리라 어색해하면서도 밥 한 그릇을 홀랑 비워내곤 했다. 성북동 어머니를 떠올리다 선우가 문득 드는 생각이 있어 그를 빤히 쳐다보았다.

"근데, 이렇게 말 많이 하는 사람인 줄 몰랐어요."

뜬금없는 그녀의 말에 민준의 얼굴이 멍해졌다. 불쑥 내뱉어버린 말을 선우가 얼른 정돈했다.

"아니, 그러니까 평소에 말이 너무 없어서 꽤 무뚝뚝한 사람인 줄 알았거든요. 근데 아니네요."

민준의 눈빛은 스스로도 깨닫지 못한 부분을 인식한 듯 잠시 생각에 잠기더니 그녀를 보고 엷은 미소를 지었다. 선우는 변함없이 튀어나오는 자신의 성격이 민망하여 볼을 긁적였다. 항상 이런 식이기 때문이다. 느끼는 게 있으면 앞뒤 안 가리고 느낀 것 그대로 말로 뱉어내고, 오해를 받기 일쑤였고, 뒷수습하느라 진땀 빼는 성격이었다. 그런 일면이 또 튀어나온 것이다. 아까 민준의 집 이층에서 오갔던 대화가 떠오르자 왠지 민망했다. 그런 선우의 속을 읽었는지 민준이 화제를 돌렸다.

"근데 왜 혼자 살아? 부모님이 지방에 계신 거야?"

혼자만의 생각에 빠져 있던 선우는 느닷없이 들려오는 그의 말에 고개를 들었다.

"아뇨."

짧은 대답을 한 그녀가 잠시 미간을 찌푸리며 손가락으로 볼을 긁적거렸다.

"좀 복잡한 집이에요. 누구나 다 그렇겠지만요."

말하기 싫으면 안 해도 된다는 뜻일까? 그는 말없이 그녀를 바라보더니 고개를 끄덕이곤 밥을 먹었다. 그가 별상관없다는 듯 행동하자 그게 오히려 말하기 편했다.

"음…… 간단하게 말하면 엄만 첩이에요. 엄만 몰랐다고 하지만 결과적으론 그래요."

그녀도 담담하게 말했고, 그도 담담하게 들었다. 아니, 약간은 그에게 시험하듯 경계 어린 태도를 취하고 있었지만, 그의 덤덤한 태도가 그녀를 덤덤하게 만들었다.

"호적상엔 아버지 본처가 내 엄마죠. 그래서 이꼴저꼴 보기 싫어서 얼른 독립했죠."

자근자근 말하는 그녀의 말을 그는 조용히 듣고만 있었다. 아무런 반응이 없는 그의 태도가 갑자기 어색하게 느껴졌다. 선우가 너털웃음을 흘리며 의외라는 듯 말했다.

"확실히 겪어온 세월이 더 많아서 그런지 담담하네요? 내 친구들은 대부분 요즘에도 그럴 수 있냐고 신기해하는데."

그가 입 안에 밥을 넣고 씹다가 불룩한 볼로 그녀를 응시했다. 무슨 생각이 났는지 잠시 딴곳에 간 눈빛으로 다른 곳을 응시하다가 음식을 삼키고 말했다.

"남들이 신기해하는 만큼 받아들이기 어려웠겠지. 당사자는 현실인데 옆에서 신기해하면 더 괴롭잖아."

〈부모님이 돌아가셨을 때 느낀 감정일까?〉

생모와 호적상의 엄마가 다르다는 거, 그리고 이도저도 선택하지 못하는 사람이 그녀의 아빠라는 거 살다 보면 그리 큰일도 아니다. 이 세상 누구에게나 각자의 사연이 있는 법이니까. 그렇게 그렇게 담담하다가도 어느 날 문득 신기해하거나 놀라거나 하는 사람들을 만나면 그렇게 외로울 수가 없다. 그 시선이 그녀 혼자만 그런 게 아닐까 하는 우스운 자기 연민을 느끼게 해 괴롭게 했다. 그 감정을 저리도 쉽고 간단하게 이해하는 거 보면 그와 맞먹는 상황에 처해봤던 것 같은데. 그녀는 뜯어보듯 유심히 그의 얼굴을 살폈다.

"뭐 해? 밥 먹어. 국 식는다."

그녀가 볼에 우물을 만들며 고개를 끄덕이곤 그가 그녀 앞에 밀어놓은 떡갈비를 집어 들었다. 한 시간 전만 해도 그를 신경 쓰느라 신경이 날카롭고 따끔따끔 피부가 예민해졌는데, 오히려 서로의 마음을 드러낸 순간 둘은 편안해졌다. 여전히 민준은 무뚝뚝하고 무덤덤하게 보였지만 보이지 않게 그녀를 신경 쓰고 있는 게 선우의 눈엔 보였다.

식사를 하고 차까지 마시고 나왔을 땐 이미 어둠이 내려앉아 있었다. 둘은 차가 주차된 곳까지 천천히 걸었다. 배가 부르기도 했고, 서늘한 여름밤의 바람이 쉽게 발길을 재촉하지 못하게 만들었다. 그녀 때문에 실내에서는 담배를 피우지 않던 그가 밖으로 나오자 담배를 꺼내 물었다. 어두운 허공으로 구름 같은 연기가 흐드러지게 피워 올라갔다. 차에 비스듬히 기대어 담배를 피우는 민준을 바라보며 선우가 그에게 걸어가다 발길을 멈추었다. 그에게 다가가 가까운 곳에 서 있고 싶은데 그래도 되는 건지 갑자기 혼란스러웠다. 이야기를 하자며 여기까지 나왔지만 결국 이야기보다는 그냥 이런저런 얘기에 밥 먹은 게 다이지 않은가. 그녀가 속삭이듯 조용히 입을 열었다.

"우리 사귀기 시작한 건가요, 아니면 밥 한 끼를 같이 먹은 건가요?"

담뱃재를 털어내던 민준이 고개를 들어 그녀를 뚫어지게 응시했다. 의미를 알 수 없는 시선, 그녀에게 고정된 묘하면서도 깊은 눈빛이 그의 눈동자에 떠올랐다. 어두운 공간, 사각거리는 자갈길을 사이에 두고 둘은 시선을 마주친 채 그렇게 서 있었다. 어느 순간 그의 입술 한쪽이 올라갔다.

"넌 확실하지 않으면 못 참는구나."

〈왜 목소리가 슬프게 들려올까.〉

선우는 그를 다그친 것 같아 입술을 깨물다가 다가가 민준 바로 앞에 섰다. 그녀가 걸을 때마다 자갈 소리가 울려 퍼져 사람의 신경을 더 예민하게 만들었다. 상대를 깊숙이 응시하는 그의 시선을 받아내기가 버거워 선우는 고개를 숙이고 조용히 되뇌듯 말했다.

"이렇게 가까이 오고 싶었는데 갑자기 모르겠더라고요. 그래도 되는 관계인지, 아닌지."

숲 속에 고즈넉이 자리 잡은 가게와 연한 불빛의 등이 그녀에게 쏟아져 내려 고개를 숙이고 말하는 그녀의 얼굴이 얼마나 유혹적인지 모를 것이다. 차마 그 유혹에 다가가면 안 되는 것처럼 그가 손을 뻗다가 잠시 허공에서 멈추었다. 그러나 민준이 그녀의 볼을 따라 시선을 내리다가 생이 주는 유혹 앞에 작은 굴복을 한다. 그가 그녀의 얼굴에 손을 가져갔다. 큼지막한 그의 손이 부드러운 그녀의 살결을 어루만졌다. 선우가 고개를 들어 그의 시선과 마주쳤다. 그는 고민스런 얼굴이었다. 그의 얼굴 위에 드리워진 음울한 기운에 선우가 의아해하며 입을 떼려는데 그가 말을 꺼냈다.

"잘하는 짓인지 모르겠다."

홀린 듯 그녀가 속삭였다.

"뭐가요?"

그가 고개를 숙여 그녀의 입술에 자신의 입술을 마주 대었다. 부드럽고 따듯한 입술이 그녀의 입술 위에 닿을 듯 말 듯하면서도 망설임이 깃든 목소리로 중얼거렸다.

"널 원한다고 해서 내가 다가가는 게."

"왜 안……."

그녀의 말이 끊어졌다. 흘러나온 건 말소리가 아니라 급하게 들이키는 숨소리였다. 그러나 다시 그 숨을 다 내쉬기도 전에 그가 그녀의 입술을 맛보았다. 그녀의 아랫입술을 혀로 핥는가 싶더니 이내 그녀의 입 안에 혀를 넣어 거친 키스를 퍼부었다. 알싸한 담배 맛이 느껴졌다. 거침없이 밀고 들어와 그녀의 입 안 구석구석을 핥고 맛보는 그의 키스에 선우가 주춤거리며 몸을 기대자 민준이 그녀를 두 팔로 안아들어 더 깊은 키스를 퍼붓기 시작했다. 두 사람의 호흡이 하나로 섞여 적막한 어둠 속을 떠다녔다. 숨 쉬기 힘들 정도로 힘 주어 껴안은 그의 팔과 그녀의 등에 닿은 그의 손이 너무 뜨거워 선우는 꼼짝달싹하지 못하고 열기에 취했다. 물기 어린 그의 혀가 그녀의 입 안을 헤집으며 그녀의 혀를 잡아채 놔주지 않았다.

"하아……."

민준이 그녀에게서 입술을 떼자 그제야 그녀가 막혀 있던 숨을 터뜨렸다. 그도 가쁜 숨결을 토해내면서 붉은 그녀의 뺨과 목덜미를 손으로 쓰다듬었다. 마치 무언가를 참는 사람처럼 그는 입술을 굳게 다물고 있었다.

민준과의 첫 키스를 떠올리던 선우가 어느 순간 인상을 찡그렸다. 사랑을 시작할 때의 두근거림과 떨림은 사랑이 파괴되고 나면 더 큰 고통을 가져다 줄 뿐이다. 오히려 그런 감정을 느끼게 한 사람이 그녀를 아프게 했던 사람이라는 게 더 아프게 다가올 뿐이다. 불이 난 것처럼 입술이 화끈거려 선우는 손가락 끝으로 입술을 매만지다 이내 고개를 흔들며 기억을 떨쳐 냈다. 괴롭다, 기억은. 무덤덤한 일상은 기억 때문에 온통 얼룩덜룩 물들어 버리고 헤집어진다.

그녀가 큰 숨을 토해내며 화장대 앞으로 걸어갔다. 그리곤 솜에 클렌징스킨을 묻혀 얼굴을 답답하게 만드는 화장을 벅벅 지워냈다. 하루 종일 밖에 있어 솜은 몇 번 지우지도 않았는데 탁한 회색으로 변했다.

〈잘한 거다, 그와 헤어진 건.〉

묻는지도 모르게 먼지가 묻는 것처럼, 닦아낼 때가 되어서야 까맣게 먼지가 묻은 걸 알 수 있는 것처럼 그와 있었다면 그 생활에 자연스럽게 적응하며 스스로를 괴롭히며 경멸스러워했을 것이다. 그런 식의 삶을, 그런 식의 대우를 받는 건 아버지와의 관계만으로 끝내야 한다. 길들여져서는 안 된다. 가족이 그녀를 그렇게 대했다 해서 스스로까지 자신을 그렇게 살도록 방치하면 안 된다. 그녀가 다른 솜을 꺼내어 아무런 색이 안 묻어날 때까지 얼굴을 닦아내곤 욕실로 들어갔다.

그녀가 샤워를 마치고 침대에 누워 이리저리 뒤척일 때 민준은 집으로 향하는 도로 위를 달리지 않고 서울 근처에서 맴돌고 있었다. 서울 주변 도로를 한참 동안 달리며 그만 집으로 돌아가자고 스스로를 설득했지만 마음은 말을 안 듣고 제 마음대로 몸을 움직였다. 밤늦은 시간이었지만 서울은 여전히 차들로 가득했다. 운전대를 잡은 손이 스스로 방향을 틀더니 그를 논현동에 있는 어느 빌라 앞에 데려다 놓았다. 선우와 헤어지고 나서 오랫동안 오지 않았던 그의 빌라였다. 회사에서 야근이 있거나 몸이 피곤할 땐 이곳에 와서 쉬고 자신의 시간을 가지기도 했던 그의 공간이었다. 그리고 선우와의 기억이 고스란히 담겨 있는 곳이기도 했다.

그가 주차장에 차를 세우고 잠시 앉아 있는가 싶더니 이내 문을 열고 엘리베이터가 있는 곳으로 걸어갔다. 엘리베이터는 언제나 그가 오던 사람인 것처럼 익숙하게 그를 옮겨주곤 스르르 문을 닫았다. 그가 문을 열고 안으로 들어갔다. 사람이 살지 않는 공간은 음산함마저 간직하고 있었다. 이 차갑고도 싸늘한 공간이 한때는 그가 사랑하던 여자와 사랑을 나누고 한밤중에 야식을 만들어 먹었던 사소하고도 정감 어린 공간이었다는 게 오히려 낯설게 느껴졌다.

〈덧없다. 이렇게 덧없는 것이다. 시간이란 건, 공간이란 건, 그리고 나누었던 사람의 마음이란 것도 이토록 덧없는 것이다. 그걸 알면서도 그녀를 품에서 놓지 못했다.〉

어둡고도 어두운 빈 공간을 물끄러미 응시하고 있던 그가 현관 앞에 서서 잠시 망설였다. 홀로 쉬고 싶다는 마음과 기억을 떠올리며 잃어버린 것에 대한 괴로움을 느끼고 싶지 않다는 마음이 그의 속에서 싸움을 벌였다. 문득 다시 집으로 돌아갈까 하는 생각을 해보던 그가 얕은 한숨을 토해내며 신발을 벗었다. 그리곤 불을 밝혔다. 가끔 날밤을 새고 잠을 자러 온 적이 몇 번 있었다. 그땐 일어나자마자 튀어나가느라 공간을 둘러볼 계제가 아니었다.

그가 오디오로 다가가 시작 버튼을 누르니 예전에 넣어놨던 CD가 돌아가며 피아노 연주가 공간을 채우기 시작했다. 맑고도 깔끔한 연주였다. 물방울이 떨어지는 듯한 느낌. 흐르지 못하는 그를 대신해 피아노 건반이 물 흐르듯 흐른다. 그가 거실 창을 반쯤 열어놓고 주방으로 가 커피를 만들었다. 이제 음악 연주에 맞춰 커피 향이 그 선율을 따라 느린 춤을 추었다. 상의를 벗어 의자에 걸쳐 놓고 그는 커피를 따라 소파에 앉았다. 그리곤 소파에 기대어 눕고 눈을 감았다. 기척없이 자는 사람처럼 누워 있던 그가 한쪽 팔로 얼굴 위를 가렸다. 기억이 선율에 맞춰 춤을 추듯 그에게 다가와 손을 내밀었다. 소파에서 그녀와 사랑을 나누었던 어느 날의 기억이 잠시 다가와 그 앞에서 아름다운 춤을 춘다. 그리고 또 다른 기억이 저 멀리에서 그를 응시하며 다가온다. 잊을 수 없다, 그녀가 그에게로 찾아온 그날을.

그녀와 처음 키스를 나누었던 그때, 참을 수 없는 욕구와 동시에 공포가 생겼다. 그에게 또 소중한 존재가 생겨 괴로움을 겪을지도 모른다는 공포, 그리고 그 소중한 존재에게 깊은 상처를 남길 것만 같은 두려움이 그를 도망치듯 지방에 있는 공사 현장으로 향하게 만들었다. 일주일에 한 번 평일에만 집을 찾아 민우가 잘 지내나 대충 살펴보고 한 달 넘게 지방에서 상주하며 설계대로 작업이 되고 있는지 점검하고 있었다. 굳이 그가 하지 않고 다른 팀원을 보내도 될 일이었지만 그가 직접 갔다. 민우 때문에, 그리고 그의 공부 때문에 건설 현장엔 계속 다른 팀원들이 갔기에 겸사겸사 그는 강원도 시골에서 가을을 보내고 있었다.

설계에서의 계단, 그러니까 설계에서 잡았던 이미지와 실제로 지어지고 있는 계단의 이미지가 안 맞아 그 미묘한 차이를 고민하고 있는데 서울에 있는 사무실에서 전화가 왔다.

"예, 권민준입니다."

[자네 여기로 올라와야 할 것 같네.]

"왜요? 무슨 일 있습니까?"

[도환에서 미술관 건물 짓는다고 공고났어. 이 사람들 PT로 뽑을 생각인가 봐.]

"도환이요?"

도환이라는 대기업이 미술관을 짓는다는 말이 무성했을 땐 그저 지켜보자는 입장으로 내심 그 일을 노리고 있었지만 막상 발표가 났다는 소식을 들었음에도 마음은 덤덤했다. 한때는 욕심을 냈었다. 예전에 목표나 꿈을 추구하는 것만으로도 하루하루가 벅차오르던 그런 시절엔 그가 꿈꾸었던 건축물을 짓는다는 생각만으로도 행복했었다. 호텔이나 카페와는 다르게 미술관은 규모도 크고, 예술적인 공간으로서의 미적 기준이 어느 건물보다 요구되었다. 건축 설계자라면 누구나 그렇듯 자기만의 이름을 건 그런 건축물을 남기고 싶을 것이다. 입찰 경쟁의 구체적인 조건을 간략하게 전해 들은 그가 내일 강원도 호텔 일과 도환 일을 이야기하기로 하고 전화를 끊었다. 주머니에 핸드폰을 집어넣으며 그는 잠시 고개를 들어 올렸다. 가을 하늘이 새파랬다. 겨울이 오기 전에 강원도 호텔 공사를 끝내고, 동시에 도환미술관 설계 작업을 들어가야 한다. 아마도 온 사무실 직원이 매달려야 할 것이다. 머리 속으로 일정을 따져 보던 그의 머리 속이 가을 하늘의 청명함에 잠시 생각을 비우고 멍하니 서 있었다.

〈허허롭다. 가슴속에 시린 바람이 부는 것처럼 가슴이 시리다. 그러나 별다른 방법이 없다. 어떻게 살아가는 것이 충실한 건지 알 수 없다. 이미 생의 미로 속에 갇혀 버려 눈앞에 보이는 길을 걸을 뿐이다. 출구가 있을까? 출구 없는 미로에 갇혀 버린 느낌.〉

그가 상념을 털어내듯 고개를 젓고는 건물 위에서 내려왔다. 현장 감독과 계단 문제를 논의하고 일단 그 부분은 중단하기로 합의를 봤다. 미묘한 차이를 실제 시공에서 오는 또 다른 창조로 받아들여야 하는 건지 아니면 잘못된 길로 가는 실수가 되는 건지 가끔은 혼란스러울 때가 있다.

지금 시공된 계단의 중심축이 구조상의 문제는 없는 건지 중간 감리에 들어가기로 하고 그가 현장을 떠났다. 그리곤 곧장 호텔에 가서 짐을 꾸렸다. 그는 체크아웃하기 전 호텔 라운지에서 차라도 한 잔 마시고 쉬어야겠다는 생각에 샤워 후 아래층으로 내려갔다. 윤씨 아줌마와 연락을 해보니 민우는 별다른 일 없이 학교에 다니고 있었다. 얼마 전부터 약을 먹기 시작했는데 증세가 차츰 호전되는 건지 요즘엔 발작을 거의 하지 않았다. 그가 느긋하게 카페 라운지가 있는 곳으로 걸어갔다. 공사 현장에 있다 보면 일일이 눈에 걸리는 게 많아 오히려 서울에서보다 더 바빴다. 어쩌면 더 바쁘게 지내며 스스로를 설득하고 있었는지도 모른다. 바빠서 그녀를 만날 시간이 없는 거라고 그렇게 스스로에게 이유를 들이대고 있었는지도 모를 일이다.

밖의 풍경을 한가로이 보여주는 창 쪽에 앉아 그가 점원에게 커피를 시켰다. 커피를 기다리며 그는 창밖에 보이는 풍경을 무심히 응시했다. 단풍 구경 나온 사람들로 호텔 밖은 북적였다. 평일이라 노인들과 아줌마들, 그리고 아이들이 많이 보였다. 사람들은 계절의 변화를 잘도 챙기고 살았다. 아니, 벼르고 벼른 일인가? 벼를 만도 했다. 아마도 밖의 풍경을 그림으로 그리라면 그저 다홍빛 붉은색을 큰 붓에 찍어 하나의 획으로 산을 그릴 것이다. 흠쩍 물에 젖은 종이 위에 다홍빛 물감이 퍼져 가다 마른 경계에서 그 움직임을 멈추는 것처럼 가을의 나무들은 노란색과 붉은색 물속에 한 번쯤은 빠졌다가 나온 것처럼 아름답게 물들어 있었다. 겨울이 오기 전 수분을 뺏길까 봐 미리 잎들을 죽여 떨어뜨리는 나무의 몸부림이었지만 남들이 봤을 땐 아름다우니 참 잔인한 일이다. 마치 인간의 고통이 대중을 매혹하는 예술로 승화되는 것처럼 말이다.

창밖을 덤덤히 바라보고 있던 그가 커피를 가져온 점원에게 살짝 고개 숙여 감사를 전하고 커피를 한 모금 마셨다. 그리곤 다시 창밖으로 시선을 돌렸다. 아무 생각 없이 고개를 돌려 시선을 가져가던 그의 얼굴이 일순 굳어졌다. 창밖 너머의 무언가를 응시하는 그의 눈이 가늘어졌다. 그가 미간을 찌푸리고 멀리서 걸어오는 누군가를 뚫어지게 응시했다. 잘못 본 건가 싶어 그는 미간을 더 찌푸리고 창 쪽으로 얼굴을 가까이 가져갔다. 선우였다. 그녀는 주위를 두리번거리며 점점 더 그가 있는 호텔 쪽으로 걸어오고 있었다. 오랫동안 걸어온 걸까? 그녀의 머리카락이 어깨 주변에 어지러이 흩어져 있었고, 두 볼은 가을 햇살에 익어 발갛게 달아올라 있었다. 생기를 잔뜩 머금은 얼굴로 대학생답게 청바지에 가방 하나를 달랑 메고 그렇게 그에게 걸어오고 있었다.

〈안 돼. 오지 마.〉

민준이 주먹을 움켜쥐며 괴로운 듯 눈을 질끈 감았다. 그리곤 다시 눈을 떠 밖을 쳐다보았을 땐 그녀의 모습이 보이지 않았다. 잠시 잘못 본 건가 싶게 시간이 흐르고 난 후였다. 놀라움이 섞인 그녀의 목소리가 가까이에서 들려왔다.

"어? 여기 있었네요."

그가 고개를 돌려보니 선우가 눈을 휘둥그레 뜨고 그를 향해 걸어오고 있었다. 민준은 무표정한 얼굴로 그녀가 오는 모습을 응시했다. 그녀가 잠시 머뭇거리며 걸음을 늦추더니 어색한 얼굴이 되어 그 맞은편에 앉았다.

"놀랐죠, 갑자기 나타나서?"

그가 말없이 고개를 끄덕였다.

"카운터에서 객실을 알려주지 않더라고요. 그래서 민준 씨 올

때까지 그냥 여기서 기다리려고 온 건데 여기 있었네요.”

선우는 입가에 웃음을 잔뜩 머금고 다행이라는 듯 좋아했다. 민준이 무표정한 얼굴로 물었다.

“여긴 어떻게 안 거야? 연락이라도 하지 그랬어.”

그의 뭉툭한 반응에 웃고 있던 선우의 얼굴이 약간 조심스러워졌다.

“민우랑 통화하는 거 옆에서 듣다가 어떻게 알게 됐어요. 연락처를 물어보기가 좀 그래서 무작정 출발했죠.”

‘무작정’ 이란 단어가 그의 가슴속을 파고들었다. 그가 쑥스러워하는 그녀의 얼굴을 바라보며 부드럽게 말했다.

“오늘 서울로 올라갈 예정이었는데, 조금만 더 기다리지.”

겨를없이 일단 일을 치고 보는 그녀의 성격을 그가 놀리는 것 같아 선우는 민망한 듯 볼을 붉적이며 항변하듯 말했다.

“그랬어요? 그래도 너무 보고 싶어서 스스로 제어가 안 됐어요. 아침에 눈을 떴는데 무작정 민준 씨가 있는 이곳에 가야겠다는 생각밖에 안 들더라고요.”

아침에 자신의 상태를 떠올리던 그녀가 자조하듯 피식거리는 동안 민준은 그녀에게서 시선을 떼지 못하고 그녀만을 응시했다.

〈너를 내가 어떻게 피할 수 있을까?〉

“언제 출발하려고 했어요?”

그녀가 눈을 동그랗게 뜨고 궁금한 듯 물었다.

“지금. 이거 마시고 출발할 생각이었어.”

그의 대답에 그녀가 자신이 어쩔 수 없다는 듯 한숨을 뱉어내더니 자리에서 일어났다.

“내가 아주 절묘하게 시간 맞춰 왔네요.”

민준이 그녀를 따라 일어서곤 카운터에서 커피 값을 계산했다. 둘은 그가 묵고 있는 객실을 향해 엘리베이터에 올랐다.

“괜히 여기까지 오느라 고생했구나.”

그가 안타까운 듯 말하자 그녀가 고개를 저으며 말했다.

“아니에요. 아예 당신을 못 만나고 갈 수도 있다고 생각했는데요 뭘. 이렇게 만난 게 어디예요. 못 만나면 그냥 단풍 구경이나 하려고 했거든요.”

그녀가 시원스레 대답했지만 민준의 얼굴은 이상하게 굳어 있었다.

〈어쩌면 그녀의 이런 성격이 더 큰 상처를 받게 만들지도 모른다.〉

엘리베이터는 두 사람을 내려놓고 문을 닫았다. 호텔 복도는 어스름한 불빛만 켜져 있어 왠지 비밀스럽게 느껴졌다. 바닥에 깔려 있는 양탄자에 두 사람의 발소리가 묻혀 분명 사람들이 공유하는 호텔이었지만 왠지 두 사람만 있는 느낌을 갖게 했다.

민준을 따라 뒤에서 걸어가던 선우의 얼굴에 잠시 그늘이 드리워졌다. 그저 자신의 감정을 이기지 못하고 충동적으로 나선 길이었는데, 그는 별로 반가워하는 것 같지 않았다. 괜한 짓을 한 걸까. 아니, 그에게 부담이 되는 행동이었던 걸까. 그녀가 소리없는 한숨을 삼키며 묵묵히 복도를 걸었다. 앞서 걷던 그가 어느 문 앞에서 멈춰 서더니 문을 열고 그녀를 기다렸다. 그녀가 머뭇거리며 잠시 망설이다 객실 안으로 들어갔다. 탁자 위에 가방 하나가 덩그러니 놓여 있을 뿐 객실에 그의 흔적이라곤 없었다. 그가 들어갈 수 있게 그녀가 한쪽으로 비켜섰다. 가방을 가지고 나오면 점심을 먹고 출발하자고 말해야겠다 생각하며 그녀가 객실 한쪽을 물들이고 있는 가을 풍경을 멍하니 쳐다보고 있는데 갑자기 민준이 품 안으로 끌어당겼다. 그는 품 안에 그녀를 가두고 그녀의 입술을 찾았다.

〈내가 널 어떻게 놓을 수 있겠니.〉

거칠게 그녀의 입술을 빨아들이며 그녀의 입 안으로 혀를 넣어 맛보던 그의 입술이 서서히 그녀를 애태우듯 부드럽게 변해갔다. 갑작스러워 순간 놀라서 굳어 있던 그녀도 열기 어린 그의 키스에 조금씩 반응하며 그의 깊은 키스를 받아들였다. 거부하기엔 그를 너무 그리워했던 선우다.

살짝 벌린 입술 사이로 촉촉하게 젖어 있는 붉은 혀가 언뜻 보이자 민준이 억눌린 신음을 뱉어내며 그녀의 허리와 엉덩이를 두 손으로 움켜잡았다. 방법을 몰라 요령없이 그의 입술을 핥아대는 그녀의 혀를 느끼며 민준은 오히려 미칠 것 같은 욕망에 사로잡혔다. 그가 그녀의 엉덩이를 강하게 움켜잡으며 자신의 키에 맞게 들어 올렸다. 정신을 잃을 정도로 그는 흥분했다.

그의 가슴으로 느껴지는 보드랍고 말랑말랑한 그녀의 젖가슴이 느껴지면서 그는 결국 제어해 왔던 욕구라는 놈을 그냥 놔주었다. 둘은 서로의 입술을 놔주지 않고 끊임없이 서로의 입술을 탐했다.

그가 선우의 입술을 놔주지 않은 채 그녀의 어깨에 있는 가방을 손으로 밀어냈다. 선우는 그의 손길에 순순히 가방을 벗었다. 민준이 바닥에 가방을 그대로 떨어뜨리곤 선우를 안아 들고 곧장 객실 한가운데에 놓여 있는 침대로 다가갔다. 그리곤 그녀의 목덜미에 아플 정도로 거친 키스를 퍼부으며 그녀의 몸 위로 비스듬히 자신의 몸을 겹쳤다. 민준이 그녀의 상의를 벗겨내곤 가슴 한가운데에 키스했다. 혀로 그녀의 쇄골과 보드라운 가슴을 핥아내고 입 안 가득 넣어 강하게 빨아들였다. 선우가 미약한 신음을 뱉어내자 그제야 그가 고개를 들어 그녀를 마주 보았다. 비스듬히 벗겨져 허리에 둘러진 그녀의 상의를 그가 급하게 벗겨내곤 자신의 상의를 벗기 시작했다. 옷을 벗기 위해 둘의 입술이 떨어져 있는 동안 둘은 서로의 눈동자만을 응시했다. 그의 눈동자에 사로잡혀 선우는 다른 곳을 볼 엄두를 내지 못하고 그저 가만히 누워 있을 뿐이었다. 손을 움직여 자신의 옷을 벗기에 그녀는 너무나 이 상황이 어색했다. 그렇다고 고개를 돌려 다른 곳을 쳐다보기엔 그의 시선이 너무 뜨거웠다. 그 눈동자에서 도망가고 싶지 않았다. 민준이 셔츠 단추를 하나씩 풀어헤쳤다. 그러나 시선은 여전히 그녀의 얼굴에 고정되어 있었다.

숨 막힐 듯한 정적이 방 안을 채우고, 가라앉아 갔던 둘의 숨소리가 다시 가빠지기 시작했다. 단추를 풀어내던 민준이 어느새 셔츠를 한 손에 움켜쥐곤 침대 밖으로 던졌다. 그리곤 다시 몸을 숙여 그녀의 입술을 찾았다. 갈 곳을 몰라 헤매던 그녀의 눈동자가 그의 키스에 서서히 감겼다. 그의 손이 그녀의 허리에 닿는가 싶더니 청바지 앞부분에 닿았다. 그리곤 청바지 버클을 열고 지퍼를 내리기 시작했다. 눈을 감고 그의 입술이 주는 감촉에 빠져 있던 선우가 금속성의 날카로운 소리에 퍼뜩 눈을 떴다. 뿌옇게 흐려져 있던 그녀의 눈동자가 불안스럽게 흔들리자 그녀의 바지를 끌어 내리던 그의 손길이 딱 멈추었다. 민준이 그녀의 얼굴을 유심히 살피더니 잠긴 목소리지만 단호하게 말을 꺼냈다.

"원하지 않으면 지금 말해. 지금 말해야 멈출 수 있어."

그의 입가가 흥분과 긴장으로 미세하게 경련을 일으키는 걸 선우는 놓치지 않고 보았다. 물론 그녀와는 다른 이유겠지만 그도 그녀만큼이나 이 순간이 긴장되고 두려운 듯했다. 선우가 입가를 곡선으로 그리며 엷은 미소를 지었다. 두려움으로 흔들렸던 그녀의 눈동자가 이제 작은 돌멩이처럼 단단하게 변했고, 햇살은 받은 강가의 조약돌처럼 반짝반짝 빛을 냈다. 그녀는 모를 것이다. 눈을 빛내며 미소를 그리는 그녀의 얼굴이 지금 그를 얼마나 아찔하게 만드는지, 얼마나 흥분시키는지.

선우는 힘없이 시트 위에 놓여 있던 팔을 들어 올렸다. 그리곤 그의 맨가슴에 갖다 댔다. 민준이 소리없이 급한 숨을 들이키며 그녀의 목에 입술을 묻고 깨물었다. 아플 정도로 강렬한 쾌락이 두 사람을 휩쓸었다. 그의 손이 둘 사이를 가로막고 있는 청바지를 마저 끌어 내리더니 그의 셔츠가 있는 바닥으로 던졌다. 차가운 공기가 그녀의 맨살에 닿자 그녀의 몸이 움츠러들었지만 이내 민준의 뜨거운 손이 그녀의 허벅지를 쓸어 내리자 다시 열기 속으로 빠져 들어갔다. 그녀의 몸 구석구석을 쓰다듬고, 그녀의 젖 봉우리를 입에 가득 물고 빨아대는 민준의 행위에 선우는 그가 주는 느낌에 취해 있었다. 아니, 처음 느껴보는 이 생경한 육체적 언어들을 이해하고 받아들이는 데에도 그녀는 버거웠다.

어느새 둘의 몸을 걸치고 있던 옷가지가 하나도 남김없이 다 사라지고, 그녀 앞에 자연 그대로의 그의 몸이 드러나는 순간 그녀는 빤히 그의 가슴을 응시할 수밖에 없었다. 듣는 것과 상상해 보는 것은 천양지차였다. 맨몸의 남성을 눈앞에서 보는 것은, 그것도 자신을 삼킬 듯이 바라보는 남자의 시선을 받으며. 합리적이고 냉정함을 상징하는 남자의 셔츠와 양복이 벗겨진 그는 욕망을 가진 한 인간이었다. 그리고 욕구를 채우고 싶어 잔뜩 달아올라 있는 동물적인 느낌까지 자아냈다.

그의 가슴에서 배로 시선을 내려가던 그녀가 그의 단단해진 남성을 보고는 눈을 휘둥그레 떴다. 위협적이었던 것이다. 남자의 성기를 본 적이 없으니 비교할 수는 없었지만 그의 남성은 그녀에게 두려움을 갖게 했다. 상상했던 것보다 남자의 성기는 커다랬고, 단단해 보였다. 그리고 적나라했다. 선우가 얼른 시선을 돌려 그의 얼굴을 응시했다. 민준은 자신의 남성을 빤히 응시한 선우의 시선에 잔뜩 굳어 있었다. 민준의 나이에 맞게 그는 물론 경험이 있었다. 그건 쑥스러움이나 부끄러움이라기보단 뭐랄까, 난감함이랄까? 그동안 여자와 관계를 가질 때 그렇게 빤히 그의 남성을 쳐다보는 여자는 없었다. 그저 그런 척, 아니면 못 본 척 넘어갔다. 물론 아예 대담하게 나오는 여자도 있었다. 그러나 선우의 눈은 처음 보는 생경한 무언가를 보는 것처럼 호기심과 놀람을 적나라하게 표출하고 있었다.

민준이 어색하게 그녀를 응시하다가 천천히 그녀를 안아 몸을 포갰다. 그리고 그녀의 입술을 혀로 살짝살짝 핥으며 그녀를 애태우듯 그렇게 달랬다. 그러나 선우는 눈을 말똥거리며 키스하는 그의 눈을 응시했다. 그가 키스를 멈추고 그녀의 입술에 그의 입술을 가까이 댄 채 그녀의 시선을 마주쳤다. 그의 눈빛이 욕망으로 짙은 열기를 뿜어내고 있었다. 그러나 불안해하는 그녀의 마음을 알았는지 움직임을 멈추고 허락을 기다리듯 그녀를 응시했다.

선우가 흔들리는 눈빛을 하면서도 고개를 끄덕였다. 방금 전 있었던 애무와 키스에 그녀의 얼굴은 붉게 달아올라 있었다. 두 볼이 발갛게 익어 있었고, 젖꼭지는 흥분으로 단단하게 도드라져 있었다. 그가 엷은 미소를 그리며 그녀의 배 위에 입을 맞추었다. 그녀의 몸이 작게 움찔거리며 살며시 눈을 감았다. 그의 입술이 그녀의 배를 따라 지나가더니 배꼽 가운데를 혀로 핥았다. 그리곤 그녀의 아랫배를 지나 허벅지 안쪽을 혀로 핥고 입술로 애무했다.

눈을 감고 있던 선우가 그의 입술이 비밀스런 숲에 닿는 걸 깨닫고는 퍼뜩 눈을 떴다. 어느새 그는 그녀의 위로 올라와 얼굴을 맞대었다. 그리곤 뿌옇게 안개가 낀 선우의 두 눈을 응시하며 자신의 남성 끝 부분을 그녀의 여성 입구에 갖다 댔다. 뜨겁고 단단한 그의 남성이 그녀를 아프게 할 것 같아 선우는 자신도 모르게 하체에 힘을 주었다. 그러자 민준이 그녀의 귓가에 속삭였다.

"쉬이…… 괜찮아. 힘을 빼."

선우가 주저하며 다리에 힘을 뺀 순간 그의 남성이 진입을 시도하며 살짝 밀어 넣었다. 선우의 입에서 놀란 듯한 숨소리가 터져 나왔다. 민준은 멈추었다. 그리고 기다렸다. 가라앉기를, 그리고 몸을 열어 그를 받아들이기를.

묵직하게 에이는 듯한, 그리고 화끈거리며 난생처음 받아들이는 이 이물질에 그녀는 지금 시간이 필요했다. 선우가 눈을 감고 숨을 내쉬자 민준이 어금니를 꽉 깨물어 욕구를 제어했다.

마침내 그녀가 어느 정도 아픔이 가라앉고 자신 안에 들어와 있는 그의 일부분에 적응했을 때 선우가 그의 어깨에 있던 두 손을 그의 목 뒤로 가져가 팔을 감았다. 민준의 입에서 가쁜 숨소리가 흘러나오는가 싶더니 이내 깊게 파고들었다. 그리곤 그녀가 인상을 찡그릴 새도 없이 그가 살짝 몸을 빼내더니 더 깊게 자리를 잡았다. 그의 온몸이 땀으로 번들거렸다. 선우가 잔뜩 미간을 찌푸리고 숨을 들이키자 민준이 걱정이 묻어나는 부드러운 목소리로 중얼거렸다.

"많이 아프니?"

선우가 눈을 살짝 뜨더니 약 오른다는 얼굴로 그를 노려보았다. 그의 입에서 낮고도 거친 웃음소리가 흘러나왔다. 그러나 그런 여유도 잠시였다. 그녀에게 시간을 주기 위해 멈추어 있는 것도 한계에 다다르고 있었다. 비좁은 그녀의 여성은 참을 수 없을 정도로 그를 죄어왔고, 뜨거운 공단 같은 내부가 그를 감싸며 흥분을 부채질하고 있었다. 미소를 짓고 있던 그의 얼굴이 웃음이 사라지고 열기에 휩싸인 한 남자의 얼굴을 하고 있었다.

그가 두 손을 그녀의 아래로 가져가 엉덩이를 감쌌다. 그리곤 완전한 결합이 이루어지도록 그녀를 끌어당기더니 천천히 몸을 움직이기 시작했다. 그러자 선우가 입을 벙긋거리며 그의 눈을 응시했다. 묵직하게 아프면서도 묘하게 뒤틀리듯 육체로 타고 흐르는 느낌. 그건 쾌락이었다. 채울 듯 채울 듯 깊숙이 들어왔다가 놀리듯 뒤로 빠져나가는 그의 일부분이 그녀를 애태우고 달뜨게 했다.

눈을 마주 보며 천천히 몸을 움직이던 그의 몸이 조금씩 리듬을 타며 빨라져 갔다. 그의 눈빛에 번뜩이는 날카로움이 스쳐 지나가나 싶더니 민준이 그녀의 목과 어깨를 깨물면서 붉은 흔적을 그녀의 몸에 남겼다. 격렬할 정도의 거친 움직임이 시작되었다. 선우의 입에서 아픔과 쾌락이 뒤섞인 묘한 신음 소리가 흘러나오자 민준의 몸은 이제 마지막 자제의 끈을 놓으며 강하게 그녀를 밀어붙였다. 그리곤 아주 깊숙이 그녀조차 몰랐던 깊은 곳으로 잠겨 들어갔다.

뜨겁고 격렬했던 육체관계로 그의 몸은 땀에 젖어 번들거렸다. 민준은 여전히 그녀 안에 잠긴 채 숨을 고르고 있었다. 둘 다 거친 숨소리를 뱉어내며 서로의 몸이 주는 여운을 놓치지 않고 있었다. 서로의 존재 사이에 경계가 없었다. 어느 순간 호흡이 가라앉은 그가 그녀를 안은 채 몸을 굴러 옆으로 누웠다. 선우는 처음으로 겪은 육체의 언어를 감당하느라 눈을 감고 그가 얼굴을 볼 수 없게 침대 시트에 얼굴을 묻었다. 그녀의 몸을 쓰다듬는 그의 손길이 느껴졌다. 등에서 허리를 타고 온 손길은 그녀의 엉덩이에서 부드럽게 맴돌더니 이내 허리에 팔을 둘러 그녀를 끌어당겼다. 그리곤 그녀의 얼굴을 가까이 끌어당겨 부드러운 입맞춤을 하기 시작했다. 너무나 소중하다는 듯 그녀의 입술과 코에 자잘한 키스를 흩뿌리는 그의 행동에 어색해하며 굳어 있던 그녀가 조금씩 편해져 갔다. 그가 그녀의 귓가에 애무하듯 속삭였다.

"뭐 먹고 싶은 거 있어? 배고플 텐데."

그리곤 그녀의 시선과 마주쳤다. 그는 여전히 짙은 눈빛을 하고 있었다.

"늦게 출발해도 되면 맛있는 거 먹고 싶어요."

그녀가 눈을 빛내며 볼우물을 만들고 그를 빤히 쳐다보았다. 어색해하지 않으려고 일부러 씩씩하게 말하는 그녀가 너무 예뻐 그는 다시 유혹당하고 말았다. 그가 선우의 엉덩이를 두 손으로 감싸고는 침대 머리맡에 있는 커다란 베개에 몸을 기대게 만들었다. 그녀가 어리둥절한 얼굴로 그가 하는 대로 비스듬히 등을 기대고 앉아 있는데 민준이 그녀에게 몸을 기울이며 중얼거렸다.

"조금 있다 먹으러 나가자."

그녀가 어리둥절한 얼굴로 주변에 시선을 돌렸다. 커다란 베개와 그에게 그녀가 갇혀 있었다.

"조금 있다가요?"

그녀가 눈을 동그랗게 뜨고 반문하는데 그가 천천히 그녀에게 몸을 밀착시키더니 그녀의 양 발목을 잡았다. 구부려진 그녀의 다리 사이로 그가 몸을 숙이더니 그녀 안으로 들어가기 시작했다.

"응, 조금 있다가."

그러나 그의 대답은 선우의 귀에 들려오지 않았다. 첫 관계로 얼얼하게 부어 있던 그곳이 그의 몸이 들어오자 에이듯 날카로운 아픔을 불러일으켰다.

"아파……."

그녀가 급한 숨을 들이키며 인상을 찡그렸다. 맥없이 널브러져 있던 그녀의 두 손이 거칠게 시트를 움켜잡았다. 민준이 호흡을 가다듬으며 천천히 안으로 들어갔다. 멈추고 싶지 않았다. 아니, 멈출 수 없었다. 스스로에게 걸어놓은 빗장이 풀려 버린 지금, 그의 욕망이 날뛰고 있었다. 선우를 피하며 밤마다 괴로웠던 것만큼 그녀를 더 안고 싶었다. 그가 최대한 부드럽게 그녀 안으로 들어가며 달래듯 그녀의 입술을 깨물고 혀로 핥았다. 물결처럼 그의 키스가 그녀의 귓불과 어깨를 따라 내려갔다. 선우의 입술에서 어느 순간 부드러운 한숨이 흘러나왔다. 둘의 결합은 이제 단단하게 맞물려 빈틈없이 밀착되어 있었다.

〈어지럽다.〉

눈앞이 혼미할 정도로 주위의 공기가 춤을 추며 원을 그린다. 그가 눈을 감고 그녀 깊숙한 곳을 향해 천천히 몸을 움직였다.

〈너를 내가 어떻게 거부할 수 있겠니. 이토록 아름다운 너를, 이토록 한가운데로 다가오는 너를 어떻게 놓을 수 있겠니.〉

everything

새벽이 되어서야 간신히 잠이 든 선우는 아침나절부터 울려대는 핸드폰 소리에 인상을 찌푸렸다.

〈도대체 어떤 인간이야.〉

마감과 동시에 민우 때문에 서울 외곽에 갔다 오고, 게다가 권민준까지 만난 후유증일까. 몸은 천근만근 무거웠고 여기저기가 쑤셨다. 선우는 눈도 뜨지 못한 채 전화를 받을까 말까 갈등을 했다. 그러다 전화 벨소리가 끈질기게 울리자 침대 옆에 있는 핸드폰에 손을 가져갔다. 프리랜서 기자로 일하다 보니 언제 어떻게 일이 들어올지 몰라 항상 대기 상태인 면이 있었다. 혹시나 일이 들어오는 건가 싶어 그녀가 핸드폰 폴더를 확인했다. 성북동 어머니였다.

"예, 어머니. 선우예요."

[아침부터 미안하다.]

의례적이지만 새벽녘에 자고 늦게 일어나는 선우의 버릇을 아는 어머니인지라 그녀를 배려하는 말을 건넸다. 선우가 털털한 목소리를 가장하며 얼른 대답했다. 이십 년이 넘은 시간이면 익숙해질 만도 한데 아직도 그녀는 성북동 어머니와 말할 땐 신경이 예민해졌다. 사심이 없다는 걸 보여주듯 넉살 좋은 모습을 만드는 게 피곤했다.

"아니에요. 근데 어쩐 일이세요?"

[선우야, 모레가 회장님 환갑이야.]

핸드폰에서 들려오는 어머니의 목소리를 선우가 멀뚱하게 듣고 있다가 억지스럽게 입꼬리를 올리며 대답했다.

"아, 맞아요. 알고 있었는데 일 때문에 깜박했어요."

서글서글하게 맞장구치는 선우의 목소리에 핸드폰에서 어머니의 엷은 웃음소리가 들려왔다.

[그래, 그럼 그때 보자.]

"예."

[일은 잘되니?]

"예, 뭐 그렇죠. 그럭저럭이요."

[그래, 그렇구나. 그럼 이만 끊는다.]

의례적이고 형식적인 인사가 끝나고 선우는 어머니가 먼저 전화를 끊기를 기다렸다. 이런 사소한 것에서부터 신경을 써야한다는 게 새삼스럽게 짜증이 났다. 책잡힐 짓 하지 말라는 엄마의 잔소리 때문인지 아니면 그녀 스스로 우습게 보이기 싫어서인지 성북동 어머니에게만큼은 예의 바르게 행동했다. 핸드폰에서 전화가 끊어졌다는 기계음이 들리자 그제야 선우가 폴더를 닫고 침대 한구석에 놓았다. 그리곤 다시 누워서 잠을 청했다.

〈모레? 모레면 무슨 요일이지?〉

머리 속으로 일정을 정리하면서도 다시 잠 속으로 빠지기 위해 눈을 감고 있던 선우가 갑자기 눈을 팍 떴다. 그리곤 옅은 한숨을 내쉬며 일어나 앉았다. 모레면 지리산으로 취재를 가기로 약속이 되어 있는 날이었다. 일정을 마음대로 움직일 수도 없었다. 지리산에 살고 있는 시인을 취재하기 위해 몇 달 전부터 그녀가 허락을 받아내느라 고생을 했던 것이다. 그녀의 끈질긴 취재 요청에 시인이 간신히 시간을 내준 건데 어떻게 날짜를 미루자고 할 것인가. 그렇다고 시간이 남아도는 것도 아니었다. 지리산까지 갔다 와야 하기 때문에 갔다 와서 바로 기사를 쓰는데도 시간이 빠듯했다.

〈으아아, 이걸 어쩐다. 이제 와서 성북동 어머니에게 여차저차해서 못 간다고 전화를 드려? 분명 피하는 거라고 생각할 텐데…….〉

이리저리 머리를 굴리던 선우가 짜증 섞인 신음을 흘리며 손으로 머리를 헝클어뜨렸다. 그때 침대 한구석에서 덩그러니 침묵을 지키고 있던 핸드폰이 다시 울려댔다. 그녀가 미간을 찌푸리며 핸드폰을 손에 들었다. 이번엔 잠원동 어머니였다. 바로 그녀를 낳아준 친엄마.

"웬일이우?"

스무 살까지 함께 살았던 엄마인지라 그녀의 말투는 경계없는 물처럼 흘러나왔다.

[모레가 네 아버지 환갑인 거 아니?]

〈아주 양쪽으로 난리군.〉

역시나 엄마는 그녀를 잘 알고 있었다, 그녀가 아버지 환갑 같은 건 신경 쓰지 않았다는 것을. 그러나 자기 딸이라 다 안다는 듯이 말하는 엄마의 말투에 대한 반동으로 선우가 능청스럽게 대답했다.

"알고 있어."

[알고 있었어? 어떻게?]

성북동 어머니가 전화했다는 소리를 하면 분명 바르르 떨며 악의적인 말이 나올까 선우는 거짓말을 했다.

"그냥. 알고 있었어."

그러나 거짓말에 서투른 그녀는 그녀의 엄마가 믿을 수 없는 그런 이유를 대고 있었다. 그냥이라는. 그게 말이 되는가, 아버지에게 관심이 없는 딸이 그냥 알고 있다니. 아니, 집안일에 관심이 없는 딸이 아버지 환갑 날짜를 꿰고 있다는 게 말이 되는

가. 핸드폰 안에서 무심함을 가장하면서도 못마땅한 기색이 역력한 목소리가 들려왔다.

[성북동에서 전화 왔니?]

꼬치꼬치 캐묻는 듯한 그 어조에 선우가 왈칵 짜증을 냈다. 물론 그 와중에도 친엄마기 때문에 짜증을 낼 수 있다는 걸 인식하며 스스로에게 조소를 보냈다.

"아, 그냥 알고 있었어. 용건이 뭐야?"

선우가 짜증을 내자 그녀의 엄마는 다시 무심한 어조로 말을 꺼냈다.

[여기서 준비한 거 있으니까 모레 갈 때 들렀다 가라고.]

말이 끝나기가 무섭게 선우의 얼굴에 예민한 짜증이 스쳐 지나갔다. 분명 집에 들르면 그녀를 붙잡고 일장 연설을 할 게 뻔한 일이었다. 큰집에 가서 주눅 들지 말라거나 또는 아버지의 사업체에서 일을 해보고 싶다고 의향을 떠보라는 식의 말일 것이다. 또는 엄마가 받는 설움과 그녀를 낳은 후 겪은 심적 고통에 대해 주저리주저리 떠들 것이다. 일일이 짜증을 내는 것도 귀찮은지라 선우가 퉁명스러운 어조로 대답했다.

"소포로 보내요. 나 어차피 모레 가기 힘들어. 일있거든."

[소포? 애! 그러다 그 사람이 그거 안 전해주면?]

엄마의 대꾸에 선우의 얼굴이 서서히 냉담하게 변해갔다. 그러나 그녀의 얼굴빛을 알 바 없는 그녀의 엄마는 계속 말을 이었다.

[넌 그 사람이 아주 순해 보이지? 너 사람 속은 모르는 거야.
너한텐 잘하는 것처럼 보여도 뒤로는 지 자식들만 일하게 하는
거 봐라.]

"그렇게 불만이 많으면 엄마가 가서 일하겠다고 하든지."

끝없이 이어지는 엄마의 말을 선우가 싹둑 자르고 쏘아붙였
다. 그리곤 메마른 마지막 말을 덧붙이곤 전화를 끊었다.

"여하튼 소포로 보내요. 나 바빠."

그녀가 진저리난다는 얼굴로 핸드폰을 침대에 던지곤 씨근덕
거리는 숨을 내뱉었다.

어느덧 치밀어 올랐던 짜증이 조금씩 가라앉아 가자 그녀가
피식 쓴웃음을 흘렸다. 혹시나 아버지 사업체에 관심을 보일까
묘한 신경전을 하는 성북동 어머니나 그 틈 사이로 아버지에게
선우를 내밀고 싶어하는 잠원동 어머니나 똑같다고 생각하면서
도 결국 하고 싶은 말이나 짜증 섞인 반응을 보여줄 수 있는 건
잠원동에 있는 친엄마에게만이었다.

〈아마도 그래서 서로 신경전을 하고, 나를 가운데 두고 눈치
를 살피는 거겠지. 어찌할 수 없게 내가 잠원동 여자의 딸이란
걸 알기 때문에.〉

두 집에게서 다 거리를 두고 떨어져 나오고 싶은 선우였지만
그녀가 독립한 지 오 년이 넘었음에도 보이지 않는 신경전은 여
전했다. 아니, 오히려 그녀가 한 사회인으로 직장생활을 하고
나이가 먹어가자 그 신경전은 더한 것 같았다. 그냥 모든 걸 대

놓고 싸우면 얼마나 좋을까. 그냥 다 까놓고 속에 있는 말을 하면 얼마나 좋을까. 겉으로는 서로 위해주는 척, 아무 문제 없는 척하면서 뒤로 저렇게 신경전을 하니 가운데서 선우는 참을 수 없을 정도로 신물이 나는 때가 한두 번이 아니었다.

침대에 멍하니 앉아 있던 그녀가 모든 사념을 털어내듯 침대에서 일어나 욕실로 걸어갔다. 그리곤 찐득찐득하게 불쾌한 느낌을 내는 땀투성이의 몸을 박박 씻어냈다. 새벽녘에 추워서 에어컨을 끄고 잤더니 온몸이 땀투성이였다.

잠시 후 욕실에서 나온 그녀가 에어컨을 켜고는 냉장고에서 얼음을 꺼내어 차가운 냉커피를 만들어 마셨다. 한결 기분이 상쾌해진 그녀가 부딪쳐 버린 일정 문제를 다시 고민하며 정리하기 시작했다. 아무리 생각해도 취재는 미룰 수 없는 문제였고, 큰댁에 들러 신경전을 하는 것도 싫었다. 분명 그녀가 모레 안 가고 선물만 들고 달랑 갔다가 와버리면 무슨 의도가 있는 건가 살피려고 들 것이다. 이런저런 상황을 따져 보던 그녀가 선물을 사서 아버지 회사에 들러서 주고 오기로 결정했다. 어차피 바쁜 사람이니까 얼굴 보기 힘들 테니 비서실에 들러 전해만 주면 될 것이다.

다음날, 그녀가 일어나자마자 백화점에 갈 준비를 했다. 어차피 일어나자마자 갈 수밖에 없었다. 열두 시쯤에 일어났으니 늑장을 부릴 시간도 없었던 것이다. 청바지에 니트나 면 티를 자주 입던 그녀는 아버지 회사에 간다는 생각에 정장 느낌이 날 수 있는 옷으로 입었다. 장롱을 한참 동안 살피던 그녀가 결국 단 하나 있는 여름 정장을 집을 수밖에 없었다. 대부분의 옷들이 그녀의 취향대로 각 개별로 생긴 것이다. 하얀색에 회색 스트라이프가 있는 여름 정장은 혹시나 여름에 공식적인 행사나 결혼식에 갈 때 입으려고 사둔 것이다. 물론 장례식용 검은 정장도 있었다. 그러나 이 무더위에 웬 검은색이란 말인가. 당연히 흰색 정장이지. 위로 있는 언니 오빠들, 그러니까 성북동 어머니의 자식들은 아버지의 회사에서 일을 하기 때문에 제대로 갖춰 입고 회사를 드나들기에 그녀 혼자만 격식없이 입고 갔다간 뻔한 소리가 들려올 것이다. 세컨드의 딸이라 자유분방하다는. 어쩌면 아무도 신경 쓰지 않는 걸 그녀 혼자 신경 쓰고 있는 것인지도 모른다.

물론 그녀가 세컨드의 딸이란 걸 아는 사람은 비서실 사람들뿐이지만 그럼에도 그녀는 책잡히고 싶지 않았다. 어차피 그녀 자체를 보여주는 곳도 아니거니와 그녀 자체를 알려 하는 곳도 아니었다. 정장을 사면 꼭 한쪽은 다른 걸로 입는 선우였다. 정장 바지면 위에는 니트를 입고, 정장 재킷이면 청바지를 걸치는 그녀였기에 거울 속에 보이는 자신이 조금 낯설었다. 하얀색 정장을 입고 머리를 단정하게 빗어 내린 그녀의 모습은 영락없는 양가집 규수였다. 그녀의 입에서 비틀린 조소가 흘러나왔다. 거울 속의 자신을 물끄러미 응시하고 있던 그녀가 마치 갑옷을 걸치듯 진주 목걸이와 팔찌를 찼다. 커다란 진주가 맨 끝에 섬세하게 세공된 금속에 떠올라 있는 고급스런 액세서리였다. 화려하게 입고 다니는 큰 언니를 보고는 엄마가 이에 질세라 그녀에게 사주었던 보석이다.

거울을 볼 것도 없이 그녀가 백화점을 향했다. 그리곤 도착한 지 삼십여 분도 안 돼 선물을 골랐다. 향수였다. 선우는 오래전부터 아버지에게 향수를 사드리고 싶었다. 담배를 피우시는 분이라 나이가 들면서 담배 냄새를 풍겼기에 주저없이 화장품 매장으로 갔다. 그리곤 중년 남성에게 어울리는 향수로 점원이 추천해 준 것 중에서 하나씩 냄새를 맡아보곤 상쾌한 풀냄새와 바다 향을 내는 것으로 골랐다. 공중으로 흩뿌려진 청녹색의 향기가 그녀의 몸에도 그 흔적을 남겨 그녀의 기분이 묘했다. 그냥 아무거나 비싼 걸로 고를 생각이었는데 자신도 모르게 아버지를 생각하며 신중하게 그 향을 맡았던 것이다. 어떤 향이 아버지에게 어울릴지, 그리고 어떤 향이 아버지가 사람들을 만날 때 기분 좋은 느낌을 전해줄 수 있을지 고심하며.

〈그냥 아버지니까 그런 거야, 선우야. 그 이상도 그 이하도 아니야. 그냥 아버지기 때문에…….〉

그녀의 일주일 분 고료가 고스란히 들어가 있는 향수를 점원이 포장지로 정성스럽게 포장하는 걸 물끄러미 응시하며 선우는 가슴속으로 떠오르려는 씁쓸한 감정들을 잠재웠다.

백화점에서 곧장 종로에 있는 어느 큰 건물로 향한 선우가 건물 안으로 들어서자 수위 아저씨가 다가와 사장실 엘리베이터 버튼을 눌러주었다.

"아이구, 오랜만이시네요."

"아, 네."

"왜 그렇게 얼굴 보기가 힘들어요, 막내 아가씨?"

"일이 바쁘다 보니…… 그렇게 됐어요."

조금은 과도하게 반가움을 표시하는 수위 아저씨의 인사에 선우가 어색한 미소를 지으며 고개를 숙였다. 회사 창립제나 아버지의 생신, 또는 엄마의 심부름이 있을 때만 가끔 왔던 선우였기에 이렇게 어느 날 문득 아버지의 딸이란 걸 인식하는 순간이 오면 어색할 뿐이었다. 고등학교 때까지는 엄마에게 감정적으로 밀착되었고, 감정이입을 하는 면이 강했기에 그녀의 엄마가 아빠에게 심부름을 갔다 오라고 하면 싫어도 군말없이 갔다 오곤 했었다. 그렇게라도 엄마 자신을 아버지에게 인식시키고 싶은 그 마음을 느꼈기에 차마 뿌리치지 못했던 것이다. 그러다 스무 살 이후부터, 아니, 그녀가 집을 나와 독립을 하면서 선우는 아버지를 만나는 일은 일 년에 한두 번 정도였다.

수위 아저씨는 그녀를 엘리베이터 앞까지 데려다 주곤 다시 제자리로 돌아갔지만 선우는 벌써부터 기분이 좋지 않았다. 속내를 모르는 사람들은 선우가 어느 여타의 자식처럼 지 회장의 딸인 줄 알고 과도한 친절과 정중함을 표시하지만 선우로서는 마치 자신이 누군가를 속이는 것 같은 찜찜함을 느끼곤 했다. 그렇다고 이마에 '난 세컨드의 딸이요' 라고 써 붙이고 다닐 수는 없는 일 아닌가. 마치 동성애자들이 커밍아웃하는 것처럼 속인 적 없는데 정체를 밝혀야 하는 게 아닐까 하는 자격지심 같은 거, 그걸 느껴야만 한다는 게 선우에게는 스트레스였다.

〈언제쯤이면 담담해질까. 언제쯤이면 삶은 그런 거라고, 그렇게 나의 상황을 있는 그대로 받아들일 수 있을까.〉

선우가 딱딱하게 굳어져 버린 얼굴을 다시 풀려고 노력하면서 엘리베이터에 올랐다. 잠시 후 엘리베이터는 중간의 멈춤없이 한 번에 건물 맨 꼭대기 층에 그녀를 데려다 주었다. 문이 열리고 선우의 눈앞에 은은한 조명과 함께 회색의 양탄자가 깔려 있는 바닥이 보였다. 그 푹신푹신한 양탄자에 발을 내디디며 그녀가 비서진이 앉아 있는 곳으로 걸어갔다. 비서실장이 그녀를 알아보곤 인사를 건넸고, 그 옆에 인사이동으로 새로 들어온 비서들은 실장의 인사에 막연히 의례적인 인사를 건넸다. 선우가 비서실장 쪽으로 가까이 걸어가자 실장이 약간은 놀란 듯한 얼굴로 말을 건넸다.

"선우 씨, 어쩐 일이세요? 회장님하고 약속 잡으신 거예요?"

선우가 한쪽 손에 들고 있던 작은 종이 가방을 내밀며 고개를 저었다.

"아뇨, 잠깐 들른 거예요. 이거 회장님께 좀 전해주세요."

실장이 선뜻 가방을 건네받지 않고 회장실 문 쪽에 시선을 주며 말했다.

"지금 안에 계세요. 손님이 오셔서 이야기 중이시니까 조금만 기다릴래요?"

"아뇨, 괜찮아요."

선우가 황급히 고개를 저으며 거절하자 실장이 약간은 아쉬운 듯한 표정을 지었다. 그 딱딱한 회장이 저 막내딸만 보면 얼굴을 환하게 펴는데 그 막내딸은 선을 긋고 회장을 대했다. 아니, 어쩌면 회사에 찾아오는 게 오해를 불러일으킬까 조심스러워하는 것 같았다. 실장이 어쩔 수 없이 선우가 건네는 종이 가방을 받으려고 하는데 인터폰에서 회장의 목소리가 들려왔다.

[여기 차 좀 더 내와요.]

다른 비서가 대답하려는 걸 실장이 얼른 대답했다.

"네, 회장님. 그런데 선우 양 오셨습니다."

전화기 안에서 반가운 기색이 묻어나는 바로 목소리가 들려왔다.

[그래? 들여보내요.]

옆에 멀뚱히 서서 둘의 대화를 듣고 있던 선우가 순간 미간을 찌푸리며 소리없는 한숨을 토해냈다. 아버지를 만나면 이야기가 길어질 것이고, 그러다 혹시라도 회장실에 있는 자신의 모습을 언니, 오빠들이 보게 되면 이상한 신경전을 하게 될 게 뻔했다. 그저 선물만 건네주고 이 건물을 빠져나갈 생각이었는데 말이다. 더 이상 회장실에 안 들어갈 이유가 없어진 지금 선우는 마음을 비우고 실장에게 건네려 했던 가방을 꾹 쥔 채 회장실로 걸어갔다.

〈아, 모르겠다.〉

육중한 문을 천천히 열고 안으로 들어간 선우는 무표정한 얼굴로 입꼬리만 올린 채 오랜만에 보는 아버지에게 인사를 건넸다.

"저 왔어요."

아버지는 눈가에 웃음기를 담고 선우를 바라보았다.

"우리 막내딸이 여길 오다니 해가 서쪽에서 뜨겠구나. 무슨 일로 행차신가?"

지 회장의 장난스런 말투에 선우가 얼굴이 짧은 순간 굳어졌다. 그리 친하게 지낸 사이도 아닌데 주변에 사람이 있으면 마치 평범한 부녀 행세를 하려 한다. 그게 오히려 더 연극적인 티가 나 사람을 민망하게 만들곤 했다. 그래, 그러지 않았던가. 아버지 생일이면 프릴이 잔뜩 달린 옷을 입혀 무릎에 앉혀놓고 구경거리 보여주듯 하지 않았던가. 아버지 자신의 건강함과 남성적 능력을 과시하듯 그렇게 항상 하나의 부속물 역할을 해야 했던 그녀였다. 그녀가 잠시 입술을 일그러뜨리며 속 안에 쌓인 비틀린 감정을 위로했다. 선우는 지 회장이 앉아 있는 소파로 걸어가다 문득 아버지 옆에 앉아 있는 손님의 뒷모습을 바라봤다. 눈에 익은 뒷모습이다. 걸음을 옮기던 선우는 눈을 가늘게 뜨고 남자의 뒷덜미를 유심히 살폈다.

선우가 소파에 앉는 게 아니라 지 회장 근처로 다가오자 지 회장이 말을 꺼냈다.

"선우야, 조금 앉았다 가거라."

물건만 건네주고 가려는 선우의 태도에 지 회장이 부드럽게 소파에 앉을 것을 권했다. 반응없이 앉아 있던 남자가 지 회장의 말에 순간 고개를 휙 돌려 선우가 있는 곳을 바라보았다. 선우의 두 눈이 휘둥그레졌다. 민준이 앉아 있던 것이다. 민준도 놀랐는지 검은 눈동자가 커졌다가 다시 날카롭게 변해 있었다. 아버지 앞에서 그와 아는 사이란 걸 보여주고 싶지 않았던 선우가 얼른 무표정한 얼굴을 만늘며 아무렇지 않은 태도로 민준의 맞은편 소파에 앉았다. 여전히 그녀를 뚫어지게 응시하고 있는 그의 시선을 피하며 선우가 지 회장에게 말했다.

"손님 있으신데……."

그녀가 말을 얼버무리며 조금만 있다가 가겠다는 암시를 하자 지 회장이 민준을 바라보며 선우가 들으라는 듯 말했다.

"이 녀석이 이렇게 나를 피한다오, 글쎄."

그녀를 바라보고 있던 민준이 그 말에 형식적인 미소를 지었다. 세 사람 사이에 침묵이 감도는데 비서 중 한 사람이 차를 가지고 들어와 탁자 위에 세 잔의 찻잔을 놓고 나갔다. 지 회장이 찻잔 뚜껑을 열고 은은한 녹차 향을 음미하며 말을 이었다.

"선우야, 인사하렴. 이번에 제주도에 지을 별장을 설계할 분이란다."

"아…… 네."

선우가 작게 웅얼거리듯 대답하자 지 회장이 웃음을 터뜨리며 농을 걸었다.

"우리 선우가 시집갈 나이가 됐나 보구나, 남자 앞에서 얌전도 떨고."

어린아이를 대하는 듯한 태도에 선우가 딱딱하게 굳은 얼굴로 낮게 중얼거렸다.

"그만 하세요."

그 말에 민준이 찻잔에 손을 가져가다가 피식 웃음을 지었다. 선우가 날카로운 눈빛으로 민준을 노려보자 지 회장이 어색한 분위기를 잠재우듯 민준에게 말했다.

"저것 좀 보시게나. 막내라서 그런지 저렇게 성질이 불 같다오."

애정이 깃든 그 말에 민준이 예의 바른 미소를 지으며 고개를 끄덕이곤 찻잔을 들어 녹차를 마셨다. 선우가 얼른 일어나야겠다는 생각에 용건을 꺼냈다.

"모레 못 갈 것 같아요, 취재 때문에. 그래서 선물이라도 전해 드리고 가려고 왔어요."

짧은 순간 지 회장의 얼굴에 무표정한 무언가가 스쳐 지나갔지만 이내 입가에 인자한 미소를 그리며 말했다.

"그래, 그래야지. 일하는 사람이 책임의식이 있어야 되는 거야."

가만히 아버지의 말을 들으며 탁자 위에 있는 찻잔에 시선을 고정시키고 있던 선우의 눈빛이 서서히 서늘한 빛을 띠며 날카로워졌다. 어느 평범한 아버지와 딸 같은 이 분위기가 맘에 들지 않았다. 그리고 칭얼거리는 아이에게 가르치려는 듯한 아버지의 태도도 맘에 들지 않았다. 선우가 아주 짧은 순간 입술을 비틀었다가 무표정한 얼굴로 시선을 들어 말을 꺼냈다. 마치 착각하지 말라고 경고하듯, 아니, 걸고넘어지는 사람처럼.

"엄마가 생신 선물 보낸다고 했어요."

생각지도 못했던 사람을 떠올리는 사람처럼 지 회장이 미간을 위로 치켰다가 내렸다.

"그래?"

두 사람의 대화가 지극히 개인적인 느낌을 주기 시작하자 민준이 일어날까 생각하고 있었다. 일에 관련된 이야기는 거의 다 마무리 지은 상태였고, 지 회장과 건축과 관련된 소소한 이야기들을 하고 있던 터였다. 민준이 말없이 두 사람을 지켜보며 가 보겠다는 말을 꺼내려 하고 있는데 선우가 탁자 위에 종이 가방을 올려놓곤 소파에서 일어났다.

"저 일 때문에 이만 가봐야 돼요. 그럼 이야기 나누세요."

"그래. 그럼 취재 갔다 오고 식사나 한번 하자꾸나."

"네."

지 회장이 헛기침을 하며 선우의 인사를 받았고, 선우는 모르는 사람에게 인사하듯 민준에게 고개를 살짝 숙였다. 그리곤 문 쪽으로 성큼성큼 걸어가 밖으로 나갔다. 그녀가 나간 후 사무실 안에 뜬금없는 침묵이 감돌았다. 지 회장이 말없이 찻잔을 집더니 녹차 한 모금을 마시곤 탁자에 내려놓았다. 민준이 탁자 한쪽에 있던 자료를 챙기며 인사를 건넸다.

"그럼 1차 설계도가 나오면 그때 찾아뵙겠습니다."

지 회장이 말없이 고개를 끄덕였다. 민준이 무슨 할 말이 따로 있나 싶어 말을 기다렸지만 그는 아무 말 없이 그를 보다가 '알겠네' 라는 한마디만 할 뿐이었다. 민준이 정중하게 고개 숙여 인사를 건네곤 회장실을 나갔다.

한편 엘리베이터를 기다리고 있던 선우는 문이 열리자 주저 없이 안으로 들어갔다. 그녀가 버튼을 누르고 문이 닫히기를 기다리고 있는데 불쑥 권민준이 닫히려고 하는 문을 손을 뻗어 제지하는 게 아닌가. 좁아졌던 문틈이 다시 활짝 열리며 그가 안으로 성큼 발을 내디뎠다. 선우가 엘리베이터 한쪽 구석으로 그와 가까이 서 있는 걸 피했고, 권민준도 별다른 말없이 그저 눈앞에 있는 문만 응시할 뿐이었다. 이 미묘한 공기에 편하게 숨을 쉴 수 없었던 그녀가 소리없이 숨을 크게 들이마시려는데 엘리베이터 안으로 불쑥 들어왔을 때와 똑같이 민준의 목소리가 불쑥 들려왔다. 낮고도 부드러운, 그리고 사심없는 목소리였다.

"아버지가 저런 분이었으면서 왜 과외를 했었던 거야?"

여전히 문 쪽을 바라보고 있는 민준의 뒷모습을 선우가 물끄러미 응시했다.

〈자기는 깊은 속사정은 절대 안 보여주면서 왜 나에겐 저런

질문을 쉽게 던지는 거야? 웃기고 있어.〉

잠시 예리한 눈빛으로 그의 등을 노려보던 그녀가 귀찮은 듯한 목소리로 담담하게 대꾸했다.

"아버지 돈이 싫어서요."

무심한 듯한 그의 목소리가 이어져 들려왔다.

"왜?"

〈왜? 참 쉽게도 반문하는구나. 그래, 내가 당신한테 목맸다 이거지?〉

선우의 입에서 부드럽지만 차가운 목소리가 흘러나왔다.

"당신이랑 비슷한 사람이거든요."

비꼬며 말을 뱉어낸 그녀가 문이 열리자 뒤도 안 돌아보고 엘리베이터 안을 빠져나갔다. 그녀가 잔뜩 굳은 얼굴로 걸음을 옮기는데 뒤따라 내린 민준이 큰 보폭으로 걸어와 그녀의 팔을 잡아챘다. 그리곤 그녀가 자신을 보도록 돌려 세웠다.

"무슨 뜻이야?"

그가 굳은 얼굴로 그녀의 시선을 놓아주지 않자 선우가 빤히 응시하다가 이내 귀찮다는 얼굴로 그가 잡고 있는 자신의 팔을 거칠게 움직여 빼냈다.

"비슷했어요, 나한텐. 당신 옆에 있을 때 마치 아버지의 세 번째 첩이 된 느낌이었죠."

그에게 냉소적으로 쏘아붙인 선우가 다시 몸을 돌려 걸어갔다. 그러나 그를 내버려 둔 채 걸어가던 그녀가 멈춰 섰다. 그녀의 뒤로 핸드폰 벨소리가 울리더니 곧이어 민준의 다급한 듯한 외침이 들려왔던 것이다.

"민우가요?"

잔뜩 굳은 목소리로 외치듯 말을 뱉어내는 민준의 목소리에 앞서 걷고 있던 선우가 발길을 멈추었다. 지금 이 상황이 그녀와 아무 상관이 없다는 걸 잘 알면서도 몸은 자연스레 그가 있는 곳으로 가까이 다가서고 있었다. 인정하지 않으려 해도 마치 한테두리에 있는 사람처럼 선우는 민준이 통화하는 내용을 옆에서 들으려 귀를 기울였다. 그러자 핸드폰에서 들려오는 소리를 유심히 듣고 있던 민준이 아래를 향하고 있던 시선을 들어 선우를 응시했다.

순간 둘의 눈빛이 허공에서 마주쳤다. 아무런 감정을 담고 있지 않은 무심한 눈빛이었지만 선우는 그 시선의 의미를 알고 있었다. 아니, 지금과 똑같은 눈빛을 본 적이 있었다.

그녀가 그와 연인이 된 지 한 달이나 되었을까. 평일엔 그녀가 수업이 끝난 후 저녁에 만나 식사를 하고 그의 빌라에서 밤늦게까지 사랑을 나누곤 했었다. 다음날 아침 수업이 있는 날은 밤늦게 집으로 가는 게 귀찮아 그의 빌라에서 잠을 자고 학교에 가는 날이 있게 되면서 어느새 민준의 빌라는 선우에게 있어 또 하나의 생활공간이 되어가고 있었다. 처음엔 꼬박꼬박 자신의 집으로 돌아가던 민준도 그녀가 자고 간다고 하면 어쩔 수 없다는 듯 한숨을 쉬었지만 어느새 그도 일주일에 한두 번은 선우와 함께 빌라에서 밤을 보냈다. 그의 빌라는 그의 공간인 동시에 둘만의 데이트 공간이기도 했다.

그렇게 서울에 있는 그의 빌라에서 둘만의 시간을 가지면서 주말이면 선우는 과외를 하러 그의 집으로 향하곤 했다. 물론 그때마다 민준이 있었을 때도 있었고, 없었을 때도 있었다. 아니, 없었던 때가 훨씬 더 많았다. 원래부터 주말을 가리지 않고 일을 하는 그의 성격도 있었지만 그녀와 사귀기 시작하면서 민준은 집에서 그녀와 마주치는 게 어색했는지 과외가 끝날 쯤이 되어서야 들어왔다.

그러던 어느 주말이었다. 그녀가 현관문 초인종을 누르곤 아줌마가 문을 열어주기를 기다리며 여유롭게 서 있는데 갑자기 현관문이 벌컥 열리며 아줌마가 뛰어나오는 게 아닌가. 선우가 눈을 동그랗게 뜨고 어리둥절한 얼굴로 아줌마를 쳐다보자 무슨 일이 있는지 아줌마는 허둥지둥한 얼굴로 문을 열어주곤 현관문 앞에서 서성일 뿐이었다.

“무슨 일 있어요?”

선우가 나직이 물어보자 아줌마가 무슨 말을 하려고 입을 떼다가 다시 미간을 찌푸리며 입을 닫았다. 그리곤 양손을 모아 잡고 불안스럽게 만지작거리며 불편한 기색이 역력한 얼굴로 현관 안으로 들어가질 않았다. 선우가 그런 아줌마를 유심히 살피다가 천천히 안으로 발을 옮겼다. 신발을 벗으려던 그녀가

아무렇게나 내팽개쳐진 민준의 구두를 발견했다. 황급히 벗어
던진 건지 구두 한쪽이 뒤엎어져 있었다. 평소와는 다른 묘한
집 안 분위기에 선우가 긴장을 하며 신발을 벗으려는데 그 순
간이었다. 동물의 소리와 같으면서도 이상한 신음 섞인 외침이
들려온 것은. 신발을 벗으려던 선우의 몸이 순간 빳빳하게 굳
어 그 자리에 멈춰진 채 소리가 들려온 곳만 우두커니 응시했
다. 민우의 방이었다. 그녀가 귀를 쫑긋 세우고 온몸의 솜털까
지 다 일어설 정도로 예민하게 그 방을 쳐다보았다. 그러나 더
이상의 소리는 들려오지 않았다. 단지 물건이 부딪치는 듯한
둔탁한 소음이 간간이 들려올 뿐이었다. 선우는 자신도 모르게
신발을 마저 벗고 거실로 발을 내디뎠다. 도대체 저 닫혀 있는
방 안에서 무슨 일이 있는 건지 눈으로 확인하고 싶었다. 왜 이
순간 처음 과외를 시작했을 때 민준이 했던 말이 떠오르는 걸
까?

　민우가 손을 떨거나 식은땀을 흘리면 집에서 나가 있으라던
민준의 말이 새삼 그녀의 머리 속에서 떠나지 않았다. 하지만
몇 개월이 되도록 선우는 그 말이 왜 나온 건지 이해할 수 없었
고, 차츰 그 궁금증도 사라져 가고 있었다. 가끔 민우가 아프다
며 민준이 전화를 걸어 과외를 쉰 적이 있었기에 몸이 약한 아
이라 그런가 보다 생각할 뿐이었다. 그렇게 민우가 쉬고 다음
주말에 가보면 민우는 언제 아팠냐는 듯 아무 이상이 없었다.
조금 얼굴이 핼쑥해진 정도였을까.

그녀의 발이 천천히 움직이면서 어느덧 그녀의 눈앞에 문이 보였다. 가까이 와보니 닫혀졌다고 생각했던 문은 살짝 열려 있었다. 문은 누군가 들어오라는 의미가 아닌 급하게 들어가느라 미처 닫지 못한 것 같았다. 아까 들렸던 그 목소리는 누구의 목소리일까? 사람의 입에서 나왔다고는 믿을 수 없는 동물 같은 외침. 정신병원에서나 들을 수 있을 것 같은 그런 소리였다.

선우가 떨리는 손을 손잡이에 가져가고는 조심스레 문을 열었다. 처음 눈앞에 보인 건 한쪽 벽에 서 있는 민준이었다. 감정을 담지 않은 무표정한 그런 얼굴로 그는 방바닥에 있는 누군가를 바라보고 있었다. 선우가 그의 시선을 따라 아래쪽을 살폈다. 그리곤 경악으로 두 눈이 켜졌다. 방바닥 한쪽 구석에 민우가 몸부림을 치고 있었다. 어디에 부딪친 건지 이마에 피를 흘리며 입에는 잔뜩 거품을 물고 있었다. 눈을 희번덕거리며 까만 눈자위가 위로 올라가 보이지 않았고, 사지가 경련하듯 그렇게 발작하듯 떨리고 있었다. 저 아이는 그녀가 알던 민우가 아니었다. 민우는 환하게 빛날 정도로 깨끗한 웃음을 짓는 아이였고, 예의 바르면서도 다정다감한 그런 아이였다. 방바닥 한구석에서 미친 사람처럼, 아니, 들짐승처럼 이성을 잃고 발작을 하며 경련을 하는 저 아이는 결코 그녀가 아는 민우일 수가 없었다.

선우가 벌어지는 입을 다물지 못하고 그런 민우를 가만히 보고만 있는 민준을 다시 바라보았다. 민준 옆에 의자와 유리로 만들어진 물건들이 잔뜩 쌓여 있었다. 그는 동생의 발작을 기다리고 있는 건지 아니면 그냥 잠잠해질 때까지 내버려 두고 있는 건지 두 손을 바지 주머니에 넣고는 우두커니 서 있을 뿐이었다. 그러나 문 쪽에 서 있는 선우의 시선을 느낀 것일까, 아니면 문틈으로 바람이 불어 기척을 느낀 걸까? 탁하게 가라앉은 눈빛으로 동생을 응시하고 있던 민준이 문득 고개를 돌려 문 쪽을 응시했다. 그리곤 선우의 휘둥그레 커져 있는 두 눈과 마주쳤다. 착각이었을까, 그의 두 눈 속에서 날카로운 빛이 떠오른 건? 상대를 꿰뚫듯 서늘한 시선으로 선우의 두 눈을 응시하던 민준이 낮게 속삭이듯 말했다. 그러나 위협적인 목소리였다.

"나가."

들어오지 말아야 할, 그리고 봐선 안 될 무언가를 본 사람처럼 민준이 선우를 밀어냈고, 선우는 정확히 알 수 없는 어떤 위협감에 문을 닫았다.

그날 그 순간의 일을 선우가 꺼내보려 했지만 민준은 응하지 않았다. 짤막하게 '간질'을 앓고 있다는 말만 하고는 입을 다물었다. 선우가 느꼈던, 그리고 보았던 민우의 모습과 그로 인한 충격을 공유하거나 논의하거나 또는 나누지 않았다.

그 일이 있은 후 둘 사이는 묘하게 변해 있었다. 일주일에 두어 번은 선우와 빌라에서 함께 자던 민준은 그녀와 사랑을 나누고 밤이 되면 집으로 돌아갔다. 민우가 집에 혼자 있다는 걸 알기에 선우도 그를 붙잡을 수 없었다. 나중에서야 그때 그 순간의 조우가 둘 사이에 정확한 선이 그어진 시작이었음을 선우는 깨달았다.

그때의 일을 떠올리고 있던 선우에게 민준의 통화 소리가 들려왔다.

"일단 문을 닫으세요. 제가 지금 가겠습니다."

〈아…… 맞다. 민우는 자신의 그런 모습을 죽어도 보여주고 싶어하지 않았다.〉

선우가 어렴풋이 그 다음날을 떠올렸다. 다음날 아무런 소식이 없기에 그녀가 먼저 전화를 걸었다.

"괜찮니?"

선우의 말에 반갑게 전화를 받던 민우가 순간 침묵을 지켰다. 그녀가 실수를 한 건가 싶어 조마조마해하고 있는데 수화기에서 조심스러우면서도 경계 어린 그런 목소리가 들려왔다.

[혹시 어제 보셨어요?]

그건 느낌이었다. 그녀가 봤다고 말하면 민우가 다시는 그녀를 보지 않을 거라는 그런 느낌이 들었다.

"아니. 어제 아줌마랑 밖에 있었어. 너 많이 아프다고 그러더라고. 그래서 그냥 집에 와버렸는데……."

순식간에 터져 나온 거짓말이 나중에는 술술 풀어지기 시작했다. 반신반의하면서도 민우는 선우를 믿는 건지 조금은 음색이 밝아졌다.

　[네, 어제 좀 아팠어요. 선생님, 오늘은 쉬고 다음 주에 했으면 좋겠는데 괜찮죠?]

　"그래."

　민우의 그 모습을 보고도 계속 만나는 사람은 아마 민준이 유일할 것이다. 그래, 그런 것이다. 선우가 아무리 그 안으로 발을 들여놓으려 해도 두 사람만의 성이 있었다. 그리고 그 성문은 쉽게 열리지 않았다.

　핸드폰에서 다급하게 들려왔던 아줌마의 말을 묵묵히 듣고만 있던 민준이 빠르게 지시를 내리곤 전화를 끊었다. 그리곤 어디엔가로 전화를 걸기 시작했다. 옆에서 상황을 지켜보던 선우가 더 이상 궁금증을 참지 못하고 재촉하듯 말을 꺼냈다. 발걸음을 떼어내 가야 한다는 걸 알면서도, 예전처럼 또다시 그 안으로 들어가려고 노력하지 말아야 한다고 속으로 되뇌면서도 선우는 지금 물을 수밖에 없었다. 민우는 예전의 민우가 아니었다. 민우는 지금 곧 죽을 사람처럼 쇠약해져 있었다.

　"괜찮은 거예요?"

　신호음이 울리는 걸 들으며 상대가 전화 받기를 기다리고 있던 민준이 선우의 말을 듣고는 그녀를 쳐다보았다. 여전히 외부에 존재하는 누군가를 쳐다보는 사람처럼 그녀를 응시했지만 그래도 그녀의 걱정에 보답하듯 그가 고개를 끄덕였다. 그리곤 통화를 했다.

“예, 저 민준입니다.”

민우를 봐오던 의사와 전화를 하며 민준이 걸음을 옮겼다. 마치 원래의 갈 길을 가는 사람처럼 옆에 서 있는 선우를 내버려두고 그 혼자 건물 밖을 향해 걷고 있었다. 멀리서 그의 목소리가 들려올 뿐이었다.

“예, 민우 때문에요. 오늘 와주셨으면 합니다.”

걸어가는 민준의 뒷모습을 물끄러미 응시하고 있던 선우가 덩그러니 남아 그를 바라보고 있는 자신을 인식하곤 뭔가를 털어내듯 발길을 떼었다. 그리곤 주차장이 있는 곳으로 걸어가는 민준과 반대로 지하철이 있는 곳을 향해 걸음을 옮겼다.

〈이러면서 당신은 날 사랑했다고 말하고 싶은 건가요?〉

그녀가 터덜터덜 회사로 향하는 동안 민준은 곧장 민우가 있는 병원으로 운전을 했다. 그가 출발한 지 삼십 분도 안 돼 서울에 있는 대학병원 앞에 차를 멈춰 세웠다. 병원으로 옮기는 게 낫겠다는 의사의 말에 이미 집으로 응급차가 출발했을 것이다. 병원에 도착한 민준이 강 박사가 있는 곳으로 걸음을 옮기는데 민우가 도착했다는 연락이 왔다. 전화를 끊은 그가 핸드폰을 손에 쥐고는 십층에 있는 한 병실로 가기 위해 급하게 엘리베이터가 있는 곳으로 걸음을 재촉했다. 사람들과 뒤섞여 엘리베이터에 오른 민준이 무표정한 얼굴로 위에 있는 버튼을 응시했다. 숫자가 표시되어 있는 버튼이 빛을 발하며 차례대로 십층을 향해 내달리고 있었다. 중간중간 멈춰 서고, 사람들이 내리고, 또 다른 사람들이 올라타긴 했지만 엘리베이터는 민우가 있는 곳을 향해 가는 것을 멈추지 않았다. 팔층 버튼이 빛을 발할 때 민준의 머리 속으로 선우의 얼굴이 떠올랐다. 망연자실하게 서 있던 그녀가. 그러나 이내 그의 어금니에 힘이 들어가면서 그의 입술이 한일 자를 그렸다.

〈뭐가 그렇게 궁금한 거니, 지선우? 네가 안다고 달라지는 건 아무것도 없는데. 네가 알면 내 고통이 조금은 반감되리라 생각하는 거니?〉

출구를 찾지 못한 고통의 발걸음은 그에게 가까이 다가오려는 선우에게 공격을 하려 하고 있었다. 민준이 자신의 내면을 들여다보며 고개를 젓고는 선우에 대한 상념을 털어냈다. 어느새 엘리베이터 버튼이 십층을 가리키며 반짝반짝 빛을 내고 있었다. 버튼은 빛이 아니면서 빛처럼 흉내를 내고 있었다.

〈끝이 다가오고 있다.〉

엘리베이터 벽에 등을 기대고 있던 민준이 몸을 세우고 밖으로 걸어가며 비틀리면서도 자괴감 어린 미소를 지었다. 무표정하고 차가울 정도로 서늘한 얼굴이었지만 그의 눈빛은 금방이라도 울음을 터뜨릴 것 같았다. 그러나 눈물이란 물기를 만들어내기엔 그의 눈동자는 이미 메말랐고 건조했다.

몇 걸음이나 걸었을까. 권민우라는 이름이 적혀 있는 병실을 찾아낸 그가 문을 열고 들어가려는데 복도 한쪽에서 강 박사가 그를 불렀다. 아마도 그를 기다리고 있었던 것 같았다.

"민준 군, 나 좀 보세."

민준이 고갯짓으로 짤막하게 인사를 건네곤 그를 따라 복도 한쪽에 마련되어 있는 휴게실로 걸어갔다. 일 인실이 배치되어 있는 층이라 휴게실은 한두 명의 사람이 군데군데 있을 뿐이었다. 자판기에서 커피 두 잔을 뽑은 강 박사가 한 잔을 그에게 건네곤 사람들과 멀찍이 떨어진 의자에 자리를 잡고 앉았다. 그리곤 말없이 커피 한 모금을 마시며 그가 옆에 앉기를 기다렸다. 민준이 천천히 의사 옆으로 다가가 의자에 앉았다.

"후우……."

무슨 말을 꺼내려고 입을 열던 강 박사가 탄식과도 같은 깊은 한숨을 내쉬며 다시 커피를 입가에 가져갔다. 민준이 두 손으로 종이컵을 감싸 쥐고는 멍하니 앞에 있는 빈 의자들을 응시하며 입을 열었다.

"발작 증세는 일 년 넘게 없었는데 갑자기 왜 나타난 겁니까?"

감정이 깃들지 않은 사무적인 말투였지만 오랫동안 민준의 집안과 친하게 지내온 강 박사인지라 그런 민준을 안타까운 눈으로 바라보았다. 그리곤 자신도 담담한 목소리로 말을 꺼냈다.

"약으로 안 될 정도로 육체적으로나 심적으로 고통이 컸던 거겠지."

둘은 한동안 말을 꺼내지 못하고 침묵을 지켰다. 간질은 약으로도 어느 정도는 제어할 수가 있었다. 심한 사람은 뇌수술까지

하는 경우도 있지만 민우는 약만 규칙적으로 복용하면 거의 발작을 일으키지 않았다. 그런데 위험도가 높은 뇌수술보다는 약으로 병을 조절하고 있던 민우였지만 이젠 약도 듣지 않는 거였다. 육체적으로 힘이 들거나 정신적으로 충격을 받아 괴로우면 어느 날 갑자기 발작을 일으키는 민우였지만 약을 먹으면서 거의 증세를 보이지 않았었다. 민준이 손에 쥐고 있는 커피가 식어가는 걸 느끼며 낮은 한숨을 내쉬었다.

"그럼, 앞으로도 계속 발작을 일으킬 가능성이 큰 겁니까? 죽는 순간까지도?"

다른 고통에 짓눌려 있는 동생이었다. 그런만큼 간질이란 고통은 없었으면 하는 게 민준과 의료진의 바람이었다. 민준이 목이 옥죄어오는 듯한 목소리로 낮게 질문을 하자 강 박사가 공허한 얼굴로 찬찬히 말을 꺼냈다.

"어차피 시간이 별로 안 남았네. 발작을 일으키고 나서 상태가 급속도로 악화됐어."

민준의 두 눈이 놀란 듯 커졌다가 망연자실한 빛을 띠어갔다.

"그럼, 얼마나 남은 겁니까?"

"길어야 한 달, 운 나쁘면 며칠 안이 될 수도 있고……."

미처 말을 다 끝내지 못하고 강 박사의 목소리가 힘없이 잦아들었다. 친구의 아들이었다. 늦둥이로 낳은 아이라 그의 병원에서 태어났을 때 강 박사도 민우를 품에 안고 헤벌쭉한 웃음을 흘리기도 했다. 착잡하다는 말로는 심정이 표현될 수 없었다.

이제 스물한 살이었다. 다른 아이들 같으면 한창 대학에 다니며 여자 친구를 사귀거나 군대에 가서 뙤약볕에 체력단련을 할 그런 나이였다. 어릴 때부터 간질 때문에 고통받던 아이가 결국 다른 병으로 목숨을 잃는 꼴을 보게 된 것이다.

민준의 아버지가 살아 있을 때 가족끼리 함께 캠핑 갔던 일이 떠올라 강 박사는 잠시 회상에 빠져 들어갔지만 그의 옆에서 들려오는 민준의 담담한 목소리가 그를 일깨웠다.

"어쩌면 며칠 안이 더 운이 좋은 걸 수도 있겠죠."

할 말이 없었다. 목구멍까지 마비되어 숨을 쉴 수 없는 상태까지 가는 상황을 오랫동안 지켜보는 건 둘 다에게 고문이리라. 차라리 지금 숨을 거두는 게 둘 다에게 편한 일인지도 모른다. 그것도 의식이 선명하고 정신적으로 아무 문제가 없는 민우가 그런 육체적 고통을 끝까지 당하는 건 그도 바라지 않는 일이었다.

이미 차가워진 커피를 민준이 한입에 벌컥 마셔 버리고는 손 안에서 움켜지듯 구겨 버렸다. 그리곤 미련없이 쓰레기통에 던져 버리고는 의자에서 일어났다. 병실로 가려는 그의 발걸음을 강 박사가 멈춰 세웠다.

"민준 군, 정말 검사해 볼 생각이 없는 건가?"

그가 피식 새된 웃음을 흘리곤 대답했다.

"검사해서 알았다고 해도 대책이 있는 건 아니잖습니까?"

강 박사의 얼굴에 초조함이 드리워지면서 그가 급하게 말을 꺼냈다.

"그게 무슨 소린가, 이 사람아. 미리 알아야 준비를 할 것이며, 운동을 병행해야 시간을 늦출 수가 있다는 걸 뻔히 알고 있으면서?"

맞는 말이었다. 지극히 맞는 말이란 걸 알기에 민준이 별다른 대꾸를 하지 않고 그저 침묵을 지킬 뿐이었다. 자신이 왜 검사를 안 하는지 그 마음을 설명하려면, 아니, 설명을 할 자신도 없었다. 어쩌면 설명이란 걸 하다가 저 밑바닥에 있는 공포와 불안함을 맞닥뜨리는 게 두려워서일지도 모른다. 지금 그에겐 민우를 보내는 것만으로 벅차다 못해 숨이 막히고 있었다.

"생각해 보겠습니다."

민준이 짧은 한마디로 대답을 대신하곤 다시 발길을 떼어 민우가 있는 병실로 걸어갔다. 그리곤 천천히 문을 열고 안으로 들어갔다. 윤씨 아줌마가 민우의 옆에서 안타깝게 눈물을 흘리고 있다가 그가 들어온 걸 알아채곤 얼른 눈물을 닦으며 일어났다. 그리곤 병실 한쪽에 있는 소파 쪽으로 물러났다.

"뭐 마실 거 드릴까요?"

"괜찮습니다."

위로하듯 건네는 윤씨의 말에 민준이 부드럽게 답하곤 이내 입을 다물고 민우를 응시했다. 민우는 산소 호흡기를 하고 있었다. 이제 스스로 숨을 쉬는 것도 힘들어 기계에 의존해 생명을 연장하고 있었다. 저 호흡기를 빼버릴까. 머리 속으로 그런 생각이 스쳐 지나갔다.

〈굳이 이런 고통의 시간을 연장시킬 필요가 있을까? 오로지 고통뿐인 시간에 생의 의미가 있을까? 살아 있는 자의 죄책감을 덜기 위한 폭력이 아닐까. 최선을 다했다는 폭력적 애정.〉

민준이 음산하게 가라앉은 시선으로 민우의 얼굴을 물끄러미 바라보았다. 발작을 일으켰지만 동생의 얼굴은 말끔했다. 그나마 육체를 마음대로 움직일 수 있었을 때는 발작을 하면서 이곳저곳 몸을 부딪치고 할 수 있었지만 이번엔 그럴 수도 없었던 것이다. 아마도 경련하듯 떨려오는 육체를 고스란히 느끼며 시멘트 안에 갇혀 버린 영혼처럼 절규를 했을 것이다.

민준이 소리없이 숨을 들이키며 고개를 돌렸다. 그리곤 소파에 앉아 있는 윤씨에게 말을 건넸다.

"식사하시고 오세요. 저 일 때문에 다시 회사로 가봐야 돼요."

민우가 이 지경인데 일을 하러 가야 한다는 민준의 말에 윤씨가 잠시 못마땅하다는 얼굴로 그를 응시하다가 그 속이 오죽할까 하는 마음으로 알았다는 듯 고개를 끄덕이곤 병실을 나갔다. 그런 아줌마의 뒷모습을 가만히 바라보고 있던 민준이 병실 문이 닫히자 누워 있는 민우에게로 다시 고개를 돌렸다. 윤씨 한 사람이 사라진 병실은 또 다른 분위기를 자아내며 민준과 민우의 폐쇄된 공간으로 변해 있었다.

〈죽자, 민우야. 그냥 지금 죽자.〉

주머니 안에 들어가 있는 그의 손이 파르르 떨려왔다. 저승사자처럼 누워 있는 동생을 노려보던 그가 어느 순간 주머니 속의 손을 꽉 움켜쥐었다.

〈어째서 낳은 겁니까? 어째서?〉

아버지도 루게릭병이었다. 물론 돌아가신 게 그 병 때문이 아니라 그 병으로 괴로워하시다 교통사고를 내신 거였지만 어찌됐든 아버지는 끝을 알 수 없는 고통의 실마리를 둘에게 넘겨주시고 떠나 버렸다. 그리고 어머니도 그에게 간질이 있는 민우를 남겨두고 아버지와 함께 떠났다. 같은 날 같은 장소에서.

〈생명을 주고 싶었다고요?〉

조금씩 민준의 숨이 가빠지며 그가 죄어오는 가슴을 한 손으로 움켜쥐듯 잡았다.

〈당신들을 증오해. 그래도 낳아줬다고 감사할 줄 알아? 당신들을 증오할 거야.〉

루게릭병이 있다는 걸 알면서도 아이를 낳았던 부모님을 민준은 증오했다. 위험을 감수하고 자식을 갖는 사람들을 대단하다고 말할 수 있겠지만 정작 그렇게 말한 사람이 그 아이로 살아가는 건 아니지 않는가. 망부석처럼 서 있던 민준이 어느 순간 가슴을 들썩이는가 싶더니 눈물을 떨어뜨렸다.

〈아…… 하지만 알 것 같았다. 부모님의 마음을.〉

선우라는 여자를 만나면서 아이를 가지고 싶어했던 부모님의 마음을 뼈저리게 느낄 수 있었다. 어쩌면 엄청난 고통을 가져다 줄지도 모르는 길이란 걸 알면서도, 그래도 걸어보고 싶은 그런 유혹을 그도 알 수 있었다.

늦은 저녁 민준은 윤씨가 오기를 기다리며 멍하니 병실에 앉아 있었다. 무언가를 생각하거나 괴로움이란 감정에 귀를 기울이는 것도 그는 이제 귀찮았다. 그가 먹먹하게 짓눌러오는 가슴 한구석을 있는 그대로 받아들이며 그저 의자에 앉아 민우를 응시했다. 깨어나지 않을 사람처럼 핏기 없는 얼굴로 눈을 감고 있던 민우가 어렴풋이 신음 소리를 뱉어내며 눈을 떴다. 그리곤 옆에 앉아 있는 민준을 알아보곤 엷은 미소를 지었다. 문득 괜찮냐는 말을 건네려던 민준이 이내 입을 다물어 버리곤 무표정한 얼굴로 동생을 살폈다. 민우가 그런 형의 얼굴을 물끄러미 쳐다보더니 웅얼거리듯 속삭였다.

"이거 좀 치워줘."

민우의 목소리가 호흡기 안에서 맴돌며 불분명한 발음으로 새어나왔지만 민준이 그 뜻을 알아듣고는 고개를 저었다.

"위험할 수도 있어."

비집고 들어오는 감정을 억누르며 민준이 무뚝뚝하게 말을 뱉어내자 민우가 씁쓸한 웃음소리를 흘리려고 입가를 올리다가 이내 포기했다. 웃음소리를 마음대로 낼 수가 없었다. 깊은 호흡이 필요했던 것이다. 민우는 가쁜 듯 얕은 숨을 내쉬며 형의 얼굴에 시선을 고정시키더니 물속으로 잠기는 듯한 목소리로 중얼거렸다.

"형이 행복했으면 좋겠어."

잠이 몰려오는지 아니면 지쳐 의식을 잃는 건지 민우의 눈꺼풀이 서서히 내려갔다. 기계에서 여전히 심장박동을 알리는 숫자가 나타나는 걸 보면 동생은 잠이 든 것일 게다.

"형이 행복했으면 좋겠어."

민우의 말이 그의 내면에서 작은 파동을 일으키며 그를 흔들었지만 그가 그 울림을 애써 잠재우며 묘한 시선으로 동생의 잠든 얼굴을 응시했다. 가면을 뒤집어쓴 사람처럼 그의 얼굴은 굳어 있었다. 마치 상처받은 야수처럼 그의 눈은 슬프게 빛나고 있었다.

〈그래, 이게 내가 해야 할 마지막 역할이라면 그렇게 해주마. 네가 정리를 하고 떠나겠다는데 장단을 맞추어줄 수밖에, 내 어린 동생아.〉

목구멍으로 쓴물이 올라오는 것 같은 느낌에 민준이 입 안에 있는 무언가를 삼키곤 무언가를 참아내듯 어금니를 깨물었다.

설명할 수 없었다, 자신의 감정을. 왜 동생의 말이 그를 공격하는 걸로 들리는지, 왜 아픈 구석을 송곳으로 찌르며 상처를 내는 것처럼 느껴지는지 그 감정을 그도 이해할 수 없었다. 그러나 이해할 수 없다고 해도, 설명할 수 없다고 해도 느껴 버렸다. 그런 감정을. 모든 걸 받아들이고 겸허한 성자처럼 마무리하고 싶어하는 동생을 보며 그는 알 수 없는 기분에 시달렸다. 그가 어금니에 힘을 주며 눈을 질끈 감았을 때, 뒤에서 윤씨 아줌마의 들어오는 소리가 들렸다. 민준이 고개를 돌려 아줌마의 존재를 확인하자마자 박차듯 의자에서 일어나 병실을 뛰쳐나갔다.

〈행복했으면 좋겠다고?〉

〈행복했으면 좋겠다고?〉

그의 발이 급하게 병실 복도를 가로지르며 어느새 병원 밖에 있는 아스팔트를 걷고 있었다. 민준이 주차장에 있는 자신의 차로 곧장 걸어가더니 폭발 직전의 얼굴로 차를 타고 병원 밖을 빠져나갔다. 그의 차가 굉음 섞인 소리를 내며 출발했고, 남아 있는 어둠은 여전히 정적을 간직한 채 그렇게 뒤에 남겨졌다. 차는 미친 듯이 도로를 타고 달렸고, 운전을 하는 민준의 얼굴은 섬뜩할 정도로 날카로운 기운을 뿜어내고 있었다. 그의 손은 갈 곳을 정하지 못하고 불안스럽게 운전대를 움켜쥐고 있었지만 그의 발은 무언가를 쫓듯이 무섭도록 세게 페달을 밟고 있었다. 어두운 도로 사이로 그의 차가 순식간에 사라져 갔다.

그가 무서운 속도로 도로를 내달리고 있을 때쯤 선우는 집에서 몇 시간째 컴퓨터 앞에 앉아 있었다. 인터뷰를 하기로 약속된 시인에게 어떤 질문을 할 것인가 예상 목록을 뽑아내는 일 때문에 그녀는 그 시인의 시를 읽었을 때 느꼈던 느낌과 언어로 확실하게 정리되지 못한 여러 생각들을 꼼꼼히 헤집어야 했다.

선우가 프리랜서 기자로 일이 의뢰될 수 있는 강점은 바로 그런 점 때문이었다. 일반적인 질문보다는 상대에 대한 폭 넓은 조사와 사람의 내면을 깊숙이 파고드는 통찰이었다. 그건 그녀가 다른 사람들보다 더 깊은 통찰력을 갖고 있기 때문이기보단 다른 사람들도 어느 정도 느끼는 거지만 차마 예의상, 또는 저어되는 어떤 심리 때문에 입 밖으로 내밀지 않는 질문을 선우는 파고들듯 헤집는 성향이 있었던 것이다.

〈지리산으로 들어온 건 일종의 도피가 아닌가요? 시를 삶 그 자체라고 말씀하셨는데 삶 그 자체에 부딪치는 걸 외면한 건 아닌가요? 이혼을 하고 자식은 부인께서 키우는데 그럼 당신이 말하는 삶이란 건 어떤 걸 의미하는 거죠? 당신의 시 속에 지리산에서의 삶은 어떤 식으로 구현되고 있다고 생각하나요? 결국 관념의 세계를 실체라고 믿고 삶이라 지칭하는 건 아닌가요?〉

머리 속으로 떠오르는 질문들을 일단은 걸러내지 않고 무작정 적어 내려가던 선우가 어느 순간 움직이고 있던 손가락을 멈추었다. 무언가 묻고 싶은 게 있는데 그걸 말로 옮겨놓으니 유치한 질문이 되어 있었다. 이건 아니었다. 그녀가 묻고 싶은 건 뭐랄까, 이런 질문과는 미묘하게 다른 어떤 것이었다. 지리산에 들어가 시는 쓰는 작가에게 묻고 싶은 건 단지 도피의 문제를 거론하자는 게 아니었다.

선우는 수면 위로 떠오르지 않고 물속 깊이 잠겨 있는 돌덩이를 꺼내려고 애를 썼지만 그 돌은 한 귀퉁이도 보여주지 않았다. 결국 손을 멈추고 컴퓨터 화면을 뚫어지게 응시하고 있던 선우가 큰 숨을 토해내곤 의자에서 일어났다. 이럴 때가 가장 짜증이 났다. 분명 가려운 곳이 있는데 그 주변만 긁어대는 느낌. 이런 질문은 핵심으로 파고드는 게 아니라 비아냥거리는 헛소리로 들릴 뿐이었다. 현자가 달을 가리키면 사람들은 손가락을 본다고 하지만 선우는 지금 달을 정확히 가리키는 것의 어려움을 절감하고 있었다.

그녀가 돌덩이처럼 굳어오는 머리를 식히기 위해 주방으로 걸어가 커피 물을 끓였다. 잠시 후 커피를 손에 들고 베란다로 나갔다. 시원한 바람을 쐬면서 머리를 식힐 생각이었다. 커피를 홀짝이며 뜨거운 커피를 목으로 넘기던 그녀가 한숨이 섞인 숨을 토해냈다. 언제 여름이었냐 싶게 이제 밤이 되면 스산한 바람이 불었다. 그 서늘함이 그녀의 머리 속을 식혀주듯 볼을 어루만졌다. 눈앞에 있는 먹먹한 어둠을 멍하니 응시하고 있던 선우가 문득 무언가를 발견하곤 눈을 가늘게 뜨고 그 형체를 살폈다. 빌라 앞에 한 남자가 차에 기대고 서 있었다. 너무나 익숙한 윤곽에 그녀가 더 자세히 살폈다. 그리곤 이내 그녀의 눈이 딱딱하게 굳어졌다. 민준이었다. 무언가를 보고 있는 건지 그는 의미없는 시선으로 땅바닥을 응시하고 있었다. 그가 고개를 들면 눈이 마주칠 것 만 같아 선우는 무의식적으로 긴장하기 시작했다. 그러나 한참의 시간이 흘렀어도 그는 그녀가 있는 베란다 쪽으로 고개를 들지 않았다. 무슨 생각을 하는지 정면에 있는 허공을 응시할 뿐이었다. 어둠 때문일까. 아니면 민우에게 무슨 일이 생긴 걸까. 민준에게선 음울한 기운이 감돌았다. 선우는 무의식적으로 손을 뻗으려 하다가 정신을 차리고 자신의 손을 쳐다보았다. 자신의 손바닥을 물끄러미 바라보던 그녀가 냉소가 섞인 웃음을 흘렸다.

〈뭐 하는 짓이니, 지선우? 네 주변만 맴돌다 정작 다가서면 가차없이 등 돌려 버리는 저 남자를 붙잡기라도 할 거니? 그에게 구걸이라도 할 생각이야? 넌 그것밖에 안 되는 거야?〉

그녀가 힘없이 늘어져 있는 손바닥을 감추듯이 세게 그러쥐었다. 그리곤 여전히 남아 있는 미련이란 이름을 부숴 버리듯 부들부들 떨릴 정도로 주먹을 움켜쥐었다. 삼 년 전, 그는 단호했다. 일말의 주저함도 없이 그녀에게 잔인한 비수를 들이댔다. 그런데 어째서, 어째서 자신은 이렇게 바보처럼 미련을 갖고 있는 걸까. 그런 말을 들었음에도. 선우가 자조하듯 허허로운 웃음을 흘리며 눈을 질끈 감았다가 다시 눈을 떴다. 그리곤 그림자처럼 그녀 근처를 맴돌고 있는 민준을 확인하기 위해 시선을 내렸다. 삼 년 전의 그날처럼 그는 공기를 가로지르며 사라질 거라고 생각하며. 그때도 일주일 동안 연락도 없이 사라졌던 민준은 그녀에게 한마디를 뱉어내곤 그녀를 떠났다. 그의 입에서 흘러나온 말을 믿을 수 없어 그녀가 충격 어린 얼굴로 그를 응시했을 때조차도 그의 얼굴은 무표정하게 굳어 있을 뿐이었다.

"그 말 진심이에요?"

"그래, 진심이야."

잘못 들은 거라고 생각하며 선우가 반문했을 때 민준은 감정이 없는 사람처럼 메마른 목소리로 대답을 했다.

"지금 당신이 한 말이 무슨 의미인지 알고 있어요?"

지금 그가 뱉어낸 말이 정확히 무얼 의미하는지 선우가 다시 한 번 확인하자 민준의 눈동자 속에 아주 짧은 순간 그녀에게 답을 묻는 듯한 눈빛이 떠올랐다. 그러다 참기 힘든 괴로움을 갖고 있는 사람처럼 시리도록 아픈 눈빛으로 그녀를 응시했다. 그 표정을 바라보던 선우가 무덤덤한 목소리로 중얼거리듯 말했다.

"내가 그 말을 듣고도 당신과 계속 만날 줄 알았나요?"

깊이를 알 수 없는 심연의 어둠으로 그가 선우의 얼굴을 바라보다가 천천히 시선을 내렸다. 그때 그 표정은 결별을 받아들이겠다는 의미였을까, 아니면 무언가를 기다리고 있었던 걸까? 아직도 그녀는 그때의 표정을 정확히 해석할 수 없었다. 그저 마지막으로 그에게 건넸던 자신의 말을 정확히 기억하고 있을 뿐이었다.

"이걸로 당신과 난 끝이에요. 다시는 내 앞에 나타나지 말아요."

그때처럼 민준이 그녀에게 등을 보이며 뒤돌아설 거라고 생각하며 선우가 그를 쳐다보았다. 그 순간 선우는 두 눈동자와 마주쳤다. 민준이 어둠 속에서 베란다에 서 있는 선우를 응시하고 있었던 것이다. 모든 사물이 움직임을 멈춘 것처럼 공기마저 숨을 쉬지 않고 침묵을 지켰다. 불어오던 바람도 발걸음을 멈추고 두 사람 주변을 비켜갔다. 미동없이 민준의 눈을 응시하던 선우가 부들부들 손을 떨며 베란다 창문을 천천히 닫았다. 그리곤 주저하듯 뒷걸음치다 이내 등을 돌려 방 안으로 들어가 버렸다. 방 안으로 들어온 선우가 문 손잡이를 움켜쥐곤 입술을 깨물었다.

〈어째서 그런 눈을 하고 있는 거예요? 어째서? 버린 건 당신인데 왜 당신이 버림받은 사람처럼 날 쳐다보는 거예요?〉

선우의 눈동자 속에 예리한 칼날이 세워지며 분노 어린 기운이 감돌았다.

잠시 후 그녀의 눈 속에서 일렁이던 소용돌이가 잠재워지고 숨을 죽이며 초조해하고 있던 그녀가 다시 문을 열고 베란다로 나갔을 때 민준은 보이지 않았다. 그가 서 있었던 땅을 자신도 모르게 살펴보던 그녀가 얼굴을 일그러뜨리며 고개를 돌렸다. 그리곤 작은 틈으로 열려 있던 베란다 창문을 부서질 듯 닫아버렸다.

〈그때 끝난 거다, 저 사람과 난. 그가 아이를 지우라는 말을
내뱉었던 그 순간, 두 사람 사이에 놓여진 다리는 끊어진 것이
다. 분명, 분명 끊어졌을 것이다.〉

anything

『강은 울지 않는다.
단지 흐를 뿐.

우는 건 그 강을 보고 있는 나.
오로지 나의 울음.

그리하여 나는 흐르는 강을 응시했다.
자꾸만 고인 웅덩이가 되어가고 있는 나.
그런 나를

흐르게 해달라고 강에게 기도했다.

나도 흐르고 싶다고.

그렇게 고인 웅덩이처럼 나는 기도했다.』

"전 당신이 이혼을 다룬 시를 쓸 줄 알았어요."

"녹아 있지요, 잘 읽어보면."

"자연에 빗대어 쓴 걸 말하는 건가요?"

"……."

그녀는 되뇌듯 말했다.

"시를 삶이라고 말했으면서 왜 삶에서 경험한 걸 빗대어 말하죠? 삶에서 비켜가는 거 아닌가요?"

시인은 오랫동안 침묵을 지켰다. 아주 오랫동안. 그리고 말했다.

"당신이 꽤 긴 시간 동안 나를 지켜본 사람이라는 걸 알고 있기에 지금 나는 있는 그대로 받아들이려고 노력하고 있어요. 그러나 어떤 사람에게는 당신의 질문이 상처가 될 수도 있답니다. 물론 당신은 상처를 줄 생각이 아니라는 걸 잘 알면서도 말이에요."

시인의 말에 여자는 자조 어리게 대답했다.

"나는 에둘러 사는 사람들 속에서 상처를 받았죠. 내가 온몸을 던지며 상처를 드러내면 그들은 비켜갔어요."

두 사람은 다시 침묵을 지켰다. 산속 어느 시냇가에서 흘러가는 물을 바라보던 둘은 어스름한 안개가 물가에 드리워질 때까지 정적을 공유할 뿐이었다.

"무슨 생각을 그렇게 해요?"

말없이 창밖으로 지나가는 숲에 넋을 놓고 있는 선우에게 옆에 있던 카메라 기자가 말을 걸었다. 그제야 깊은 상념에서 빠져나왔는지 그녀가 고개를 돌려 태영을 쳐다보았다.

"예?"

그녀가 어리둥절한 얼굴로 눈을 동그랗게 뜨자 그가 진지한 시선으로 그녀를 응시했다. 지리산에서 서울로 올라가는 지금, 몇 시간째 한마디 말도 꺼내지 않는 선우를 바라보며 그는 살짝 미간을 찌푸렸다. 요즘 들어 이렇게 딴생각에 빠져 있는 선우가 그는 못내 걱정이 되었다. 물론 웃음이 많은 사람은 아니었지만 어느 정도 평온을 유지하며 가끔은 주위 사람을 기분 좋게 할 정도로 화사한 미소를 짓던 사람이 요즘 들어 무표정 그 자체였다.

"오늘 인터뷰 때문에 그래요?"

괴로움이 묻어나는 선우의 얼굴을 바라보며 태영이 조심스럽게 말을 건넸다. 화기애애했던 인터뷰가 끝에 가선 어색할 정도로 침묵이 감돌았던 것이다. 물론 사진을 책임지고 있는 태영은 그 순간의 어색함까지 카메라에 담아냈다. 선우가 던진 질문에 짧은 순간 복잡한 눈빛을 하고 있던 시인의 눈을. 그리고 그 질문을 던지던 선우의 얼굴을 그는 흔들림없이 포착해 냈다. 시인과 선우 사이에 흘렀던 미묘한 침묵을 그도 느꼈기에 더욱더 그녀가 신경 쓰였다.

"그냥, 마음이 좀 무겁네요. 하지 말았어야 할 말을 한 건 아닐까 그런 생각이 들어요."

선우가 우울한 듯 가라앉은 목소리로 대답하자 태영이 묵묵히 고개를 끄덕였다. 그리곤 빙그레 입가에 미소를 그리며 말했다.

"하지만 그게 선우 씨 매력이에요. 솔직히 나도 그 시인의 시를 읽었을 때 묻고 싶었던 거였어요. 차마 말로 꺼내기가 그래서 그렇지."

태영은 그녀가 도도한 얼굴로 장난을 칠 거라고 생각했다. 그러나 선우는 짧은 한숨을 토해내더니 자조 어린 미소를 그리며 중얼거렸다.

"그래요, 그거예요. 남들은 차마 말로 꺼내지 않는 걸 전 굳이 들쑤셔서 사람을 곤혹스럽게 하죠."

선우는 씁쓸한 얼굴로 말을 끝맺곤 다시 창밖으로 고개를 돌렸다. 이제 조금 있으면 차는 서울 안으로 들어설 것이다. 바쁜 일정으로 잊은 것처럼 잠재워져 있던 상념이 서울에 가까워지자 조금씩 고개를 들기 시작했다. 하염없이 그녀의 집 앞에 서 있던 민준의 모습이. 무언가를 기다리는 것도, 무언가를 원하는 것도 아닌 그저 그 자리에 있던 그의 모습이 말이다. 상념의 끝자락을 곱게 접어 올리듯 그녀가 낮은 한숨을 흘리는데 그녀의 귓가로 태영의 부드러운 목소리가 들려왔다.

"나는 선우 씨 그런 점이 좋던데요."

진지함이 깃들어 있는 그 목소리에 선우가 피식 웃음을 터뜨리며 장난스럽게 말했다.

"뭐가요? 들쑤시는 게?"

그녀의 장난 어린 말투에도 태영의 얼굴은 진지했다. 그도 무슨 생각에 빠져 있는지 무언가를 생각하는 얼굴로 운전을 하고 있었다.

"아뇨. 그렇게 다시 고민하는 모습이요. 그걸 보면 선우 씬 그 질문을 꺼내기 위해 꽤 오랫동안 생각했을 거예요."

선우가 눈을 껌벅이며 옆에 있는 태영을 응시했다. 이 사람이 이렇게 깊게 그녀를 생각하는 사람이었나? 물론 두 사람이 꽤 친한 사이였지만 그건 동료의 관계 그 이상은 아니었다. 그런데 마치 오랫동안 그녀에 대해 생각했던 사람 같은 말을 하고 있지 않은가. 아주 짧은 순간 묘한 느낌이 그녀에게 전해져 왔지만 태영이 침묵을 지켰기에 선우는 그 느낌을 흘려보냈다.

잠시 후 둘을 태운 차가 서울 시내로 진입하고 있었다. 그녀가 쓴 글과 함께 배치될 사진을 논의하기 위해 다음 일정을 잡고 있을 때 선우의 핸드폰이 울렸다. 자정이 다 되어가는 이 시간에 느닷없이 울리는 전화 소리를 듣곤 선우가 짧은 순간 긴장

어린 얼굴을 하다가 낯선 번호인 걸 확인하곤 이내 경계 어린 목소리로 전화를 받았다.

“네…….”

[선우 학생인가?]

윤씨 아줌마의 초조한 목소리가 그녀의 귓속을 파고들자 그녀의 눈이 놀란 토끼 눈처럼 동그래졌다.

“예, 저예요, 아줌마. 무슨 일이세요?”

가슴으로 파고드는 불길함에 그녀가 긴장했다. 윤씨 아줌마는 그동안 속을 태웠는지 책망 어린 말을 쏟아냈다.

[아이구, 왜 그렇게 연락이 안 된 거야? 전화를 몇 번이나 했는데…….]

“무슨 일이에요, 아주머니? 무슨 일 있었나요?”

그녀가 다급하게 물었다. 그러자 깊은 한숨과 함께 담담한 윤씨의 대답이 이어졌다.

[민우 그저께 저 세상으로 갔어.]

민우한테 무슨 일이냐고 물으려던 그녀가 그 순간 입을 벌린 채 멈추었다. 목이 말랐다. 목 안이 타는 것처럼 까끌까끌해져 송곳으로 찌르는 것 같은 아픔을 느끼며 침을 넘겼다. 그리곤 무덤덤한 그녀의 목소리가 흘러나왔다.

“민우가 죽었다고요?”

믿기지 않는다는 그녀의 반문에 아줌마는 한숨을 토해내며 말을 이었다.

[에휴, 민우가 선우 학생을 계속 찾았는데, 연락이 통 안 되더라구.]

선우의 두 눈이 벌겋게 충혈되어 갔다. 울음을 터뜨릴 것같이 얼굴을 일그러뜨리며 그녀가 나직이 되물었다.

"도대체 무슨 병이었던 거예요?"

그녀의 귓가로 저 멀리 딴 세상의 언어들이 쏟아져 내리는 것 같은 말들이 핸드폰을 타고 흘러들어 왔다.

[루게릭인가 뭔가 그거였어. 갑자기 악화되더니 손쓸 새도 없이 가버리네. 이렇게 허망할 때가 있나 그래. 별로 안 남았다는 걸 알고는 있었지만 이렇게 빨리 갈 줄 누가 알았나 그래.]

〈루게릭?〉

그녀의 얼굴이 넋을 잃은 사람처럼 멍해져 갔다. 루게릭? 루게릭이라면 텔레비전이나 신문에서 가끔 다루어지는 희귀병 아닌가. 원인도, 치료책도 없는 미지의 병이라 발병하면 별다른 대책 없이 받아들여야 하는 병이라고만 알고 있다. 민우가 그 병을 앓고 있었다고?

태영이 옆에서 그녀를 걱정스럽게 살폈지만 지금 선우는 주변에 신경을 쓸 수가 없었다. 오로지 민준을 떠올릴 뿐이었다. 그녀의 입에서 낮은 속삭임이 흘러나왔다.

"아줌마, 민준 씨는 어디에 있어요? 지금 병원이에요?"

[응?]

선우가 민준과 사귀었다는 걸 모르는 윤씨는 예상치 않은 질문에 잠시 어리둥절한 얼굴로 뜸을 들이더니 이내 대답했다.

[오늘 아침에 화장(火葬)하고 부모님 산소에 간다고 하고선 여직이야. 여기 집에는 없는데…….]

선우가 알았다는 대답을 하곤 전화를 끊었다. 그녀가 잠시 넋이 나간 얼굴로 멍하니 앉아 있자 태영이 옆에서 말을 건넸다.

"괜찮아요?"

선우가 멍한 눈으로 태영을 바라보더니 천천히 고개를 끄덕였다.

"누가 죽은 거예요?"

태영이 궁금한 듯 물어오자 선우가 묘한 얼굴이 되어 대답했다.

"예전에 과외했던 학생이요."

의외의 대답에 태영이 의아한 듯 그녀를 쳐다보다가 속사정이 있나 보다 하고 다시 운전에 신경 썼다.

"저 논현동 쪽에서 좀 내려줄래요?"

그녀의 집으로 향하고 있었기에 태영이 군말없이 운전대를 돌렸다. 갑자기 웬 논현동이냐고 묻고 싶었지만 입을 다물고 창 밖으로 시선을 돌린 선우를 보며 태영은 침묵을 지켜주었다. 더 이상 뭔가를 묻기에 선우의 얼굴은 짙은 그늘이 드리워져 있었다.

삼십여 분 후 시내로 진입한 차는 밤늦은 시간이라 빠르게 도착지에 도달했다. 태영이 어느 빌라 앞에 그녀를 내려주곤 자신의 작업실로 곧바로 향했다. 선우가 며칠 후에 다시 볼 것을 확인하며 그에게 인사를 건넸다.

"그럼 그때 봐요."

그녀의 인사에 잠시 침묵을 지키며 그녀의 얼굴을 물끄러미 바라보던 태영이 이내 고개를 끄덕이곤 차를 출발시켰다. 태영이 무슨 할 말이 있는 건가 싶었지만 선우는 차가 사라지는 걸 보면서 담담하려고 애썼던 자신을 그제야 풀어줄 수 있었다. 그녀가 묵묵히 참아왔던 감정을 토해내듯 큰 숨을 내쉬었다. 지금 그녀는 미친 듯이 울거나 아니면 무언가를 때려 부수거나 그것도 아니면 권민준이란 남자를 사정없이 패버리고 싶었다.

아……. 그러나 무언가를 부순다고 해서 이 감정이 풀릴 것 같지 않았다. 단순한 분노라기엔 가라앉아 가는 마음 한구석의 슬픔을, 그리고 지난날의 시간과 두 사람의 관계를 냉정히 응시하는 자아가 느껴졌다. 결국 그녀는 무표정한 얼굴이 될 수밖에 없었다.

왜 이 빌라로 왔는지 그녀도 모른다. 어쩌면 다른 곳에 있을 수도 있다는 걸 알면서도 그녀의 가슴은 이곳으로 가라고 소리치고 있었다. 꼭 권민준이란 남자를 찾아야겠다는 일념보다는 그녀의 마음이 이곳으로 이끌었다. 멍하니 빌라 앞을 응시하고 있던 그녀가 고개를 들어 민준의 방이 있는 층을 응시했다. 밝지는 않지만 은은한 조명이 창밖으로 새어나오고 있었다.

〈그는 이곳에 있다.〉

한참 동안 서늘한 시선으로 창문을 응시하던 선우가 빌라 안으로 발걸음을 옮겼다. 문 앞에서 선우가 주저하듯 망설이며 서 있다가 초인종을 눌렀다. 그러나 집 안에선 아무런 소리도 들려오지 않았다. 혹시나 자고 있는 걸까? 아니면 아무도 만나고 싶지 않아 그러는 걸까? 열리지 않는 문을 굳은 얼굴로 뚫어지게 응시하고 있던 그녀가 떠오르는 생각들을 곱씹고 있었다. 그러다 그녀가 뒤돌아설까 발을 움직이려는데 현관문이 쇳소리를 내며 천천히 열렸다. 선우는 술을 먹거나 아니면 우울해서 피폐해진 그런 남자가 서 있을 거라고 생각했다. 그러나 그녀의 예상과는 다르게 민준은 말짱한 얼굴이었다. 조금 가라앉은 기색 정도였다. 그가 무표정한 얼굴로 선우를 보더니 말없이 문을 열어놓고 안으로 들어갔다.

"커피 마실래?"

그는 커피를 마시려던 참이었는지 식탁에는 커피 잔과 커피 메이커가 보였다. 집 안 가득 새로 뽑은 커피 향이 감돌고 있었다. 이런 상황에 커피 향이 고소하게 느껴지는 게 문득 우습다는 생각을 하면서 선우가 그를 살폈다.

"괜찮아요?"

선우가 커피를 따르는 민준을 향해 불쑥 말을 건네자 그가 커피를 따르던 손을 잠시 멈추다가 다시 움직였다. 그리곤 한쪽 입술을 올리며 비틀린 미소를 짓더니 어깨를 으쓱였다.

"뭐, 그런대로."

우두커니 거실 한복판에 서 있는 선우를 내버려 두고 민준은 커피 잔을 쥐고 소파로 걸어갔다. 그리곤 음악 CD가 잔뜩 꽂혀 있는 쪽으로 고개를 돌리더니 음반 하나를 골랐다. 잠시 후 집 안 가득 커피 향 같은 선율이 흘렀다. 담담한 얼굴로 커피를 마시던 민준이 말없이 그를 바라보고 있는 선우에게 말을 건넸다.

"소식은 누구한테 들은 거야?"

그녀가 민준의 얼굴을 뚫어지게 응시하며 속삭이듯 중얼거렸다.

"윤씨 아줌마요."

민준은 예상했던 대답인지 묵묵히 고개를 끄덕이곤 다시 커피를 마셨다. 그의 태도에 선우가 미간을 찌푸렸다.

"루게릭이었다면서요?"

커피 잔을 물끄러미 바라보고 있던 그의 시선이 잠시 그녀의 얼굴에 머물렀다 다시 내려갔다. 그의 입에서 짧은 대답이 흘러나왔다.

"응."

그의 차분한 대답에 선우의 얼굴이 더 일그러졌다. 담담한 그의 모습을 보자 폭발할 것처럼 걷잡을 수 없는 감정이 밖으로 나오지 못했다. 그녀가 깊게 숨을 들이키며 천천히 거실 비닥에 주저앉았다. 잠시 정적이 감돌았다. 민준은 무슨 생각을 하는지 그저 조용히 커피를 마셨고, 선우는 무슨 말을 해야 할지 몰라, 아니, 너무 많은 기억들이 떠올라 입을 열 수 없었다. 아이를 지우라고 했던 지난날 그의 행동과 그때 그의 얼굴 위에 드리워졌던 알 수 없는 무력감, 그리고 형을 부탁한다고 말했던 민우. 그 모든 기억들이 그녀 안에서 소용돌이쳤다. 이 순간 가끔씩이라도 형을 만나달라고 했던 민우의 말이 그녀의 속을 쑤신다.

"민우가 날 찾았나요?"

그녀가 멍하니 거실 바닥을 응시하며 중얼거렸다. 커피 잔을 의미없이 바라보고 있던 민준이 문득 고개를 들어 그녀를 바라보았다. 그는 대답하지 않았다. 그게 선우에겐 대답이 되었다.

"미안해요."

선우의 눈에서 눈물이 흘러나왔다. 그녀가 띄엄띄엄 눈물 사이로 말을 이었다.

"강원도에서…… 취재 중이었어요. 민우가 이렇게 일찍 갈 거라고 생각도 못했어요……. 그래서 연락을 받을 수가……."

"그러지 마, 선우야."

횡설수설 그녀가 뱉어내는 말을 그가 나지막이 멈추게 했다. 그녀가 눈물로 범벅이 된 얼굴로 그를 바라보자 그가 소파에서 일어나 그녀에게 다가왔다. 그리곤 그녀 앞에 앉아 차가워진 그녀의 손끝을 어루만졌다.

"그냥 그런 거야. 사는 게 그런 거야. 사람들 일정 맞춰서 인생이 따라오지 않아. 그냥 아무 때나 아무렇게나 그렇게 그냥 맞닥뜨리는 거야."

모든 걸 있는 그대로 일어난 일 그 자체로 받아들이라고, 슬플 것도 애달플 것도 없다고 말하는 민준을 그녀가 물끄러미 응시했다. 그의 눈이 너무 어둡고 스산해서 그녀의 손은 저절로 그의 얼굴을 향했다. 그녀의 손이 천천히 그의 얼굴을 쓰다듬었다.

"그렇게라도 생각하지 않으면 견디기 힘든 거죠?"

속삭임 같은 그녀의 말에 무채색으로 굳어 있던 그의 눈이 흔들렸다.

"왜 혼자 뒀냐고, 왜 오지 않았냐고 그렇게 말해도 돼요. 난 당신한테 그런 원망을 들어도 되는 사람이라고 생각하는데 왜 당신은 항상 혼자 있는 사람처럼 굴어요? 왜?"

그녀가 안타까워하면서도 화가 난 듯 외쳤다. 그는 다시 침묵을 지키며 슬픈 듯 그녀를 응시하는가 싶더니 서늘한 미소를 입가에 그렸다.

"혼자 있는 사람처럼이 아니라 실제로 혼자야."

선우가 입술을 벙긋거리며 말을 잇지 못했다. 두 손으로 그의 얼굴을 감싸곤 뜨거운 눈물을 떨어뜨렸다.

〈그래, 알아요. 무슨 소리인지 알아요. 어찌할 수 없는, 변하지 않는 현실. 나 알아요. 부정한다고 해서 달라지는 거 하나도 없는 그런 입장이 뭔지 조금은 알아요.〉

그녀가 민준을 끌어안았다. 두 팔로 그의 목을 감싸고 그의 가슴에 얼굴을 묻었다.

"그래도 알았다면…… 알았다면 이렇게 당신 혼자 내버려 두

지 않았을 거야. 그때 알았더라면 그렇게 쉽게 당신을 떠나지 않았을 거란 말이에요. 그렇게 쉽게 아이를 지우지도……."

울음 섞인 가슴 아픈 말, 그러나 그런 울먹임이 그에게 위로가 되지 못했다. 민준이 무심한 얼굴로 울고 있는 선우를 가만히 바라보다 이내 눈을 감는다. 지칠 대로 지친 그의 마음은 건네오는 위로의 눈물조차 버겁다. 감정을 느끼는 것 자체가 고통인데, 사람들은 위로하고 슬퍼하고 그 앞에 와서 눈물 흘린다. 그래도 이렇게 찾아와 아픈 눈물을 흘리며 미안해하는 선우가 예쁘고 사랑스럽다.

민준이 그녀가 토해내는 말들을 조용히 듣고 있다가 천천히 눈을 떴다. 그리곤 그에게 기대고 있는 그녀를 감싸 안고 그녀의 등을 쓸어 내렸다. 그러나 부드럽고 따스한 그의 손길과는 다르게 민준의 목소리는 담담하고 차가웠다.

"네 몫이 아니야, 선우야. 네 몫이 아니야. 네 몫이 되기를 바라지도 않았고, 나눌 수도 없는 몫이야. 나눌 수 있다고 해도 반갑지 않고. 네가 알았다고 해서 달라지는 건 없었을 거야. 나는 그 아이를 원하지 않았어. 네가 알았다고 해도 난 지우라고 했을 거야. 나는 너와 평생을 꿈꾸지 않았어."

주위의 있는 모든 것들이 얼어붙을 만큼 그의 목소리는 냉정했다. 그의 가슴에 얼굴을 묻고 눈물을 흘리던 그녀가 망연한 얼굴로 고개를 들었다. 인정하기엔 가슴이 아파서 오랫동안 피하려 했던 잔인한 진실을 그녀는 마주 대하고야 말았다. 혹시나 다른 이유가 있었던 게 아닐까 끊임없이 이유를 찾던 그녀에게 민준은 다른 이유를 찾을 실마리마저 싹둑 잘라내 버렸다. 그녀의 입에서 서글픈 목소리가 마치 속삭임처럼 흘러나왔다.

"나는 당신에게 모든 걸 걸었었어요, 그때 나는……. 나는 당신도 그런 줄 알고 있었죠. 설혹 아이가 어떻든 또 당신과 내가 어떤 삶을 살든 함께할 수만 있다면 다 감수할 생각이었어요."

망연히 흘러나오는 선우의 말을 조용히 듣고 있던 민준이 순간 날카롭게 변했다. 끓어오는 분노와 고통을 어디에 쏟아내야 할지 방황하고 있던 그의 내면이 선우의 말에 자제력을 잃은 사람처럼 그는 섬뜩할 만큼 무서운 얼굴로 그녀를 노려보았다. 원망 섞인 슬픔으로 눈물을 흘리고 있는 선우의 눈을 마주 보며 민준이 그녀의 얼굴을 손으로 움켜쥐었다.

"도박에서 지고 난 후를 겪어봤니?"

선우가 눈을 크게 뜨고 그를 쳐다보자 민준이 싸늘한 얼굴로 차갑게 말을 뱉었다.

"아니, 일생일대의 도박에서 진 사람이 떠나고 그 이후를 감당해 본 적 있어?"

내면 깊숙이에서 터져 나오는 듯한 그의 말투에 선우가 그의 얼굴에 손을 가져갔다. 그녀의 눈동자 속에 안타까움이 묻어나려 하자 민준이 그녀의 손을 잡아챘다. 그의 눈동자 속에 광폭한 기운이 감돌았다.

"아이가 어떻던? 모든 걸 감수할 생각이었다고?"

“그래요.”

경련하듯 떨리는 입술로 그녀가 대답했다. 그러자 민준이 꽉 잠긴 웃음소리를 흘리는가 싶더니 그녀의 양쪽 어깨를 잡고 거칠게 흔들며 소리쳤다.

“네가 감수라는 의미를 알아아아? 그게 어떤 건지 네가 겪어나 봤어어어어!”

난폭하게 그녀를 흔들어대는 그에게 선우가 미친 듯이 울부짖었다.

“당신을 사랑했어. 당신을 사랑했단 말이야아아! 난 당신 기분 좋을 때만 만나는 그런 여자가 아니란 말이야. 당신 옆에서 내가 얼마나 공허했는지 알아?”

비통하게 울음을 터뜨리던 선우가 두 손으로 그의 얼굴을 감싸며 속삭이듯 중얼거렸다.

“당신을 너무나 사랑했어. 당신이 나에게 모든 것이었기에 나도 당신한테 모든 것이길 바랐어. 그게 그렇게 잘못된 거야? 응?”

그녀의 어깨를 짓누르듯 강하게 움켜쥐고 있던 그의 두 손이 조금씩 힘이 빠지는가 싶더니 그녀에게서 손을 떼고 물러났다. 민준이 그녀에게서 떨어지며 힘없이 중얼거렸다.

“그래, 그래서 놔줬잖아. 너한테 모든 걸 줄 수 있는 남자를 만나.”

오랫동안 속에 안고 있던 말들, 차마 내밀지 못하고 품고만

있던 말들을 끄집어내고 있는 지금 민준이 비켜가듯 조용히 정
리시켜 버렸다. 추하고 망가진 얼굴을 보이더라도 감정이라는
것, 속내라는 것을 보이며 정면으로 부딪치고 있던 선우는 그
말에 할 말을 잃은 듯 입을 닫았다. 어느새 격해 있던 눈빛은 탁
하게 메말라 갔고, 울음을 삼키던 입술은 차분하게 다물어졌다.
그녀가 말없이 바닥을 응시하며 이 정적이란 이름의 어긋남을
있는 그대로 받아들였다. 무언가를 더 쏟아내기 위해 노력하거
나 민준에게서 반응을 끌어내기 위해 제스처를 취하지 않고, 언
제나 반복되어 버리는 이 경계 어린 침묵을 똑바로 응시할 뿐이
었다.

"그게 나한테 할 수 있는 말의 전부인가요?"

무겁게 가라앉아 버린 방 안 공기 속으로 슬플 정도로 담담한
그녀의 목소리가 떠돌았다. 공기 속을 떠도는 그 목소리에 민준
의 목소리가 주변을 맴돌았다.

"민우가 죽으면 나는 내가 가슴을 치고 후회하며 울 줄 알았
어."

동문서답처럼 흘러나오는 민준의 말에 선우가 고개를 들어
그를 바라보았다. 민준은 혼자만의 세계에 빠진 사람처럼 다른
곳을 의미없이 응시하고 있었다.

"그 아이가 죽어줬으면 하는 생각을 했었거든. 그런데 여전히
바뀌지 않더라. 민우가 죽었는데도 나는 여전히 속이 시원하고,
홀가분할 뿐이야."

서늘한 바람처럼 흘러나오는 민준의 씁쓸한 목소리에 선우가
중얼거리듯 말을 건넸다.

"아무도 당신을 욕할 수 없어요."

위로하듯 그를 옹호하는 선우의 말에 그가 말없이 그녀를 응
시하더니 공허한 웃음을 입술에 머금었다.

"상관없어, 욕을 하든 말든."

누군가의 시선을 신경 쓸 만큼 그는 여유롭지 못했다. 아니,
어쩌면 누군가의 시선을 신경 쓸 만큼 열려 있지 않은 것일 수
도 있다. 초연한 듯한 말투였지만 그 안에서 스며 나오는 스산
한 고독의 그림자에 선우는 그를 감싸듯 부드럽게 말했다.

"민우, 그 아이도 당신을 이해했을 거예요."

의미를 알 수 없는 무감각한 기운이 그의 얼굴에 감돌았다.
가라앉듯 아래로 내리깔려진 그의 두 눈동자가 굳어지는가 싶
더니 눈 주위가 짧은 순간 경련하듯 파르르 떨었다.

"이해 못했다 하더라도 상관없어. 이해를 하든 안 하든 바뀌
는 건 아니니까."

타인이란 존재와의 소통이, 그리고 마음을 나눈다는 것이 살
아가는 시간 속에서 의미가 있음을 말하던 선우에게 그는 의미
가 없다고 말하고 있었다. 열리지 않는 문을 두드리며 그 앞에
서 떠나지 못하고 있던 사람처럼 그에게 끊임없이 말을 건네던
선우는 이제 담담한 얼굴로 그를 응시하고 있었다. 그녀가 고개
를 떨어뜨리며 힘없이 미소 지었다.

"그런 생각을 했어요. 내가 모든 걸 걸었다고 상대에게 모든 걸 걸라고 요구할 자격이 있는 걸까? ……처음엔 당신을 원망하고 욕했지만 시간이 지나면서 인정하게 되더군요. 그런 요구를 할 권리는 없다는 걸 말이에요. 당신이 그랬기에 내가 힘들었던 게 아니라 내가 바보처럼 모든 걸 걸어서 그런 거란 걸 알았어요."

자조 어린 얼굴로 그때의 일을 말한 선우가 깊은 숨을 토해내곤 자리에서 일어났다. 그리곤 옆에 덩그러니 놓여 있는 자신의 가방을 집어 올렸다. 발을 떼지 못하고 잠시 그 자리를 지키고 있던 그녀가 미동없이 앉아 있는 민준을 물끄러미 응시했다. 무언가를 말하려고 입을 떼던 그녀가 다시 입술을 다물어 버렸다. 그리곤 현관이 있는 곳으로 걸어갔다. 잠시 후 삐꺽거리는 무거운 쇳소리가 울리는가 싶더니 집 안엔 민준만이 우두커니 남았다. 그녀가 가고 있다는 걸 알리는 발자국 소리가 새벽의 정적을 가로질러 그의 귓가로 들려왔지만 그는 움직이지 않았다. 어느새 그 혼자만이 남아버렸다는 걸 증명하듯 방 안은 무겁고도 질식할 듯한 침묵이 감돌았다. 그는 멈춰진 음악을 다시 틀어 그 침묵을 잠재웠다. 선율이란 이름의 도피처가 그에게 다가와 짓눌려져 가는 그의 가슴속으로 스며들어 오기 시작했다.

"그동안 고마웠어."

조용히 음악의 선율에 몸을 맡기고 있던 민준이 천천히 눈을 감았다.

"나 때문에 형이 포기한 게 많다는 거 잘 알고 있어."

감고 있던 그의 두 눈이 일그러지며 그가 힘을 주어 어금니를 깨물었다.

"형이 행복했으면 좋겠어."

무언가를 억누르듯 힘을 주어 참고 있던 민준이 부들거리며 손에 쥐고 있던 커피 잔을 응시했다. 그리곤 있는 힘껏 벽을 향해 거칠게 집어 던졌다. 그가 가쁜 숨을 내쉬며 얼굴을 일그러뜨렸다. 감당하기 힘든 감정이었다. 해석할 수도, 조절할 수도 없는 감정이 속에서 부글부글 끓어올랐다.
〈고마웠다고?〉
섬뜩하도록 예리하게 빛을 내던 그의 눈동자가 알 수 없는 분노로 짙어져 갔다.
〈잘 알고 있다고?〉
뚫어지게 탁자를 응시하고 있던 민준이 옆에 있는 등을 집더니 컵이 부딪쳤던 벽에 똑같이 던졌다. 등은 그 자리에 박살이 난 채, 파편으로 부서진 컵 주변에 그대로 떨어졌다. 아름다운 선율과 함께 닥치는 대로 물건을 집어 던지는 그의 손이 부서지는 소리를 만들어내고 있었다.

〈편하니? 그렇게 말하고 죽으니까 편해?〉

한참 동안 손에 잡히는 대로 물건들을 부숴 버린 그가 숨을 헐떡이며 그 자리에 주저앉았다. 그가 바닥에 엎드려 두 손으로 머리를 움켜쥐며 터져 나오지 못하고 안으로 맴도는 그런 울음소리를 냈다. 뜨거운 눈물이라도 흘러나와 준다면 좋으련만 눈물은 시원하게 흐르지 않고 그의 숨통을 죄어올 뿐이었다.

〈죽었다, 민우는. 동생에게 속에 있는 말을 한마디도 꺼낼 수 없었던 그에게 그동안 고마웠다는 말을 남기고 떠나 버렸다. 내가 너에게 그런 소리를 듣고 싶었던 건 줄 아니? 너에게 그런 소리를 듣고 싶어서 속에 있는 말을 하지 않았던 거라고 생각하니? 너를 버리고 싶어했던 내 마음을 잘 알고 있으면서 그 말을 하고 가니까 속이 편하니?〉

가슴속에서 끓어오르는 알 수 없는 감정의 소용돌이를 밖으로 끄집어내 보려 발악하듯 울음을 터뜨려 보던 민준이 천천히 몸을 일으켜 앉았다. 그리곤 무표정한 얼굴로 자신의 손으로 파괴한 물건들을 물끄러미 응시했다. 그가 얼굴을 일그러뜨리며 손으로 가슴 부근을 잡아뜯듯이 움켜쥐었다. 미쳐 버릴 것 같은 현실에 숨이 막혔다.

"아아아아아아아아아아!!"

그가 바닥에 몸을 웅크리고 가슴 깊은 곳에서 터져 나오는 소리를 내질렀다.

〈죽었다. 내 동생이. 죽었다. 죽었다. 제대로 무언가를 해보기도 전에 병에 짓눌려 숨이 멎었다. 내 어린 동생이.〉

"저 왔어요."

선우의 인사에 거실에서 신문을 읽고 있던 성북동 어머니가 현관 쪽으로 시선을 돌렸다.

"왔니?"

"예."

선우는 머뭇거리며 서 있다 입가에 어색한 곡선을 그리며 대답했다. 그녀가 거실로 들어서자 박씨는 손에 있던 신문을 한쪽으로 내려놓곤 선우의 안색을 살폈다.

"몸이 어디 안 좋니? 안색이 안 좋구나."

소파에 앉은 선우가 얼른 대답을 하지 못하고 물끄러미 박씨를 바라보았다.

〈인간관계란 어디까지 말할 수 있는 걸까? 사람과 사람 사이에 있는 경계란 어디까지일까?〉

"……지리산엘 갔다 와서 그런가 봐요. 갔다 와서 바로 마감하느라 무리를 좀 했거든요."

"회장님이 말씀하시더라, 너 취재 갔다고."

"네에……."

자꾸만 입가에 맴도는 '죄송하다'는 말을 꾸역꾸역 집어삼키며 선우는 입을 다물었다. 사실 아버지 생신 날 아침 일찍 들렀다 갈 수도 있는 거였는데 그녀는 피하듯이 지리산으로 출발을 해버렸다. 자격지심일까. 자꾸만 죄송하다는 말을 꺼내려 하는 자신이 싫었다. 당당하고 무심한 척 의연하고 싶어도 끊임없이 성북동 어머니의 심기를 살피고, 눈치를 보는 자신이 싫었다.

선우가 손에 들고 있던 커다란 종이 가방을 탁자 위에 올려놓았다. 그리곤 맞은편에 앉아 있는 박씨를 향해 조심스레 밀었다. 소포로 보내라던 선우의 말을 결국 듣지 않고 잠원동 엄마는 뒤늦게라도 선우의 손에 들려 보낸 것이다. 한바탕 아침부터 선우를 붙잡고 잠원동 엄마는 자신의 처지가 억울하고 분하다며 눈물을 쏟아냈다. 원하는 대로 해주자는 심정으로 포기하듯 선우가 잠원동 엄마의 마음이 고스란히 담긴 선물을 들고 왔다.

"이거 어머니가 갖다 드리라고 해서요."

"뭐니?"

박씨는 그저 눈길로 가방 안에 있는 걸 추측하는 양 고개를 기울이며 물었다. 경계 어린 그녀의 행동에 선우는 마치 공범자가 아니라는 걸 말하듯 대답했다.

"저도 잘 몰라요. 그냥 생신 선물 준비한 거라고 그러던데요."

성북동과 잠원동 어머니, 그 사이에 끼어들고 싶지 않다는 에

두른 표현이었다. 그러나 그 의미가 어쨌든 선물을 들고 나타난 건 선우가 아닌가. 그건 두 사람 사이에 있는 미묘한 신경전과 거북함을 그녀가 마주 대해야 한다는 것이리라.

〈이렇게 서로를 의식하며 경계할 거면서 어째서 정리하지 못하는 걸까.〉

끊임없이 선우를 내세워 자신의 존재를 인식시키려는 잠원동 어머니나 애써 무시하며 무관심한 얼굴로 선우를 대하는 성북동 어머니나 선우 그녀로서는 지긋지긋한 사람들이었다.

이런 관계로 살아가게 될 줄 몰랐나? 서로 이런 관계가 될 걸 알면서도 한쪽은 이혼하지 않았고, 한쪽은 떠나지 않았다. 차라리 선택이란 걸 했다면 깨끗하게 서로를 받아들여야 하는 거 아닌가? 생각에 빠져 있던 선우의 얼굴이 조금씩 굳어져 갔다. 집안사람들과 상관없다는 식으로 마이 페이스로 웃던 그녀는 오랫동안 유지하고 있던 가면을 지금 벗어던지고 말하고 싶었다.

〈다들 꺼져, 이 구질구질한 인간들아!〉

탁자 위에 놓인 종이 가방을 천천히 한쪽에 챙겨놓는 박씨의 행동을 바라보던 선우가 소리없는 한숨을 삼키며 마음을 제어했다. 오늘따라 유독 견디기 힘들어하는 건 아마도 다른 이유에서일 것이다. 덜 상처받았기에 덜 신경 쓰고 살았지만, 민준을 통해 어둠의 나락을 맛본 선우는 지금 날이 서 있었다. 가면은 금세라도 깨어질 듯 위태로웠다.

“참, 선우야, 할 얘기 있었다.”

박씨가 갑자기 생각난 게 있다는 듯 말을 꺼냈다. 선우는 눈을 동그랗게 뜨고 그녀를 응시했다.

“뭔데요?”

잠시 뜸을 들이며 무언가를 더 생각하는가 싶더니 성북동 어머니는 묘한 얼굴로 입을 열었다.

“태일신문사 알지?”

선우가 고개를 끄덕이며 말했다.

“제가 다니는 잡지사가 그 회사 계열사잖아요. 왜요?”

“응……. 그쪽에서 자리 좀 마련했으면 하더라. 혹시 태일신문사 아들하고 아는 사이니?”

“아뇨. 그런데 무슨 자리요?”

태일일보는 그녀의 집안과 그리 친한 편은 아니었다. 그저 서로 있다는 것을 알고 있고, 서로의 귀에 소식이 들리는 정도랄까. 게다가 지 회장 집안과는 한 건너 뒤에 있는 선우와 자리를 마련했으면 하다니 선우는 어리둥절했다. 혹시나 자신의 계열사에 지 회장 딸이 일하는 걸 알고 서로 얼굴이나 익혀놓자는 건가? 하지만 선우는 그리 중요한 존재가 아니었다.

자신의 예상과는 좀 다른 대답이었는지 박 여사는 빤히 선우를 보고 있다가 혼잣말처럼 중얼거렸다.

“그럼 그쪽에서 널 본 적이 있는 모양인가?”

"……."

말없이 앉아 있는 선우에게 박씨가 말을 건네려 하는데 현관
문이 열렸다.

"저 들어왔어요."

언니였다. 그녀와 배다른, 그리고 그녀보다 세 살 많은 언니.
피곤한지 하품을 해대던 선혜는 신발을 벗다가 선우를 발견했
다.

"어! 왔어?"

"응."

선우가 엷은 미소를 입가에 그리며 대답하는데 박씨가 소파
에서 일어나 선혜에게 걸어갔다.

"왜 이렇게 일찍 들어왔어? 아직 해도 안 떨어졌는데."

두 사람에겐 익숙한 대화인지 선혜가 미약하게 인상을 찌푸
리며 말했다.

"몸이 좀 안 좋아서요. 쉬려고 일찍 왔어요."

그녀의 대답이 끝나기가 무섭게 박씨가 혼내는 듯한 어조로
말했다.

"너 네 아버지 회사라고 그렇게 네 맘대로 퇴근하고 그러면
안 돼."

선혜의 얼굴이 심하게 일그러졌다.

"아우…… 좀, 엄마. 내가 알아서 해요."

그녀가 조금은 날카롭게 말을 막자 박씨가 한풀 꺾인 목소리

로 중얼거리며 다시 소파 쪽으로 걸어갔다.

"네가 다른 사람들보다 더 일을 많이 해도 덕 본다고 욕먹는 거야. 네가 조금만 꾀를 부리며 네 아버지가 욕먹어. 알아?"

선혜가 느긋한 얼굴로 박씨의 말을 흘려들으며 뒤를 따라왔다.

"엄마, 나 밥 좀 줘요. 점심을 부실하게 먹었어."

끝없이 잔소리를 해댈 것 같던 박씨가 딸이 배고프다는 말을 하자 얼른 주방 쪽으로 발길을 돌렸다. 그제야 선혜가 개운하다는 얼굴로 숨을 토해내며 선우를 향해 은밀한 웃음을 지어 보였다. 같은 자식으로서의 동질감, 뭐 그런 것을 선우에게 기대하는 듯한 눈빛이었다.

"말끝마다 네 아버지, 네 아버지. 웃기지 않니?"

선혜가 냉소적인 비웃음을 지으며 어깨를 으쓱이자 선우도 그녀의 반응에 호응하는 의미로 쓴 미소를 지었다. 선혜로서는 본처의 딸이란 기득권을 행사할 생각이 없음을, 동시에 선우만 부모들 사이에서 괴로움을 겪는 건 아니라는 의미를 보여주기 위한 말이었지만 선우는 저 깊은 곳 어딘가가 쓰디쓰게 느껴졌다.

남편이 혼외로 아이를 낳았다는 것을 알면서도 결혼을 유지하는 자신이 민망했던지 박씨는 자식들에게 꼭 '네 아버지'라는 표현을 썼다. 마치 자신은 연결되고 싶지 않은데 자식 때문에 연결되었다는 걸 알려주듯 말이다. 선혜 언니가 그런 엄마에게

애증 섞인 환멸을 느낀다는 걸 잘 알고 있었기에 선우는 예전부터 담담히 호응해 줄 뿐이었다. 그러나 언제나 이럴 때면 가슴속으로 떠오르는 두 단어가 있다. 서로의 입장이 다르고, 각자의 입장에서 괴로움이 있다는 걸 너무나 잘 알고 있으면서도 두 단어는 떠올라 서로를 비교했다. '네 아버지'와 '회장님'이란 단어가 그녀의 비틀린 마음속을 부채질하곤 했다. 감정이란 놈의 장난에 가끔 선우는 속이 부글거렸다.

"선우는 밥 먹었니?"

선혜와 선우가 근황을 주고받고 있는데 주방에서 박씨의 목소리가 들려왔다.

"예, 전 점심을 늦게 먹었어요."

선우가 얼른 대답하자 공기 하나를 더 챙기려던 박씨가 하나의 공기에만 밥을 담고는 다시 거실로 나왔다. 선혜는 정말 배가 많이 고팠는지 얼른 자리에서 일어나 주방으로 뛰어가듯이 들어가 버렸다.

살림에 관한 작은 것 하나부터도 모두 신경 쓰시고 사는 성북동 어머니는 자신의 자리와 역할을 지키듯 남의 손에 살림을 맡기지 않았다. 행사나 모임에 관련된 일이 있을 때만 사람들을 시키는 분이었다. 딸의 식사까지 접시 하나하나에 음식을 담아 깔끔하게 상차림을 하고 온 박씨는 소파에 앉아마자 잠시 전 꺼냈던 이야기를 다시 꺼냈다.

"아까 얘기한 거 생각있니?"

"예?"

"태일 말이야. 네가 싫다면 이쪽에서 거절 의사를 보이면 되니까 괜찮아."

전혀 교류가 없던 사이였는데 그쪽에서 먼저 의사를 타진한 걸 보면 이미 선우를 알고 있다는 뜻이리라. 하지만 가족관계를 자세히 알고 있는 걸까? 선우 개인적으로 엮인 게 아니라 집안과 엮여 버린 문제인지라 바로 거절을 하기가 애매했다. 그리고 선우는 성북동 어머니 속에 있는 그 마음을 놀려주고 싶다는 비틀린 감정이 생기고 있었다.

〈만약 자신의 딸이었으면 태일이란 집안의 호의 어린 제안을 거절해도 된다고 말했을까? 아마도 한 번쯤은 만나보고 결정하라고 말하지 않았을까?〉

유치한 감정의 발로라는 걸 알면서도 선우는 비틀린 자신의 내면을 잠재울 수가 없었다. 더 이상 성북동 어머니가 원하는 대로 반응해 주고 싶지 않았다. 태일 쪽에서 그녀가 정실 자식이라고 생각해서 제의가 온 것 같다는 의미의 눈빛을 보내는 건 무슨 뜻일까? 성북동 어머니가 거절하면 될 일을 선우 스스로 거절했다는 확인을 하고 싶어하는 어머니의 마음을 느끼며 선우는 침묵을 지킨 채 생각에 잠겨 있었다.

"생각있니?"

당연히 거절할 거라고, 알아서 물러나 있을 거라고 생각하는 어머니가 마음을 숨기며 그녀의 의견을 물어오는 모습이 보기 싫었다. 평소의 그녀라면 어머니가 마음을 숨기든 말든 자신의 내면에 충실하려고 노력했겠지만 지금은 상대의 그런 에두른 행동을 지나쳐 주고 싶지 않았다.

"만나보죠 뭐. 만나서 맘에 안 들면 거절해도 되는 거니까요. 약속 잡아주시면 나갈게요."

서글서글한 얼굴로 시원하게 대답하는 선우의 태도에 박씨가 잠시 그녀를 바라보더니 입꼬리를 살짝 올리며 말했다.

"그래, 알았다. 서로 얼굴 익혀놓는 것도 나쁘진 않을 것 같구나."

차라리 이럴 때 '그쪽에서 모르고 한 것 같으니 네 쪽에서 거절하는 걸로 끝내자' 라고 말한다면 얼마나 좋을까. 그녀가 세컨드의 딸이고, 성북동 어머니가 남편의 바람을 알고도 이혼하지 않았다는 것을 모른 척 이렇게 에둘러 표현하면 좀 격이 지켜지나?

"저, 이만 가볼게요. 회사 가기 전에 잠시 들른 거라서요."

"저쪽하고 약속 잡히면 연락하마."

"예."

선우가 옆에 있는 가방을 챙겨 들고 거실을 가로질렀다.

"그래, 그래서 놔줬잖아. 너한테 모든 걸 줄 수 있는 남자를 만나."

괜스레 쓸데없는 일을 만든 게 아닌가 싶어 쉽게 걸음을 떼지 못하고 있던 선우가 문득 떠오른 민준의 말에 주저없이 현관으로 걸어갔다. 그녀가 지나가는 걸 봤는지 주방 쪽에서 선혜의 목소리가 들려왔다.

"가니?"

"응, 언니. 나중에 시간나면 봐."

선우가 약간 뒤로 몸을 젖혀 식탁에 앉아 있는 선혜를 쳐다보며 대답했다. 그러자 선혜가 입 안 가득 밥과 반찬을 물고 장난스럽게 눈을 흘기며 말했다.

"시간나면? 그럼 시간 안 나면 나랑 안 만날 거야?"

아무리 가까워지려고 마음으로 노력해도 뒤돌아서 보면 여전히 일정한 거리를 두고 서로를 대하는 두 사람이었다. 그걸 선혜가 장난스럽게 지적하며 그 일정한 관계에서조차 멀어져 가려는 선우에게 제동을 걸었고, 그런 언니의 마음을 느낀 선우가 희미한 미소를 지으며 언니를 쳐다보았다.

"언니가 나 보고 싶다고 하면 나야 시간을 만들지."

넉살 좋게 떠들고 있는 게 지금 자신인가? 마음은 아닌데 입은 분위기를 화기애애하게 만들기 위해 저절로 떠들고 있었다.

"그럼 나 간다, 언니."

"그래."

배다른 형제에, 그것도 아버지가 바람을 피워서 낳은 자식임에도 선혜는 선우를 미워하지 않았다. 아니, 오히려 생일이나

기념일을 더 챙겨주었다. 딸이 별로 없는 지씨 집안에 유일하게 나이대가 비슷한 여자 또래였다. 물론 선혜의 속내를 다 알 수 없는 선우였다. 아마도 선우만큼이나 선혜도 고민의 시간을 보냈으리라. 부모님들과 선우를 분리시키려고, 그리고 선우처럼 상대가 밉지 않으면서 알 수 없는 뒤틀림으로 속이 쓰렸으리라.

현관에서 신발을 다 신은 선우가 다시 어머니에게 고개 숙여 인사를 건네곤 현관문을 열었다. 언제나 그렇듯 눈앞에 잘 꾸며진 정원이 보였고, 정원사가 한창 나무를 다듬고 있었다.

"언니, 난 사실 언니한테 경쟁의식 같은 게 있어. 배다른 딸이니까 사람들이 더 비교하는 것 같아. 나도 모르게 그 시선을 자꾸 의식하게 돼. 그리고 내가 정실 자식이 아니니까 왠지 사람들이 무시할 것 같아서 더 공부에 매달리는 면도 있고. 어쩔 땐 언니를 이겨먹고 싶다는 생각도 해."

중학생 때였나. 선우는 솔직하게 속내를 털어놓았고, 고등학생이던 선혜는 말없이 그녀의 말을 듣고 있었다. '사실은 나도 그래' 라는 식의 고백이든지 아니면 '어쭈, 날 이겨먹겠다구?' 라는 장난 어린 말이 나올 거라고 생각했던 선우는 짧은 순간 굳어지던 언니의 눈빛을 잊을 수 없었다. 밉지 않지만 같은 위치에 선 사람으로 생각하지 않았다는 것을 명백히 보여주는 그런 느낌.

정원을 가로지르던 선우가 문득 예전의 기억을 떠올리며 쓸쓸한 미소를 입가에 그렸다. 대학을 졸업할 즈음이던가. 신문사

시험을 준비하고 있던 선우에게 넌지시 물어오던 언니의 모습
이 그녀의 머리 속을 파고들었다.

"취직 준비는 잘돼가니? 기자 시험 볼 거라면서?"

졸업하고 바로 아버지의 회사에서 말단으로 실무 경험을 쌓
고 있던 언니였다. 당연히 향해야 할 길을 간다는 듯 선혜는 졸
업을 앞두고 아버지 회사에서 신입채용 시험에 응시했다. 그때
선우는 확 엎어버리고 아버지 회사에 들어갈까 하는 충동에 시
달렸다. 무심히 대하려 해도 무심해질 수 없는 어떤 것. 타오르
던 어떤 불길을 힘겹게 잠재우며 자신에게 충실하고자 하지만
가끔씩 선우는 성북동 어머니와 선혜의 어떤 모습을 대할 때면
마치 불쏘시개로 마구 뒤집혀지는 느낌이었다. 비틀린 감정이
활활 타오를 것만 같은 격한 감정.

〈차라리 선재 오빠처럼 대놓고 무관심으로 일관하면 서로 할
퀼 일도 없을 텐데.〉

선우보다 다섯 살 많은 선재는 중학교 때 이미 미국으로 유학
을 간 상태였기에 선우와 마주칠 일도 없긴 없었다. 그저 선혜
와 어머니를 통해 선우의 이야기를 들은 정도였다. 대학원까지
마치고 한국에 돌아왔을 땐 선혜와 선재는 정말 모르는 타인이
었고, 선재도 선우도 서로를 그냥 타인처럼 대했다. 선재는 완
전한 타인으로 선혜를 대할 생각인 듯했고, 그런 선재를 보며
처음엔 알 수 없는 분노를 느꼈던 선우도 시간이 갈수록 그런
관계가 편해졌다. 무언가를 주고받을 생각 없으니 철저히 주고

받는 척도 하지 않겠다는 선재의 무심함은 오히려 고맙기까지 했다. 대문을 나온 선우가 크게 숨을 들이키고는 마음을 다스리 듯 천천히 숨을 내뱉었다.

어느새 시간은 훌쩍 흘러가 버려 늦여름의 햇살이 한풀 꺾여 있었다. 여름 햇살의 뜨거움을 느낄 새도 없이 이미 가을이 성 큼 다가와 아침이면 으슬으슬한 기운을 느낄 정도였다. 갑작스 럽게 특집 기사가 맡겨지는 바람에 선우는 정신없이 일에 매달 려 있었다. 감정이란 우습게도 바쁠 땐 찾아오지 않다가 늦은 밤 홀로 있을 때야 그녀에게 찾아와 그녀 앞에 엎드려 울곤 했 다.

보름의 시간이 흘렀다, 민우가 죽은 지. 그는 어떻게 지내고 있을까? 단지 그뿐. 이제 어떻게 다가가야 하는지, 그리고 혹시 나 엇갈림을 되돌려 놓을 수 있는 방법이 있지 않을까 하는 생 각 같은 건, 들지 않았다. 흘러가는 대로 내버려 둘 뿐이다.

토요일인 어느 날, 선우는 시내에 있는 한 호텔로 향하고 있 었다. 며칠 전 태일 쪽과 날짜와 시간을 정했다며 성북동 어머 니에게서 연락이 온 것이다. 호텔 가까이에 차를 주차시키고 약 속 장소를 향해 걸어가던 선우가 피식 웃음을 흘렸다. 졸지에 신분 상승을 바라는 그런 사람이 돼버린 것이다. 지금까지 무심 한 척 관심없는 척 본심을 숨기고 있는 그런 아이가 되어버렸 다.

〈맘대로 생각하라지.〉

소식을 듣고 벌어지는 입을 감추지 않았던 잠원동 어머니가 생각나 선우는 인상을 찡그렸다. 그리곤 성북동 어머니와 자식들이 중간에서 방해를 할까 걱정하는 말을 쏟아내기 시작했다.

〈엄마, 그 사람들은 엄마가 걱정할 만큼 우리에게 관심있지 않아요.〉

냉소적인 얼굴로 어깨에 메고 있던 가방을 손으로 움켜쥐고 그녀가 터벅터벅 호텔 안으로 걸어 들어갔다. 레스토랑에 들어서자 한쪽에 서 있던 직원이 다가와 그녀를 방으로 안내했다.

〈도대체 누굴까?〉

선우는 기억을 헤집으며 공식적인 행사에서 보았던 아주머니들의 얼굴을 떠올려 보았다. 그중에 태일의 안방마님 얼굴이 있을가 싶어 하나하나 소속을 짚어봤지만 딱히 이렇다 할 사람이 없었다.

〈뭔 상관이랴.〉

어차피 부모님들이 나오는 자리는 아니었다. 편하게 만나보라는 의미인지 당사자들만 나오기로 한 것이다. 그렇다면 전혀 모르는 남자일 것이고, 나이가 서른이 다 된 남자라면 애인이 있는데 억지로 나왔거나 별다른 연애를 못해본 숙맥일 것이다. 아니면 너무 여자를 많이 후려서 부모가 발목을 잡는 건가?

어느 날 갑자기 자신들의 아들과 선우를 만나보게 하고 싶다고 한 태일 쪽의 의도가 뭘까 하면서 선우는 통박을 무진장 굴렸지만 머리만 아파올 뿐이었다. 결국 모든 의혹을 떨쳐 버리곤 일단 부딪쳐 보자는 심정으로 그녀가 방 안으로 들어섰을 땐 기가 막힌 사람이 앉아 있어 선우는 멍하니 입을 벌리고 있었다.

"그러다 턱 빠지겠네요."

웃음 섞인 목소리로 그녀를 놀리던 남자는 의자에서 일어나 그녀가 앉기를 기다렸다. 선우가 이맛살을 찌푸리며 맞은편으로 걸어갔다. 태영이 조심스럽게 그녀의 안색을 살피고 있었다. 처음엔 놀라움과 당황스러움이 스쳐 지나가는가 싶더니 어느새 선우의 얼굴은 진지하게 굳어 있었다. 오랫동안 준비해 온 사람처럼 아무런 불편한 기색 없이 앉아 있는 그를 보며 선우는 그 순간 느꼈다. 태일신문사의 안방마님이 그녀를 보고 말을 꺼낸 게 아니라 태영의 입김이 들어간 일이라는 것을.

의자에 앉은 선우가 빤히 태영을 응시했다. 지난 이 년 동안 함께 취재를 하며 붙어 다니던 선우의 동료 한 태영. 언제나 입가에 웃음을 담고 있어 함께 있으면 상대를 유쾌하게 했던 이 남자가 지금 그녀 앞에서 너무나 진지한 얼굴로 그녀를 쳐다보고 있었다.

〈이 사람은 진심이다.〉

성북동 어머니에 대한 반동으로 이 자리에 나왔던 선우는 예기치 않게 태영의 진지한 눈을 마주 대하면서 조금씩 긴장하기

시작했다. 진심으로 다가오는 자에게 가벼운 농담으로 상황을
비켜가는 건 상처가 된다는 것을 잘 알고 있기에 선우는 이 남
자의 행동을 어떻게 받아내야 할지, 그리고 어떻게 받아쳐야 할
지 고민에 빠져들었다. 그녀가 말없이 태영의 얼굴을 유심히 살
피고 있자, 태영이 멋쩍은 듯한 얼굴로 씨익 한번 웃더니 부드
러운 목소리로 말을 꺼냈다.

"아직 점심 안 먹었죠?"

그의 말이 꺼내기가 무섭게 옆에서 기다리고 있던 웨이터가
메뉴판을 탁자에 올려놓았다. 태영이 여유롭게 메뉴판을 훑어
보며 분위기를 느슨하게 풀려고 시도했지만 선우는 여전히 꼿
꼿한 자세로 앉아 있더니 조용히 입을 열었다.

"왜 이랬어요? 그냥 따로 할 얘기가 있다고 그랬으면……."

그가 주문을 하자 선우의 말이 끊겼다. 웨이터가 밖으로 나가
고 방 안에 정적이 감돌자 태영의 목소리가 들려왔다.

"왠지 그렇게 하면 쉽게 거절당할 것 같았어요. 맞죠?"

정곡을 찔러 버리는 그 말에 선우가 한숨 섞인 웃음을 흘렸
다. 이렇게 진지할 수 있던 사람이었나? 선우는 평소엔 잘 볼 수
없었던, 아니, 편안하게 밤샘을 하며 함께 일을 했던 남자가 곧
은 시선으로 그녀를 쳐다보고 있다는 게 적응이 안 됐다. 그녀
가 지리산에서 함께 차를 타고 올 때 아주 짧은 순간 받았던 미
묘한 느낌을 기억해 내고 있는데 태영이 말을 이었다.

"내가 당신에게 얼마나 진심인지를 알려주고 싶었어요."

잠시 당혹스러운 얼굴로 말을 꺼내지 못하고 있던 선우가 너털웃음을 흘리며 중얼거리듯 말했다.

"네, 확실히 다가오긴 하네요."

방 안에 들어선 순간 서로에게 감돌고 있던 긴장감이 지금까지 둘 사이에 형성되어 온 동료애로 조금씩 풀어져 갔다. 그러나 태일 쪽에서 나온 사람이 카메라 기자인 한태영이고 그녀에게 마음을 두고 있었다는 것을 알았다고 해서 문제가 해결되는 건 아니었다. 아니, 오히려 알았기에 선우는 더 당혹스러웠다. 상대의 진심에 진심으로 거절의 과정을 겪어주기에 그녀는 지금 지쳐 있었다. 그녀 자신이 안고 있는 마음만으로도 버거운 하루하루였다. 대화는 어느 순간 끊겨 버렸고, 그 정적을 알았는지 웨이터가 들어와 식사 준비를 했다.

한 시간 후 식사를 마친 두 사람이 호텔에서 나왔다. 둘은 차에 타지 않고 호텔에서 이어지는 길을 걸었다. 식사를 하는 동안 둘은 부모님들의 근황과 그동안 태영이 그녀를 어떻게 생각했는지, 그리고 선우는 그를 어떻게 생각했는지를 주고받으며 어색해져 버린 둘 사이를 메웠지만 막상 호텔 밖으로 나와 대면하니 다시 어색해져 버렸다. 태영은 계속 그녀를 마음에 두고 있었기에 별반 달라진 것은 아니었지만 평소에 격의없이 농담을 주고받던 선우가 가라앉은 얼굴로 예의 바르게 행동하자 옆에서 조심스럽게 그녀의 안색을 살폈다.

터벅터벅, 그들 옆으로 지나가는 차들을 뒤로하고 둘은 말없이 걸었다. 눈앞에 있는 한 치 앞의 길만을 물끄러미 응시하며 걷고 있는 선우를 보며 태영이 조용히 말했다.

"선우 씨, 사랑해요."

무심히 움직이던 그녀의 발걸음이 멈추어졌다. 옆에 그가 있는지도 몰랐던 사람처럼 선우는 눈을 크게 뜨고 그를 응시했다. 태영의 입에서 부드러우면서도 진지함이 어린 목소리가 흘러나왔다.

"나랑 결혼해 주겠어요?"

순간의 진실을 포착해 내는 사진을 찍는 사람이라서 그런지 시간을 가지고 에둘러 말할 거라고 생각했던 태영은 멍하니 아무 생각 없이 걷고 있던 선우의 여백 속으로 찰나처럼 다가왔다. 선우는 무표정한 얼굴로 자신에게 사랑을 고백하며 정면으로 다가온 남자를 물끄러미 응시했다. 반응없이 그의 얼굴을 쳐다보고 있는 그녀를 대답을 기다리는 사람처럼 태영은 여유롭게 그녀의 침묵을 기다려 주었다.

〈나의 대답을 기다리는 사람. 결혼하자고. 사랑한다고.〉

순간 무심하고 무심했던 메마른 그녀의 눈에서 물기가 차 오르는가 싶더니 눈물방울들이 소리없이 그녀의 볼을 타고 흘러내렸다.

〈얼마나 원했던가, 그 사람이 이 말을 해주기를. 얼마나 바랐던가, 그 사람이 이렇게 다가와주기를.〉

눈물을 흘리고 있던 선우의 두 눈이 천천히 감기며 앞에 있는 태영의 얼굴을 가렸다. 이것은 뼈아픈 현실. 잔인한 말. 그녀에게 사랑한다며 결혼하자고 한 남자가 그 사람이 아니다.

눈을 감아 이 아픈 현실을 외면하고 싶었지만 그녀 앞에 서 있는 태영은 그녀가 부정할 수 없는 실체였다. 그녀의 눈물을 말없이 지켜봐 주는 태영을 보며 선우는 눈물을 그칠 수가 없었다.

〈그에게도 아픈 기억이 있는 걸까. 심장을 움켜쥐고 비트는 것처럼 아프게 한 사람이 있었을까.〉

그녀가 흘리는 눈물까지 당황하지 않고 그저 담담히 기다려 주는 태영을 보며 선우는 물기 어린 목소리로 그에게 대답했다.

"사랑하는 사람이 있었어요. 그 사람에게 그 말을 듣고 싶어 했었죠. 바보같이…… 난 계속 기다렸어요."

그동안 꾹꾹 눌러왔던 눈물이 터져 나오며 선우는 이제야 현실을 인정할 수 있었다. 그녀가 사랑했던 남자는 결코 그녀에게 다가오지도, 그리고 기다리지도 않을 거라는 걸.

손으로 눈가를 가리며 감정을 자제하려는 선우를 태영이 살며시 안아 눈물을 흘리는 그녀의 얼굴을 숨겨주었다.

"앞으론 날 사랑하도록 노력해 봐요. 그래서 같이 행복해졌으면 좋겠어요."

태영의 부드러운 목소리가 선우에게 스며들어 갔다.

"이거 먹어봐요. 어머니가 치즈에는 유별나셔서 아주 맛있어요."

무표정한 얼굴로 전시회장을 살펴보고 있는 선우에게 태영이 치즈가 얹어 있는 과자 한 조각을 내밀었다. 어딘가 휘적휘적 걸어가는가 싶더니 손에 과자를 들고 온 것이다. 선우가 태영의 아이 같은 천진한 행동에 기가 막힌다는 듯한 웃음을 입가에 그렸다. 그는 그런 그녀의 웃음을 보는 게 만족스러운 듯 눈을 반짝였다.

"취재 온 거예요, 놀러 온 게 아니라."

그의 장난 섞인 행동에 제동을 걸듯 선우가 얄궂은 미소를 지으며 타박을 했지만 태영이 그녀의 입 안으로 과자를 넣자 말이 끊어졌다. 그녀가 살짝 노려보며 입 안에 있는 과자를 씹다가 이내 놀라운 표정을 지었다.

"와, 진짜 맛있네요!"

"그렇죠?"

마치 자신이 칭찬을 들은 사람처럼 그는 기뻐했다. 둘은 전시 회장에 취재를 온 참이었다. '만드는 사람'이란 컨셉으로 연재 기사를 담당하고 있는 선우에게 회사 측에서 이번 호의 주인공 은 추천이란 형식으로 지정해 주었다. 임은숙, 보자기를 만드는 사람. 태영의 어머니였다. 사실 국내에서 보자기로 유명한 사람 은 따로 있었다. 그러나 본사 회장의 부인이란 위치가 이렇게 언론의 취재를 집중시키는 이유이기도 했다. 편집장이 임은숙 의 보자기 전시회를 취재하라고 했을 땐 선우가 고개를 내저으 며 냉소적인 말을 뱉어냈지만 '배경 때문에 오히려 그 사람의 창작성을 깎아내리는 게 아니냐'는 편집장의 반론을 그녀는 받 아칠 수 없었다. 그리하여 '대신 기만없이 느낀 대로 쓰겠다'는 그녀의 요구가 받아들여져 이 자리에 온 것이다.

사실 얼마나 낯간지러운 짓인가, 남편의 계열사인 잡지사에 서 전시회를 소개한다는 것이. 임은숙, 그녀 자신이 아무리 창 작만으로 인정을 받고 싶다고 피력해도, 그 배경 때문에 일단은 평가받을 수 있는 기회라도 다른 작가보다 더 쉽게 가질 수 있 는 것 아닌가. 얼마나 많은 작가들이 그 기회를 못 잡아 홀로 걸어가고 있는가. 선우의 얼굴에 냉소가 어른거렸다. 그러나 그런 냉소적인 시선이 결코 생산적일 수 없다는 생각에 그녀는 다시 진지한 눈길로 작품들을 응시했다.

〈냉소보다는 비판이 낫다. 나는 얼마나 충실하게 살고 있다고 이 작가의 작품을 냉소한단 말인가. 어쩌면 풍족한 자리에 안주하지 않고 끊임없이 무언가를 만드는 이 작가나 가난한 자리에서 주저앉지 않고 끊임없이 창작을 꿈꾸는 작가나 결국 근원은 똑같지 않을까.〉

선우는 눈앞에 있는 작품을 있는 그대로 보기 위해 마음을 비우고 있었다. 그러다 문득 시선을 돌려 태영을 응시했다. 감정이입일까. 태영의 얼굴 또한 그리 편해 보이진 않았다. 무슨 생각을 하는지 그는 굳은 얼굴로 눈앞에 있는 작품을 뚫어지게 응시하고 있었다. 사심없이 있는 그대로, 어머니가 만들어낸 창작품을 응시하고자 노력하고 있는 걸까.

그녀의 시선을 느꼈는지, 미동없이 서 있던 태영이 고개를 돌려 그녀와 시선을 마주치더니 공감한다는 씁쓸한 미소를 지었다. 다른 언론사에서 온 기자들과는 또 다른, 그렇다고 지인으로서 온 사람들과도 다른 묘한 감정을 둘은 지금 공유하고 있었다. 태영이 그녀 옆으로 다가와 말했다.

"어때요?"

눈을 동그랗게 뜨고 잠시 마음을 방어하던 선우가 앞에 있는 작품을 다시 응시하며 말했다.

"표현하고자 한 건 와 닿아요. 나름대로 괜찮고. 단지 그 패턴과 색감이 반복되고 있다는 게 좀 그러네요."

태영은 그저 고개를 끄덕일 뿐이었다. 평가를 내리듯 단호히 느낀 점을 뱉어내던 선우가 잠시 말을 잇지 않고 생각에 빠져드는가 싶더니 다시 말을 꺼냈다.

"근데 컨셉 하나를 반복해서 조금씩 변화를 주는 게 나쁘다고 말할 수 있는 건지는 나도 잘 모르겠어요. 작가마다 성향이 다르니까요. 어떤 작가는 하나의 의미를 계속 파고드는 경향이 있고, 또 어떤 작가는 다양한 의미와 방식을 추구하는 걸 좋아하니까요."

음미하듯 그녀의 말을 듣고 있던 태영이 무표정한 얼굴로 중얼거렸다.

"문제는 반복되는 게 승화되는 느낌이 아니라 정체되어 있는 느낌을 준다는 거죠."

선우가 조금은 동의한다는 얼굴로 고개를 끄덕였다. 전시회장에 있는 열 개 정도의 보자기는 두어 개를 빼면 거의 같은 패턴이었다. 중앙에 큰 면을 배치하고 그 주변에 작은 면들이 보기 좋은 비율로 배치되어 다양한 색을 담고 있었다. 그리고 그 중앙의 면만 색을 달리하여 보자기 하나하나가 만들어져 있었다. 색은 흙과 물을 머금은 것처럼 자연스레 맑은 기운을 뿜어냈다. 두 사람이 각자 기사와 사진을 어떻게 만들 것인가 난감해하며 고민에 빠져들고 있을 때 어디선가 나이 든 여성의 껄끄러운 목소리가 들려왔다.

"너 설마 취재 때문에 온 거니?"

목소리의 주인공은 임은숙이었다. 그녀는 태영이 전시회장에 있는 게 못마땅한지 얼굴을 살짝 찡그리고 있었다. 태영이 피식 웃으며 말했다.

"아시잖아요, 사람들이 알아서 그러는 거."

태영의 어머니는 이맛살을 찌푸리며 코를 찡그리는가 싶더니 아들 옆에 멀뚱히 서 있는 선우에게 관심을 보였다. 호기심 어린 그 시선에 선우가 얼른 고개 숙여 인사를 건넸다.

"안녕하세요. 월간 Culture의 지선우 기자입니다."

선우의 인사가 끝나기가 무섭게 임은숙이 묘한 웃음을 지으며 선우를 쳐다보더니 다시 아들에게 묘한 시선을 보냈다.

"아, 지선우 씨군요. 우리 아들이 너무 못살게 굴진 않아요?"

맞선을 본 이후로 선우에게 더 곰살궂게 굴며 그녀 곁을 안 떠나는 자신의 아들을 임은숙이 살짝 놀려대자 선우는 민망한 얼굴로 무표정한 얼굴로 서 있었고, 오히려 태영이 시원한 너털 웃음을 터뜨렸다.

"하하하하, 제가 좀 못살게 굴긴 하죠."

그 넉살스런 말에 태영의 어머니가 눈을 흘기며 아들을 쳐다보고 있는데, 멀찍이서 작품을 구경하고 있던 임은숙의 친구 두 사람이 다가왔다. 모두 문화예술계에 발을 들여놓고 있는 잘 나가는 집안 안방마님들이었다. 성북동의 공식적인 행사에서 한

두 번 얼굴을 본 적이 있던 사람들이었다. 뒤에 살짝 물러나 있다가 언제나 훌쩍 자리를 뜨던 선우였기에 그 사람들은 선우를 기억하지 못했다. 아니, 봤지만 신경 쓰지 않았다고나 할까.

"태영이도 왔구나?"

"예. 취재 때문에 어쩔 수 없이 왔습니다."

심드렁하니 농을 건네는 태영의 말에 뭐가 그렇게 재밌는 말이라고 어머니 친구들은 웃음을 터뜨렸다. 그리곤 옆에 서 있는 선우에게도 관심을 보였다.

"지 회장님 댁에서도 오셨네."

선우가 얼른 손사래를 치며 말을 꺼냈다.

"아뇨. 저도 취재 때문에 왔습니다."

"아, 그래요?"

곧이곧대로 믿는 눈치는 아니었다. 선우와 태영이 약혼을 한다는 말이 돌면서 지 회장 집안과 태일신문사의 혼담이 성사될 거라는 예측이 나오고 있었다. 그리하여 선우는 그전에 겪어보지 못한 사람들의 관심과 시선을 받고 있었다.

"다음 주에 저희가 지은 미술관 개관해요. 그때 취재 좀 와줄 수 있어요?"

친구 분 중 한 사람이 선우에게 초대를 의미하는 말을 꺼냈다. 미술관 개관이면 당연히 신문에 실릴 기사라 굳이 선우에게 부탁하지 않아도 될 일이었다. 취재가 목적이 아니라 또 다른 인맥 강화 차원임을 느끼며 선우가 에두른 초대의 말에 예의 바른 미소를 지으며 대답했다.

"예, 당연히 가봐야죠."

출구 쪽에서 또 다른 지인이 왔는지 태영의 어머니가 그쪽을 힐끔 쳐다보더니 선우에게 따스한 미소를 지었다.

"그럼 천천히 보고 가요. 아는 사람이라고 좋게만 쓰지 말고요. 알았죠?"

선우가 고개를 끄덕이며 말했다.

"그렇잖아도 그럴 생각이었습니다."

순간 선우가 당황으로 눈을 깜박였다. 다른 말을 미리 준비했다면 형식적인 말로 넘어갈 수 있었을 텐데 순간적으로 마음속에 있는 말을 그대로 뱉어낸 것이다. 있는 그대로 보고 쓰겠다는 말을 혹시나 반감이 있는 걸로 해석된 건가 싶어 그녀가 얼른 임은숙의 얼굴을 살폈다. 하지만 임은숙은 선우의 얼굴을 유심히 쳐다보며 기분 좋은 미소를 짓더니 출구 쪽으로 걸어갔다.

잠시 후 선우와 태영이 취재를 마치고 전시회장을 빠져나오려는데, 그녀의 핸드폰이 울렸다. 성북동 어머니였다.

"예, 어머니, 선우예요."

평소에 전화를 잘 걸지 않았던 어머니가 웬일로 전화를 걸었나 싶어 선우는 눈을 동그랗게 뜨고 핸드폰에 귀를 기울였다.

[선우야, 도환에서 미술관 개관한다고 초청장이 왔는데 너 시간있으면 같이 좀 가자꾸나.]

〈벌써 초청장을 보냈군.〉

지 회장 집안과는 친한 편이 아니었던 도환 쪽에서 먼저 초청
장을 보낸 것이다. 선우가 무덤덤한 목소리로 대답했다.

"예, 어차피 일 때문에 그때 갈 것 같아요."

통화를 마친 선우가 손에 있는 핸드폰을 물끄러미 내려다보
았다. 도환 측에서 태영이 선우가 약혼한다는 걸 알고 보낸 것
이라는 걸 성북동 어머니도 느꼈는지, 평소라면 선혜와 갈 일을
선우에게 연락한 것이다. 그녀의 기분이 묘했다. 어느 날 갑자
기 자신이 중요해진 느낌. 창밖에서 불어오는 서늘한 가을바람
에 머리카락을 맡기며 선우가 물끄러미 지나가는 풍경들을 응
시했다.

〈좋구나, 대우받고 산다는 건.〉

사무실을 향해 묵묵히 운전을 하고 있는 태영을 의식하며 선
우는 천천히 눈을 감고 좌석에 몸을 묻었다.

〈그런데 왜 가슴 한구석이 쓸쓸한 걸까. 왜 나는 어디엔가 숨
어서 울고 싶은 걸까.〉

"무슨 생각 해요?"

자신안의 슬픔으로 침잠해 들어가는 그녀에게 그가 말을 건
넸다. 선우는 켜켜이 쌓여 있는 속 안의 무언가를 애써 삼키고
희미한 미소를 지었다. 그리곤 창밖으로 보이는 하늘을 아득한
시선으로 올려다보았다.

"그냥, 하늘이 너무 파래서요. 나도 모르게 잠겨 있었어요."

잠시 말이 없던 태영이 신호 대기에서 차를 멈추고 그녀처럼 창밖의 하늘을 올려다보았다.

"사무실로 바로 들어가기엔 너무 날씨가 좋네요."

그는 채근하지도, 화내지 않고 그 자리를 지킨다. 언제나 세상을 부유하는 느낌으로 겉도는 그녀에 비해 그는 두 발을 땅 위에 딛고 안정되어 있는 느낌이다. 선우는 하늘에서 시선을 떼지 못하고 대답했다.

"그죠? 그냥 지나치기에는 너무 예쁜 것 같아요."

태영이 신호 대기가 풀리자 차를 출발시켰다. 그리곤 얼마 안 가 방향을 돌렸다. 선우가 그를 쳐다보자 태영이 간단하게 답을 한다.

"마감 급할 거 없으니까 바람 좀 쐽시다."

알 수 없었다, 그녀의 마음이 무엇인지. 단지 그녀의 알 수 없는 울적함을 그는 달래주고 싶을 뿐이다. 차는 이십여 분을 달리더니 어린이 대공원 근처에 주차했다. 의외의 장소에 선우가 신기한 듯 그를 쳐다보았다. 공원 근처라 살포시 나무 냄새가 실려왔다.

"여기 자주 와요?"

두 상의 표를 사던 태영이 선우의 물음에 씨익 웃는다.

"가끔 사진도 찍고 바람도 쐬고 그럴 때 와요."

초가을의 주말이라 공원이 붐볐다. 소풍과 산책을 나온 사람들 사이로 두 사람이 걸었다. 공원 안으로 들어서니 거대한 나무가 사람들을 반긴다. 조금만 눈을 돌려 걸음을 하면 도시 안에 이런 숲 속이 있음을 새삼 느끼는 순간이었다. 물론 시골길에서 느끼는 질박한 자연의 향기는 아니지만, 잘 정돈되고 구획되어 만들어진 인공의 숲도 숲은 숲이다. 할아버지, 할머니들이 언제나 찾아오는 곳이라는 걸 알리듯 커다란 나무 한 그루 근처에서 옹기종기 넋 놓고 앉아 있다. 생각을 멈춘 듯한 그들은 나무들처럼 공원의 일부 같았다. 한껏 차려입은 젊은 남녀들이 손을 잡고 걸었고, 아이들을 데리고 나온 부부들은 부산스럽게 걸음을 옮겼다. 들고 있는 짐과 챙겨야 할 짐이 그들에게는 짐인 동시에 행복 같았다. 한때는 저들처럼 아이를 낳아 민준과 소풍 나오는 상상을 했던 그녀다. 그 아이가 만약 태어났다면 저기 뒤뚱거리며 걸어가는 아이가 그녀 옆에서도 걷고 있었을 것이다. 아이의 물건과 음식들을 담은 가방을 들고 행복을 짐인 양, 짐이 행복인 양 걸었을 테지. 아이들과 부모들을 물끄러미 바라보던 선우가 시선을 돌려 청명한 하늘 아래 펼쳐진 나뭇가지들을 바라본다. 햇살 아래 나뭇잎들이 푸르게 반짝였다.

사람들의 무리 속에서 선우는 태영과 걸으며 공원 이곳저곳을 구경했다. 숲길을 따라 걸어 들어가면 동물들이 살고 있고, 조금 더 걸어 들어가면 잔디밭이 나온다. 얼음이 동동 뜬 물속에서 더위를 식히고 있는 북극곰이 기진한 표정으로 수영을 하더니 이내 뒤뚱뒤뚱 걸어나가 땅바닥에 추욱 늘어진다. 수영도 귀찮다는 기색이다. 선우가 그 모습을 보며 작은 웃음을 터뜨리니 옆에 있던 태영이 얼른 사진을 찍는다. 웃고 있던 그녀의 얼굴이 얼른 무안해진다.

"찍지 말아요."

"왜요? 남겨두고 싶은데."

그는 또 찍으려는 듯 카메라를 다시 들어 올렸고, 선우는 고개를 저으며 시큰둥하게 웃었다.

"찍는다고 남겨져요?"

가볍게 뱉어내는 그녀의 말속엔 되돌릴 수 없는 것에 대한 상실의 아픔이 묻어났다. 그녀가 걸음을 옮겨 장난스럽게 카메라를 피하자 그가 따라오며 찍었다.

"그러니까 찍는 거죠. 나중에 사진 보고 행복했던 시간을 떠올리게요."

그녀가 걸음을 멈추고 그를 응시했다. 그리곤 미소를 지었다. 남길 수 있다고 믿는, 남겨질 수 있다고 믿는 태영이 사랑스럽다. 그리고 강 건너에 있는 사람처럼 멀게 느껴진다. 그녀의 머리 속은 태영이 들고 있는 카메라 저 너머에 있는 어딘가로 향했다. 작은 방의 서랍, 구석진 곳에 있는 삼 년 전 다이어리. 그의 사진과 그의 연락처, 그에 대한 일기가 고스란히 담겨져 있는 다이어리. 종이를 갈아 끼워 다시 사용할 엄두도 내지 못한 채, 앙증맞은 사과가 똑딱이 단추로 붙어 있는 그 다이어리는 그렇게 서랍 안에 묻혀 있었다. 차마 찢을 수도, 그렇다고 바라볼 수도 없었던 그의 사진. 어느 날 우연히 다른 물건을 찾다가 보게 되었던 날, 가슴을 칼로 베이는 양 쓰라렸다. 그런데도 차마 버릴 수 없었다.

생각해 보면 그와는 이렇게 사진을 찍으며 바람을 쐰 적도 없었다. 언제나 동생과 회사 일로 바빴던 그이기에 저녁에 잠시 만나 밥을 먹거나 그의 빌라에서 함께 빈둥거리며 잠을 잤다. 섹스와 식사, 가끔씩 차를 타고 나가 맛있는 걸 먹는 게 전부였던 그와의 시간. 생각해 보면 그리 남겨질 것도 없던 시간들이었다.

그녀가 앞에 서 있는 태영을 바라보며 머리 속의 생각을 털어냈다. 태영은 사진기자의 습관이 있어 한 장으로 만족하지 못하고, 만약을 대비해 열 번 정도 셔터를 눌렀다. 수십 개의 사진 중 가장 잘 나오는 사진을 고르는 직업병이 나온 듯했다. 어느 순간 그가 충분히 찍었다는 듯 카메라를 내렸다. 피사체가 되어 말없이 웃고 있던 선우가 피식 장난스런 농을 건넨다.

"그 직업병 좀 어떻게 해봐요. 이런 데 와서 그렇게 찍는 사람이 어디에 있어요?"

그는 카메라를 어깨에 메며 어이없다는 듯 그녀를 쳐다본다.

"어이구, 그러는 선우 씨는요? 저번에 쪽지 남겼더니 맞춤법 틀렸다고 지적했잖아요."

"아니, 그거야 눈에 보이니까 그렇죠."

"아, 그러세요?"

그가 능청맞게 그녀를 약 올리니 선우가 그냥 웃는다. 그러는 사이 그가 선우의 손을 잡았다. 멀뚱한 얼굴로 손을 내려다보던 그녀가 태영의 걸음에 맞춰 함께 걸었다. 예전의 어느 날처럼 손을 잡는 게 어떤 의미냐고 더 이상 묻지 않았다. 자연스럽게, 자연스럽게 상황에 그녀 자신을 놓아둔다. 소위 자연스러움이라고 말해지는 관계를 맺으며 이렇게 사는 것도 좋은 것이 아닌가, 그렇게 그녀 스스로 되뇌었다. 서로에게 잘해주고, 재밌게 순간순간을 즐기는 것, 무엇을 더 바라고 무엇을 꿈꾸었는가? 선우는 이제 알 수 없었다. 그녀가 원하고 꿈꾼 것이 마치 결혼이었던 것처럼 느껴지는 지금의 상황이 해석되지 않았다. 그녀가 원한 것은 결혼이었을까? 아니면 그의 비밀스런 고통을 알고 싶어했던 것일까? 그런 거였을까? 모든 것이 알 수 없었다. 그러나 그것이 무엇인지 알 방법도 알 수 없었고, 답을 함께 찾아야 할 상대는 더 더욱 없었다.

태영은 매점이 나타나니 그녀의 손을 놓고 후다닥 뛰어간다. 그리곤 아이스크림 두 개를 사 왔다. 늦여름과 초가을의 언저리, 한낮이 조금 지났지만 아직은 햇살이 뜨겁다. 매점 근처에서 사람들은 사발면이나 김밥, 아이스크림을 먹었다. 선우도 그 사람들 속에서 태영과 아이스크림을 먹었다.

"서주 아이스크림이 아직도 나오네요."

우유 맛이 나는 담백한 아이스크림인데, 어릴 때 먹어보고 오랜만이었다. 선우가 신기해하며 한입 베어 물고 입 안에서 녹였다.

“그러게요. 이게 있기에 무조건 집었죠. 선우 씨도 이거 좋아
해요?”

선우가 고개를 끄덕였다.

“예, 어릴 때 좋아했어요. 오랜만에 먹으니까 맛있네요.”

그는 선우와 같은 아이스크림을 좋아한다는 게 기쁜지 빙그
레 웃음 지었다. 같은 기호, 같은 취미, 같은 취향, 동질성을 확
인하며 그는 기뻐했고, 그녀는 그런 그를 바라보며 미소 지었
다.

두 사람이 테이블에 앉아 잠시 다리를 쉬게 하는데 어디선가
불분명한 소리가 들려왔다. 그것은 사람의 목소리였으나 발음
이 정확치 않아 소리가 마치 짐승의 소리 같기도 했다. 고개를
돌려보니 이미 모든 사람들이 한쪽 테이블을 바라보고 있었다.
그 테이블엔 장애를 가진 아이가 휠체어에 앉아 김밥을 먹고 있
었다. 옆에 있는 어머니는 아이의 입에 김밥을 넣어주었고, 아
버지는 침을 닦아주었다. 아이는 뇌성마비 장애인 듯 팔다리를
허우적거리고 고개를 이리저리 흔들었다. 아이는 목이 마른지
‘무우우’이라는 말을 여러 번 반복했다. 그러자 어머니가 우유
에 빨대를 꽂아 아이의 입술에 대주었다. 아이가 있는 힘을 다
해 우유를 빨아 먹었다. 쳐다보던 어떤 이들은 시선을 돌려 일
종의 배려를 나타냈고, 어떤 이들은 대놓고 구경하기도 했다.
선우도 시선을 돌렸으나, 태영은 잠시 그 아이를 더 바라보더니
이내 시선을 돌렸다.

아이스크림을 다 먹은 두 사람이 막대기를 쓰레기통에 버리고 공원을 나가는 길목으로 걸음을 옮겼다.

"대단한 사람들인 것 같아요. 장애아를 기르는 게 쉽지가 않을 텐데."

태영의 말에 선우는 침묵했다. 그는 생각에 잠긴 얼굴로 말을 이었다.

"어디선가 읽은 적이 있는데 그런 시가 있더라고요. 신께서 가장 여리고 소중한 아이를 보내니 선택을 받는 부모는 신을 대신해 아이를 보살펴라 그런 내용이었어요. 어쩌면 장애아를 낳아 기르는 분들은 신의 대리자가 아닐까 그런 생각이 들더라고요."

선우가 희미한 미소를 지으며 태영을 빤히 응시했다.

〈개소리.〉

그녀의 머리 속에 떠오른 단어는 불쑥 나타났다가 사라졌다. 그녀의 눈빛은 무채색으로 정지되었지만 평온하다. 태영은 마치 고백을 하듯 말했다.

"솔직히 내 아이가 장애아면 받아들이기 힘들 거예요. 아마도 엄청 괴로워하겠죠."

선우는 아무 말 없이 이해한다는 얼굴로 고개를 끄덕였고, 그는 그 말을 끝으로 더 이상 그 아이에 대해 말하지 않았다. 아무 말 없던 선우는 고개를 돌려 매점 앞에 있는 그 아이를 한 번 더 바라보고는 다시 걸음을 옮겼다. 그 자리에서 평가를 하고 의미

부여를 하고, 자신에게 적용해 생각해 본 것으로 끝나는 구경하는 자의 심리, 의미 부여하는 그 속에서 느껴지는 나와 타인과의 경계선과 분리를 느끼고 선우는 침묵했다.

〈신의 대리자? 까고 있네. 의미 부여를 해야 네가 느꼈던 불편함이 사라지나 보지?〉

그는 평범하고 자연스러웠다. 아무리 애를 써도 그 자연스러움에 스며들지 못하고 선우는 혼자 비틀린 욕을 퍼부었다. 대상 없는 분노, 그리고 아이를 지우라고 했던 그와 그가 버렸을 때 그녀도 버렸던 뱃속의 아이를 떠올리며 선우는 얼음처럼 차가운 침묵으로 빠져들었다. 저기 알 수 없는 어딘가에 얼음처럼 섬뜩한 냉소가 흐른다. 자연스러움과 평범함이 무언지는 모르겠으나 여하튼 그것이 좋은지는 알겠는데, 문득문득 그 차가운 얼음을 인식하게 되면 지독한 외로움이 찾아온다.

도환미술관 개관식 날, 각계에서 온 사람들과 취재진으로 미술관은 많은 사람들로 붐비고 있었다. 성북동 어머니보다 먼저 도착한 선우는 태영과 함께 미술관 한쪽에 조성되어 있는 작은 정원에서 차를 마시며 새로 지워진 건물을 찬찬히 둘러보고 있었다.

전시관인 동시에 휴식과 문화공간으로서의 복합기능을 추구했는지 미술관은 여타의 미술관과는 또 다른 독특한 분위기를 연출하고 있었다. 다른 미술관이 위압적일 정도로 크고 고급스

러운 건물에 많은 사람들이 모일 수 있는 넓은 공간을 가운데에
비워두었다면 도환미술관은 위에 큰 나뭇잎이 드리워진 것처럼
자연적 형태를 하고 있었고, 사방으로 길이 나 있어 각 건물의
끝자락엔 다양한 컨셉의 정원이 자리 잡고 있었다. 마치 왕의
내밀한 은신처처럼 정원은 아담하고 포근했다. 물론 정원은 일
종의 카페 역할을 하고 있었다. 어찌 보면 통일성을 잃고 흩어
져 보일 수도 있는 건물이 하나의 선으로 곡선을 이루며 연결되
어 전체적인 균형감각을 탁월하게 잡아내고 있었다.

　선우는 행사로 준비된 다과를 즐기며 이 독특한 건물을 애정
어리게 감상했다. 그리곤 눈앞에 있는 조각과 그곳에서 흐르고
있는 물을 응시했다. 유명한 조각가에게 의뢰되어 만들어졌다
는 조각품은 거친 돌을 테두리 삼아 그 안엔 손으로 만지면 따
사로울 것같이 비단결처럼 다듬어진 돌을 품고 있었다. 마치 여
성의 젖무덤처럼 둥근 돌은 끊임없이 작은 물을 뿜어내며 묘한
감흥을 불러일으켰다. 따사롭게 보이면서도 동시에 너무 부드
러워 섬뜩하게 차가운 느낌의 둥근 돌 위에서 눈물처럼 스며 나
오는 물은 테두리에 있는 거친 돌까지 흐르지 못하고 그 맞닿은
테두리 선에서 빨려 들어가고 있었다. 절묘한 조화였다, 이 미
술관처럼. 동양화에서 어린아이가 빗속을 걸어가며 위로 받쳐
든 연잎처럼 건물 위에 드리워진 처마는 금방이라도 빗방울에
토도독 소리를 내며 움직일 것만 같았다. 그렇게 너울거리는 잎
의 가장자리를 잘 포착해 멋스러운 곡선미를 뿜어내고 있었다.

선우는 건물을 아우르는 곡선을 따라가다 문득 '가우디'를 떠올렸다. 곡선의 미학을 건축물에서 가장 잘 표현해 낸 건축 작가, 가우디. 그리고 그 떠오름은 민준의 방에서 보았던 사진 속의 건물로 이어졌다. 가우디가 지었다는 스페인의 건축물. 민준의 방 한가득 채우고 있던 사진 속엔 가우디의 건축물이 따사로운 햇살을 받으며 꿈결처럼 아득한 기운을 뿜어내고 있었다. 도환미술관과 민준의 방을 동시에 떠올리던 선우가 어느 순간 고개를 저으며 허탈한 웃음을 입가에 그렸다.

〈이젠 털어낼 때도 되지 않았니?〉

스스로에게 말을 걸듯 그녀가 민준을 떠올리는 자기 안의 상념에게 제동을 걸었다. 그러나 상념은 급하게 사라지지 않고 나른한 여운을 전해주며 그녀에게서 맴돌았다. 눈앞에 보이는 미술관은 가우디의 영향을 받았으면서도 또 다른 느낌을 전해주고 있다고. 가끔 둔탁하다 싶을 정도로 덩어리 감을 살려내는 가우디에 비해 이 미술관은 햇살에 부서질 것 같은 간결함을 유려한 곡선 안에 담고 있다고. 유리였다, 간결함 정체는. 작은 유리창들이 가을 햇살을 받아 슬프도록 아름다운 빛으로 작게 조각나고 있었다.

〈왜 저토록 눈부신 햇살을 보며 나는 슬픔을 느끼는 걸까. 이 건축물을 만든 사람은 이런 감정까지 계산해서 만든 걸까?〉

물끄러미 유리창에 반사되어 부서지고 있는 작은 햇살 조각들에 선우가 눈이 아팠는지 이내 질끈 눈을 감았다. 그리곤 눈

안에 자리잡고 있는 어지러운 빛의 잔상들을 구경했다. 까만 어둠 속에서 어지러이 춤을 추고 있는 붉은 잔상을 한참 동안 구경하고 있는 그녀에게 태영의 목소리가 들려왔다.

"선우 씨, 저기 어머니 오셨는데요."

'어머니'라는 말에 선우가 눈을 떠 태영이 가리키는 곳을 응시했다. 갑작스럽게 들어오는 햇살에 그녀의 앞을 가로막고 있던 어둠의 장막이 붉은 천 자락처럼 너울거리며 서서히 사라졌다. 그리고 그녀의 시야에 성북동 어머니가 들어왔다. 선혜와 함께 두 사람은 도환 측 사람과 인사를 나누고 있었다.

〈누가 그녀의 어머니인가? 그녀의 어머니로 호적에 올라 있는 저 여자인가, 아니면 그녀를 몸 안에서 열 달 동안 키웠다 내보내 준 잠원동 여자인가? 누가 그녀의 어머니인가? 공식적인 자리에선 빠짐없이 그녀가 자신의 딸이라고 소개해 놓곤 정작 그녀에겐 전혀 관심없는 저 아줌마인가, 아니면 그녀에게 관심을 넘어 기반의 구실로 이용하려 끊임없이 주변을 맴돌며 마음속으로 파고들려는 그 아줌마인가? 누가 그녀의 어머니인가?〉

선우가 무표정한 얼굴로 잠시 성북동 어머니를 바라보고 있는데 태영이 먼저 일어나 그쪽으로 걸어갔다. 장래에 장모님이 되실 분이라고 생각해서 그런 걸까, 아니면 저번에 한 번 만나 식사를 한 사이라서 그런 걸까. 친밀감을 나타내며 당당히 걸어가는 태영의 뒷모습을 응시하며 그녀는 비틀리는 가슴 한구석을 찬찬히 매만지고 있었다. 그는 때때로 너무 밝아서 그녀를 화나게 했다. 그가 가진 밝음을 전해 받고 싶어하면서도 동시에 비틀리지 않고 곧게 뻗어나가는 그 당당함에 그녀는 묘한 감정을 느꼈다. 상대의 당당함이 진짜인지 시험해 보고 파괴해 보고 싶은 폭력적 충동이 스멀거릴 때면 그런 자신이 또 다시 싫어져 차라리 눈을 감고 싶어졌다.

태영의 머리 위로 쏟아져 내리는 가을 햇살을 올려다보던 그녀가 천천히 의자에서 일어나, 환한 웃음을 터뜨리며 성북동 어머니에게 인사를 건네는 태영이 있는 곳으로 걸음을 옮겼다.

"오셨어요?"

선우의 인사에 성북동 어머니는 흐뭇한 미소를 지으며 그녀의 인사를 받더니 다시 태영과 이야기를 나누었다. 그리곤 선혜와 선우를 내버려 두고 건물 내부에 전시되어 있는 작품을 구경한다며 안으로 들어갔다. 선혜는 점심 시간에 잠시 빠져나온 거라 오래있을 수 없었고, 선우는 태영과 함께 이미 전시회장을 한번 돌고 왔기에 기다리고 있겠다는 말로 함께 가지 않았다. 바람 쐴 겸 나온 선혜가 점원이 갖다 주는 커피를 마시곤 감탄하는 눈길로 건물을 구경했다. 선우가 모르는 어떤 기억이 있는 걸까. 선혜의 눈빛이 무언가에 잠겨 있는 듯 아련했다. 그러나 선우는 선혜에게 무슨 일이 있냐고 묻는 것도, 그리고 그 일을 듣고 거기에 반응해 줄 의욕이 없었다. 선혜를 바라보던 선우는 앞에 놓인 찻잔에 손을 가져갔다.

"참 잘 지었다. 그치?"

선혜는 여전히 건물에서 시선을 떼지 않고 있었다.

"응, 그렇네."

건물을 바라보던 선혜가 고개를 내려 지나가는 말처럼 중얼거렸다.

"이거 설계한 팀에 제주도에 있는 별장 만드는 사람도 참여했대."

잠시 정적이 감돌았다. 선우는 무심한 얼굴로 다시금 도환미술관을 바라보았다.

"그래?"

〈그가 만들었구나.〉

처음 이 건물을 보았을 때 느꼈던 감흥들을 떠올리며 선우의 눈빛이 흐려졌다. 그러다 생각에 잠겨 있는 선혜의 그늘진 얼굴이 신경 쓰여 관심을 애써 외부로 돌렸다.

"혼담 오가고 있다며? 결정된 거야?"

자꾸만 가라앉아 가는 마음이 싫어 선우가 땅으로 떨어지는 공을 손으로 띄어 올리듯 언니의 근황을 물었다. 가벼운 어조의 질문에 선혜 또한 털털한 목소리로 대답했지만 얼굴은 묘하게 굳어 있었다.

"어…… 거의 그렇게 될 것 같아."

자꾸만 대화는 이어지지 못하고 끊겼다. 선우가 고개만 주억거리며 다시 침묵을 지키자 선혜가 말을 이었다.

"네 약혼식 치르면 아마도 내가 약혼식하게 될 것 같아."

신기하다고나 할까, 재밌다고 해야 할까. 먼 친척처럼 느껴졌던 낯선 둘은 어느 순간 정말 자매처럼 어른들에 의해 혼담 일정이 맞춰지고 있었다. 약혼식은 선우가 먼저였지만 결혼식은 선혜가 먼저 해야 한다고 말이다. 언제 그렇게 가까웠다고 언니와 동생의 결혼식 순서를 고려하는 걸까. 가족이란 참 재밌다.

"태영 씨는 잘해주니?"

이번엔 선혜가 화제를 돌린다. 선우가 적당한 대답을 찾는다. 태영이 잘해준다는 말을 하는 게, 집안에서의 선우의 위치를 확인시키고 싶은 권력욕으로 느껴질까 저어돼 그녀가 대충 말을 얼버무렸다.

"뭐, 그렇지. 워낙 친절한 성격이니까. 같이 일하면서 친해진 사이라 그렇게 낭만적일 건 없어."

오히려 선우의 대답이 더 거들먹거리는 모습으로 비춰진 것일까. 가볍게 웃던 선혜의 얼굴이 미세하게 굳어진다.

"그래? 내가 보니까 태영 씨가 너한테 많이 목매는 것 같던데."

〈무슨 대답을 듣고 싶은 걸까?〉

선우는 뭐라고 답하기도 애매하고 은근히 가시가 돋쳐 있는 선혜의 마음이 느껴져 그냥 허허거리며 웃을 뿐이었다.

"그런가?"

선우가 대응하지 않자 대화는 사그라졌다. 두 사람이 각자의 차를 다 마시고 있을 때쯤 멀리서 태영이 다가오고 있었다. 그러자 선혜가 찻잔을 내려놓고 자리에서 일어났다.

"나 회사 일 때문에 가봐야 할 것 같다. 나중에 봐."

"응."

선혜는 갑자기 무슨 일이 생각났는지 꾸물거리지 않고 가방을 챙겨 들었다.

"벌써 가시게요?"

어느새 가까이에 온 태영이 일어서는 선혜에게 인사를 건넸다.

"네, 가봐야 돼요. 점심 시간이라 잠시 들른 거예요."

"네."

"약혼 축하해요."

선혜가 방긋 미소를 지으며 말을 건네자 태영이 조금은 쑥스러운 듯 머리를 긁적였다.

"하하하."

선혜가 대꾸없이 엷은 미소를 짓더니 대화를 정리했다.

"이만 갈게요. 다음에 봐요, 태영 씨."

등 뒤로 태영과 선우를 두고 선혜는 재촉하듯 걸음을 옮겼다. 방금 전까지 막역한 사람들처럼 편하게 이야기를 나누었던 태영과 선혜를 말없이 바라보고 있던 선우는 급하게 걸어가는 선혜의 뒷모습에서 시선을 떼지 못했다. 자꾸만 위축되고 눈치를 살피는 자신과는 다르게 두 사람은 이런 자리에서 너무나 자연스럽고 당당하다.

멍하니 앉아 있는 선우에게 태영이 가까이 다가와 안으로 들어가자며 그녀의 가방과 재킷을 챙겼다. 그녀가 핸드폰을 챙기고 태영을 따라 미술관 안으로 걸음을 옮겼다. 문득 이 건물 설계에 민준이 참여했다는 선혜의 말이 떠올랐다. 고통이 공기 중에 떠다니는지 숨 쉬기가 어려웠다. 가슴속으로 파고드는 아픔을 더 이상 꾹꾹 눌러 숨기지 못한 선우는 성북동 어머니와 태영 그 사이에서 무표정한 얼굴로 서 있을 뿐이었다. 사회적 자아를 유지하며 웃음을 머금고 이 자리에 맞는 태도를 취해야 한다는 걸 알면서도 그녀는 그럴 수 없었다. 그저 시간이 빨리 흘러가기를 기다리며 건물 내부에 전시되어 있는 그림처럼 타인의 움직임에 묵묵히 따를 뿐이었다. 도환의 사람과 성북동 어머니 사이에서 가교 역활을 하고 있는 태영을 바라보며 옆에서 그녀는 그야말로 꿔다 놓은 보릿자루처럼 자리를 지킬 뿐이었다. 그녀 앞에 있는 사람들은 그녀가 관심도 없는 이야기를 하며 도환과 단양이라는 집안의 관계를 다지고 있었다. 물론 태영이 선우가 지 회장의 딸이라 만난 건 아니었지만, 그럼에도 불구하고 선우는 끊임없이 집안과 연결되어 한자리를 차지하는 결과를 내고 있었다. 처음엔 그동안 소외되어 왔던 것에 대한 억눌려진 감정이 풀어지는 것 같아 만족감이 들기도 했다. 무시당했던 것을 보상받는 통쾌한 느낌. 그런 치졸한 감정의 편린들을 부정하지 않는다. 그러나 그건 감정놀음이다. 물론 그 감정놀음에 평생을 쏟아 부으며 자신의 정체성과 역할을 찾기도 하겠지만 지금 선우에겐 다 의미없는 한판의 연극으로 다가올 뿐이었다.

어느 순간 그들의 대화를 듣고 있는 것처럼 행동하는 것도 귀찮아진 선우는 이제 시선을 돌려 벽에 걸려 있는 그림들을 구경하고 있었다. 그녀가 서 있는 가까이에 한 작가의 자화상이 은은한 조명을 받아 묘한 느낌을 자아내고 있었다. 작가는 '분열'을 표현하고 싶었던 걸까. 그림 속의 형태는 하나의 선으로 결정되지 못하고 불안스럽게 움직이는 가는 선으로 몇 번씩 겹칠되어 있었다. 우리 나라 작가의 일반적인 화풍치곤 꽤 색다른 그림체였다. 서양의 소묘를 대학 입학 시험으로 치르며 미술 교육을 받은 우리 나라 화가들은 회화를 할 때 그때의 습관이 남아 있어 덩어리진 느낌을 많이 풍기곤 했다. 그러나 이 작가의 그림은 마치 이 자화상이 허구임을 알려주듯 입체감으로 사실성을 부여하지 않고, 일부러 종이 위에 그려졌다는 것을 증명하듯 평면적으로 형태를 잡아내고 있었다. 그러나 가는 선으로 불안스럽게 잡아낸 작가의 얼굴은 도저히 어울리지 않는 색감으로 구성되어 있었다. 사람이란 본능적으로 아름다워 보이는 걸 추구하기 마련이라 지향하는 의미가 무엇이든 간에 서로 어울리는 색감을 쓰기 마련인데 그 그림은 지금까지 보편적으로 통용되는 색 배열을 전혀 따르지 않고 있었다. 갈색 빛 살결의 얼굴 위로 파란 기가 도는 보라색이 드리워져 묘하게 괴리되고 분열되는 느낌을 주고 있었다.

선우는 이끌리듯 색의 괴리를 바라보고 있었다. 개관 기념으로 기획된 도환의 첫 전시회는 대중에게 다가가겠다는 포문을 열며 '자화상'이란 주제로 준비되었다. 에곤실레, 피카소, 고흐, 샤갈 등의 유명한 서양 화가들의 작품과 한국과 일본, 중국을 아우른 동양 화가들의 자화상도 함께 전시되어 색다른 즐거움을 선사했다. 그림 속의 화가를 뚫어지게 응시하고 있던 선우가 상품처럼 걸려 있는 주변의 모든 그림들을 무심한 눈길로 스윽 둘러보았다. 화가 한 사람 한 사람, 그들은 자화상을 통해 자신들의 정체성을 찾으며 무언가를 담아내려고 했겠지만 그들이 남긴 그림들은 권위와 평가로 이루어진 사람들의 시선에 의해 '자화상'이란 '주제'로 모인 상품들일 뿐이었다.

〈과연 여기 서 있는 사람들 중 몇 명이나 그림 속의 화가와 대화를 나누겠는가.〉

실제로 대화를 나누는 사람들은 이런 미술관 창립제에 오기엔 난감할 것이다. 아무리 도환이 대중성을 표방한다고 하더라도 대기업 미술관 첫 전시회는 미술계와 사업적으로 관련있는 지인들이 오는 자리이기에 배타성과 권위를 드러내기 마련이었다. 아마도 어떤 사람은 전시회를 보려고 발을 들여놓았다가 소외감을 느끼고 발길을 돌렸을지도 모른다. 정작 화가는 그 사람을 기대하며 그림을 그렸겠지만.

선우는 앞에 있는 사람들보단 비싼 조명과 고급스러운 액자로 한껏 치장된 그림들에게 오히려 감정이입이 될 뿐이었다. 누군가 발걸음을 멈추고 그림과 공명하기를 기다리는 화가의 마음처럼. 그러나 그 마음에 메아리는 돌아오지 않았다.

"어머, 오셨네요. 언제 오시나 했어요."

그녀의 귓가로 도환의 안주인이 누군가에게 인사를 건네는 목소리가 들려왔다. 그녀는 여전히 그림에서 눈을 떼지 못하고 멀뚱히 서 있을 뿐이었다. 그러나 다음 순간 들려오는 성북동 어머니의 목소리에 그녀는 고개를 돌릴 수밖에 없었다.

"제주도에서 곧장 올라오신 거예요?"

"아닙니다. 사무실에 일이 있어 며칠 전부터 서울에 와 있었습니다."

눈앞에 양복을 말끔히 차려입은 권민준이 여유로운 얼굴로 서 있었다. 그동안 제주도에 있는 건설 현장에서 있었는지 얼굴이 갈색으로 그을려 활기가 느껴질 정도로 건강해 보였다. 아마도 미술관 설계를 맡은 회사의 대표로서 인사를 하러 온 것 같았다.

성북동 어머니에게 별장 진행 상황을 간략히 말하고 있던 민준의 눈이 조용히 옆에 서 있는 선우와 마주쳤다. 아주 짧은 순간 그의 입매가 굳어지는가 싶더니 언제 그랬냐는 듯 다시 느긋한 미소를 입가에 그리고 있었다. 그리곤 시선을 돌려 옆에 있는 태영에게 인사를 건넸다.

"권민준입니다."

악수를 청하는 민준의 손을 태영이 사심없이 받아들이며 시원한 웃음을 머금고 대답했다.

“예, 말씀 많이 들었습니다. 전 한태영이라고 합니다.”

오랜만에 사진을 찍고 싶은 건축물을 만났다며 미술관 설계자에게 호감을 나타냈던 태영은 그 당사자를 만났다는 기쁨에 민준에게 친근감을 표시하며 옆에 있는 선우를 민준에게 소개시켰다.

“이쪽은 저와 약혼할 사람입니다. 아, 아실 수도 있겠네요, 회장님 댁 별장을 지으신다니.”

태영의 말이 흘러나오는 순간 민준의 눈빛이 딱딱하게 굳어졌다. 그의 그런 눈빛을 담담한 시선으로 바라보고 있는 선우를 민준이 뚫어지게 응시하는가 싶더니 무채색의 목소리로 중얼거리듯 말했다.

“네, 저번에 회장님 사무실에서 한 번 뵌 적이 있습니다.”

그리곤 고개를 살짝 끄덕여 선우에게 인사를 했다.

〈날 이렇게 대하는 게 당신에게 더 편하단 말인가요?〉

정중하게 인사를 건네는 그의 모습을 미동없이 응시하던 선우의 눈동자 속에 작은 일렁임이 들어서는가 싶더니 서서히 윤기를 잃어가며 탁하게 변해갔다.

“아, 그러셨군요. 선우 씨…… 는…….”

태영이 고개를 돌려 선우를 쳐다보며 말하다가 그녀의 얼굴에 드리워진 그늘을 알아채곤 잠시 말을 잇지 못했다. 그의 눈빛이 짧은 순간 의혹으로 반짝이는가 싶더니 이내 진지하게 차분해져 있었다. 그가 방금 전 하려던 나머지 말을 천천히 뱉어냈다.

"선우 씨는…… 그 얘길 안 했거든요."

세 사람의 미묘한 분위기를 눈치채지 못한 성북동 어머니는 민준의 말에 지나가는 말처럼 선우에게 말을 건넸다.

"회장님 사무실에 간 적이 있었니? 언제?"

단순하게 궁금한 걸 묻는 사람처럼 입가에 미소를 그리며 그녀에게 물어오는 성북동 어머니의 얼굴을 선우가 물끄러미 쳐다보더니 잠시 눈을 감았다가 떴다. 무언가가 툭 하고 끊어지며 잡고 있던 무언가를 손에서 놓는 느낌이었다. 그녀가 광택으로 윤기가 흐르는 바닥을 내려다보다가 다시 고개를 들어 앞에 있는 어머니를 응시하며 말했다.

"이럴 땐 회장님이라고 지칭하시면 안 되죠, 어머니. 밖에선 아버지라고 하시더니 오랜만에 실수하셨네요."

부드러우면서도 메마른 목소리로 말을 뱉어낸 선우가 자신이 만들어놓은 어색한 분위기를 내버려 두고 등을 돌려 홀로 걸어 나갔다. 성북동 어머니는 지금 무슨 일이 일어났나 하는 얼굴로 멍하니 입을 벌렸고, 어리둥절한 태영은 사람들에게 고개 숙여 인사를 건네곤 급하게 그녀를 향해 뛰어갔다. 그러나 뒤에서 따라오는 태영의 발걸음이 그녀에겐 들리지 않았다. 선우는 목 마른 사람이 물을 찾듯 절박한 눈빛으로 밖으로 향하는 문을 찾으며 걸음을 옮길 뿐이었다.

〈더 이상은…… 더 이상은 나에게 요구하지 마. 당신들은 그게 아무렇지 않을지 몰라도 나는 숨이 막힌단 말이야. 도대체 언제까지 그런 장단에 맞춰줄 거라고 생각하는 거야?〉

그녀가 숨을 쉴 수 없는 사람처럼 가쁘게 호흡을 하며 시원하고 따사로운 햇살이 있는 밖으로 발길을 재촉했다.

〈그래, 당신은 그게 더 좋단 말이지? 그렇게 적당히 관계 맺으며 당신 속 드러내지 않고 사는 게 더 편하다 이거지? 당신은 나한테 그런 걸 원한단 말이지?〉

이제 아무것도 상관없다는 듯 무작정 앞만 보고 걸어가는 선우를 태영이 급하게 따라 나왔다. 그러나 그가 그녀 등 뒤에서 불러 세워도 선우는 돌아보지 않자 태영이 그녀의 팔을 잡아 그녀를 돌려 세웠다.

"선우 씨."

약간은 화가 난 듯한 목소리였지만 그 안에 걱정스러움이 묻어나 선우는 더 이상 마음속에서 그를 방치할 수 없었다. 선우가 천천히 뒤로 돌아 그를 응시했다. 상처받은 자아는 눈 속에 날카로운 공격성을 드러내고 있었다. 그녀가 스윽하니 주위를 둘러보니 사람들 몇몇이 호기심 어리게 구경하고 있었다. 숨겨도 숨겨도 숨겨지지 않는, 아니, 오히려 숨기려 해서 더 당당하지 못한 그녀의 근본. 대우받지 못하고 숨겨진 채 자라온 그녀 자신에 대한 열등감. 사람들은 태영을 등에 업고 그녀가 어떻게 권력의 중심에 나아갈지 궁금해했다. 아니, 어쩌면 그냥 구경거리일 수도 있다. 어울리지 않는 자리에 어울리지 않는 옷을 입고 주류를 향해 몸부림치는 비주류처럼, 그들에게 구경거리가 되어 있었다. 사람들의 시선 속에 눈앞엔 차분한 태영이 보였다.

〈그래, 당신이 날 어떻게 이해하겠어.〉

눈앞에 있는 태영을 공격해 버리고 싶었다. 각자의 삶이고, 각자의 몫이라는 걸 잘 알면서도 뿌리 깊은 나무처럼 안정되어 있는 태영의 존재 자체가 지금 그녀에겐 참을 수 없는 상처였다. 선우의 입술이 달싹거렸다. 태영은 흔들림없이 그녀의 시선을 놓지 않고 차분해지라는 눈빛을 보내고 있었다. 달싹이던 입술 사이로 자조 어린 웃음소리가 새어나오더니 그녀가 가면을 쓴 사람처럼 냉정한 목소리로 말했다.

"저 먼저 갈게요. 혼자 있고 싶어요."

〈당신을 공격해서 뭐 하겠어. 당신이 날 이해한다고 해서 뭐가 달라지겠어.〉

그녀가 태영을 내버려 두고 다시 걸음을 옮기려 하자 태영이 그녀의 손목을 잡더니 어딘가로 이끌었다. 그 또한 무표정하게 굳은 얼굴이었다. 그가 이끈 곳은 주차장이었다. 옆 좌석 문을 열어주고 선우가 타기를 기다렸다.

"타요. 집까지 바래다줄게요."

그녀가 싫다는 말을 하려 하다가 그의 눈빛이 상처받은 사람처럼 흔들리는 걸 보곤 조용히 차에 올랐다.

한참을 도로 위에서 달릴 동안 운전에만 집중하는 것처럼 보이던 태영이 사차선에서 신호가 걸려 차를 멈추게 되자 나지막이 물었다.

"그 남잔가요?"

나름대로는 포커페이스를 했다고 생각했는데, 역시나 자신은 그런 데 재능이 없나 보다. 멍하니 유리창 밖으로 지나가는 가지각색의 건물들을 구경하던 선우가 입술을 비틀었다.

"그래요."

여전히 창밖을 응시하는 선우는 운전대를 힘 주어 잡는 태영의 손을 볼 수 없었다. 그의 목소리는 또 들려왔다.

"어머니한테 했던 말은 뭐예요? 회장님이라고 했던……."

귀찮은 듯 선우가 기계적으로 대답했다.

"호적상의 어머니예요. 제 친어머니는 따로 있어요. 소위 말해 세컨드 딸이죠."

그는 침묵했다. 신호가 바뀌자 그가 다시 차를 출발시켰고, 차 안도 다시 고요했다. 그녀의 집 앞에 도착할 때까지 둘은 한마디도 꺼내지 않았다.

"……들어갈게요."

그녀가 차 문 손잡이에 손을 가져가며 인사를 건넸지만 그는 정면에 있는 유리창만 뚫어지게 응시하고 있었다.

무슨 말을 해야 할 것 같은데, 지금이 넘기지 말고 꺼내야 하는 상황이란 게 느껴지긴 하는데 선우는 귀찮기만 했다. 뜨거운 무언가를 어딘가에서 잃어버리고 가슴속엔 서늘한 바람만 부는 느낌이었다. 태영의 굳은 얼굴에 손잡이를 잡고 잠시 망설이고 있던 그녀가 문을 열었다. 그러나 그녀가 몸을 숙여 밖으로 나가려는 순간 뒤에서 그녀를 잡아당기는 억센 손길에 선우는 다시 안쪽으로 끌려들어 갔다. 그가 무슨 행동을 하려는 건지 알아챌 새도 없이 이미 그녀의 몸이 태영의 품 안에 안겨 있었다.

"태……."

거친 그의 입맞춤에 그를 제지하려던 그녀의 말이 멈추어졌다. 언제나 조심스럽고 예의 바른 키스를 하던 태영이 이 순간만큼은 소유 어린 키스를 퍼부었다. 사정을 봐주지 않고 그녀의 입 안 깊숙이 혀를 넣어 상대의 작은 숨결까지 가져가겠다는 듯 그렇게 키스했다. 차 안에서의 키스는 불편했다. 그리고 태영의 행동도 숨이 막혔다. 그녀가 손으로 그의 어깨를 밀어내자 태영이 더 거칠어졌다. 소유욕 어린 키스는 이제 벌에 가까울 정도로 아팠다. 급기야 선우의 입술 사이로 아픈 신음이 터져 나오자 그제야 태영이 고개를 들었다. 그녀의 아랫입술에서 붉은 피가 새어나오고 있었다. 그의 입 안에서도 비릿한 피 맛이 느껴졌다. 태영이 그녀를 놔주곤 차에서 내렸다. 그리곤 선우가 앉아 있는 곳으로 걸어가 차 문을 열었다. 그녀가 빤히 그의 얼굴을 응시하자 태영이 그녀의 시선을 놓지 않고 잡아챘다.

"오늘은 나랑 같이 있어요."

태영을 바라보고 있던 선우의 눈동자가 멈칫 굳어졌다. 약혼식이 얼마 남지 않았지만 아직 둘은 육체관계를 맺지 않았다.

몇 번의 키스가 다였다. 태영의 눈빛은 그 말이 육체관계를 뜻하고 있음을 적나라하게 드러내고 있었다. 조금의 불안도, 조금의 거리도 받아들이지 못하는 순수하고 뜨거운 마음. 타인이 하나가 될 수 있다는 믿음에서 오는 맞부딪침. 마치 예전의 그녀 같았다. 상처받을지 몰라도, 아니, 설혹 상처받더라도 상대에게 다가가겠다는. 고집스럽게 그녀의 시선을 마주 보고 있는 태영을 선우가 말없이 바라보았다.

〈제발, 내가 이 사람을 사랑하기를.〉

그녀가 천천히 차에서 내렸다. 그러자 태영이 차를 잠그고 그녀의 허리에 팔을 둘렀다. 뜨거운 손이 미세하게 떨려 그 파장이 그녀의 몸에 느껴졌다.

〈좋은 남자다. 분명 자신이 선택한 여자를 한없이 사랑해 주고 책임질 남자다.〉

선우는 알 수 없이 식어 있는 마음을 추스르며 그의 손길에 몸을 기댔다.

"아침에 급하게 나오느라 집이 지저분해요."

선우가 거실 불을 켜면서 어색한 분위기를 잠재우려고 말을 건넸다. 그녀가 바닥에 가방을 내려놓고 얼른 소파가 있는 곳으로 걸어갔다. 그리곤 소파 한쪽에 걸쳐져 있는 잠옷과 이런저런 물건들을 치웠다. 이상하게 불편하고 어색했다. 민준과 있을 땐 그냥 있는 그대로 보여주는 게 더 솔직한 거라고 생각해 굳이 이렇게 행동하질 않았었다.

“커피 마실래요?”

“아뇨, 됐어요.”

그녀가 주방으로 걸어가면서 어색하게 의향을 물었지만 태영
은 편해 보였다. 오늘 아침에도 이곳에서 나갔던 사람처럼 그는
자연스럽게 신발을 벗더니 그녀가 있는 주방으로 다가왔다. 그
녀가 커피 메이커 안에 있는 종이를 새로 갈아 넣고 커피를 넣
었다. 물을 부우니 잠시 후 지지직 소리를 내며 물 끓는 소리가
들려왔다. 등 뒤에서 느껴지는 태영의 시선을 외면한 채 그녀가
커피가 유리 포트 안으로 흘러내리는 걸 물끄러미 바라보고 있
었다. 식탁에 비스듬히 기대어 서 있던 태영이 그녀의 뒤로 다
가오더니 그녀의 뒷목에 입맞춤을 했다. 아까와는 다른 부드러
운 입맞춤이었다. 뜨거운 그의 입술이 느껴졌다. 그녀가 몸을
돌리려고 하자 그가 그녀의 허리를 잡고 움직이지 못하게 했다.
그리곤 그녀의 목덜미에 얼굴을 묻곤 중얼거렸다.

“상관없어요, 난.”

무얼 상관없다고 하는 걸까? 그녀가 사랑했던 남자가 권민준
이라는 건축가인 게? 아니면 그녀가 과거가 상관없다는 걸까?
그것도 아니면 그녀가 사랑했던 깊이가 상관없다는 걸까?

그녀의 목덜미에 얼굴을 묻고 있던 태영이 천천히 그녀를 돌
려 세워 안더니 귓불을 입에 물었다. 그리곤 애태우듯 혀로 핥
아 내려갔다. 물기 어리면서도 부드러운 촉감, 그냥 그 자체로
서의 느낌이 쇄골을 따라 느껴져 왔다. 말랑말랑, 촉촉하게 느

낌이 좋은 서로의 육체가 닿아 생겨나는 달콤한 어루만짐. 그런데 왜 마음은 정지해 있는 걸까.

〈그렇게 쉽게 상관없어할 만큼, 자신있단 말이에요? 내가 지나온 길이 그렇게 간단하게 보이던가요?〉

상대의 과거조차 다 받아들이는 걸로 생각할 수도 있는 문젠데, 마음은 이성의 논리를 따라오지 않고 홀로 비틀려 고래고래 소리 지르고 있었다. 그녀의 눈빛이 날카롭게 변한 채 무감각한 검은 빛을 띠고 있었다. 이제 태영은 그녀의 가슴 하나를 입에 물고 가득 빨아들이고 있었다. 그의 입술이 전해주는 뜨거운 무언가를 가만히 받아들이고 있던 그녀가 그의 어깨 너머에 있는 자신의 공간을 응시하며 속삭였다.

"그의 아이를 가졌었죠."

다그치듯 그녀에게서 호응 어린 반응을 요구하던 그의 입술과 손길이 순간 움직임을 멈추었다. 그녀를 그에게 맞닿게 들어 올리던 그의 두 손이 천천히 멀어져 갔다. 얄궂게도 충격 어린 얼굴로 굳어 있는 그의 얼굴을 보는 게 만족스러웠다. 그러나 그런 자신의 비틀린 내면을 보고 있기도 견디기 힘들었다.

"그리고 3개월 됐을 때 지웠어요."

아직도 잊을 수 없는 차가운 기계의 감촉, 몸속으로 들어와 아이를 찾아 휘젓던 그 느낌. 홀로 낯선 병실에 누워 몸을 추스르려고 먹었던 밥을 잊을 수 없다. 예전의 나도 당신처럼 상처를 감수하겠다며 사랑을 했었지. 그러나 정작 그 상처를 받게

됐을 땐 경악스러울 정도로 고통스러워 그런 각오를 하며 모든
걸 던졌던 예전의 자신을 원망했다. 얼마나 용감했던가.

〈당신이 상관없다고 말하면 내 고통이 사라지는 건가? 네가
상관없다고 하면 모든 게 해결되는 거냐고?〉

가슴 저 깊은 곳에 가라앉게 했던 그때의 기억이 치밀고 올라
와 선우가 두 눈을 질끈 감았다. 태영이 그런 그녀를 내버려 두
고 천천히 걸음을 옮기더니 거실 한쪽에 있는 소파에 무너지듯
걸터앉았다. 어느 순간 집 안의 적막을 가르고 태영의 분노 어
린 목소리가 들려왔다.

"그런 식으로 선택을 나에게 미루는 건가요?"

뜬금없는 질문에 선우가 무슨 의미냐는 시선으로 그를 쳐다
보았다. 그는 무언가를 내리누르듯 어금니에 지그시 힘을 주더
니 이내 냉랭한 목소리로 말을 이었다.

"당신이 아이를 지운 적이 있으니 내가 당신을 버리거나 아니
면 받아들이거나 그러라는 건가요? 내가 어떻게 선택하든 당신
은 그저 받아들이겠다는 거예요?"

무의식 속에 잠재했던 부분, 선우 스스로 인식하지 못해 생각
해 보지 않았던 부분을 그가 건드렸다. 처음엔 무슨 소리인가
싶어 눈을 휘둥그레 뜨던 선우가 무언가를 깨달은 사람처럼 미
간을 찌푸리며 그를 뚫어지게 응시했다. 서운함, 아플 정도로
서운한 감정이 태영의 얼굴에 드리워져 있었다.

"나라는 사람을 좋다 싫다 선택하는 과정조차 귀찮은 거예

요? 내가 당신에게 그것밖에 안 되나요?"

그는 그녀가 아이를 지웠다는 것보다 지웠다는 말로 이 모든 상황의 열쇠를 그에게 쥐어주고 관망하려는 그녀에게 화가 났다. 화가 난 듯 거칠게 쏟아져 나오는 태영의 말에 선우가 천천히 눈을 감았다.

이 사람이 그녀에게 이런 대우를 받아도 되는 사람이 아니라는 거 잘 알고 있다. 그는 어리석을 정도로 그녀를 아꼈고, 소중하게 대해주었다. 그러나 그 마음에 쏟아 부울 여력이 남아 있지 않았다. 화를 내며 그녀에게 최선을 요구하는 그에게 동조되지가 않았다. 적나라하게 풀어헤쳐진 그녀의 셔츠 사이로 얼핏 모습을 드러내고 있는 자신의 젖가슴 한쪽이 눈에 들어올 뿐이다.

〈왜 이런 순간에 이토록 차분하게 내 젖가슴이 눈에 들어오는 걸까.〉

선우가 천천히 손을 들어 올려 셔츠 단추를 하나씩 잠갔다. 대답하지 않는 선우를 보며 태영이 거칠게 머리카락을 쓸어 올리더니 소파에서 일어나 거실을 가로질렀다. 그리곤 선우에게 다가와 그녀의 어깨를 잡아 자신에게 끌어당겼다. 빈말이라도 그런 뜻이 아니었다는 말을 듣고 싶었지만 그녀는 침묵을 지켰다. 태영이 그녀를 잡아당기며 괴롭게 중얼거렸다.

"그러지 말아요, 선우 씨. 이렇게 쉽게 날 놔버리지 말아요."

그의 시선을 그녀가 비껴갔다.

"놓고 싶어서 놓는 게 아니에요. 당신을 잡고 있는 손에 힘이 안 들어가요."

무덤덤한 얼굴로 되뇌는 그녀를 태영이 잠시 뚫어지게 응시하더니 깊은 한숨을 토해냈다.

"시간이 지나면 달라지겠죠. 시간이 지나면 희미하게 잊혀질 거예요."

그의 목소리는 마치 자신에게 하는 말처럼 점점 잦아들어 갔다.

두 사람이 침묵으로 그 상황에서 비켜서려고 할 때, 민준은 도환미술관에서 나오고 있었다. 선우와 태영이 차례대로 사라지고 난 후 민준은 다른 기업의 관계자들과 더 시간을 가져야 했다. 그리하여 그가 미술관에서 나왔을 땐 눈앞이 어지러웠다. 동생의 죽음 이후 틈만 나면 잠을 잤는데 이상하게 몸은 무기력했다. 제주도에서의 건설 현장이 그나마 그에게 안식처가 되었다. 아무것도 생각하고 싶지 않은 무력하고 지난한 하루하루가 계속되어 그는 지쳐 있었다. 그러나 건설 현장에서의 일은 그를 육체적으로 건강하게 만들어 그 어느 때보다 활기차 보였다.

그는 주차장에 도착하자마자 자신의 차가 있는 곳으로 걸어 갔다. 금방이라도 다리에 힘이 풀려 맥없이 주저앉아 버릴 것 같은 느낌. 다리는 여전히 활기차게 걸음을 걷고 있는데 말이다. 그가 차 안으로 들어가 앉더니 담배 한 대를 꺼내 입에 물었다. 숨결이 억눌려져 있는지 인식하지 못했다가 담배 연기를 토해내며 깊은 숨을 쉬게 되자 그제야 숨을 누르고 있었다는 걸깨닫게 되었다. 차분했다고 생각했던 가슴은 혼자만의 착각이었나 보다. 숨통이 트인 가슴은 이제 자신이 받았던 느낌을 생생하게 전하며 거칠게 뛰고 있었다. 담배를 쥔 손끝이 차갑게 떨려왔다. 한태영이란 남자의 입에서 나온 말이 떠오르며 그의 입매가 굳어진다.

〈왜, 막상 그녀가 다른 남자를 만나니까 그 꼴은 못 보겠니?〉

담배를 피우던 그가 새된 웃음소리를 흘리는가 싶더니 그의 얼굴이 서서히 일그러져 갔다. 그가 두 손으로 머리를 움켜쥐곤 고개를 숙여 얼굴을 가렸다.

"그래, 그래서 놔줬잖아. 너한테 모든 걸 줄 수 있는 남자를 만나."

그녀에게 했던 자신의 말이 아직도 생생한데, 어떻게 이런 감정을 느낀단 말인가. 그러나 파고드는 고통이 선명해서 그 느낌을 부정할 수도 없었다. 누구를 탓해야 할지, 누구의 잘못인지 모르겠다. 삼 년 전 그가 아이를 지우라고 했고, 그녀는 지웠다. 마치 그때처럼 그는 설명할 수 없는 상처를 받아버렸다. 사실은 내심 그녀가 아이를 낳아 그를 잡아주기를 기대하고 있었던 걸까? 그녀에게 그런 짓을 해놓고도? 이제 와 상처의 기원을 찾는 것은 모두 소용없는 일이다. 남겨진 현실은 선우를 잃게 되었다는 것, 갇힌 미로 속에 정말 그 혼자 남겨졌다는 것뿐이다.

일그러져 있던 그의 얼굴이 서서히 무감각한 얼굴로 변해 버렸다. 손가락 사이에서 타 들어가던 담배꽁초는 재떨이에서 생을 멈추었다. 눈앞엔 그가 설계에 참여한 건축물이 고고하게 세워져 있었고, 그가 밤이고 낮이고 일일이 챙겨 확인했던 전시관 주변이 아름답게 꾸며져 있었다. 뜰 안에 넣을 조각품 하나조차도 그가 직접 챙겼다. 혹시나 건물에 어울리지 않는 작품이 놓여 균형이 깨질까 그도 작가를 선정하는 작업에 참여했다. 그가 그나마 마음을 쏟아 부었던 공간, 그리고 시간, 그 흔적이 고스란히 담긴 주변 풍경을 그가 멍하니 바라보았다. 그 모든 것은 낯선 타인처럼 그렇게 세상에 존재하고 있었다.

〈무엇을 잃은 걸까. 무엇을…… 잃은…… 걸까.〉

멈추어 있던 그의 차가 어느 순간 시동을 거는 소리를 내더니 빼곡히 차들로 둘러져 있는 주차장을 빠져나갔다. 김포공항으로 향하는 도로를 한동안 달리던 차는 양쪽으로 방향을 갈라지는 사거리에서 운전대를 돌렸다. 한낮에 나온 차들의 행렬 속에서 어딘가를 향해 달리던 그의 차가 잠시 후에 도착한 곳은 병원이었다. 민우가 입원해서 숨을 거두었던 곳.

"박사님, 저 민준입니다."

[아, 자네. 오랜만일세.]

한동안 연락하지 않은 민준이기에 강 박사는 반갑게 전화를 받았다.

“지금 좀 뵐 수 있습니까?”

[괜찮네. 그런데 무슨 일인가?]

사무적으로 통화를 하던 그의 목소리가 강 박사의 질문에 잠시 말을 잇지 못했다. 그가 핸드폰을 쥔 자신의 손에 힘을 주곤 남아 있는 기운을 끌어 모았다.

“검사를…… 받고 싶습니다.”

루게릭은 발병을 해야 알 수 있는 병이었다. 그러나 루게릭 발병 환자 중 10% 정도가 유전자 이상으로 가족에게 유전되기에 민준은 그 유전자 검사를 하겠다는 말이었다.

something

[그]럼 내일 그곳에서 봐요.]

"……예, 그래요."

그녀가 작게 대답하곤 전화기를 내려놓았다. 회사에서 낮에 보았던 태영이 밤이 되자 다시 한 번 전화를 걸었다. 내일이면 '한태영'이라는 남자와 결혼을 약속하는 사이가 될 것이다. 한평생 그대만을 사랑하겠다고 약속하고 서로의 가족에게 인사를 나누는 날. 아이보리 빛의 단아한 원피스, 서로의 손에 끼워줄 작은 반지, 섬세하게 자수가 놓인 벨벳 구두, 성북동 어머니와 다니며 마련한 예물.

늦은 밤, 통화를 마친 그녀가 탁자 위에 놓인 물건들을 하나씩 챙겼다. 가방에 예물과 여러 자질구레한 물건들을 챙기고, 원피스를 옷걸이에 걸어 장롱 안에 넣었다.

〈일찍 자야 한다.〉

약혼식은 점심을 겸해서 낮 열두 시에 식을 하기로 되어 있지만, 이것저것 준비하려면 아침 일찍 일어나야 했다. 회사 일과 약혼 준비로 꽤 피곤하기도 했다.

그녀가 어느 정도 준비가 끝나자 옷을 벗고 욕실로 들어갔다. 과일 향이 나는 바디 클렌져로 잔뜩 거품을 내 온몸을 닦고는 뜨거운 물로 샤워를 했다. 그리곤 수건으로 물기를 대충 닦아내고 가운을 걸쳤다. 몸은 노곤한데 저녁을 일찍 먹어서인지 속이 쓰렸다. 아무래도 그냥 넘기면 새벽에 배가 고플 것 같아 간단하게 빈속을 달래기 위해 냉장고에서 우유를 꺼냈다. 머그잔에 찰랑찰랑 우유를 따라 전자렌지에 넣고 데웠다. 그리곤 약간의 소금을 뿌렸다. 소금이 녹을 시간을 주기 위해 그녀가 유리잔을 들고 침대가 있는 곳으로 걸어갔다. 침대 옆에 있는 작은 서랍 위에 머그잔을 내려놓고 침대 한쪽에 걸쳐져 있는 잠옷을 갈아입었다. 까끌까끌 서걱거리는 면 잠옷을 걸치고 침대에 걸터앉은 그녀가 머그잔을 가져와 우유 한 모금을 마셨다. 비릿한 우유 냄새와 고소한 순백색의 맛이 입가에 맴돌았다. 그녀가 서랍장 위에 있는 전화기를 물끄러미 응시하다가 머그잔을 다시 내려놓고 전화기 옆에 있는 알람시계를 집어 들었다. 내일 아침 일어나야 할 시간을 정하고, 바늘이 움직이게 뒤에 있는 장치를 돌렸다.

〈이제 모든 준비가 끝났다. 내일이면 약혼식이다.〉

그녀가 알람시계를 내려놓고, 다시 머그잔을 들어 올려 반쯤 남아 있는 우유를 호로록 입 안에 털어 넣었다. 잔에 남은 우유가 유리 표면에 붙어 반투명한 흰색이 되었다. 머그잔을 들고 멍하니 허공을 응시하던 선우가 다시 옆에 있는 전화기를 바라보았다. 벙어리처럼 침묵을 지키는 전화기를 물끄러미 응시하던 그녀의 입에서 바람 빠지는 듯한 쉰 웃음소리가 작게 흘러나왔다. 가을바람처럼 스산하고 공허한 웃음소리였다.

자정, 침대에 누운 지 한 시간이 지났는데 선우는 깨어 있었다. 눈을 감고 잠을 청했지만 의식은 점점 더 선명해졌다. 밖에 바람이 부는지, 그림자가 벽 위에 어른거렸다. 눈을 감고 고른 호흡을 내보던 그녀가 어느 순간 부스스 자리에서 일어나 앉았다. 그리곤 손으로 가슴 한쪽에 대고 크게 숨을 들이켰다. 눈을 감고 몇 번을 그렇게 큰 숨을 들이 내쉬던 그녀가 퍼뜩 눈을 떴다. 그녀의 눈동자가 어둠 속에서 반짝였다. 방금 전까지만 해도 침잠되어 한없이 가라앉아 있던 그녀의 눈동자가 유리 질감처럼 변하더니 날카로워졌다. 꽤 긴 시간을 정면에 있는 허공을 의미없이 노려보던 그녀가 천천히 침대에서 일어났다. 그리곤 잠옷을 벗고, 오늘 입었던 바지와 카디건을 걸쳤다. 급하게 지갑을 챙겨 든 그녀가 빌라를 나섰다. 잠시 후 골목길을 지나 도로가 나오자 그녀가 택시를 잡아탔다. 택시는 어두운 밤길을 달

려 서울 시내를 벗어났다. 차들의 불빛으로 환했던 시내를 벗어
나니 어두운 도로가 계속되었다. 풀숲의 냄새가 스치는가 싶더
니 택시는 빠른 속도로 달려 그녀를 목적지에 데려다 주었다.
계산을 마친 기사가 그녀를 어느 집 앞에 내려놓고 홀로 길을
떠났다. 선우가 그 집을 향해 터벅터벅 걸음을 옮겼다.

한적한 경기도 주택가, 드문드문 가로등 이외에는 기계적인
불빛이 없어 골목길은 꽤 어두웠다. 멀리 그의 집이 보였다. 아
무도 없는지, 아니면 잠이 들었는지 집은 까만 유리창을 빛내며
어둠 속에 묻혀 있었다.

〈그는 없을 것이다, 그때 며칠만 서울에 있다 다시 제주도 현
장으로 간다고 했으니. 어쩌면 서울에 있다 해도 이 집에서 지
내지도 않을 것이다.〉

그가 무표정한 얼굴로 지냈던 집. 그러나 이곳은 그와 그녀가
처음 만난 곳이고, 처음 사랑한다는 걸 깨달은 곳이다. 그를 보
고 가슴 떨리던 예전의 그녀가 여기에 존재했다. 어두운 집 앞
에서 그녀가 우뚝 발길을 멈추고 하염없이 그 집을 바라보았다.

〈내일이면 약혼을 한다. 그도 그 사실을 알고 있을 것이다.〉

선우의 눈에서 눈물이 흘렀다. 아이를 지웠을 때 버림받았다
는 고통과 그에 대한 미움으로 그리움을 외면했다. 이제야 그와
의 추억이 하나씩 떠오르고, 그 추억을 받아들일 수 있었다. 추
억이 떠오를 때마다 생생하게 아려오는 가슴 한구석을 견디기
가 힘들었다.

〈버림받았지만 그를 미워할 수 없다.〉

그녀가 눈앞에 있는 집 창문을 뚫어지게 쳐다보며 비집고 터져 나오는 눈물을 참으려고 어금니에 힘을 주었다. 그러나 한번 터져 나온 눈물은 그치지 않고 계속되어 턱가에 방울져 뚝뚝 땅으로 떨어졌다.

〈이토록 당신을 사랑하는데, 당신은 결국 나에게 와주질 않았어.〉

뜨거운 눈물이 볼을 타고 끊임없이 흘러내렸다.

가을이 다가오는 걸 알리는 서늘한 바람이 불어왔다. 그녀는 불빛 하나 없는 어두운 집 앞에서 장승마냥 서서 손으로 눈가를 훔치곤 멍하니 땅을 응시했다. 이제 지친 눈물은 바람결에 메말라 무거운 눈꺼풀만 의식을 뿌옇게 만들었다.

그녀가 지친 듯 등을 돌려 처음에 왔던 그 길 쪽으로 걸음을 옮겼다. 멀리서 헤드라이트를 빛내며 차 한 대가 오고 있었다. 그녀가 차를 지나갈 수 있게 한쪽으로 비켜서는데, 차는 점점 더 천천히 다가오더니 그녀 옆에서 우뚝 멈추었다. 선우가 멍하니 고개를 돌려보니 낯익은 차였다. 그녀가 무심히 차를 바라보고 있는데, 차 문이 달칵하고 열리더니 민준이 운전석에서 나왔다. 약간의 당혹스러움을 띠고 있던 눈동자는 무채색의 눈빛으로 그녀의 얼굴에서 멈췄다.

"내일이 약혼식이잖아."

그가 지금 이 시간에 왜 여기에 있느냐고 물었지만 선우는 대답없이 그를 응시했다.

〈무슨 대답을 원하는 걸까.〉

그녀의 입에서 지친 목소리가 담담하게 흘러나왔다.

"그 사람과 결혼할 거예요."

착각일까. 그의 눈가가 경련하듯 파르르 떨리는 듯했다. 민준이 선우의 얼굴을 한참 동안 응시하고 있다가 부드러운 목소리로 말했다.

"그래."

조용히 그의 말을 듣고 있던 선우가 물기 어린 눈으로 그를 응시했다.

"그 사람 아이도 낳을 거예요. 사랑도 나눌 거고 함께 잠들 거예요."

민준의 눈빛이 조금씩 어두워져 갔다. 애틋하지만 그런 감정조차 잘 드러내지 않는 거리를 유지하며 그가 말없이 그녀의 얼굴을 쳐다보더니 조용히 입을 열었다.

"타, 데려다 줄게."

민준이 운전석 쪽으로 등을 돌려 걸어가려는데 뒤에 남겨진 선우는 넋을 잃은 사람처럼 멍하니 서 있다가 숨이 죄어온다는 듯 가쁘게 숨을 내쉬기 시작했다.

"죽을 줄 알아, 권민준."

그녀가 눈물을 떨어뜨리며 중얼거렸다. 그녀가 뱉어낸 말에 걸음을 옮기던 그의 발이 멈춰졌다. 선우가 미친 듯이 달려들더니 그를 마구 때리기 시작했다.

"당신, 다른 여자랑 결혼하거나 아이를 낳으면 나한테 죽을 줄 알아. 내가 죽여 버릴 거야!"

울부짖듯, 그녀가 눈물을 쏟아내며 발악하듯 소리를 질렀다. 가리지 않고 주먹으로 그를 때리는 그녀를 민준이 가만히 받아내며 선우를 품 안에 안았다. 그러자 더 화가 치미는지 그녀가 몸을 비틀며 더 거칠게 그를 때렸다.

"뭐? 내일이 약혼식이잖아? 당신이 무슨 상관이야. 무슨 상관이야아아아!"

분노 섞인 말을 뱉어내던 그녀가 비통한 울음으로 말을 잇지 못했다. 그를 때리던 그녀의 손에 힘이 빠지고, 선우가 그의 가슴에 얼굴을 묻고 아픈 눈물을 쏟아내며 힘겹게 되뇌듯 속삭였다.

"내가 다른 사람을 사랑해도 상관없는 사람이……."

그녀가 흘리는 눈물에 그의 상의가 축축이 젖어왔다. 마치 불에 덴 것처럼 그녀의 눈물은 그의 가슴을 쓰리게 했다. 울음의 여운으로 몸을 떨고 있는 선우를 그가 조용히 내려다보다가 한 손을 살며시 들어 올려 그녀의 머리 위에 가져갔다. 손은 허공에서 잠시 망설이며 멈추었다가 조심스럽게 그녀의 머리 위에 내려앉았다. 토해낸 감정에 지쳤는지 그녀가 서서히 무너지며 그에게 몸을 기댔다. 민준이 복잡한 눈빛으로 그녀를 내려다보며 손으로 머리 위를 쓰다듬고는 두 팔로 그녀를 안았다.

〈어째서 이토록 무덤덤한 걸까. 그녀가 토해내는 울음소리를 들으면서도 어째서 이토록 내 가슴은 차분한 걸까.〉

그녀를 안은 팔에 힘을 주며 민준이 미간을 찌푸렸다. 무언가가 저 밑바닥에서 묵직이 아파오긴 하는데 그 통점이 느껴지지 않아 아무것도 느낄 수가 없었다. 그게 오히려 더 미안해 그는 괴로웠다. 그리고 외로웠다. 아픔을 느끼는 그녀가, 모든 기운을 다 쏟아 그 아픔에 감정을 쏟아 붓는 그녀가 그를 외롭게 했다. 그녀의 마음에 공명하듯 그녀를 안은 팔에 힘을 주던 민준이 어느 순간 손길을 거둬들였다. 그의 기억은, 그에게 남겨진 흔적은 그녀에게 향하는 손길을 자꾸만 멈추게 만들었다. 그때도 이렇게 민우는 그의 품 안에서 울부짖었고, 그때도 그는 이렇게 머리를 쓰다듬었다. 기억을 떠올리던 그에게 공포가 스쳐지나갔다.

〈다시는 겪고 싶지 않은 감정. 다시는.〉

그때가 아마 선우와 사귄 지 일 년이 채 안 되는 시기였을 것이다.

"형, 손가락이 저려."

부모님의 기일, 아침 일찍 두 사람은 부모님 산소에 갈 준비를 하고 있었다. 민준이 준비를 마치고 주방에서 커피 한 잔을 하고 있는데, 욕실에서 씻고 나온 민우가 다소 굳은 얼굴로 중얼거리며 손끝을 주물럭거렸다. 고요. 집 안은 그 말 한마디에 무서운 고요에 휩싸였다.

〈손끝이 저리다.〉

커피를 마시려던 민준이 멍하니 동생의 얼굴을 응시하다가 자신이 무슨 말을 하는지도 모른 채 무뚝뚝하게 대답했다.

"돌아오는 길에 병원에 들르자."

민우는 억지스럽게 싱긋 웃어 보이고는 어깨를 으쓱했다. 그리곤 자신의 방으로 들어가 옷을 갈아입고 나왔다. 두 사람은 현실을 인식하지 못한 상태, 아니, 루게릭이란 병의 초기증상을 현실로 받아들이지 못하고 부모님의 산소엘 갔다.

두려워했던 일이 현실로 나타났을 때, 사람은 멍해질 뿐이다. 그리고 마치 오래 준비한 사람처럼 다음 일정을 처리할 뿐이다. 두 사람이 그랬다. 둘 다 무감각한 얼굴로 부모님의 산소 앞에 술을 따르고, 절을 했다. 돌아오는 길엔 어머니의 산소에 풀이 더 무성하다는 농담 섞인 말을 주고받으며 아버지가 약 오르시겠다는 말로 웃음을 뱉어내기도 했다. 그리곤 서울에 도착하자마자 바로 병원에 들러 검사 예약을 했다. 몸이 약한 민우는 아침 일찍부터 움직인 게 피곤했는지 오후 수업을 듣기로 했던 일정을 바꿔 집에 도착하자마자 잠이 들었고, 민준은 늦은 점심을 챙겨 먹고 회사로 나갔다.

그 즈음에 도환미술관 입찰 때문에 그는 정신이 없었다. 밥 챙겨 먹기도 힘들 정도로 바쁜 일정을 소화해 내느라 민우의 검사 결과라든지 자신에게도 발병하지 모른다는 공포, 부모님 산소에서 느꼈던 먹먹함과 원망, 그리고 불안함. 그 모든 것들을 느낄 새도 없었다. 본격적인 설계 작업보단 경쟁 입찰에서는 사업 기획안으로 클라이언트를 만나는 작업이 더 피 말리는 과정이다. 아버지가 돌아가시고, 한 고비를 넘긴 회사는 도환미술관을 따내느냐 마느냐에 큰 전환기를 맞을 수 있는 기회였다. 일반적인 상품으로 통용되는 건물을 짓느냐, 아니면 무언가를 담아낼 여지가 있는 건물을 지을 수 있느냐의 문제였다. 그동안은 회사의 기반을 잡느라 여유가 없었던 것이다.

모두가 집으로 돌아가는 시간, 사무실에서 함께 일했던 동료들이 각자의 휴식처로 돌아가는 그 시간 민준은 민우의 상황을 살펴야 한다는 걸 알면서도 그의 빌라로 운전대를 돌렸다. 쉬고 싶다는 생각뿐이었다. 그리고 그를 둘러싼 모든 문제를 잠시나마 잊고 싶었다. 그러나 운전대를 돌린 지 오 분도 채 안 돼 그의 핸드폰이 울렸다. 힐끗 발신자를 확인해 보니 집이었다. 끈질기게 울려대는 벨소리에 그가 도로 한쪽에 차를 멈춰 세우고 전화를 받았다. 폴더를 열어 그가 대답하는 순간 아주머니의 다급한 목소리가 들려왔다. 민우가 발작을 일으켰는데 평소 때보다 심하다는 소식이었다. 아마도 산소를 갔다 온 육체적 피로에 아침에 있었던 그 일에 대한 충격이 겹쳤으리라. 아직은 결과가 나오지 않았고, 두 사람 다 현실을 받아들이지 못했지만 무의식에선 진실은 외면하지 못했으리라. 그러나 이 모든 것, 동생을 둘러싼 이 모든 것들은 다 알고 있음에도 그는 바로 달려가지 않고 멈춰진 차 안에 앉아 있었다.

"휴우……."

끝을 알 수 없는 깊은 한숨과 탄식이 그의 입에서 흘러나올
뿐이었다. 한참 동안 미적거리며 출발하지 않던 그가 집을 향해
운전대를 돌렸다. 도착해 보니 이미 민우의 발작은 어느 정도
진정되어 있었다. 조용한 집 안에 아주머니만 괴로운 얼굴로 거
실을 서성이고 있었다.

"민우는요?"

현관에 들어서자마자 민준이 동생의 상태를 묻자 아주머니가
민우의 방 쪽을 힐끗 쳐다보며 말했다.

"모르겠어요. 갑자기 조용해졌어요."

민준이 신발을 벗자마자 민우의 방으로 걸어갔다. 방문을 열
어보니 민우는 방바닥 한구석에 쓰러져 있었다. 평소 때 유리나
날카로운 모서리가 있는 물건들은 이 방 안에 잘 놓지 않았는데
도 동생은 여기저기 긁힌 자극에 멍들어 있었다. 이마와 손등엔
여러 번 부딪쳐 생긴 상처가 그 틈으로 피를 머금고 있었다. 깨
어진 물건과 피 묻은 가구들. 방 안의 물건들은 아수라장처럼
파괴되어 있었다. 동생의 발작이 요 근래 거의 보이지 않아 그
는 아끼는 물건과 직접 만든 작은 가구들은 이 방 안에 들여놓
았다. 그리고 어머니가 살아 계실 때 만들었던 퀼트 이불도 동
생에게 덮어주었다.

무표정한 얼굴로 방 안의 광경을 응시하고 있던 민준이 우두

커니 그 자리에 서서 움직이지 않았다. 동생을 침대에 눕히고, 상처를 치료하고, 방 안의 물건들을 치워야 하는데 움직일 기운이 없었다. 손가락 하나 까딱할 기운조차 남아 있지 않은 상태다. 민준이 어지러이 널브러진 물건들 사이에 조용히 주저앉아 주머니에 있는 담배를 하나 꺼내 물었다.

〈잠을 자야 되는데.〉

그는 정지된 사물처럼 담배를 피웠다.

〈내일 아침 아홉 시까지 가려면 최소한 일곱 시엔 일어나야 하는데.〉

머리 속은 멍하고, 지친 몸은 움직이질 않았다. 그는 담배만 뻐끔뻐끔 피우며 그렇게 강가에 놓인 돌처럼 앉아 있었다.

"내가 좀 치워주고 갈까?"

멀리서 아주머니의 걱정스런 목소리가 들려왔다.

"아뇨, 괜찮습니다, 아주머니. 늦었는데 그만 가보세요."

아주머니가 방 안을 보고 놀라고, 그가 대꾸하고, 민우가 깨어나 난감해하는 표정 같은 거 겪는 것도 지금은 귀찮았다. 잠시 후 그의 귓가로 현관문이 열렸다 닫히는 소리가 나지막하니 들려왔다.

조용하고 조용한 밤, 어둠 속에서 미동없이 앉아 있던 민준이 민우를 눕혀놓은 침대로 걸어갔다. 그가 천천히 침대 옆에 걸터앉아 동생을 응시했다. 침대 가장자리를 짚고 있던 그의 한쪽 손이 서서히 들려지며 동생에게 다가갔다. 음산한 기운을 내뿜으며 천천히 움직이던 그의 손이 민우의 신음 소리에 허공에서 멈춰졌다.

"으으으……."

조용히 손이 아래로 내려갔다. 고통스러운 얼굴로 민우가 눈을 뜨더니 앞에 있는 형을 발견하곤 그의 품속으로 다가왔다. 민준의 무릎에 얼굴을 묻은 민우가 부들부들 떨며 울음 섞인 목소리로 중얼거렸다.

"나도 그 병에 걸린 걸까?"

무슨 말을 건넬까. 민준은 꿈속을 유영하는 사람처럼 넋을 잃은 얼굴로 동생의 머리 위에 손을 가져갔다. 그리곤 프로그램이 입력된 로봇의 움직임처럼 동생의 머리를 부드럽게 쓰다듬었다. 민우는 북받친 감정을 터뜨리며 오열했다.

"좋겠다, 형은. 왜 나만, 왜 나만 이런 거야. 응?"

〈그래, 너는 사랑받아야 할 존재.〉

동생이 진심으로 하는 소리가 아닐 것이라는 거 알고 있다. 그리고 동생도 견디기 힘든 고통을 겪고 있다는 것도 잘 알고 있다.

〈하지만 너는 이렇게 떼를 쓸 수 있는 상대라도 있지 않니?〉

이것은 그의 역할, 그의 위치, 그의 몫. 도망갈 수도, 바꿀 수도 없는 그의 생. 선택받은 고통 앞에 눈물은 더 이상 흐르지 않았다. 그의 눈은 작동을 멈춘 기계처럼 아무것도 담고 있지 않았지만 그의 손은 여전히 민우의 머리를 쓰다듬고 있었다.

새벽 세 시가 다 되어갈 무렵, 민우가 다시 잠이 든 후 방 안에 있는 물건들을 치우고 걸레로 구석구석을 닦은 민준이 조용히 집에서 나왔다. 그리곤 차에 올라타 서울을 향해 운전을 했다. 논현동 근처에서 과일과 커피를 사고 그는 힘없이 빌라 현관문을 열쇠로 열었다. 무거운 쇳소리가 지친 그의 귓가를 파고들어 일순 짜증을 불러일으켰다. 살짝 미간을 찌푸리며 거실로 들어서던 민준이 바닥에 덩그러니 놓여 있는 가방을 발견하곤 멈칫했다. 강렬한 빨간색과 진한 쑥색의 잎들이 어우러진 무늬가 큼지막하게 그려져 있는 가방이 그의 시선을 끌었다.

〈선우가 왔다.〉

민준이 고개를 돌려 침실 문을 쳐다보았다. 자고 있는 걸까. 집 안은 조용했다. 아니면 방 안에서 조용히 공부를 하고 있는 걸까. 요즘 시험 기간이라 통 얼굴을 볼 수 없었다. 그도, 그녀도 각자의 일 때문에 따로 시간을 내기가 힘들었던 것이다. 소파에 걸쳐 있는 그녀의 카디건을 확인한 민준의 눈동자에 희미한 생기가 감돌았다.

손에 들고 있는 봉지와 가방을 바닥에 내려놓고 그가 침실 문을 조용히 열었다. 침대 위에 선우가 곤히 잠들어 있었다. 쉬러온 걸까. 학교와 그녀의 집, 그 중간 즈음에 위치한 빌라인지라 그녀는 가끔 몸이 힘들 땐 중간에 들러 가곤 했다. 물끄러미 그녀의 얼굴을 바라보고 있던 민준이 깊은 숨을 토해냈다. 이제야 깊은 숨을 쉴 수 있었다.

그가 여전히 목을 조이고 있는 넥타이를 풀어내고 양복 상의
를 벗어 옆에 있는 의자에 걸쳤다. 그리곤 그녀의 휴식에 동참
하겠다는 듯 침대로 올라갔다. 포근하고 아늑한 향기가 그를 감
싸며 굳어 있던 몸을 풀어주는 듯했다. 선우는 깊이 잠들었는지
그가 허리를 끌어안아도 깨어나지 않았다. 새침데기 그의 여자
는 잠들어 있을 땐 영락없는 곰이었다. 마치 겨울잠을 자는 곰
처럼 베개에 머리만 닿다 하면 자리를 상관 않고 잠을 잘 수 있
는 여자였다. 초여름인데 뭐가 그리 춥다고 선우는 두꺼운 이불
을 덮고 있었다. 그녀의 이마에 송골송골 맺혀 있는 땀방울을
그가 손으로 훔쳐 냈다. 이마에 느껴지는 그의 손길 때문인지
잠들어 있던 선우가 인상을 찌푸리며 잠에서 깨어났다. 게슴츠
레 눈을 뜨던 그녀가 자신을 바라보고 있는 두 눈동자를 발견하
곤 순간 놀라서 작은 비명을 삼켰다. 그리곤 그의 어깨를 책망
하듯 때렸다.

"아우우, 놀랐잖아요."

"더 자."

그가 엷은 미소를 입가에 그리며 그녀의 볼을 쓰다듬었다. 하
지만 선우는 꼼지락거리며 일어나 앉아 기지개를 켰다.

"하아암, 조금만 자고 일어날 생각이었어요."

눈꼬리에 작은 물방울을 달고 그녀가 예상치 못한 조우에 기
쁜 듯 동그랗게 눈을 뜨고 그를 바라보았다.

"언제 왔어요?"

“방금……. 시험은 잘 봤어?”

그의 질문에 선우가 장난스럽게 인상을 찌푸리다가 어느 순간 무언가를 생각하는 듯 진지해졌다.

“사실은 큰일이 있어서 시험 공부에 집중을 못했어요.”

민준이 의아한 얼굴로 그녀를 응시하며 다음 말을 기다렸지만 선우는 말을 꺼내기가 조심스러운지 갑자기 딴짓을 했다. 침대에서 일어나 비척거리며 거실로 나가더니 그가 사온 야식거리를 보곤 좋아라 했다.

“어! 그렇잖아도 입이 심심했는데.”

그녀가 알이 굵은 귤 하나를 꺼내 싸라락 껍질을 깠다. 그리곤 두 개씩 떼어내어 입 안에 넣고 맛있게 먹기 시작했을 때 민준이 침실에서 어슬렁어슬렁 걸어나와 그녀 옆으로 갔다. 그리곤 그녀가 입 안에 가져가는 귤 한쪽을 날름 빼앗아 입 안에 넣고는 약 올리듯 먹었다. 선우가 살짝 노려봐 주곤 얼른 다른 귤을 까고 있는데 그가 귤의 신맛에 인상을 찌푸리며 말했다.

“무슨 일이 있었는데?”

맛있게 입 안에 귤 하나를 넣고 그 향을 음미하며 헤실거리고 있던 그녀의 얼굴이 굳어졌다. 그러더니 입 안에 있는 귤 조각을 꿀꺽 삼키곤 그를 물끄러미 응시했다. 모든 것이 멈추어진 것처럼 예민한 정적이 감돌았다.

“임신했어요.”

그때 무표정한 얼굴로 선우를 바라봤을 때처럼 지금 그녀의 울음을 듣고 있는데도 감정이란 게 잘 느껴지지 않았다. 그의 품에 기대어 서 있던 선우가 서서히 아래로 무너져 가자 그제야 그의 얼굴에 놀란 빛이 스쳐 지나갔다.

"괜찮아?"

그녀가 깨어난 건 쓰러진 지 하루가 지나서 다음날 저녁이었다. 이미 예정된 약혼식 시간은 지난 지 오래였다. 약혼식과 회사 일을 병행하느라 몸이 많이 약해졌던 걸까. 밤새도록 선우는 심한 감기몸살에 의식을 차리지 못할 정도로 아팠다. 그녀가 무거운 눈꺼풀을 힘겹게 떠보니 그의 집이었다. 아마도 쓰러진 그날 민준이 안고 들어온 모양이었다. 머리맡에서 들려오는 그의 목소리에 선우가 고개를 비스듬히 움직여 보니 민준이 침대 옆 의자에 앉아 그녀를 걱정스럽게 내려다보고 있었다. 목 안이 까끌까끌한 게 모래 한 줌이 목구멍에 들어차 있는 느낌이었다. 마른 그녀의 입술 사이로 쇳소리같이 까칠한 목소리가 흘러나왔다.

"그런대로요. 나 물 좀 줄래요?"

타인에게 부탁을 하듯 예의 바르고 냉정하게 말하는 선우를 민준이 물끄러미 응시하다가 말없이 방을 나갔다. 그녀가 걸어가는 민준의 뒷모습을 쳐다보고 있다가 이마에 올려진 물수건을 손으로 집어 옆에 있는 탁자에 대충 올려놓았다. 서늘했다.

이마 한가운데가 바람이 통과한 듯 시원했다. 머리가 시원해서일까. 주체할 수 없을 정도로 괴로웠던 마음이 지금 평온하게 가라앉아 있었다. 마치 원래부터 존재하지 않았던 것처럼 속에 있는 무언가가 빠져나간 느낌. 텅 비어 있는 가슴이 오히려 그녀를 편안케 했다.

물 컵을 들고 오는 민준을 보며 선우가 자리에 일어나 앉아 침대 머리맡에 등을 기댔다. 그리곤 그가 내민 물 컵을 받아 뜨거운 목을 축이듯 벌컥벌컥 들이킨 그녀가 땀으로 얼룩져 끈적끈적한 몸을 씻기 위해 침대에서 내려갔다. 욕실로 향하는 그녀의 등 뒤로 민준의 염려 섞인 목소리가 들려왔다.

"아직 샤워하기엔 일러. 침대로 돌아가."

선우가 욕실 앞에서 멀뚱히 서 있자 민준은 주방에 가서 수건을 물에 적시기 시작했다. 아마도 물수건으로 몸을 닦으란 뜻인 것 같았다. 잠시 무시하고 욕실 안으로 들어갈까 곰곰이 생각에 빠져 있던 선우가 아무래도 그의 말을 듣는 게 낫다 싶어 발걸음을 돌렸다. 침대 속으로 다시 들어간 그녀에게 민준이 물수건 하나를 건네주었다. 그녀가 위에 입고 있는 티셔츠를 벗어 던지곤 물수건으로 닦기 시작했다. 물수건을 건네주고 방을 나가려던 민준은 선우의 아무렇지도 않은 행동에 잠시 멍하니 그녀를 응시하다가 짧은 한숨을 쉬며 의자에 앉았다.

"이렇게 있어도 되는 거야? 연락이라도 해야 될 것 같은데……."

팔 근처를 천천히 닦아내던 그녀가 민준의 말에 고개를 돌려 그를 응시했다. 마음만 먹었다면 그가 연락을 할 수도 있었다. 정말 그녀가 약혼식에 가야 한다고 생각했다면. 여전히 변함없이 서로의 입장에 충실한 그런 태도를 보이는 그를 선우가 조용히 응시하고는 고개를 숙여 다른 쪽 팔을 닦아냈다.

〈그래, 그게 당신이 원하는 거라면. 나도 이젠 그 이상을 원하지 않으니까. 이젠 됐어.〉

"내가 알아서 할게요. 어차피 일어난 일인데요 뭘."

그녀의 태도가 묘하게 달라져 있었다. 그가 혼란스러운 얼굴로 그녀를 뚫어지게 쳐다보고 있는데 선우는 바지 끝단을 말아 올리곤 다리 근처를 닦아내며 무심한 어조로 말을 건넸다.

"제주도 언제 내려가요? 나 때문에 늦어진 거 아니에요?"

그녀의 질문에 민준이 살짝 미간을 찌푸렸다가 고개를 저었다.

"아…… 괜찮아. 며칠 서울에 있을 예정이었어."

선우가 다 닦은 물수건을 수건이 올려져 있는 탁자에 툭 하니 던져 놓곤 고개를 돌려 그를 쳐다보며 말했다.

"그럼 오늘은 여기서 자고 갈게요."

순간 얼어붙은 사람처럼 민준이 굳은 얼굴로 눈을 가늘게 찌푸렸다. 선우의 두 눈동자는 아무런 감정도 담고 있지 않고 투명하게 빛나고 있었다. 그가 조심스럽게 잠긴 목소리로 말했다.

"무슨 뜻이야? 자고 간다니."

무뚝뚝하게 무슨 의미냐고 묻는 민준의 얼굴을 빤히 응시하던 선우가 한쪽 입꼬리를 살짝 올리며 미소를 지었다. 감정을 드러내지 않으려고 담담한 목소리였지만 그의 눈동자 속에 욕망이 깃들어 있다.

"태영 씨랑은 헤어질 거예요."

홀가분하게 마음을 정리했다는 듯 툭 하니 말을 내뱉은 그녀가 그가 앉아 있는 쪽으로 다가가 앉았다. 그의 눈이 날카롭게 빛을 내다가 그에게 다가오는 그녀의 입술에 서서히 눈이 감겼다. 선우가 두 팔로 그의 목을 감곤 그의 입술을 혀로 핥자 그의 목 안에서 잠긴 듯한 신음 소리가 흘러나왔다. 열이 많이 내리긴 했지만 아직 감기 기운이 다 안 떨어진 선우는 미열로 뜨거웠다. 그녀의 뜨거운 혀가 그의 입술에서 떨어져 나가더니 민준의 귓불을 이로 잘근잘근 물어 입 안 가득 빨아 들였다. 갑자기 태도를 바꾸어 그에게 다가오는 선우의 행동에 민준이 혼란으로 아무런 제스처도 취하지 못하고 어정쩡하게 그녀의 키스를 받고 있었다. 어느 순간 그의 입술로 다시 돌아온 그녀의 입술이 그의 아랫입술을 깨물어 그를 애타게 했다. 그 순간 미동없이 그녀의 키스를 받고만 있던 그가 두 손으로 그녀의 얼굴을 감싸 쥐고는 거칠게 키스를 퍼부었다. 차마 드러내지 못하고 있던 욕망을 그제야 밖으로 내보이며 민준이 그녀의 입 안 가득 혀를 넣어 숨 쉴 수 없을 정도로 탐하기 시작했다.

한참 동안 그녀의 입술에서 떨어질 줄 모르던 그의 입술이 어느 순간 그녀의 목 근처를 애무하기 시작했다. 그리곤 그녀의 허리를 감싸 안아 뒤에 있는 침대에 그녀를 눕혔다. 그가 고개를 들어 그녀를 빤히 응시했다.

"괜찮겠어?"

〈이런 관계라도 괜찮겠어? 이런 나라도 괜찮겠니?〉

진지하게 말하는 그의 얼굴 표정에 선우가 피식 웃음을 머금으며 속삭였다.

"괜찮아요."

그녀의 대답이 흘러나온 순간 민준이 그녀의 한쪽 가슴을 입 안 가득 물었다. 그리곤 붉게 달아오른 젖꼭지를 혀로 핥으며 빨아들였다. 너무나 오랜만이어서일까, 아니면 감기 때문에 몸이 뜨겁기 때문일까. 작은 애무에도 몸에서 불길이 타오르는 것처럼 뜨거워졌다. 그러나 가슴은 이상하게도 서늘했다. 이제 다른 쪽 가슴을 맛보고 있는 그의 입술을 느끼며 선우가 멍하니 천장에 있는 조명을 쳐다보았다.

〈괜찮아요. 그래요, 괜찮아요. 사는 게 다 그런 거지. 어떻게 원하는 대로만 살 수 있겠어요.〉

씁쓸한 얼굴로 허공을 응시하던 그녀의 두 눈동자가 어느 순간 움찔거리며 질끈 감겼다. 그녀에게 걸쳐진 바지와 팬티를 벗겨낸 그가 그녀의 허벅지 안쪽을 핥으며 손가락으로 상처받기 쉬운 붉은 속살을 조심스럽게 어루만지기 시작했던 것이다. 그녀의 여성이 촉촉하게 젖으며 예민하게 부풀어 오르자 그가 상체를 일으켜 옷을 벗고는 그녀 가운데에서 자리를 잡았다. 그리곤 열기로 붉게 달아올라 있는 선우의 얼굴을 응시하며 천천히 안으로 들어가기 시작했다. 그사이에 그의 입술은 끊임없이 그녀의 살결 위에서 맴돌았다.

"하아……."

자신도 모르게 그의 입에서 탄식 어린 감탄이 터져 나왔다. 미열이 있는 그녀의 몸은 안쪽까지 뜨겁게 달아올라 불덩이처럼 뜨거운 공단이 그의 일부를 감싸 끌어당기는 듯했다. 민준이 희열 어린 신음을 급하게 목 안으로 삼키며 그녀의 목에 얼굴을 묻어 속도를 조절했다.

그에게 안겨 있는 선우는 그를 받아들이기 힘들어하며 미간을 찌푸리고 있었다. 묵직하게 아팠다. 그동안 채워지지 않는 욕망에 그녀를 힘들게 했던 몸 깊숙한 곳이 민준의 몸을 반기면서도 동시에 낯설어하며 아파했다. 그가 천천히 깊숙한 곳까지 단단한 결합을 시도하자 선우가 낮은 비명을 흘리며 손으로 그의 어깨를 밀어냈다. 그녀의 제지 어린 행동에 민준이 거친 숨을 토해내며 움직임을 멈추었다. 그러자 선우도 더 이상 거부하지 않고 그를 받아들이려고 노력했다. 숨을 가다듬고 두 팔로 그의 목을 감싸며 깊은 숨을 들이켰다. 순간 미묘하게 어긋나 있던 그들의 결합이 자연스런 맞물림처럼 얽히며 긴장되었던 부분이 유연해졌다. 그의 행위만으로는 도달할 수 없는 깊은 곳, 지금 그녀의 행위로 도달했다.

〈아…… 언제나 이랬다.〉

선우보다 훨씬 몸집이 큰 민준은 사랑을 나눌 때면 언제나 그녀를 힘들게 했다. 물론 어느 정도의 적응이 지나면 그녀 또한 쾌락을 맛볼 수 있었지만 그가 그녀에게 들어가는 순간만큼은 언제나 그녀를 아프게 했다. 그리고 그때마다 선우는 그를 제지했다가 그를 더 깊은 곳으로 끌어당겼다. 그를 몸 안 깊숙이 가득 받아들인 그녀가 아픔과 쾌락이 섞인 신음을 뱉어내며 눈을 꼭 감고 그가 움직이기를 기다렸다. 민준이 그런 그녀의 얼굴을 응시하며 목에 있는 그녀의 두 팔을 내렸다. 그리곤 자신의 두 손으로 손가락 하나하나 얽은 후 천천히 몸을 움직이기 시작했다.

〈신이여, 한 번만, 단 한 번만 나에게도 뜨겁게 타오를 수 있는 시간이 허락되기를.〉

그의 몸이 그녀의 안쪽 깊숙이 열기를 심다가 다시 천천히 빠져나가며 그녀를 애태웠다. 그러다 다시 그녀 안으로 강하게 파고들자 선우가 머리를 젖히며 그가 주는 열기를 남김없이 받아들였다.

〈만약 그 고통을 다시 맛본다 해도…….〉

그녀 안에 들어가는 것만으론 만족할 수 없었는지 민준이 얽혀 있는 한쪽 손을 풀어 그녀의 허리를 끌어당겨 안았다. 그가 무릎을 양쪽으로 벌려 그녀의 상체를 일으켜 안았다. 그러자 선우가 감겨진 두 눈을 천천히 열어 붉게 달아오른 얼굴로 그를 응시했다. 민준이 이끌리듯 그녀의 시선을 마주 보며 선우의 아랫입술을 거칠게 빨아들였다. 방금 전까지만 해도 거리를 두고 조심스럽게 움직였던 그가 어느 순간 그녀의 전체를 다 소유하겠다는 듯 강하게 안으로 파고들었다. 이제 그는 자제 어린 얼굴을 벗어던지고 흥분에 가득 찬 신음을 뱉어내고 있었다.

〈나도 조금은 욕심 부려도 되지 않을까. 내 인생에서 단 한 사람, 선우를…….〉

그의 움직임에 천천히 리듬을 맞추며 가쁜 숨을 토해내던 선우가 어느 순간 온몸을 굳히며 절정에 다다르고 있었다. 간헐적인 신음 소리를 띄엄띄엄 뱉어내며 뜨거운 숨결을 담고 있는 그녀의 입술에 민준이 키스를 퍼부으며 자신도 격렬한 움직임으로 그녀가 다다른 곳으로 따라갔다.

한참 동안 그녀에게 무너져 내려 움직이지 않던 그가 그녀의 뺨에 달라붙어 있는 땀에 젖은 머리카락을 손으로 떼어내 귀 뒤로 넘겨주었다. 꽤 시간이 지났음에도 여전히 그녀와의 결합을 풀지 않고 세상에서 가장 소중한 사람인 것처럼 세심하게 그녀를 쓰다듬으며 미소 짓는 민준을 보며 선우는 쓴웃음을 터뜨릴 뻔했다. 그러다 이내 그녀도 부드러운 미소를 지으며 그의 입술에 입맞춤했다.

〈뭔 상관이랴. 서로 기분 좋을 땐 기분 좋게 웃으면 되는 거지.〉

잠시 후 미끈거리는 느낌이 싫어 선우가 욕실로 향했다. 이번에도 민준이 말렸지만 그녀는 귀찮다는 듯 들은 체도 안 하고 욕실로 걸어갔다. 그녀가 샤워꼭지를 틀려는데 그가 따라 들어왔다. 그리곤 직접 그녀를 씻겨주기 시작했다. 방금 전 있었던 육체관계 때문인지 몸이 찌뿌둥하니 근육이 뭉쳐 있는 느낌이라 그녀가 욕조에 물을 채웠다.

뜨거운 물에 몸을 푹 담그고 몇 분쯤 지났을까. 민준이 그녀를 안고 몽롱할 정도로 몸을 녹여오는 물속에 서서히 가라앉아 갈 때쯤 꿈결처럼 선우의 목소리가 들려왔다.

"당신이 그러는 거 이젠 이해할 수 있어요. 내가 태영 씨한테 그랬으니까. 누군가에게 마음을 쏟을 수 없어졌어요. 그 사람을 사랑하고 싶었는데……."

서서히 그녀의 목소리가 침체되어 갔다. 슬픈 얼굴로 침묵을 지키던 그녀가 자신의 감정을 털어내듯 고개를 저었다.

"모든 게 귀찮기만 해요."

그녀가 욕조 안에 있는 거품을 손 안에 가득 떠서 입으로 불며 장난을 치더니 그의 가슴에 등을 기대고 비스듬히 누웠다.

어젯밤 선우를 살피느라 잠을 잘 수 없었던 민준은 지금 노곤하게 밀려오는 잠 속으로 빠져들고 있었다. 선우가 내뱉는 무심한 목소리가 마음에 걸렸지만 그는 입을 떼어 소리를 낼 수 없었다. 가물가물한 그의 의식 속으로 선우의 쓸쓸한 목소리가 이어져 들려왔다.

"이젠 누가 나에게 마음을 달라고 할까 봐 무서워요. 당신도 이랬나요?"

〈선우야, 나는…….〉

입가에 맴도는 말을 밖으로 소리 내지 못하고 민준이 무거운 눈꺼풀을 감았다. 그동안 바쁜 일정 때문에 피로가 누적되어 그런 걸까. 선우와 격한 사랑을 나눈 지금 그의 손가락이 저릿저릿하게 쑤셔왔다. 그의 가슴에 닿아 있는 선우의 부드러운 살결과 그의 무릎에 곡선을 그리며 장난치는 선우의 손가락을 느끼면서 민준이 잠 속으로 빠져 들어갔다. 그의 감겨진 눈 사이로 눈물인지 땀인지 정체를 알 수 없는 물방울이 맺히더니 볼을 타고 흘러내렸다.

〈드디어 올 것이 왔는가.〉

그의 손가락은 잠들어 있는 주인의 몸을 아랑곳하지 않고 더욱더 심하게 저려왔다. 멀리서 전화 벨소리가 아련히 들려왔다. 벨소리는 연인의 시간을 방해하며 끈질기게 울리더니 저 홀로 전화 건 사람의 목소리를 녹음했다.

[날세. 연락도 없이 안 오기에 혹시나 무슨 일이 있는 건가 싶어 전화했네. 내일 시간 괜찮으면 연락하게. 그리고…… 검사를 다시 한 번 했으면 좋겠는데…… 내일 시간 되는가? ……아무튼 자세한 건 내일 얘기하세.]

전화기는 중년 남자의 목소리를 조용히 삼키더니 이내 잠잠해졌다. 민준의 가슴에 기대 나른하게 눈을 감고 있던 선우가 속삭이듯 중얼거렸다.

"전화 온 것 같은데, 받아야 되는 거 아니에요?"

그가 대답을 하려고 입술을 달싹였지만 이미 깊은 잠 속으로 빠져 들어가 소리가 되어 나오질 않았다.

"음……."

〈조금만 더 자자. 조금만 더 사랑하자. 그리고 일어나면 전화를 해야지. 그리고 또 살아가야지.〉

햇살이 따사로웠다. 가을이 오려는지 햇살의 뜨거움이 옅어졌다. 두 사람이 누워 있는 침대에 햇살이 반짝였다. 지친 듯 잠들어 있던 선우가 햇살을 피하려고 몸을 뒤척이더니 이내 인상을 찌푸리며 깨어났다. 자신이 어디에 있는 건지 주위를 살피려는 듯 그녀가 눈을 껌벅거렸다. 민준의 집이란 걸 깨달은 그녀가 다시 눈을 감았다. 결국 자신 스스로 그에게 왔다는 것을 인정하는 게 그녀는 괴로웠다. 그리고 받아들이지 않으려고 했던 대우를 스스로 선택했다는 것이 괴로웠다. 햇살은 이토록 따사로운데 그녀의 가슴속엔 서늘한 바람이 불었다. 공허하고 쓸쓸한 얼음 조각들 사이를 떠다니는 기분이었다. 그 기분에 잠겨 무심히 눈을 감고 있던 그녀가 눈을 뜨고 옆에 누워 있는 민준을 응시했다. 그는 숨소리마저 들리지 않을 정도로 깊은 잠에 빠져 있었다. 새벽까지 그녀와 사랑을 나눈 그는 지쳐 보였다. 그러나 흐트러진 머리카락은 고왔다. 눈 밑에 드리워진 음영과 잠결에도 꽉 다문 입매, 어느 것 하나 미운 것이 없었다. 물끄러미 민준의 얼굴을 응시하던 그녀가 손가락 끝으로 조심스레 그의 콧날을 쓸어 내렸다. 그리곤 그의 눈가를 찌르는 머리카락을 뒤로 넘겨주었다. 서늘하고 휑한 가슴속에서도 느껴지는 건, 여전히 그가 아름다워 보인다는 것. 그게 가슴 아프다. 어쩌다 이 사람을 사랑하게 됐을까. 그리고 왜 아직도 사랑하고 있을까. 선우가 아픈 사람처럼 질끈 눈을 감았다. 잠시 후 그녀가 쓸쓸한 눈동자로 허공을 응시하며 고개를 가로저었다.

〈아…… 이제는 더 이상은 바라지 않을란다. 대충대충 적당히 그렇게 살아갈란다.〉

그녀가 조심스레 몸을 일으켜 침대를 빠져나왔다. 곤히 잠들어 있는 민준을 깨우지 않기 위해 조용히 욕실로 들어갔다. 어젯밤의 육체관계로 몸 구석구석에 그가 남겨놓은 흔적이 흩뿌려져 있었다. 거울 속의 자신은 낯선 타인 같았다. 지금까지 알아온 그녀 자신이 아닌 듯했다. 선우가 거울 속의 자신을 외면하고 뜨거운 물줄기로 몸을 적셨다.

가볍게 샤워를 끝낸 후 그녀가 드라이어를 찾고 있을 때쯤 민준이 깨어났다. 아무래도 물소리가 들렸던 모양이다. 그는 잠에 취한 얼굴로 그녀를 바라보더니 몸을 일으키려고 부스럭거렸다. 그러다 귀찮은 듯 그냥 누워 베개에 등을 기대었다. 목이 잠겼는지 민준이 메마른 헛기침을 뱉어냈다. 선우가 그제야 그가 깨어난 걸 알고 뒤를 돌아보았다.

"일어났어요?"

“음. ……근데 뭐 해?”

“드라이어 찾아요.”

담담한 그녀의 대답에 민준이 가만히 그녀를 응시했다.

“가려고?”

그의 물음은 곧 앞으로의 관계를 묻는 듯했다. 가지 말라고 하면 될 것을, 역시나 그는 선을 그어 묻는다. 선우는 무표정한 얼굴로 그를 바라보다가 피식 쓴웃음을 입가에 배어 물었다.

“가야죠. 가서 뒤처리해야죠. 그리고 당신은 출근해야죠.”

그녀를 바라보는 그의 눈빛이 멈추었다. 그 눈빛이 무엇을 의미하는지 그녀는 알 수 없다. 다만 그녀를 혼자 보내는 것이 마음에 들지 않는다는 눈빛이라는 건 알 수 있었다.

“회사는 좀 늦게 가도 돼. ……그러니 같이 가자.”

그녀가 원한 것은 줄 수 없지만, 최소한 그녀 곁에 있는 남자로서의 역할과 책임을 하겠다는 의미일까? 선우가 잠시 침묵을 지키더니 고개를 저었다. 더 이상 기대하지도, 바라지도 않는다. 그리고 이제는 그녀 자신도 그에게 모든 걸 내어줄 생각이 없다. 그렇다면 각자의 몫은 각자가 알아서 할 일이다.

“됐어요. 당신 가면 문제만 복잡해져요.”

그녀가 그어놓은 선을 느꼈는지 그는 침묵했다. 어떻게 표현해야 할지 알 수 없는 정지된 눈빛이었다. 그의 눈빛 속에 감도는 고통을 느끼고 다시 손을 내밀게 될까 봐 선우는 두려웠다. 그녀가 가벼운 미소를 그리며 그의 얼굴에 어려 있는 진지한 무언가를 외면했다.

"이래저래 당분간은 만나기 힘들 거예요. 일도 그렇고. 여유 생기면 연락할게요."

그는 여전히 침묵했다. 그녀가 드라이어를 찾으려고 고개를 돌리자 그가 그녀의 등 뒤에 대고 말했다.

"선우야, 탁자 위에 있는 바구니 안에 있다."

그의 목소리가 너무나 부드럽고 정다웠다. 스킨과 로션이 놓여 있는 탁자로 걸어가는 선우의 얼굴이 약하게 일그러졌다. 사랑스러운 듯 말을 건네는 그의 부드러움이 신경에 거슬렸다. 그녀가 말없이 드라이어를 꺼내 머리를 말렸다. 그의 반듯함과 완벽함이 탁자 위의 물건들에서도 느껴졌다. 필요한 것만 놓여 있는 탁자, 거의 매일 쓰는 드라이어조차 바구니 안에 정갈하게 넣어져 있었다. 그녀가 머리를 다 말리고, 탁자 위에 있는 핸드크림을 대충 얼굴에 발랐다. 거울 속에서의 민준은 여전히 침대에 기댄 채 천천히 팔을 올려 머리를 긁적거리고 있었다. 느긋한 그의 움직임이 나른했다. 선우는 그냥 모든 상황을 미뤄두고 다시 침대 안으로 들어가고 싶은 충동이 생겼다. 그리고 저 나른함에 취해 함께 쉬고 싶었다. 하지만 그것은 그냥 스스로를 내던져 방치하는 것. 그녀가 마음을 다잡고 카디건을 걸쳤다.

"갈게요."

"데려다 줄게."

민준이 천천히 침대에서 내려와 옷을 걸쳐 입자 그녀가 손을 내젓고는 방을 나갔다.

"괜찮아요. 그냥 갈게요."

계단을 내려가는 그녀의 걸음 소리가 민준의 귀에 들려왔다. 이내 현관문이 삐걱 열리더니 닫히는 소리가 이어졌다. 그가 느릿느릿 창문이 있는 곳으로 걸어갔다. 그리고 창문 밖을 응시했다. 선우가 큰길이 있는 곳으로 걸어가고 있었다. 데려다 주고 싶은데 몸이 무거웠다. 얼른 뛰어내려 가서 그녀의 집 앞까지만이라도 데려다 주고 싶은데 이상하게 다리와 팔이 마음대로 움직이지 않았다. 천근만근 무거운 추를 달아놓은 양 다리는 무겁고 어깨는 굳은 느낌이다. 새벽녘 잠결 속에 느꼈던 저릿저릿한 느낌을 잊고 있다가 아침에 일어나니 몸 상태가 더 안 좋아져 있었다. 가슴 한구석에 그저 오랜만에 가진 육체관계 때문이라고, 또 그동안 제주도와 서울을 오가며 무리를 해서일지도 모른다고 생각하고 싶어하는 마음이 있었지만 저 깊은 어딘가에서 말하고 있었다. 스스로를 속이지 말라고 말이다.

그는 시야에서 그녀가 사라질 때까지 창밖을 응시했다. 아무런 생각도, 감정도 느껴지지 않는 그냥 그 상태. 그는 무언가에서 도망치듯 눈에 보이는 선우에게 집중했다. 그녀의 모습이 사라질 즈음이 되어서야 그가 고개를 돌려 침대 옆에 있는 담배를 집어 들었다. 담배 한 개비를 꺼내던 그의 손이 잠시 멈추어졌다. 손끝에 힘이 잘 들어가지 않았다. 낯선 무언가를 조우하는 사람처럼 그가 자신의 손을 물끄러미 바라보았다. 담배를 쥐고 있는 손은 건강하고 튼튼한 삼십대 남성의 손이었다. 이 손이 이제 얼마 있으면 마르고 쇠약해져 아무것도 쥘 수 없는 화석이 되는 것인가. 민준은 오랫동안 마음의 준비를 하고 있었다고 생각했다. 또 그를 부러워하며 죽어가는 동생을 보며 차라리 자신도 그 병에 걸렸으면 하는 생각도 했었다. 그런데 아니었나 보다. 사실은 정말 그 병에 걸리지 않을 거라고 생각했나 보다. 아버지와 남동생에게 닥쳤던 그 고통이 그는 피해가리라 생각했나 보다. 힘이 들어가지 않는 무력한 손의 느낌을 믿을 수 없다. 받아들여지지 않는다. 올 것이 왔다고 생각했지만 그건 그저 생각뿐이었나 보다. 그의 손이 경련하듯 떨렸다. 무의식적으로 몸에서 일어나는 반응들을 그동안 회피했던 모양이다. 그저 일이 많아서 또 남동생을 보낸 후 심적 고통에 기운이 없는 거라고, 그렇게 말이다. 마치 그건 아니라고 말해 주듯 손이 떨리고 근육이 튄다. 너에게 일어나는 일을 인정하고 받아들이라고 두 눈앞에 갖다 들이댄다.

그가 떨리는 손을 외면하고 담배를 입에 물었다. 그리고 불을 붙였다. 경련이 멎었다. 마치 담배를 피우면 멈출 수 있다는 듯 근육이 그에게 장난을 친다. 잔인한 농담을 건넨다. 민준이 있는 힘껏 주먹을 쥐었다가 손바닥을 폈다. 도망갈 수도, 피할 수도 없는 고통이 그를 집어삼킬 듯 입을 벌리고 있다. 그가 피우고 있던 담배를 재떨이에 껐다. 빨갛게 타오르던 담뱃불이 꺼지고 미련인 듯 하얀 연기가 피어오른다. 그 연기마저 더 이상 피어오르지 않을 때쯤 전화벨이 울렸다.

"네, 권민준입니다."

[날세. 메시지 남겨놓았는데 들었는가?]

"예."

[시간되면 들르게, 비워놓을 테니.]

"지금 가겠습니다. 두어 시간 후면 도착합니다."

통화를 끝낸 민준이 전화기를 내려놓고 가만히 그 자리에 서 있었다.

〈씻어야지.〉

그가 욕실을 바라보았다. 방금 전 선우가 씻고 간 곳. 그녀의 흔적이 남아 있는 곳. 그가 무표정한 얼굴로 욕실로 걸어갔다. 그리곤 욕실 한쪽에 걸려 있는 수건을 빼내었다. 수건은 방금 전 선우가 쓰고 걸어놓은 것이라 축축했다. 그가 두 손으로 수건을 잡고 얼굴을 묻었다. 수건을 잡고 있는 손이 저려왔다. 그럴수록 그가 수건을 더 꽉 움켜쥐려고 힘을 주었다. 그러나 그녀의 흔적은 맡아지지 않고 그가 쓰는 비누와 샴푸 냄새만 남아 있었다. 선우는 더 이상 그녀의 흔적을 남기지 않았다. 남아 있는 건 잠시 그녀가 머물다 간 그의 흔적들, 그 자신의 흔적만 남아 있을 뿐이다.

민준이 천천히 수건을 제자리에 갖다 놓았다. 수건을 놓칠 것만 같아 그는 두려웠다. 아직 수건을 놓치는 스스로를 받아들일 준비가 되어 있지 않았다. 아직은 마음만 먹으면 뭐든 움켜쥐고, 잡을 수 있다고 믿고 싶었다. 그가 자신이 생각하는 대로 움직일 수 있다는 것을 확인하듯 수건을 놓고 옷을 벗었다. 그리곤 수도꼭지를 돌려 물을 틀었다. 칫솔을 잡고, 물에 적시고, 치약을 짰다. 아직은 이 모든 과정이 자연스럽다. 그러나 행위 하나하나가 마음에 새겨지니 그것이 또 자연스러운 것은 아니다. 과연 앞으로 얼마 동안 일상의 행위를 할 수 있을까.

칫솔질을 하던 민준이 거울 속의 자신을 바라보며 천천히 입 안 구석구석을 닦았다. 머리 속으로 인공호흡기를 달고 숨을 가쁘게 내쉬던 동생의 모습이 떠올랐다. 온몸이 굳고 오그라져 마침내는 눈꺼풀도 움직이지 않아 눈동자만 굴리던 다른 환자의 모습도 떠올랐다. 공포가 그의 등을 훑고 지나갔다. 그럴수록 칫솔질을 하는 그의 손길이 느려졌다. 너무 곱고 소중해서 함부로 이를 닦을 수 없는 시간이었다. 함부로 딴생각을 하며 무의식적으로 이 시간을 보낼 수는 없었다.

그가 꽤 오랜 시간 동안 씻고 옷을 갈아입으며 외출을 준비하는 동안 선우는 자신의 집으로 향하는 버스로 갈아타고 있었다. 회사 일로 출근을 해야 하는 상황이라면 머리가 아팠을 것이다. 그녀의 머리 속은 아무것도 들어오지 않는데, 꾸역꾸역 사람들과 만나고 일을 하는 건 고문이다. 약혼식 때문에 앞당겨 기사를 써놓고 원래는 태영과 약혼여행을 가기로 되어 있었다. 그 여유 시간이 이렇게 쓰이고 있으니 사는 건 참 알 수 없는 일이다. 월요일 출근 시간이 지난 시각이라 버스 안에 사람들이 별로 없었다. 선우는 멍하니 창밖을 응시하며 버스에 몸을 맡겼다. 버스 안의 라디오에서는 세상 돌아가는 이야기가 끊임없이 흘러나왔지만 머리 속으로 들어오지 않았다. 모든 걸 멈추고 싶을 뿐이다. 정지되고 싶을 뿐이다. 그러나 그녀 자신의 마음 상태에 충실한 것이 태영에게 상처를 주는 폭력이 됨을 알기에 스스로를 추슬러야 했다. 무의식중에 핸드폰을 찾았지만 없었다. 아마도 그날 밤 핸드폰도 두고 미친 듯이 민준의 집으로 향했었던 모양이다. 그녀가 손에 쥐고 있는 까만 지갑을 내려다보다 이내 다시 창밖으로 시선을 돌렸다.

그녀가 있을 곳, 그녀가 살아갈 곳, 그녀가 소속된 곳은 여기라는 듯 익숙한 서울의 풍경이 그녀의 시야를 파고들었다. 버스는 익숙하게 그녀의 집 근처 도로에서 멈추었고 그녀도 익숙하게 지갑을 갖다 대어 계산을 확인하고 버스에서 내렸다. 그리곤 너무나 익숙한 골목길을 걸어 들어갔다. 원룸이 있는 건물 근처에 다다랐을 때 그녀의 걸음이 멈춰졌다. 주머니 안에 있는 열쇠를 꺼내려다 길 한쪽에 세워져 있는 차가 익숙한 차임을 깨달았기 때문이다. 태영의 차였다. 그녀가 무언가를 준비하고 각오하는 사람처럼 마른침을 꿀꺽 삼켰다. 누군가가 그녀에게 휘둘렀던 칼을 그녀가 휘둘렀고, 이제 그 휘두른 결과를 보아야 한다. 그녀의 눈으로 똑똑히 마주 보아야 한다. 그 고통이 얼마나 큰지를 알면서 상대가 흘리는 피를 보아야 한다. 닦아줄 수도 닦아주어서도 안 되는 그 피를 보고 있어야만 한다.

　그녀가 어금니를 힘 주어 물고 터벅터벅 익숙한 건물 쪽으로 걸음을 옮겼다. 그런 그녀의 걸음 소리를 들은 것처럼 태영이 건물 앞에 서 있었다. 그는 흐트러지지 않고 반듯했다. 그의 얼굴은 어두웠지만 무표정했다. 지난 이틀 동안 잠을 통 못 잤는지 두 눈이 충혈되어 있었다. 그녀가 그 앞에 가까이 걸어올 때까지 그는 아무 말도 하지 않았다. 선우도 아무 말 하지 않았다. 그저 태영의 두 눈을 마주 응시하며 걸어갈 뿐이었다. 선우의 발자국 소리만 골목길에 존재했다. 따사로운 가을 햇살이 바늘처럼 따갑게 느껴졌다. 그녀를 바라보는 그의 눈빛도 바늘 끝처럼 날카로웠다.

　마침내 그녀의 걸음이 멈춰 서자 그의 한쪽 손이 허공으로 치켜졌다. 그러나 그의 손은 허공 한가운데에서 멈춰진 채 움직이지 않았다. 펼쳐진 손바닥이 허공에서 부들부들 떨었다. 그가 자신의 입술을 꽉 물고 솟구치는 감정의 소용돌이를 억눌렀다. 손은 허공에서 주먹을 쥐더니 천천히 아래로 내려갔다. 그 모든 모습을 선우가 피하지 않고 똑바로 응시했다. 피 흘리는 상대를 회피하지 않고 지켜보는 것, 그녀가 해줄 수 있는 최선임을 알기에 더 더욱 시선을 돌릴 수 없었다. 그런 선우의 눈을 조용히 바라보던 태영의 눈동자가 일순 흐릿하게 변하더니 물기로 가득 찼다. 핏발 선 두 눈동자에서 고요하고도 아픈 눈물이 흘러내렸다. 그녀가 그의 눈물을 마주 대하곤 입술을 달싹거렸다.

“미······.”

그러나 그녀의 입속에서 말이 다 뱉어지기도 전에 그가 가로막았다.

“됐어요.”

선우가 고개를 내려 시선을 외면했다. 이제 유리처럼 단단하게 굳어져 있는 태영의 눈동자를 마주 보는 게 버거웠다. 그녀가 끝내지 못한 말을 뇌까렸다.

“그래도······ 미안해요.”

눈물을 흘렸던 태영의 눈동자는 어느새 차분하게 가라앉아 있었다. 아니, 감정의 소용돌이가 더 이상 비춰지지 않도록 단단한 장막을 쳐놓은 듯하기도 했다. 그의 눈빛이 단호하게 빛났다. 그리고 깊게 침잠되어 있었다.

“여자들, 결혼이나 약혼 전에 많이 불안해하고 흔들린다고 하더군요.”

그녀가 퍼뜩 고개를 들어 그를 응시했다. 그녀의 얼굴이 무언가를 거부하듯 일그러졌다. 그리고 이내 평온하게 굳어졌다. 칼을 휘두른 것은 그녀라고, 잔인하지만 그의 눈앞에 그 칼을 내밀어 확인을 시켰다.

“그 사람이랑 있었어요.”

날카로운 침묵이 감돌았다. 두 사람 다 서로를 응시하며 물러서지 않았다. 마침내 그가 조용히 입을 열었다.

“불안함 속에 그도 포함되어 있어요.”

선우는 어떤 말을 해야 할지 알 수 없었다. 태영의 마음이 오랫동안 바라본 여자에 대한 집착인지, 아니면 그녀가 휘두른 칼에 대한 반동으로 비틀려 있는 건지 판단이 되지 않았다. 아니면 스스로가 견뎌낼 수 있다고 과신하는 걸까? 그러나 그 마음의 실체가 무엇이었든 간에 아닌 것은 아니었다. 약혼식 전날밤, 집을 뛰쳐나가 택시를 탄 그 순간 모든 것이 달라진 것이다. 물길을 거꾸로 돌릴 수는 없는 일이다. 여전히 그녀에게서 눈길을 떼지 않고 있는 태영을 보며 선우는 그 속에서 그녀 자신을 보는 기분이었다. 그토록 잘라내고 싶었던 그녀 자신이 그의 눈동자 속에 있었다.

"당신만 상처받게 될 거예요."

"알아요."

확고한 그의 대답에 선우의 눈동자가 흔들렸다. 상처가 될 걸 알면서도 상대를 놓지 못하는 그 마음을 알기에 더 더욱 마주 보는 것이 괴로웠다.

"나는 내가 받았던 상처를 당신에게 주고 싶지 않아요."

"앞으로는 그러지 않으면 돼요."

선우는 단단한 벽 앞에 선 기분이었다. 아니, 거울 앞에 선 느낌이다. 그러나 그 거울은 단단하고 예리하여 깨지면 양쪽 다 치명상이다. 손을 뻗어 만져도 절대 닿을 수 없는 거울, 그 거울 너머에 태영이 그녀를 바라보고 있다. 선우의 얼굴이 일그러졌다. 그녀의 입술 사이로 힘겨운 목소리가 흘러나왔다.

"당신이 상처받을 걸 알면서도 나를 놓지 못하는 것처럼, 나도…… 상처 줄 걸 알면서도…… 그를 놓지 못해요. 당신도 나처럼 상처받고 피를 흘리며 살게 될 거예요."

그녀의 감정이 부글부글 솟구쳐 올랐다. 침잠되어 휑하니 서늘했던 마음이 이 순간 견딜 수 없도록 요동을 치며 그녀를 괴롭혔다. 더 이상 아무것도 바라지도, 기대하지도 않겠다며 민준을 선택한 자신을 내버려 두었다. 그런데 태영과 마주하며 자신이 무엇을 선택하고 무엇을 놓지 못했는지 뼈아프게 깨닫는다. 그런 선우의 아픔에 마주하듯 태영이 고집스레 그녀를 놓지 않았다.

"상관없어요. 상처를 받아도 상관없어요. 상처를 받아서라도 당신을 내 옆에 둘 수 있다면 그 상처 받겠어요."

"……."

선우는 아무런 대답도 하지 않았다. 용감한 그의 모습이 가슴 아프다. 마치 그녀 자신을 보는 것 같아 가슴 아프다. 선우는 태영의 간절한 고백을 들으면서도 민준을 떠올렸다. 미안하지만 어쩔 수 없었다. 홀로 생의 고통을 감내하며 묵묵히 견뎌온 그가 지금 이 상황에서도 마음속을 파고든다. 그도 그녀처럼 이렇게 가슴 아프게 상대에게 칼을 휘둘렀던 걸까? 그와 함께라면 무엇이든 감수할 생각이었다고, 어떤 아이든 받아들였을 거라고 말했던 그녀를 지금 태영을 바라보는 것처럼 바라봤을까. 그녀가 태영의 시선을 피하며 고개를 돌렸다. 눈물이 차 오를 것처럼 가슴이 아릿하게 아픈데 눈물이 흐르지 않았다. 두 눈이 따끔거리고 쓰라렸다. 외면하는 그녀를 붙잡으려는 듯 태영이 선우의 손을 잡았다. 방금 전까지 민준의 얼굴을 쓰다듬었던 그 손을 꼭 붙잡고 놓지 않았다.

"상처받는 것보다 더 두려운 건 당신을 잃는 거예요."

그 순간 선우가 두 눈을 감았다.

〈아…… 선우야, 너도 이런 거였구나. 그를 잃느니 차라리 상처받기를 선택한 거였구나. 상처받더라도 그의 곁에 있고 싶은 거였구나. 그렇게라도 그를 잃고 싶지 않았구나.〉

"커피 할 텐가?"

진료실 안으로 민준이 들어오자 검사 결과를 보고 있던 강 박사가 자리에서 일어났다. 오랜 의사 생활로 단련된 그이지만 굳어지는 얼굴을 감출 수는 없었다. 오히려 직접 커피를 챙기는 모습이 부자연스러웠다. 강 박사가 커피망에 커피를 넣고 뜨거운 물을 부었다. 건축가 권길영의 친구답게 그 또한 까다로운 입맛이었다. 살아 있을 적 가끔씩 찾아와 친구의 커피를 마시고 갔던 권민준의 아버지. 강 박사는 애써 친구의 모습과 너무나 닮아 있는 민준에게서 시선을 돌렸다. 이 순간 민준에게서 친구의 모습을 느끼는 것이 예고된 운명을 느끼는 것만 같았다. 진료실 안에 커피 향이 물씬 풍겼다. 두 잔의 커피를 들고 책상으로 다가온 강 박사에게 민준이 감정의 여운을 잘라내듯 물었다.

"검사 결과는 어떻습니까?"

강 박사가 조용히 커피를 내려놓고 자신의 커피를 마셨다. 검사 결과 내용이 들어 있는 파일을 한동안 뚫어지게 응시하더니 애써 가볍게 대답한다.

"다시 한 번 해보세."

아직 속단하고 싶지 않다는 뜻을 강 박사가 내비치자 민준이 자신의 손을 가만히 내려다보았다.

"준비하는 시간 안 주셔도 됩니다. 검사는 충분했어요."

강 박사가 그 뜻을 알아듣고 침묵했다. 아버지와 동생을 지켜보면서 ALS(일명 루게릭) 환자가 겪는 과정을 누구보다 잘 알고 있는 민준이었다. 처음부터 병명을 말하면 환자 대부분이 그 충격을 이기지 못하기에 의사들은 다시 한 번 검사를 시키고, 필요하지도 않는 입원을 시켜 마음의 준비를 시키는 게 관례였다. 그러면 환자들은 재검사와 입원을 하는 동안 자신이 어떤 큰 병에 걸린 건가 불안해하고 초조해하면서 모든 안 좋은 가능성에 대해 받아들이려고 마음의 준비를 하게 된다. 그러나 강 박사는 환자를 위한 배려를 떠나 스스로 인정하기가 힘들었다. 모든 검사 결과가 확실함에도 눈앞에서 벌어지는 완전한 고통의 운명을 있는 그대로 알리는 게 싫었다.

"그래도 한 번 더 검사를 해보세. 혹시라도 다른 병일 수도 있으니까. 한 번의 검사로 모든 걸 확실시할 수는 없는 것 아닌가."

강 박사의 괴로움까지 받아줄 여유는 그에게 없었다. 그가 굳은 얼굴로 대꾸했다.

"양성국소근위축증, 근육염, 중증근무력증, 척수이상, 소아마비증후군 등등…… 을 말하시는 겁니까?"

강 박사가 침묵을 지킨 채 민준을 바라보았다. 다른 환자들이 비슷한 증상을 보이는 다른 병일 수도 있다는 일말의 희망에 기대어 시간을 보내는 경우가 다반사였고, 많은 환자들이 치료법이 없다는 것을 받아들이지 못해 대체의학이나 사이비 도인들에게 남은 생을 갖다 바쳤다. 민준의 아버지 권길영도 지푸라기라도 잡고 싶은 심정으로 치료를 찾다가 온갖 사람들에게 사기를 당했다. 남동생 민우는 대체의학에서 임상실험으로 일 년의 시간을 보내기도 했었다. 발병한 지 삼 년에서 오 년을 살 수 있다는 그 시간에서 일 년을 병원에서 보낸 것이다. 대를 걸쳐 발병한 권민준이 아버지와 남동생을 지켜보며 얻은 것은 결국 좀 더 빨리 이 병을 받아들일 수 있는 힘인 것인가. 강 박사는 어떤 말을 꺼내야 할지 알 수 없었다.

민준은 사무적으로 이 모든 상황을 정리하고 싶은 듯 강 박사의 침묵을 내버려 두지 않았다.

"신경전도 검사, 근전도 검사, 폐활량 측정, 조직 검사, MRI, 척수 검사, 운동신경계 유발전위 검사, 혈중농도의 긴 탄수화물비 검사, 종양성항체 검사, 종양 검사……."

책을 읽듯 무감하게 검사의 종류를 열거하던 민준이 어느 순간 숨이 막히는지 크게 숨을 들이켰다 내쉬었다. 그리곤 조용히 뇌까렸다.

"제가 빠뜨린 검사가 있습니까?"

강 박사가 입을 다문 채 고개를 가로저었다. 담담히 이 모든 상황을 받아들이려 했던 그도, 아니, 스스로에게 받아들이라고 강요하고 있던 그도 강 박사의 대답에 흔들리는 듯했다. 아주 짧은 순간 민준의 눈동자가 강 박사를 응시했다.

〈살려주세요.〉

고요한 울부짖음이 그의 눈동자 속에서 터져 나왔지만, 이내 사라졌다. 그러나 그 울부짖음을 마주한 강 박사가 감정을 이기지 못하고 말을 뱉어내기 시작했다.

"뭐든, 뭐든 해보세. 대체의학도 좋고 임상실험도 좋으니 뭐든 해보세. 국내에서도 지금 약을 개발 중이니 어떻게든 버텨내면 또 모를 일이야. 치료제가 나올 수도……."

감정을 이기지 못해 터져 나오는 막연한 희망의 소리임을 그는 안다. 민준이 스스로를 추스르고 엷은 미소를 지었다. 근육과 신경계에 관한 한 세계적인 권위자인 강 박사가 이토록 흔들리며 횡설수설하는 것만으로 민준은 위안이 되었다. 어쩌면 아버지에 대한 정을 그에게서 찾았던 것일까. 살려야 한다는 의사의 의지보다 고통스러워하며 이성을 잃는 인간의 감정으로 그를 대하는 강 박사의 모습이 그가 가진 외로움을 잠시나마 다독인다. 그러나 이젠 누군가와 감정을 주고받는 것이 버겁다. 그가 차분한 얼굴로 상황을 종료시켰다.

"집에 남아 있는 약이 있습니다. 떨어지면 처방전을 받으러 오겠습니다."

동생 민우를 위해 다량으로 사놓은 약이었다. 병의 진행을 늦추어주는 '리루텍'이라는 약이었는데 수명을 삼 개월에서 육 개월 정도 연장시키는 효과가 있었다. 스위스 제약회사에서 수입하는 약이라 언제 어떻게 수입 중단이 될지도 모른다는 불안감이 있었다. 회귀질병에 관한 약은 수입타산이 안 맞아 공급을 중단하는 경우가 있기 때문이었다. 그 리루텍마저 마음껏 먹어보지도 못하고 가는 환자가 부지기수였다. 민준도 그 약을 민우에게 먹이려고 미친 듯이 일했다.

"가보겠습니다."

침묵을 지키는 강 박사에게 민준이 인사를 건네곤 자리에서 일어났다. 그가 진료실 문을 열고 나가려는데 그의 등 뒤로 강 박사의 낮은 목소리가 흘러나왔다.

"그래도…… 꾸준히…… 운동을 하게……."

너무나 작은 목소리였다. 띄엄띄엄 내뱉는 그 말에 민준이 대답하지 않았다. 그가 진료실 문을 열고 나오자 머리를 가누지 못하고 간신히 앉아 있는 환자가 그의 눈에 들어왔다. 대략 사십대 후반 정도로 보였다. 휠체어를 탄 그 환자 옆에서 아내인 것 같은 여자가 환자가 흘리는 침을 닦아주고 있었다. 여자는 초췌했다. 남편을 간호하느라 지칠 대로 지쳐 있는 모습이었다.

간병인을 둘 형편도 아닐 것이고, 아내가 밤새도록 남편의 몸을
이리 돌렸다 저리 돌렸다 했을 것이다. 욕창도 문제거니와 한자
리에 가만히 있으면 근육이 더 뻣뻣해지고 경련이 오기 때문이
다. 민우의 간병인들도 힘들다며 도망을 갔었다. 그럴 때마다
민준이 밤을 지새우고 일을 나갔다. 민준이 다음 차례를 기다리
고 있는 환자와 그 아내를 물끄러미 바라보고는 터벅터벅 병원
복도를 걸어나갔다.

〈부러워하지 마세요. 억울해하지 마세요. 저도 곧 그렇게 됩
니다. 그래도 아저씨는 사십대에 발병했나 보네요. 저는 이제
서른셋이랍니다. 그러니 걸어서 병원을 나가는 저를 너무 부럽
게 바라보지 말아주십쇼.〉

복도를 걷던 민준이 쓴웃음을 토해냈다. 그리고 이내 얼음처
럼 차가운 얼굴로 굳어졌다. 미쳐 버릴 것같이 무언가가 몸을
뒤흔드는 느낌. 돌아버릴 것처럼 절실한데 아무리 주위를 둘러
보아도 잡을 것이 없다. 받아들였다고 생각했는데, 정말 받아들
였다고 생각했는데 그래도 병원에 오기 전까지 기대를 했었던
모양이다. 아니라고, 검사 결과를 보니 아니었다고 그 말을 강
박사에게서 듣고 싶었던 모양이다. 그의 눈동자가 일그러진 빛
을 띠었다. 무감한 얼굴은 아무런 감정도 표현하지 않는다. 아
니, 표현되지 않는다. 그저 할 수 있는 건 죽음을 선고한 이 병
원을, 이 공간을 벗어나는 것. 그의 미래를 보여주는 저들에게
서 도망치는 것.

그가 큰 걸음으로 무거운 다리를 움직여 엘리베이터 앞에 섰다. 그리고 지하 주차장으로 내려가 자신의 차에 올랐다. 차는 잠시의 주저함도 없이 주차장을 빠져나갔다. 한낮의 가을 햇살이 차 안으로 쏟아져 들어왔다. 민준이 유리창 밖에 존재하는 가을 햇살을 멍하니 응시했다. 하늘은 드높았다. 파랗게 눈이 시리도록 맑고 시원했다. 사람들이 오랜만에 찾아온 시원한 바람에 상쾌한 얼굴로 길을 걷고 있었다. 이런저런 자신의 문제와 고통을 안고 각자 걸어가고 있었다. 그가 도로에서 신호를 기다리며 걸어가는 사람들을 응시했다.

〈살인, 강간, 낙태, 이별, 자살, 교통사고, 병, 장애. 수도 없이 많은 인간사 중 하나일 뿐이다. 그 하나하나에 반응하며 몸부림치다 가는 것 아니겠는가.〉

애써 자신의 상황을 방치하려던 그가 생각을 멈추었다. 운전대를 잡은 그의 손이 떨렸다. 회사로 가는 길에서 잠시 느릿하게 움직이던 차는 방향을 돌렸다.

한참 동안 서울의 도로를 달리던 그의 차가 도착한 곳은 선우가 사는 동네였다. 골목길 굽이굽이 차가 조심스레 들어가더니 건물과 멀찍이 떨어진 곳에서 멈추어 섰다. 건물 앞에 선우와 태영이 서 있었다. 두 사람이 무슨 말을 주고받는지 알 수 없다. 태영이 선우의 손을 잡고 있을 뿐이었다. 민준이 차 안에서 그 모습을 지켜보았다. 그녀에게 모든 걸 줄 수 있는 남자, 태영을 가만히 지켜보았다. 그녀에게 손 내밀어 잡을 수 있는 태영이 그녀 곁에 서 있었다. 선우는 시선을 외면하듯 땅바닥을 응시하고 있었다. 지친 듯한 그녀를 보면서 민준은 말할 수 없이 마음이 무겁다. 오래도록 그 모습을 지켜보던 민준이 차를 뒤로 돌렸다. 차는 서울의 도로를 달리더니 경기도로 빠져나갔다. 무수히 많은 사람들과 무수히 많은 건물들, 무수히 많은 나무와 산자락이 그를 스쳐 지나갔다. 무수히 많은 것들이 그에게 닿지 못하고 지나가 버린다. 잡을 수 없는 햇살과 잡을 수 없는 구름처럼 삶이, 사람이, 그리고 사랑이 그를 스쳐 지나간다.

〈너에게 줄 것이 없다. 선우야, 나는 너에게 줄 것이 없다. 썩어가는 심장에서 그나마 살아 있는 한 귀퉁이를 너에게 주고 싶었지만, 차마 그걸 내밀지 못했다. 너무 보잘것없고 아픈 거라서 너에게 차마 받아달라고 말할 수 없었다. 너는 모든 걸 받으며 살아갔으면 좋겠는데, 모든 걸 줄 수 있는 남자를 만나 행복해졌으면 좋겠는데…… 그런 너에게 나를 건넬 수가 없었다. 선우야, 내가 줄 수 있는 건…… 내가 줄 수 있는 건…….〉

그녀에게 건네지 못한 말들이 그의 마음속에서 끊임없이 되뇌어지다 사그라졌다. 그의 마음속에서 말들이 사라지는 것처럼 차 밖으로 세상이 사라져 갔다. 차는 세상과 닿지 못한 채 길 위를 달렸고, 세상의 풍경은 맥없이 그를 놓쳤다.

집에 도착한 그가 다급하게 차에서 내렸다. 무언가를 절실히 구하는 사람처럼 미친 듯이 집으로 뛰어갔다. 어느새 출근한 윤씨 아줌마가 그의 차 소리를 알아듣고 현관문을 열어주었다. 민준이 아줌마에게 인사를 건넬 사이도 없이 급하게 신발을 벗고 거실을 가로질렀다. 그리고 민우가 죽은 후 한 번도 들어가지 않았던 동생의 방으로 들어갔다. 동생의 방은 그대로였다. 물건 하나 없애지 않았다. 동생이 쓰던 호흡기와 휠체어까지 그대로 남아 있었다. 민준이 침대 옆에 있는 탁자로 다가가 약병을 집 었다. 물을 가져올 생각도 없이 그가 약 하나를 꺼내 입 안에 넣 고 억지로 목구멍 안으로 삼켰다. 목구멍이 아팠지만 상관없었 다. 그의 눈에서 눈물이 흘러내렸다. 그가 약 한 알을 더 입 안 에 넣었다. 메마른 입 안에서 약 한 알이 쓰리고 쓰린 불덩이처 럼 그의 목구멍을 훑으며 삼켜졌다.

〈살고 싶다. 살고 싶다, 선우야. 너에게 줄 것이 없음에 도…… 여전히 나는 너를 원해. 나는 너무나 너와 함께 살고 싶 다. 선우야, 나는…… 살고 싶다.〉

그가 두 손을 마주 모아 움켜쥐었다. 그리곤 기도하는 사람처 럼 얼굴을 두 손에 묻고 고통스러운 눈물을 흘렸다. 눈물은 흐 르지 않고 쥐어짜듯 그의 몸을 비틀었다. 그가 경련하듯 몸을 떨며 웅크렸다. 닫혀진 방문 사이로 윤씨 아줌마의 목소리가 새 어 들어왔다.

"식사는 한 거예요? 상 차릴까요?"

그가 대답하지 않자 아줌마는 방문 앞에서 멀어져 갔다. 그를 걱정하는 아줌마의 마음에 반응할 여력이 그에겐 없었다. 그가 지치고 지친 몸을 바닥에 기대었다. 모든 것이 멈춘 듯 방 안은 고요하고 무감했다. 동생 민우가 가고 난 후 이 방은 시간이 멈춘 공간이었다. 그는 그 방에 자신을 맡긴 채 스스로를 정지시켰다. 무수히 떠오르는 상념과 생각들, 그리고 고민들. 그런 것들이 현실을 바꾸지 못한다. 모든 것이 다 부질없는 마음의 장난, 그 장난에 놀아나며 시간을 허비할 뿐이다. 방 안에 떠도는 건 그의 낮은 숨소리뿐이었다. 유리창으로 들어오는 햇살을 바라보는 그의 눈동자는 어느새 무감하게 정지되어 있었다.

〈선택받은 고통 앞에, 제발 울음으로 시간을 허비하지 마라.〉

all or nothing, and···

어느새 한 달이 지났다. 따갑던 햇살이 시원해져 있었다. 그리고 따갑게 예민해져 있던 주위의 시선들도 한풀 누그러지고 각자의 궤도대로 돌아갔다. 물론 속앓이를 하는 것이겠지만, 겉으로는 별반 다를 바 없는 일상의 연속이다. 선우에게 미친 것 아니냐며 난리를 쳐댄 잠원동 친어머니도 이제는 지쳤는지 전화를 멈추었고, 선우의 행동으로 태일 사람들 뵐 면목이 없다며 은근히 첩의 딸이라 책임감이 없다는 식으로 신경을 긁던 성북동 어머니의 말도 잊혀져 갔다. 또 무슨 일이 있는 거냐며 과도한 호기심과 관심을 드러내던 언니 선혜의 연락도 드물어졌다. 태일신문사라는 끈이 아까웠는지, 아니면 정말 막내딸에 대

한 애정 때문인지 알 수 없는 지 회장의 걱정 어린 염려도 선우
는 그냥 강물 흘러가듯 듣고만 있었다. 그녀로서는 모든 것이
각자의 입장과 역할대로 한 판의 굿거리장단을 보는 기분이었
다. 그 굿거리 장단 속에 언뜻언뜻 비치는 상대의 속내에 선우
는 더 이상 신경 쓰고 싶지 않았다. 그 속내에 다가가려고 항상
스스로를 드러냈지만 이젠 모든 것이 귀찮고 부질없게 느껴질
뿐이다. 결국 모든 것은 겉으로 드러나는 것, 그 모습만으로 연
관되어 서로 얽히고설키는 것이리라. 상대가 굳이 드러내지 않
으려 하는 것에 그녀 스스로 먼저 다가가 속내를 드러내는 것에
선우는 지쳤다.
　약혼식이 파경을 맞았다는 소식에 주위의 사람들이 한동안
술렁였다. 두 사업체의 협력에 대한 낙관적인 전망과 함께 경계
하던 사람들도 이제 주시하는 눈빛을 거두었다. 회사에서는 태
영과 선우가 약혼하려 했다는 것을 모르고 있었고, 태영과 선우
가 누구 집안의 자식인지 모르니 일은 원래 돌아가는 대로 흘러
갔다. 다만 태영이 긴 병가를 내고 회사에 나오지 않았다. 선우
는 태영의 안부를 묻기 위해 몇 번이나 전화를 걸까 했지만 하
지 않았다. 여지를 주는 행동임을, 그가 원하는 건 줄 수 없는데
전화를 건다는 것은 더 잔인한 짓 같아 그녀가 하지 않았다. 사
람들의 시선은 그런 선우에게 곱지 않았다. 단짝처럼 취재를 다
니던 사이였는데, 선우가 그런 태영에게 신경 쓰지 않는 모습으
로 보이니 말이다. 또 직원들끼리 병문안 비슷하게 찾아갈 때

가지 않았으니 말이다. 선우는 스스로 받아들여야 할 부분이라 생각하고 새로 파트너가 된 카메라 기자랑 취재를 다녔다.

그러는 동안 민준에게서는 연락이 오지 않았다. 언제나 그렇듯 먼저 연락하지 않았다. 가끔씩 핸드폰을 바라보며 민준에게 연락을 할까 생각도 했지만, 나오는 건 쓰디쓴 웃음뿐이었다. 성북동에서 별장이 다 완성되었으니 가족들과 오랜만에 주말을 지내자는 전화를 받고서야 민준이 제주도에서 일을 마무리 지었구나를 어렴풋이 알 수 있었다. 지 회장이 태영을 부를 것 같다는 생각이 든 선우는 일 때문에 바빠 못 갈 것 같다는 말로 그 제안을 비껴갔다. 성북동 어머니는 네가 그러면 어쩔 수 없다는 태도로 지 회장의 속내를 비껴갔다. 그렇게 서로 비껴가면서 시간이 흘렀다.

가을의 문턱에 다다라 거리마다 은행잎들이 노랗게 물들어가고 있었다. 무채색의 도시가 오랜만에 색을 드러내니 사람들이 각자의 생각을 멈추고 그 색에 반응했다. 선우는 노란색으로 한껏 물들어 있는 어느 골목의 공방에 있었다. 체코에서 유리공예를 배우기 위해 삼십대를 지독하게 보냈던 한 유리공예가를 취재하는 중이었다. 공예가는 원래 체코의 건축을 배우기 위해 한국에서의 모든 것을 걸었다가 얻으려 했던 것은 얻지 못했다. 그리고 완전히 다른 세계인 유리공예를 하게 된 사람이었다. 얻지 못한 것에 대한 상실감과 좌절, 그리고 새로운 세계에 대한 기쁨과 열망이 혼재된 인터뷰가 이어졌고, 두어 시간 후 선우는 차 안에서 공예가와 나누었던 대화를 떠올리며 기사를 어떻게 접근할 것인가 구상하고 있었다. 프로스트의 시에서 나오는 양 갈래의 길에서 한쪽 길을 선택한 사람의 이미지가 그려졌고, 그 사람은 모든 것을 걸고 그 길을 가려 하나 길은 막혔다. 그리고 그 사람은 그 길 옆에 있는 강물을 보게 된다. 그 사람은 자신이 선택한 길에서 만난 나무를 베어 배를 만든다. 그리고 생각지도 못한 강물의 길을 가게 되는 모습이 그녀의 머리 속에 그려졌다. 어렴풋이 기사의 느낌을 잡아채려는 순간 핸드폰이 울리며 그녀를 방해했다. 모르는 번호였다. 그녀가 망설이며 울어대는 벨소리를 내려다보다 이내 전화를 받았다.

"예, 지선우입니다."

핸드폰 너머에서 잠시 침묵 어린 한숨 소리가 새어나오는가 싶더니 이내 낯설면서도 낯익은 목소리가 흘러나왔다.

[태영이 어미예요.]

"예."

그녀의 작은 대답에 태영의 어머니가 속상한 듯 날카롭게 말했다.

[선우 씨, 생각보다 참 냉정하네.]

"……"

[태영이가 앓아누웠는데 어쩜 얼굴 한번 보러 올 생각을 안 해?]

뭐라고 대답해야 할지 알 수 없어 선우는 사과의 말만 꺼냈다.

"죄송합니다. 그게 차라리 서로에게 좋을 것 같았습니다."

잠원동 엄마의 딸로 자라면서 항상 느껴야 했던 허기, 제대로 대우받고 싶다는 그 욕심에 태영의 마음을 이용한 것 같았다. 민준을 만나면서 느꼈던 공허함을 태영을 통해서 채우려 했던 건 아니었을까? 그 잘못에 대한 대가를 지금 치르는 기분이었다. 태영에 대한 인간적인 애정에 선우가 안부를 물었다.

"태영 씨 많이 힘들어하나요?"

[뭐, 그런 일로 사람이 죽기야 하겠어? 단지 보고 있기가 속이 상해서 가만히 있을 수가 없었어.]

"죄송합니다, 어머니."

조심스러우면서도 진중한 선우의 사과에 태영의 어머니도 무언가를 느꼈는지 조금은 누그러진 목소리로 말했다.

[됐어. 사람 일이 어긋나고 깨지는 경우도 있는 거니까. 선우 씨 말대로 지금 얼굴 보는 건 안 좋은 거겠지. 그래도 내가 너무 답답해서 전화했어. 내 마음 알겠니?]

마음을 열고 다가왔던 태영의 어머니에게도 미안한 마음이 가득이었다. 그러나 선우의 눈에 보이는 건 창밖으로 스쳐 지나가는 풍경이었다. 아름답지만 닿을 수 없는 시간과 공간, 그리고 마음.

"어머니, 속상하실 때 언제든 전화주세요. 제가 태영 씨한테 나쁜 짓을 했습니다."

담담한 그녀의 말에 태영의 어머니가 잠시 침묵을 지킨다. 속상한 어머니에서 같은 여자로서, 그리고 스쳐 지나갈 수밖에 없는 인간으로서 그녀의 속이 파도를 넘었다.

[어쨌든 선우 씨도 잘 추스르고, 잘 지내.]

"네."

통화는 끝났다. 그리고 이로써 태영과의 관계도 끝났다는 것을 알 수 있었다. 어머니가 나섰음에도 태영을 찾지 않은 선우의 행동으로 완전한 거부가 이루어졌다. 어머니라도 내세워 손을 내민 태영을 그녀가 외면한 것으로 말이다.

〈무엇이 문제일까? 그는 좋은 사람인데 왜 나는 그래도 공허했을까. 나를 그토록 아껴주고 존중했는데 무엇이 문제였을까? 있지도 않은 무언가에 허기를 느끼고 눈앞에 있는 실체를 거부한 걸까? 답을 알 수가 없다.〉

그녀를 태운 차가 서울 도로를 한참 달려 회사 건물 근처에 다다랐다. 카메라 기자가 사진을 인화하려고 사무실로 들어가려는데, 그녀의 핸드폰이 다시 울렸다. 엘리베이터를 타는 카메라 기자를 혼자 보내고 그녀가 전화를 받았다. 민준이었다. 그동안 연락이 오지 않은 것도 싫었는데, 막상 전화가 오니 냉소가 지어졌다. 약혼식을 깨고 그녀가 스스로 그의 집으로 간 날, 이제 적당히 만날 수 있다는 확인을 받았다고 생각하는 걸까? 뭐, 무슨 상관이랴. 대충대충 그렇게 마음 끌리는 대로 만나다 헤어지는 거지.

[어디니?]

"회사 근처요. 서울이에요?"

[음. 사무실 지금 나가는 길이라 시간되면 얼굴 볼 수 있을까 해서.]

"일찍 퇴근하네요. 항상 야근을 밥 먹듯이 하더니."

다섯 시가 조금 안 되는 시간이라 선우가 의외라는 듯 물었다. 그의 대답은 평이했다.

[맡고 있던 공사 다 마무리 지은 상태라 당분간은 좀 쉴 거야.]

생각해 보니 도환미술관과 제주도 별장까지 그는 쉴 새 없이 일하긴 했다. 게다가 민우까지 보냈으니 웬만한 사람은 앓아누웠을 것이다.

"몸은 괜찮아요? 저번에 보니까 많이 피곤해 보이던데."

그녀가 조금은 걱정스럽게 묻자 민준이 잠시 머뭇거리더니 가벼이 대답했다.

[음, 쉬니까 그럭저럭 괜찮아. 너는 괜찮니?]

태영의 일을 묻고 있었다. 그녀가 시큰둥하니 적당히 대답했다.

"뭐, 괜찮아요. 좀 시달리긴 했는데 겪어야 할 과정이라고 생각하니까 겪어지더라고요. 내가 못된 구석이 있잖아요."

피식 웃음 섞여 나온 대답임에도 민준의 반응이 진지했다.

[너…… 힘들구나.]

그녀의 얼굴이 짧은 순간 굳어졌다. 그가 왜 이런 식으로 다가오는 건지 알 수 없었다. 아니, 화가 났다. 진지하게 상대의 삶을 모두 받아들일 생각도, 그 자신의 삶을 함께할 생각도 없으면서 어째서 이런 순간 마음 한가운데를 건드리는 건지 이해가 되지 않았다. 예전처럼 그녀의 마음 한가운데를 보이는 것은 이제 그만 하리라. 그녀가 적당히 대답하는 것으로 그를 비껴갔다.

"그렇죠 뭐. 시간이 지나면 괜찮아지지 않겠어요?"

그가 침묵했다. 그리곤 이내 화제를 돌렸다.

[오늘 시간은 되는 거니?]

한 시간 정도 후에 그가 선우의 회사 앞으로 오는 것으로 통화가 끝났다. 아직 마감까지 여유가 있는지라 그녀가 사무실에 들어가 사람들과 일정을 이야기하고 퇴근을 했다. 건물 앞에서 멍하니 하늘을 올려다보며 선우가 그를 기다렸다. 가을이라 그런가, 연인이 많이 보였다. 뜨거운 여름의 햇살에서는 적당한 거리를 두고 떨어져 걷지만 바람이 시원하니 바짝 붙어 걷는다. 직장인으로 보이는 남녀도 있었고, 대학생인 듯 야구 모자를 눌러쓴 연인도 있었다. 동성 친구로 보이는 여자들도 있었고, 한 무리의 직장인들도 길거리를 지나가고 있었다. 모두들 청명한 가을 하늘을 즐기는 듯 표정들이 시원했다. 그리고 민준을 기다리고 있는 그녀도 가을 풍경을 바라보고 있었다. 이 순간 무엇이 문제이고, 무엇을 문제로 여긴 건지 정말 알 수가 없는 기분이다. 저들처럼, 그녀도 애인을 기다리고 즐겁게 데이트를 하면 될 일 아닌가. 같이 영화 보고, 밥 먹고, 또는 사랑을 나누고, 또 힘든 일 있으면 불평하고 서로의 일상을 공유하며 전화를 하며 말이다. 무엇이 문제일까? 알 수 없다.

선우는 스쳐 지나가는 바람처럼 지금의 관계를 생각하고 있었다. 그러다 보니 아이를 가졌을 때 모든 선택과 그 책임을 민준에게로 돌렸던 게 아닐까 하는 생각도 든다. 물론 민준의 선택이 씻을 수 없는 상처가 되었지만 이제 와선 그가 왜 그렇게밖에 할 수 없었는지 이해할 수 있다. 그녀 스스로 정말 그 상황에 대해 책임지려 했다면 민준의 선택과는 별개로 그녀 스스로 아이를 낳아야 했던 것은 아닐까. 그 아이를 낳아서 키울 것인지 아닌지 그녀가 선택을 했어야 했던 것은 아니었을까. 모든 것을 걸었다 했지만 막상 그녀도 힘든 상황이 왔을 때 외면하지 않았던가. 물론 아이에 대한 책임은 별개의 문제다. 민준이 버린 것이라 여겨, 그녀도 아이를 버렸다. 모든 것을 걸었다 했지만, 그것은 모든 것을 상대에게 내던져 상대에게 기대려 했던 것은 아니었을까. 그녀가 감수하고 책임져야 할 짐을 상대에게 떠넘기려 했던 것은 아니었을까.

멍하니 하늘을 바라보던 그녀의 머리 속은 복잡해져 갔다. 그녀 자신의 환경과 그녀의 괴로움을 그에게 토해내던 기억, 그가 민우의 방에서 나가라고 말하던 모습과 민우가 죽었을 때 홀로 빌라에 있던 모습들이 그녀의 머리 속을 스쳐 지나갔다. 사귀었을 때 야근을 하고 돌아온 민준을 붙잡고 학교에서 있었던 일에 대해 시시콜콜 이야기하며 불평불만을 털어놓던 그녀를 사랑스럽게 쳐다보며 웃던 민준의 모습도 떠올랐다.

〈내가 그의 고통을 알고 싶어한 것은 어쩌면 내 고통을 그에게 나눠주려고 했기 때문은 아니었을까? 내 가족에게서 충족되지 못한 허기를 그에게 채우려 했던 것은 아니었을까? 그의 고통을 알고 싶어하기보단 그의 고통을 앎으로써 내가 그에게 중요한 사람이고 싶은 욕심은 아니었을까?〉

생각은 똬리를 틀며 뱅뱅 그녀를 맴돌았다. 답을 알 수가 없었다. 단순히 생각하면 그냥 서로의 힘든 부분을 공유하고 나누며 위로받으며 사는 걸 원한 것 같기도 하고, 힘들 때 찾을 수 있고 옆에 있어주는 깊은 관계를 원한 것일 뿐이다. 그녀는 지금 상대가 보여주고 싶어하지 않는 부분을 보여주지 않았다고 화를 내는 걸까? 깊은 관계를 원한 것인지, 아니면 상대의 고통을 앎으로써 그녀의 위치를 확인받고 싶어했던 것인지 답을 알 수가 없었다.

머리 속에 떠오르는 고민을 집요하게 물고 늘어지던 그녀가 어느 순간 고개를 저으며 한숨을 내쉬었다. 얽매임없이 부는 바람이 그녀의 볼을 스쳐 지나가고, 그 바람에 흔들려 버티지 못한 나뭇잎들이 하나둘씩 땅으로 떨어지고 있었다. 그게 자연스러움 같기도 했다. 나뭇가지에 붙어 있으려 버티는 게 아니라 때가 되고 바람이 불면 가지에서 떨어지는 나뭇잎의 모습이 말이다.

〈적당히 살자. 더 이상 타인에게서 내 허기를 채우려 하지 말고 적당히 자연스럽게, 주고받을 수 있는 것만 주고받으며 그렇게 살자. 상대가 주고 싶은 것만 받고, 내가 주고 싶은 것만 주면서 그렇게……. 언제나 어느 상황에서나 나와 함께할 수 있는 사람을 꿈꾸는 건 이제 그만 할 때가 되었다. 상대도 그럴 수 없고, 나도 그럴 수 없는 사람이니 말이다.〉

"적당히, 가볍게, 인연 닿는 대로……."

그녀가 혼잣말을 되뇌며 머리 속의 복잡한 생각을 멈추고 있는데, 민준의 목소리가 들려왔다.

"무슨 생각을 그렇게 해?"

그녀가 고개를 들어보니 민준이 서 있었다. 그렇게 힘든 일을 겪었으면서도 그는 당당하고 깔끔하니 멋스러웠다. 단정하면서 날렵한 넥타이가 그와 잘 어울렸다. 선우가 빙그레 미소 지었다.

"왔어요?"

그는 말없이 그녀를 바라보더니 엷은 미소를 지으며 그녀에게 손 내밀었다. 건물 계단에 앉아 있던 그녀가 그 손을 잡고 일어났다. 선우가 바지에 묻은 먼지를 탁탁 털어내고 그의 차가 있는 곳으로 걸어가려는데, 그가 슬쩍 그녀의 허리에 팔을 둘렀다. 그녀가 멀뚱히 그를 쳐다보자 허리를 두른 그의 손이 긴장했다. 선우가 피식 웃으며 말했다.

"나 다시 보니까 좋아요?"

그가 빙그레 웃었다.

"음."

두 사람이 잠시 침묵을 지키며 길을 걷다가 뭘 먹을지 이야기를 나누었다.

손 내밀어 계단에 앉은 그녀를 일으켜 준 그 순간을, 그녀의 허리에 팔을 두르고 걸었던 이 순간을 민준은 조용히 가슴에 새겼다. 아무것도 움직일 수 없는 화석이 되어 누워 있을 때, 지금 이 순간을 기억하며 행복해하리라.

근사한 레스토랑에서 두 사람이 식사를 마치고 영화를 봤다. 〈어둠 속의 댄서〉라는 영화였는데, 주인공 셀마가 아들의 눈 수술을 위해 수술비를 힘겹게 모으는데, 그 돈을 이웃집 남자 빌이 훔친다. 그 돈을 되찾으려 빌과 몸싸움을 벌이다 셀마는 총구를 겨누게 된다. 폭력을 가하고 싶어하지 않는 셀마에게 빌은 총구를 스스로 겨누며 셀마를 도발한다. 네 까짓게 감히 나를 쏠 수 있다고? 그러나 셀마는 총을 쏘고, 그 끔찍한 순간 속에서도 빌과 춤을 추며 음악에 몸을 맡긴다. 살인죄로 법정에 선 셀마, 사람들의 비난과 왜곡 속에서 그녀는 홀로 뮤지컬을 꿈꾸며 사람들과 춤을 춘다. 죽어 있는 빌을 두고 도망치는 셀마가 상상 속에서는 빌과 춤추는 장면에서 선우는 담담히 그 모습을 응시했다. 조금은 셀마의 마음이 무언지 알 것 같았다. 그러나 법정에서 셀마가 상상으로 판사와 탭댄스를 추는 장면에서 선우는 울어야 할지 웃어야 할지 알 수 없어 무표정해졌다. 너무나 고통스러운 현실 앞에서 상상의 즐거움으로 자신을 단죄하고 공격하는 싸늘한 시선의 사람들과 춤을 추는 셀마, 선우는 그녀의 함께 춤을 추어야 할지 아니면 저들에게서 셀마를 떼어내어 그 고통을 회피하지 말아야 하는 건지 혼란스러웠다. 그녀가 옆에 앉아 있는 민준을 슬쩍 쳐다보았다. 상영 내내 조용하던 그는 인자한 미소를 지으며 셀마를 바라보고 있었다. 그리고 셀마가 신나게 법정 위에 올라 사람들과 박자를 맞추어 신나게 춤을 출 땐 함께 웃음 지었다. 민준의 속을 잠시 엿본 느낌에 선우가 그를 빤히 응시했다. 이 장면에서 같이 웃을 수 있는 그의 모습이 가슴 아팠다. 그녀의 시선을 느꼈는지 민준이 고개를 돌려 선우를 쳐다보았다. 그리곤 작게 속삭였다.

“왜?”

의아하다는 얼굴로 묻는 그에게 선우가 고개를 젓고는 다시 스크린을 응시했다. 어둠 속의 셀마는 댄서가 되어 있었고, 어두운 영화관 안에서 민준과 선우는 다른 연인들처럼 영화를 봤다.

영화가 끝나고 나니 밖은 어둠이 찾아와 있었다. 가볍게 커피를 마시며 영화 이야기를 나눈 두 사람이 차를 타고 그녀의 집으로 향했다.

“갈게요.”

차 안에서 흘러나오는 피아노곡처럼 부드럽고 맑은 인사를 건넨 선우가 차에서 내렸다. 차를 출발시켜 갈 줄 알았던 민준이 차에서 따라 내렸다. 선우가 약간은 경계 어린 얼굴로 그를 쳐다보자 민준이 잠시 머뭇거리며 그녀를 응시했다. 그가 지금 무얼 원하는지 알 것 같았지만 선우는 모른 척하는 얼굴로 그를 응시했다. 차를 사이에 둔 두 사람이 침묵을 지키며 서로를 쳐다보았다. 선우가 가볍게 손을 흔들고 등을 돌리자 등 뒤로 민준의 조심스러운 목소리가 들려왔다.

"같이 있고 싶은데, 괜찮니?"

그녀가 천천히 걸음을 돌려 그를 바라보았다. 적당한 선에서 적당히 만나기를 바라는 사람이 어째서 저런 눈빛을 하고 있는 건지 선우는 혼란스러웠다. 마치 이 순간이 너무나 소중하다는 듯, 마치 그녀를 너무 사랑해서 함께 있고 싶은 유일한 사람인 것처럼 그녀를 응시하는 그가 낯설다. 물론 예전에 사귈 때도 그녀를 아끼고 배려했지만 언제나 테두리 밖에 있는 느낌에 공허했다. 그런데 지금 이 순간 이 사람이 왜 이러는 걸까? 그녀가 약혼까지 깨고 다시 돌아왔다는 것에 새삼 소중하게 느껴지는 걸까?

민준의 마음을 헤아려 보던 선우는 이내 그 생각을 멈추었다. 더 이상 상대가 어떻게 생각하는지, 알고 싶지 않았다. 겉으로 드러나는 것, 그것으로 관계 맺으면 그만이다. 지금 이 순간 그녀 자신이 어떻게 하고 싶은지를 헤아리면 될 일이다. 그녀가 자신의 원룸이 있는 건물을 한번 바라보더니 오랜 침묵 끝에 대답했다.

"당신 집으로 가요. 청소를 안 해서 집이 엉망이에요."

그녀의 공간 안에 그를 들여놓고 싶지 않다는 뜻을 그녀가 에둘러 표현했다. 예전의 그녀라면 있는 그대로의 감정을 보여줬을 것이다.

그녀가 그은 선을 그도 느꼈는지 고개를 끄덕이며 군말하지 않았다. 선우가 차에 오르자 그가 부드럽게 차를 출발시켰다. 조용한 밤길을 달리는 차는 피아노 소리만 흘렀다.

"빌라로 가는 거 아니에요?"

차가 서울 외곽으로 빠져나가니 선우가 묻는다.

"음, 얼마 전에 정리했어."

서울 사무실에 이제는 오전 근무만 하기로 했기에 민준으로서는 아쉽지만 빌라를 정리했다. 선우와의 기억이 고스란히 남겨져 있는 곳이지만, 동시에 그가 가장 고독하고 고통스러운 시간을 보낸 곳이기도 하다. 그의 동굴. 그러나 빌라와 경기도 집을 동시에 관리하기도 힘들었고, 앞으로 다가올 증세를 준비하려면 돈이 필요했다. 사무실은 그가 지분을 가지고 있지만 공동소유로 되어 있어 그가 어떻게 할 수 없는 일이었고, 사무실은 그가 떠나도 그대로 남겨두고 싶었다. 최소한의 흔적, 그가 일했던 곳, 그리고 아버지가 만든 곳, 그 흔적을 남겨두고 싶었다.

자세한 사정을 모르는 선우는 그저 그런가 보다 넘겼다. 다만 그녀와의 기억이 있는 그 집을 정리했다는 것에 가슴 한구석이 스산하다. 그녀가 그에게 어떠한 위치나 존재가 아닌 걸 알면서도 그녀에게 한마디도 없이 정리했다는 것이 새삼 서운했다.

서울을 빠져나가 적막한 도로를 달릴 때쯤 그녀가 창을 열고 시원한 밤 바람의 방문을 허락했다. 무거운 머리 속이 시원하게 비워지는 느낌에 그녀가 깊은 숨을 토해냈다.

"가을이 깊어지네요."

묵묵히 운전을 하던 그가 그 말에 미소 지었다.

"시간 내서 단풍 구경 갈까?"

창밖을 응시하고 있던 선우가 고개를 돌려 그를 바라본다. 그 동안 정신없이 일에만 시간을 쏟아 붓던 사람이 웬일일까? 민우가 죽고 이제 그도 지친 것인가? 하긴 말을 안 해서 그렇지, 그 속이 온전할까. 선우가 웃음을 입가에 그리며 다시 창밖으로 시선을 돌렸다.

"그래요. 시간되면 가요."

"시간이 안 돼도 낼 거야. 그러니까 시간을 만들어봐."

"알았어요."

시멘트로 드러나는 땅바닥과 타이어로 드러나는 차의 바퀴가 맞닿아 길을 달린다. 선우와 민준을 태운 차는 그 두 가지 접점 위에 있었다.

밤늦은 시각이라 이미 윤씨 아줌마는 퇴근하고, 집은 어둠에 잠겨 있었다. 민우가 죽은 후 이제는 낮 시간에만 잠시 집안일을 봐주고 계신지라 민준과도 거의 부딪칠 일이 없었다. 민준도 윤씨 아줌마이기에 마음 편히 집을 맡기고 밖을 다녔다.

선우가 어두운 거실에 불을 켜고 들어가니 윤씨 아줌마가 식탁 위에 쪽지를 남겨두었다.

『냉장고에 반찬이랑 국이랑 준비해 놨어요. 혹시라도 속 못 채우고 왔으면 들어요. 샌드위치도 좀 만들어놨으니까 새벽에 출출하면 요기해요.』

민준이 차를 주차시키고 거실 불을 켜는 동안 선우가 그 쪽지를 보고는 내려놓았다. 쪽지 옆에 하얀 냅킨으로 덮여 있는 큰 접시가 있었다. 비집고 들어갈 틈이 없는 그의 완전한 생활방식에 그녀가 쓴웃음을 짓는다. 민준이 주방으로 들어오더니 쪽지를 보고는 샌드위치 접시를 본다.

"출출해?"

"조금."

저녁을 일찍 먹은지라 출출하긴 했다. 민준은 생각이 없는지 샌드위치 하나를 집어 선우에게 내민다.

"당신 먹으라고 만들어놓은 건데 내가 먹어도 될라나?"

그가 피식 웃으며 그녀를 조용히 응시한다.

"네가 먹는 게 내가 먹는 거야."

샌드위치를 받으려고 손을 내밀던 그녀가 멈칫 그를 빤히 쳐다본다.

“당신, 이상해요.”

“뭐가?”

선우가 고개를 갸우뚱한다.

“그렇게 기름진 말 쓰는 사람 아니었잖아요.”

민준이 쉰 웃음을 토해내며 짧은 순간 눈동자가 흔들렸다. 그리곤 가벼이 대꾸하며 주방을 나갔다.

“나이 들어서 그런가 보네.”

선우가 샌드위치를 한입 베어 먹고는 손에 든 채 민준의 뒤를 따라갔다. 아무래도 일층은 편하지가 않다. 민우가 금방이라도 방문을 열고 ‘선생님’ 하며 뛰어나올 것만 같았다. 일층은 민우와 공존하는 공간이었다.

이층으로 올라가니 민준은 옷을 갈아입고 있었다. 타고나길 건장하고 큰 키라 셔츠를 벗은 그의 상체가 탄탄했다. 하지만 왠지 마른 것 같았다. 좋게 보면 날렵하고 군살이 없는 거지만 왠지 마른 느낌이다. 푹신한 의자에 앉아 샌드위치를 오물거리던 선우가 그의 등을 보고는 멀뚱히 말을 내뱉는다.

“좀 마른 것 같아.”

짧은 순간 티셔츠를 잡고 있던 그의 손이 멈추었지만 그녀는 알 수 없었다.

“요즘 좀 무리를 해서 그래.”

그는 갈아입으려 하던 티셔츠를 침대에 툭 내려놓더니 선우에게 다가왔다. 그리곤 마지막 한 조각을 입에 넣은 선우를 빤히 쳐다본다. 땡땡한 볼로 아작아작 샌드위치를 먹고 있는 그녀가 '왜요?' 라는 표정으로 쳐다보자 민준이 씨익 장난기 어린 웃음을 짓는다. 그리곤 그녀가 상황 파악할 새도 없이 그가 그녀를 안아 올렸다. 그녀가 캑캑거리자 민준이 괜찮냐고 물으며 욕실로 향했다.

두 사람이 뜨거운 물줄기 안에서 샤워를 했다. 마치 오랜만에 만난 연인처럼 웃고 떠들며 장난쳤다.

〈이렇게 즐거우면 된 거 아닌가? 무엇을 바라고 무엇을 주려고 한단 말인가. 서로 이렇게 즐거우면 되는 거지.〉

선우가 웃음을 터뜨리며 거품이 가득한 민준의 머리카락을 주물럭거렸다. 아톰 머리 모양을 한 민준이 선우를 보곤 웃음을 터뜨렸다. 샤워를 끝낸 두 사람이 얼른 욕실 가운을 걸치고 서로를 말려주었다. 민준이 그녀의 머리카락을 수건으로 말려주고는 드라이어를 가져왔다. 침대에 앉아 민준이 그녀의 머리카락을 말려주며 손가락으로 쓸어 내렸다. 샌드위치를 먹고 바로 샤워를 해서 그런지 선우는 나른히 졸음에 겨워했다. 새벽에나 잠들던 그녀인데 말이다. 그녀가 양반다리를 한 채 꾸벅꾸벅 조는 동안 그의 손길은 더 부드럽게 머리를 말렸다. 손끝에 느껴지는 선우의 머리카락, 애달프도록 소중한 이 순간을 그는 어찌해야 하는 건지 알 수 없다. 울컥 가슴이 에이고 저려오지만, 그는 그럴수록 더 머리카락을 부드럽게 만지며 말렸다. 앞으로 다가올 상실과 절망에 취해 울기에는 이 순간이 너무 애틋하다.

울 시간이 없다. 만져도 만져도 모자를 시간이여.

어느새 잠든 그녀를 그가 조심스레 침대에 눕히고 베개를 베어주었다. 태영과의 일로 알게 모르게 심적으로 많은 고통을 겪었으리라. 민준이 잠들어 있는 그녀를 가만히 내려다봤다. 그로 인해 상처받고 그로 인해 눈물 흘린 선우, 그리고 그로 인해 아이를 지우고 그로 인해 모든 걸 줄 수 있는 남자를 손에 놓아버린 선우. 너를 어찌하면 좋을까? 너에게 절망과 고통을 안겨주면서도 여전히 너를 잡고 싶어하는 나를 어찌해야 좋을까? 민준은 가슴 깊이 삭힌 눈물을 참을 수 없어 고개를 숙이고 웅크렸다. 그가 조심스레 선우의 한쪽 손을 두 손으로 잡았다. 곱고 작은 손이 그의 두 손에 들어오니, 애통하다. 깊은 적막 속에 그가 꾸역꾸역 비통한 울음을 삼켰다. 이미 창밖은 어둠으로 짙어져 유리창은 방 안을 비추었다. 그가 멍하니 그 유리창에 비친 방 안을 응시했다. 잠이 오질 않는다. 아니, 잠을 잘 수가 없다. 흘러가는 시간이 아깝고 아까워서 잠을 잘 수가 없다.

그가 조심스레 선우의 곁에 누웠다. 눈을 감고 잠을 자기에는 너무나 아까운 시간이라 잠들어 있는 선우를 바라봤다. 낮은 숨을 토해내는 그녀의 숨결에 귀 기울이고, 팔딱대며 뛰는 그녀의 목 언저리를 바라본다. 그리고 자신으로 인해 수술을 받은 그녀의 몸을 어루만졌다. 부드러운 그녀의 살결이 그의 손끝에 아스라한 감촉으로 새겨졌다. 그가 그녀의 아랫배를 쓰다듬으며 떠나 보낸 아이와 선우에게 용서를 빌었다. 그리곤 찬바람 들어오지 않게 이불을 끌어 올려 자신과 선우를 덮었다. 아늑하고 나른한 따스함이 두 사람을 감싼다. 그는 선우의 몸을 안고 그렇게 누워 있었다. 잠을 잘 수가 없다.

새벽녘, 동이 트기 직전에 선우가 깨어났다. 오랜만에 일찍 잠이 들어 그런지 일찍 눈이 떠졌다. 주위를 둘러보니 그는 없고 혼자만 침대에 누워 있다. 화장실에 간 걸까? 선우가 욕실이 있는 곳을 힐끗 쳐다보았는데, 욕실에서는 아무런 소리도 들리지 않았다. 그가 돌아오기를 기다리며 민준의 체취가 배어 있는 베개에 얼굴을 묻었다. 조금 더 자야 몸이 개운할 것 같았다. 그러나 낯선 방에서 다시 잠드는 게 쉽지 않았다. 결국 그녀가 이불을 걷어내고 일어났다. 이제 보니 목욕 가운을 입은 채 잠이 들었다.

그녀가 머리카락을 긁적이며 방을 나갔다. 아래층에 있는 건가 싶어 거실을 가로지르려는데, 그의 서재에서 불빛이 새어나오고 있었다. 오래전에 그녀가 계좌번호를 알려주며 처음 마주 앉았던 곳, 서재는 그만의 성역과 같은 곳이라 그 이후에는 들어가 본 적이 없는 그녀였다. 잠시 내버려 둘까, 선우가 망설였다. 새벽에 잠 못 자고 서재에 있는 걸 보면 일 때문인 것 같기도 해서 들어가자니 그의 공간을 침범하는 것 같았다. 선우가 서재 방문을 뚫어지게 노려보았다. 이런 순간마다 다가가야 하는 건지, 내버려 두어야 하는 건지 헤아려야 하는 이 상황에 정말 짜증이 났다.

결국 궁금증을 참지 못하고 그녀가 조심스레 서재 방문을 들여다보았다. 살짝 열린 문틈 사이로 그가 보였다. 그는 무슨 약한 알을 입에 넣더니 물을 마시고 고개를 들어 삼켰다. 이걸 어떻게 표현해야 할까. 알 수 없는 한기가 그녀의 가슴속을 스쳐 지나가는데, 너무 짧은 순간의 한기라 잡아챌 수가 없는 느낌. 선우가 조심스레 문을 여니, 그가 무표정한 얼굴로 그녀를 쳐다본다.

"깼어?"

그녀가 책상 위에 있는 물과 약병을 쳐다보며 멀뚱히 물었다.

"어디 아파요?"

그는 미간을 찌푸리며 웃었다.

"아…… 두통 때문에."

그녀가 막연한 얼굴로 맹하니 고개를 끄덕였다. 뭔가 다른 생각을 하기도 전에 민준이 그녀에게 다가왔다. 그리곤 그녀의 손을 잡고 방으로 이끌었다.

"조금 더 자자. 아직 날도 안 밝은데."

약간 어리둥절한 얼굴로 그녀가 방으로 들어갔다. 민준이 침대에 누워 잠을 청하니 더 뭐라고 물을 수 없어 그녀도 함께 잠을 청했다. 이불을 목까지 끌어 올렸으면서도 이상하게 한기가 들고 추웠다. 선우가 약간 몸을 떨며 이불속으로 파고들자 민준이 그녀를 끌어안았다. 그의 품속이 따뜻하고 넓어 그녀가 편안한 얼굴이 되었다.

얼마나 잠들었던 걸까? 그녀가 일어나 보니 창밖이 훤하다. 아침을 한참 지난 듯 햇살이 방 안으로 쏟아져 들어왔다. 그녀 옆에 민준이 노곤한 듯 깊이 잠들어 있었다. 새벽에 한 번 깨서 그런지 늦게까지 잠든 모양이다. 선우는 한껏 기지개를 켜고, 조용히 침대에서 내려왔다. 새벽까지 잠들지 못한 것 같은 민준이 더 잠들 수 있도록 그녀가 창문으로 들어오는 햇살을 커튼으로 가렸다. 그리곤 살짝살짝 걸어 가운을 챙기고는 방을 나왔다. 아래층에서 씻어야겠다는 생각에 그녀가 일층으로 내려가는 계단을 걷는데, 아래층에서 발소리가 들려왔다. 냉장고 문을 여는 소리, 닫는 소리가 뒤를 이었다. 선우가 멈칫 계단 중간에서 걸음을 멈추었는데, 주방에서 나온 윤씨 아줌마와 눈이 딱 마주쳤다. 민망스럽기도 하고 난감하기도 하여 그녀가 아무 말도 못하고 그 자리에 멈추어 있었다. 윤씨도 약간 당황스러운 듯 그녀를 쳐다보더니 이내 상황을 깨달았는지 눈동자에 얄궂은 웃음기를 담았다.

"어머, 선우 씨. 오랜만이네."

"아…… 예, 그게……."

문득 그녀의 눈에 입고 있는 옷이 들어온다. 민준의 티셔츠에 가운을 걸치고 있으니 둘러댈 수 있는 말이 없었다. 그녀가 느슨한 가운을 여미며 다시 이층으로 올라가 옷을 갈아입을까 고민하는데 윤씨의 넉살 좋은 말이 이어졌다.

"아니, 언제부터 민준이랑 그런 사이야?"

에두르지 않고 직접적으로 묻는 윤씨의 말이 조금 당황스럽지만, 차라리 속은 시원했다. 선우가 배시시 민망한 웃음을 지으며 대답했다.

"얼마 안 됐어요."

윤씨 아줌마는 선우가 민준이와 연결된 게 기쁘다는 듯 호기심이 가득한 얼굴로 그녀에게 다가왔다.

"민우가 선우 씨를 찾더니, 형이랑 연결해 주려고 그랬었나 보네."

그녀가 어디서부터 말을 해야 할지 몰라 우물쭈물거렸다. 윤씨의 수다가 이어졌다.

"아휴, 민준이도 음흉하기도 하지. 여태 아무 말도 없었으니."

그녀의 얼굴에 쓰디쓴 그림자가 스쳐 지나가는 것도 모르고, 윤씨는 얼른 선우에게 필요한 것을 묻는다.

"뭐? 물 마시려고 내려온 거야?"

"아뇨. 씻으려고요."

"아이고, 내 정신 좀 봐. 화장실 갔다 온다는 게. 잠깐만 기다려."

"예."

윤씨가 욕실로 들어갔다. 주방을 보니 국을 올려놓았는지 부글부글 끓는 소리가 났다. 선우가 물을 마시려고 주방으로 들어갔다. 가스레인지 위에 들통으로 사골이 끓고 있었다. 누가 먹는다고 저렇게 많이 끓이나 싶었지만 한편으론 손이 큰 윤씨 아줌마의 넉넉함에 푸근함이 느껴졌다. 그녀가 하얗게 우러나는 국물을 구경하다 냉장고에서 물을 꺼냈다. 보리차인 줄 알고 생각없이 물을 한입 마시던 그녀가 오랜만에 먹는 민준의 집 물맛에 컵을 올려 쳐다보았다. 이 집에서는 상황버섯을 끓인 물을 마셨는데, 면역력을 높이는 효능이 있다 해서 민우를 위한 것이었다. 민우가 갔음에도 아직 습관처럼 상황버섯을 끓인 물을 먹고 있다는 게 새삼 그녀의 속을 후빈다. 그녀가 먹히지 않지만 컵에 남은 물을 다 마셨다. 왠지 남겨서는 안 될 것 같았다. 윤씨 아줌마가 주방으로 들어오더니 사골 끓는 걸 힐끔 쳐다본다. 선우가 어색해서 괜한 말을 꺼냈다.

"아직 이 물, 마시네요."

"으응. 상황버섯이 하도 비싼 거라 바꾸려고 했는데 민준이 그냥 몸에 좋은 거니까 마시자고 하더라고."

"예."

그녀가 멀뚱히 고개를 끄덕이곤 컵을 개수대에 넣었다. 윤씨가 사골 위에 뜬 기름기를 걷어내며 지나가는 말처럼 중얼거렸다.

"요즘 몸이 많이 안 좋은가 봐. 회사도 낮에만 잠시 갔다 오고 집에 오면 내쳐 잠만 자."

"몸이 좀 마른 것 같더라고요."

"에휴, 왜 아니겠어. 민우 보내고 티는 안 냈지만 많이 힘들었겠지."

기름기를 대충 걷어낸 윤씨가 이번엔 냄비에 물을 부어 가스 레인지 위에 올렸다. 그리곤 냉장고에서 나물을 꺼내어 다듬었다. 선우가 도와줄까 하다가 가운 입고 안 씻은 얼굴인 걸 깨닫고는 주방을 나오는데, 등 뒤에서 중얼거리는 윤씨의 목소리가 들려왔다.

"요즘 민준이 통 밥을 못 먹네. 밖에서 먹는 건지. 해놓고 가면 거의 다 그대로 남아 있으니 음식을 하면서도 신이 안 나. 저 사골도 다 먹을 수 있으려나 모르겠네."

"예."

민준이를 챙기라는 뜻인 건지 아니면 아줌마 혼자 투덜거리는 건지 알 수 없었지만, 그녀에게 하는 말 같아 선우가 대충 고개를 끄덕이며 들었다는 표시를 했다. 가슴에 한기가 스쳐 지나갔지만 그녀가 애써 그 느낌을 무시하고 욕실로 들어갔다.

잠시 후 말끔히 씻은 얼굴로 다시 이층으로 올라가니 그는 여전히 잠들어 있었다. 옷을 갈아입은 그녀가 침대 끄트머리에 앉아 그를 응시했다.

'설마…….'

생각하는 것 자체가 무서운 일이라 그녀가 떠오르는 생각 자체를 부정하며 고개를 저었다. 민우가 죽었을 때 대충 ALS에 관해 인터넷으로 조사를 하며 읽어는 보았지만 자세한 건 몰랐다. 발병 증세나 특징, 밝혀지지 않은 원인 등만 알 수 있을 뿐이었다. 유전이 되는 병이라고는 생각해 본 적도 없고, 이렇게 무서운 병이 유전이 될 수도 있다는 생각도 못했다. 원인 자체가 규명되지 않은 병이었고, 거의 우연히 찾아든 벼락처럼 찾아오는 병으로 알고 있었다. 그녀가 애써 이상한 한기를 떨쳐 내며 너털웃음을 지었다.

'아니야. 그동안 이 사람이 일이 많아서 그런 거야.'

그렇게 스스로를 설득하듯 그녀가 고개를 저었다. 그러나 잠들어 있는 민준의 얼굴을 가만히 바라보며 마음속에 계속 떠오르는 불안함을 떨쳐 낼 수는 없었다.

결국 그 방을 조용히 나온 선우가 서재로 들어갔다. 어제 새벽에 그가 먹은 약이 정말 두통약인지 그것만 확인하고 싶었다. 책상 위에 있는 약병에서 그녀가 약 한 알을 꺼내어 주머니에 넣었다. 흰 약병에는 약에 대한 설명이나 이름이 붙어 있는 상표가 떼어져 있었다. 그녀가 낮은 한숨을 뱉어내며 서재를 나왔다. 아래층에서 윤씨 아줌마의 목소리가 울렸다.

"선우 씨, 민준이 일어나려면 멀었어?"

그녀가 계단이 있는 곳으로 걸어가며 대답을 하려 하는데, 방 안에서 부스스한 민준이 나오며 대답했다.

"예, 아주머니. 저 깼어요. 커피 좀 준비해 주세요."

"알았어요."

민준이 부운 눈으로 선우를 확인하곤 눈을 껌벅인다. 그리곤 다가오더니 그녀를 품에 안고는 목덜미에 입맞춤을 했다.

"잘 잤니?"

방금 전의 불안함을 잊고 선우가 그의 머리카락을 헝클어뜨리며 웃었다.

"업어가도 모르겠어요, 자는 거 보니까."

"음. 오랜만에 단잠을 잤네."

그의 말 사이사이 웃음소리가 새어나왔다.

그가 씻는 동안 선우가 아래층으로 내려가 윤씨를 도왔다. 커피를 마시는 동안 윤씨 아줌마가 나물이며 찌개며 식사를 준비했다. 반찬이 많이 남은지라 아줌마는 찌개랑 새 나물 한 가지만 더 하면 되었다.

"기다려, 금세 할 테니까."

민준이 빙긋이 웃는다.

"천천히 하세요. 그냥 구경하는 거예요."

옆에서 커피를 마시던 선우가 그런 그를 쳐다본다.

"회사 안 나가도 돼요? 나는 뭐, 프리랜서라 상관없지만."

"아, 좀 쉬기로 했어. 당분간. 다음 일 맡을 때까지 휴가를 받았다고나 할까."

"쉬긴 쉬어야 해요. 그동안 무리했던 건 사실이니까."

민준이 씁쓸한 웃음을 입가에 그리더니 윤씨 아줌마 대신 냉장고에서 반찬을 꺼내었다. 윤씨가 찌개를 맛보다가 얼른 손사래를 친다.

"놔둬요, 내가 할 테니."

그가 반찬 그릇 하나씩 뚜껑을 열었다.

"아니에요. 하고 싶어서 그런 거예요."

근육의 퇴행을 늦추려면 손과 발을 꾸준히 써야 한다. 그가 접시를 가져와 젓가락으로 반찬을 조금씩 옮겨 담았다. 그 모습을 보는 선우는 이 사람에게 이런 면이 있었나 싶어 신기한 듯 구경했다.

두어 시간 후 식사를 마치고, 민준과 동네 근처를 가볍게 산책하고 돌아온 선우가 서울로 올라갈 채비를 했다. 그와 더 보내고 싶지만, 마감이 코앞에 닥쳐오기 전에 기사를 써야 했다. 정작 기사를 쓰는 시간보다 그 기사를 구상하고 이런저런 생각에 여유 시간이 필요했다. 민준이 자신도 회사에 들를 일이 있다며 나갈 준비를 했다. 항상 양복만을 입었던 그가 오늘은 연한 감색의 니트에 고동색 면 바지를 입었다. 푸른색과 회색 계열을 좋아하는 그였지만, 요즘 따라 다양한 색감의 옷을 입어보고 싶어했다. 그의 달라진 옷 스타일에 선우가 잠시 장난스런 탄성을 보내니 민준이 쑥스러운 듯 짐짓 무표정한 얼굴을 만들었다.

차는 다시 서울로 향했고 선우의 집 근처에서 멈춰 섰다. 그녀의 볼에 입맞춤을 하며 그가 작별인사를 건네니 선우가 미소를 지었다. 하지만 그녀의 눈동자가 경계 어린 빛을 띠었다. 민준이 그런 선우를 한참을 바라보더니 이내 차를 출발시켜 사라져 갔다. 그녀가 골목길에 우두커니 서서 사라져 가는 차를 바라보았다. 그녀 자신도 모르게 한숨이 새어나왔다. 즐겁고 재밌는데 어째서 이리도 허전하고 쓸쓸한 걸까. 어느 정도 다 마음을 정리하고 그냥 있는 그대로를 받아들이고 즐기자는 쪽으로 결론지었다고 생각했는데 말이다. 알 수 없었다. 허전함이 어디에서 오는 건지. 그게 민준과의 관계 때문인지, 아니면 가족에게서 느꼈던 소외감과 결핍 때문인지, 그것도 아니면 그냥 원래 사람과 사람이 헤어지고 나면 이렇게 허전한 건지. 알 수 없었다. 원래 인간은 고독한 거니까, 각자의 몫은 각자가 알아서 짊어지고 가는 거니까, 결국 선택의 순간은 혼자니까 그런 것일까? 다시 그녀의 머리 속이 복잡해져 갔다. 선우가 비집고 들어와 다시 정중앙을 차지하려는 상념을 내쫓았다. 그만 하고 싶을 뿐이었다. 고민과 상념, 이젠 지친 그녀다.

멈춰 있는 발을 움직여 그녀가 골목길 안으로 걸어갔다. 가는 도중 약국이 보이자 그제야 주머니 안에 챙겨 넣은 약이 생각났다. 주머니에 있는 약을 꺼낸 선우가 손바닥 위에 있는 그 약을 뚫어지게 노려본다. 알고 싶기도 하고 알고 싶지 않기도 한 마음. 두통약이라는데 굳이 알아보려 하는 자신이 웃기기도 하다. 하지만 눈에 띄게 몸이 마르고, 밥을 잘 못 먹고 있다는 윤씨 아줌마의 말이 그녀의 머리 속을 맴돌았다. 결국 망설임을 거두고 그녀가 약국 안으로 들어갔다. 약사는 손님이 없어 멍하니 밖을 구경하고 있었다. 그녀가 들어가자 약사가 얼른 의례적인 미소를 지으며 어서 오라고 말을 건넨다.

“저기…… 좀 묻고 싶은 게 있어서 그런데요.”

“예.”

약사는 약을 안 지어도, 일단은 말을 건네는 손님이 왔다는 게 반가운지 친절하게 굴었다. 선우가 손에 있는 한 알의 약을 약사에게 내밀며 말했다.

“저, 이 약 이름이 뭔지 알 수 있나요? 어떤 병에 먹는 건지도 좀…….”

약사는 건네받은 약을 손가락 엄지와 약지로 집어 올리곤 한참 동안 이리저리 살폈다. 약사의 미간이 찌푸려졌다.

“글쎄요, 잘 모르겠는데요. 워낙 약 종류가 많으니까요. 육만 가지가 넘거든요. 똑같이 생긴 약도 허다하고요.”

왠지 맥이 탁 풀리는 느낌에 선우가 허탈한 미소를 그렸다.

“아, 네……. 그렇군요.”

대략 고맙다는 인사를 건넨 선우가 약을 챙겨 넣고 약국을 나왔다. 자신이 괜히 신경이 예민한 건가 싶어 쓴웃음이 났다.

집에 돌아온 그녀가 기사를 준비하기 위해 컴퓨터를 켰다. 그리곤 옷을 갈아입고 커피를 준비했다. 요즘 정신이 없어 집 안이 엉망이라 그녀가 여기저기 흩어져 있는 옷들을 모아 세탁기에 넣었다. 집 안 가득 세탁기 돌아가는 소리, 보글보글 커피 내리는 소리가 섞여 흘러나왔다. 오랜만에 방바닥과 거실을 걸레로 닦고, 잔뜩 밀려 있는 설거지도 후딱 해치웠다. 한결 시원하고 기분이 좋아졌다. 그녀가 베란다로 향하는 창문을 활짝 열고 가을의 햇살과 바람을 가득 들어오게 했다. 세탁기는 어느새 빨래가 다 되었다며 어설픈 음악을 연주하고, 집 안은 방금 뽑은 커피 향으로 고소한 기운이 감돌았다. 그녀가 베란다에 빨래를 널고 방금 씻은 컵에 커피를 따랐다. 한낮의 햇살이 어느새 한 풀 꺾여 노르스름 해져 있었다. 주인을 기다리고 있던 컴퓨터는 여러 개의 창을 열어놓고 주인이 읽어야 할 기사를 보여주고 있었다. 그녀가 이런저런 기사를 훑어보며 커피를 마셨다. 그러다 루게릭이란 이름으로 인터넷을 검색하는데, 내용이 다 거기서 거기였다. 그녀가 궁금한 건 알 수 없었다. 결국 궁금증을 참지 못한 그녀가 민준의 집으로 전화를 걸었다. 그녀의 생각대로 아직 퇴근하지 않은 윤씨 아줌마가 전화를 받았다.

[응, 선우 씨? 민준이 아직 안 들어왔는데.]

"아뇨. 아주머니한테 여쭤보고 싶은 게 있어서요."

[나한테?]

"네."

[뭔데?]

"민우가 입원했던 병원이 어디에요?"

[그건 왜 갑자기?]

"아뇨. 그냥 민우 생각이 나서요."

[아…… 거기가 그러니까 서울대학병원인가 그럴 거야.]

"예, 그렇군요. 그런데 아주머니, 이거 민준 씨한테는 말하지 말아주세요."

[왜?]

"민우 생각나게 해서 힘들어할까 봐요."

[그래, 그렇긴 하다. 알았어.]

"참, 그리고 민우 담당의사 분 성함이 뭐였어요?"

윤씨는 기억이 가물가물한 듯 뜸을 들였다.

[그게, 잘은 기억이 안 나고. 강 뭐시기 박사 했던 것 같은데.]

통화를 끝내고 선우가 곧장 서울대학병원을 인터넷으로 검색했다. 진료과목을 보니 신경과, 신경정신과, 마취통증의학과 등의 글자가 눈에 들어왔다. 루게릭이 신경과라는 걸 알고 있는 그녀가 신경과 홈페이지를 여니 담당 의사들과 연락처가 나왔다. 또 강씨 성을 가진 의사가 한 명 있었다. '강우섭', 진료는 일주일에 두 번 오전 진료만 있었다. 그녀가 시계를 확인해 보니 이미 다섯 시가 다 되어가는 시간이었다. 전화를 걸어 강우섭 박사의 연락처를 알 수 있냐고 물으니 알려줄 수 없다는 대답만 들려왔다. 결국 전화 받은 사람에게 쪽지를 남겨달라고 부탁을 하고, 그녀의 연락처를 남겨놓았다. 우리 나라 희귀병 지원실태에 관해 짧은 취재를 요청한다는 내용으로 말이다.

그렇게 그날은 지나갔다. 잠시 끈덕지게 물고 늘어진 느낌에 잠시 멍해 있던 그녀가 일을 하기 위해 생각을 비웠다. 아니, 한쪽으로 미뤄두고 잠가놓았다. 유리공예가의 기사를 쓰려면 일단 우리 나라 유리공예의 상황과 외국의 상황을 자세하게 알아야 이 사람이 어떤 위치와 방향으로 가고 있는가 알 수 있다. 그녀가 자료를 뽑아 읽고 검토하는 데만 해도 하루는 금세 지나갔다.

새벽녘에야 잠든 그녀가 깨어난 것은 핸드폰 벨소리 때문이었다. 아침 햇살에 잔뜩 눈살을 찌푸리며 전화를 무시하려 했지만, 어제 연락한 강우섭 박사가 퍼뜩 생각났다. 그녀가 허둥지둥 침대에서 일어나 핸드폰을 잡아챘다. 모르는 번호였다.

"예, 지선우입니다."

[어제 연락 주셨던 분이신가요?]

"혹시 강우섭 박사님이세요?"

[예, 맞습니다. 취재 때문에 연락이 왔다고 해서요. 저 그런데 지원실태에 관련된 거라면 보건복지부나 한국희귀난치성질환연합회에 문의하셨으면 합니다. 저는 아무래도 의료 쪽이라.]

강 박사는 이런 전화에 익숙한 듯 준비된 듯한 말을 술술 풀어냈다. 하기야 강 박사가 한국 ALS 협회 회장을 맡고 있는지라 사람들이 그에게 먼저 연락을 하는 게 부지기수였다. 선우가 얼른 속내를 드러냈다.

"저기, 강우섭 박사님. 사실은 제가 개인적으로 물어보고 싶은 게 있었습니다. 그런데 연락처를 알려주지 않아 그런 메모를 남겼습니다."

강 박사가 침묵을 지켰다. 민우 이야기를 꺼내려던 선우가 좀 더 머리를 굴렸다. 의사 입장에서는 환자의 병을 알리지 않아야 하는 의무가 있다는 것을 잘 알고 있었다.

"권민준 환자 알고 계시죠?"

그녀가 다 알고 있다는 듯한 태도를 취하며 물었다. 심장이 오그라지기 직전의 상태가 이런 것일까. 선우가 숨을 멈춘 채 강 박사를 뚫어지게 쳐다보았다. 강 박사의 염려스러운 대답이 들려왔다.

[민준이한테 무슨 일 있는 겁니까?]

그녀의 질문이 뜬금없다는 반응이 아니었다. 그건 환자에게 어떤 일이 생겼는지 궁금해하고 걱정하는 반응이었다. 또 개인적으로 민준을 아는 듯한 태도였다. 선우가 숨을 쉴 수 없는 사람처럼 입을 벌리고 그대로 정지됐다. 그녀가 한쪽 손으로 심장이 있는 가슴 부근을 움켜쥐고 부들부들 떨었다. 간신히 그녀의 입에서 말이 새어나왔다.

"박사님, 지금 좀 뵐 수 있을까요?"

한 시간 후 선우가 대학로에 있는 서울대학병원에 도착했다. 전화를 끊자마자 세수만 하고 달려나온 그녀였다. 어제 입은 옷 그대로 다시 입은 채 정신없이 대학로로 온 그녀는 새벽까지 일하고 잔 탓에 얼굴이 까칠하고 머리는 헝클어져 있었다. 손이 부들부들 떨리고, 입은 메말랐다. 그 짧은 순간 사이에 그녀는 지옥의 길목을 갔다 온 사람처럼 두 눈이 날카로웠다. 강 박사의 진료실에 도착하니 환자들이 대기하고 있었다. 평범한 사람과 증세가 심한 사람들이 의자에 앉아 차례를 기다렸다. 선우가 간호사에게 다가가 이름을 말하니 진료실로 들어가 보라고 한다. 아마도 강 박사가 미리 간호사에게 말을 해놓은 듯싶었다. 사람들은 갑자기 나타난 그녀가 차례도 기다리지 않고 들어가니 의아해한다. 마음 한구석 그녀만의 문제만 우선시하는 것 같아 미안했지만, 그래도 지금 그녀 눈에 들어오는 건 아무것도 없었다. 인자한 얼굴이지만 눈빛만은 단단하고 여문 강 박사가 선우를 보곤 대뜸 묻는다.

"민준이랑 어떤 사이입니까?"

갑작스럽게 맞닥뜨린 질문에 그녀가 멍해졌다. 한참 동안 입술을 벙긋거리며 말을 잇지 못하던 선우가 마침내 자신 안의 진실을 토해냈다.

"권민준 씨를…… 제가 사랑합니다."

그는 선우를 가만히 쳐다보더니 의자에 앉으라고 손짓을 했다. 마음을 진정하고 이야기를 하자는 태도였다. 선우가 떨리는 다리를 움직여 의자에 앉았다. 강 박사가 묻는다.

"그런데 민준이한테 무슨 일이 있는 겁니까?"

아직은 심한 증세가 나타날 때가 아니라 강 박사는 의아하다. 하지만 알 수 없는 것이 이 병이니 마음이 철렁 내려앉았다. 부모도, 혈육도 없는 민준이니 강 박사는 아버지 같은 심정이었고, 그러다 보니 앞에 있는 선우가 그냥 모르는 여자로 보이지 않았다. 선우가 절박한 눈빛으로 강 박사를 쳐다보았다.

"민준 씨도 그 병에 걸린 건가요? 민우가 걸렸던 그 병에 걸린 거예요?"

더 이상 머리를 굴려 대화를 이어나갈 수 없었다. 병을 아는 듯한 행동을 취했지만, 지금 그녀의 머리 속은 오로지 그 질문 뿐이었다. 입에서 먼저 그 질문이 터져 나왔다.

상황을 파악한 듯 강 박사의 얼굴이 굳어졌다.

"본인한테 직접 들으세요."

아니다. 그녀가 듣고 싶은 건 저 말이 아니었다. 루게릭에 걸렸다는 말을 본인한테 들으라는 대답이 아니라, 루게릭에 걸린 게 아니라는 대답을 듣고 싶은 선우였다. 그녀의 얼굴이 일그러졌다.

"대답해 주세요."

"본인한테 들으세요. 가족이나 배우자가 아닌 분에게는……더 더욱……."

끝말을 더 잇는 게 잔인하다고 느꼈는지 강 박사가 하던 말을 멈추었다. 절실함이 가득한 눈동자로 강 박사를 쳐다보던 선우가 그 말에 시선을 내렸다.

〈그래, 나는 그에게 아무것도 아니었지.〉

오랫동안 민준을 지켜본 강 박사는 선우란 이 아가씨가 민준에게 어떤 존재인지 느낄 수 있었다. 권길영이 죽고 민우를 보살피면서도 주위 사람들에게 곁을 안 주는 민준이었다. 민준이가 그렇게 되기까지 어떤 고통을 겪었을까 알 수는 없지만 대충은 느낄 수 있었다. 그런 민준이가 이 아가씨에게는 곁을 준 것

이다. 민우를 알고, 말하지 않았음에도 민준의 병을 느낄 정도
로 이 아가씨를 사랑한 것이다. 그런 민준이를 사랑한다고 말하
는 선우라는 이 아가씨도 가슴 아프지만, 강 박사는 민준이의
옆에서 이 여자가 떠나지 않았으면 하는 바람이 더 크다. 아무
도 없는 민준이가 이 여자로 인해 악착같이 생의 끈을 놓지 않
았으면 하는 바람이다. 강 박사의 마음속 갈등이 치열하다. 의
사로서 말하면 안 된다는 것을 알면서도 권길영의 친구로서, 민
준이를 지켜본 아버지 같은 사람으로서 말해 줘도 되는 게 아닐
까 말이다.

그가 갈등의 한가운데에서 침묵을 지키고 있는데, 선우가 자
신의 가방에서 까만 명함집을 꺼냈다. 흔들렸던 그녀의 눈동자
는 단단해져 있었고, 하얗게 질려 있던 얼굴은 가면을 쓴 듯 차
분했다. 그녀가 명함 한 장을 꺼내 강 박사에게 내밀었다. 명함
에는 ‘월간 Culture 지선우 기자’ 라는 글씨가 인쇄되어 있었
다.

“ALS에 관해 몇 가지 질문에만 답해주세요.”

취재를 요청하는 기자로서 선우가 말했다. 갈등하고 있던 강
박사가 고개를 끄덕였다.

“루게릭이라 불리는 이 병은 유전인가요?”

“ALS가 가족적으로 발생하는 경우는 전체 ALS 환자의 5%에
서 10% 정도예요. 이중 소수가 유전자의 이상이 있는 것으로 밝
혀져 있습니다.”

“제가 알기로는 사십대에서 오십대 사이에 많이 발병한다는데, 젊은 사람도 발병을 하나요?”

“……드물긴 하지만 발병합니다. 전체적으로 사십대에서 칠십대 사이에 80% 정도이고, 대부분 오십대 중반에 발병하죠. 성별로는 남자가 여자보다 3대 2의 비율로 조금 더 많이 나타납니다.”

담담히 질문을 던지던 선우가 힘겹게 목 안에 걸린 무언가를 삼켰다. 손은 차가웠고 바들거렸다. 그녀가 주먹을 쥐어 떨림을 막고, 다시 질문을 던졌다.

“우리 나라에…… 형제 모두 발병한 경우가 있습니까?”

강 박사가 잠시 침묵을 지키다 짧게 대답했다.

“……있어요.”

손끝으로 전기가 흐르는 걸까. 따끔따끔 살갖이 쓰라리다. 선우가 민준을 떠올리며 작은 목소리로 간신히 마지막 질문을 했다.

“초기증상이 어떤가요?”

질문의 의도를 알고 있는 강 박사가 그녀가 앞으로 보게 될 미래까지 설명해 주었다.

“아무 통증도 없이 근육에 힘이 빠지고, 마르는 것이 특징이에요. 처음에는 부분적으로 증상이 나타나지만 점차 주위로 퍼져서 결국은 전신의 근육이 모두 약해집니다. 손이나 팔에서 증상이 시작되는 경우가 가장 흔하고, 다리에서 시작되는 경우가 그 다음입니다. 병이 진행되면 몸의 운동 기능이 약해져서 간단한 일상생활도 힘들어지게 돼요. 발음이 제대로 되지 않아서 대화가 어려워지고, 호흡근육이 약해져서 서서히 호흡곤란을 느끼게 됩니다."

조용히 강 박사의 대답을 듣고 있던 선우가 손에 쥐고 있던 명함집을 가방에 넣었다. 얼마나 살 수 있는가 따위는 묻지 않았다. 그런 건 묻지 않아도 이미 알고 있었다. 의자에서 일어난 그녀가 고개 숙여 인사를 건넸다. 그리곤 읊조리듯 낮게 중얼거렸다.

"취재에 응해주셔서…… 감사합니다."

그리곤 터벅터벅 걸음을 옮겼다. 강 박사가 어떤 말을 하려다 이내 입을 다물었다. 진료실 문이 열리고 그녀가 복도로 나갔다. 아무것도 보이지 않고 아무것도 들리지 않았다. 어떻게 병원을 나왔는지 알 수 없다. 그저 멍하니 걸을 뿐이다. 햇살로 청명한 가을 하늘이 어둠에 잠긴 듯 회색이다. 이상하다. 지금은 낮인데, 어째서 주위가 이토록 어두운 걸까. 앞이 잘 보이지 않는다. 구름이 꼈는가. 세상이 부옇다. 그녀의 눈에서 눈물이 흘러내렸지만 선우는 알지 못했다. 그저 세상이 온통 뿌연 물에 잠긴 듯 흐릿하고 어지럽다.

병원 건물 밖으로 이어진 길을 그녀가 걸었다. 넋을 잃은 사람처럼 터벅터벅 길 따라 걸었다. 다리는 지 스스로 움직여 버스 정류장으로 향하고 있었다. 인도와 도로 사이에 나무들이 차

레로 그녀를 스쳐 지나가고, 사람들도 제각기 길을 걷는다. 가방을 손에 쥔 채 묵묵히 길을 걷던 그녀가 어느 순간 그 자리에 털썩 주저앉았다. 땅바닥에 주저앉는 젊은 여자를 사람들이 힐끔거리며 스쳐 지나갔다. 선우가 몸을 웅크리고 가슴을 쥐어뜯는다. 찢어질 것 같은 심정이라고 한단다. 그런 말들이 있다. 가슴이 찢어지고 에인다고 한단다. 그런 표현이 있다. 선우가 지금 그랬다. 숨을 쉴 수가 없다. 그녀가 입을 벌려 숨을 들이키려 하지만 공기가 들어오지 않는다. 찢어질 것 같은 가슴을 그녀가 손으로 잡아뜯고 마침내는 주먹으로 쳤다. 그녀의 입에서 찢어질 듯 허공을 가르는 비명이 터져 나왔다.

"아아아아아아아아아아아!!"

〈흘러라, 눈물아. 네가 흘러서 현실이 바뀔 수만 있다면 내 눈 짓무르도록 흘러내려라. 삼켜라, 고통스러운 신음을. 삼켜서 사랑하는 사람을 살릴 수만 있다면 내 가슴 문드러지도록 삼키고 삼켜라. 고통은 두렵지 않다. 상처도 두렵지 않다. 두려운 건, 두려운 건, 너를 잃는 것. 사랑하는 너를 영영 잃게 된다는 것.〉

어느새 해가 저물었다. 눈물은 메말랐고, 고통도 느껴지지 않는 무감정이 찾아왔다. 그녀가 무표정한 얼굴로 버스 정류장 의자에 앉아 있었다. 아무런 것도 느껴지지 않았다. 그러나 다리가 움직이지 않았다. 움직이고 싶지 않았다. 두어 시간째 그냥 의자에 앉아 왔다가 가버리는 버스를 구경했다. 사람들이 하나둘씩 버스를 타고 사라졌고, 또 다른 사람들이 정류장에 서서 다른 버스를 기다렸다. 버스가 왔다. 사람들을 태운다. 그녀가 타야 할 버스임에도 함께 탈 수가 없다. 그 버스를 타고 그녀의 삶으로 돌아가야 하는데, 갈 수가 없다. 정류장 그 자리에서 멈추어 있을 뿐이다. 차마 갈 수가 없다. 버스 기사가 힐끗 그녀를 쳐다보더니 이내 차를 출발시켜 사라졌다. 자신이 가야 할 도로를 내달리며 사라져 가는 버스를 그녀가 물끄러미 바라보았다. 가방 안에서 핸드폰 벨소리가 새어나왔다. 멈춰 있는 그녀의 의식을 깨우듯 핸드폰은 끈질기게 노래했다. 멍하니 가방을 쳐다보던 선우가 핸드폰을 꺼냈다. 민준의 핸드폰 번호가 폴더에 선명히 드러났다. 그녀가 폴더를 열고 귓가에 핸드폰을 가져갔다. 저 너머 어딘가에서 부드럽고 차분한 그의 목소리가 건너온다.

[일 방해한 거니?]

그녀가 다른 일 때문에 늦게 받았다고 생각했는지 그가 상황을 먼저 물었다. 선우가 대답하려 했지만 잠긴 목에선 소리가 되어 나오질 않는다. 목구멍까지 가득 들어찬 눈물을 더 아래로 밀어 삼켰다.

"아니에요."

짧은 대답인데도 목소리에 깃든 그녀의 마음을 읽었는지 민준이 걱정스레 물었다.

[어디야?]

그녀가 조금 더 담담히 대답한다.

"대학로에 있어요."

[대학로?]

그의 반문에 그녀가 갈등한다. 말을 할 것인가, 안 할 것인가. 그러나 그의 반문에서 느껴지는 감춤이 그녀의 마음을 감추게 했다.

"음, 취재 때문에. 지금은 끝나고 가는 길이에요."

[취재하면서 무슨 일 있었어? 목소리가 안 좋은데.]

그녀가 말을 잇지 못하고 땅바닥을 응시했다. 다시 힘겹게 눈물을 삼키고 엷은 미소를 지었다.

"응. 취재하면서 너무 가슴 아픈 이야기를 듣게 됐거든요."

[무슨 이야긴데?]

그녀가 고개를 들어 하늘을 올려다본다. 노을진 하늘이 곱다.

〈내일은 날씨가 맑겠구나.〉

"그냥 뭐, 그런 이야기. 힘들게 사는 그런 이야기요."

[그렇구나.]

노을진 하늘을 올려다보는 선우의 눈동자에서 한줄기 눈물이 뺨을 타고 조용히 흘러내렸다.

"근데 왜 전화한 거예요?"

[아…… 네가 보고 싶어져서.]

가슴이 칼로 베인 듯 욱신거린다. 그녀가 눈물을 닦아내며 애써 가벼운 목소리를 가장한다.

"어제도 봤잖아요."

멋쩍은 듯한 그의 목소리가 들려왔다.

[그러게 말이야.]

"어디예요?"

[음, 도환미술관.]

"거긴 왜요?"

[아, 다음 일 들어가기 전에 내가 설계한 곳 둘러보는 거야. 시간이 지나고 나서 보면 또 다른 게 느껴지거든.]

"그럼, 거기서 볼래요?"

[아냐. 내가 대학로로 갈게.]

선우가 미소를 입가에 그리며 고개를 설레설레 저었다.

"아니에요. 나도 오랜만에 도환미술관 보고 싶어요."

[그래? 그럼 난 사진자료 좀 더 찍고 있어야겠다. 도착하면 연락해.]

"음."

통화가 끝나고 그녀가 핸드폰을 두 손으로 쥐고 얼굴을 묻었다. 마치 구원을 바라는 사람처럼 핸드폰을 감싸 쥐고 입을 맞추었다. 하염없이 흐르기 시작하는 눈물이 생명없는 기계를 적신다.

〈아…… 신이시여, 제가 어찌해야 합니까?〉

눈물은 기계를 구원하지 못하고 망가지게 만들 뿐이었다. 민준의 목소리를 들려주는 핸드폰이 원한 것은 눈물이 아니라 그녀의 목소리일 뿐이다.

"가을이 깊어지니까 이곳이 또 색다르네."

그가 자신이 직접 설계한 도환미술관을 바라보았다. 자연이 주는 또 다른 자태를 미처 몰랐다는 듯 그는 가을빛으로 물든 건물을 사랑스럽게 둘러보았다. 카페지만 마치 정원처럼 되어 있는 곳은 주위에 심어진 나무들로 서늘한 바람이 불었다. 바람결에 나뭇잎들이 싸라락 싸라락 춤을 추고, 꽃들은 흐드러진 색으로 주위를 감싼다. 두 사람이 그 정원 같은 카페에 앉아 차가 나오기를 기다렸다. 선우는 예전에 보았던 그 조각 작품을 물끄러미 응시했다. 거친 돌 안에 부드럽고 매끈한 돌이 품에 안겨 있는데, 그 매끄러운 표면 위로 끊임없이 물이 흐르는 조각 작품이었다. 흐르는 물을 쳐다보며 침묵을 지키는 그녀를 보며 민준이 묻는다.

"눈이 퉁퉁 부었다."

선우가 고개를 돌려 그를 보고는 다시 조각 작품을 응시했다.

"음, 취재하다 울어서 그래요."

"누굴 취재한 건데?"

"……화가."

"화가?"

선우는 오래전에 취재를 했던 화가 한 분의 이야기를 그냥 입에서 흘러나오는 대로 말했다.

"어릴 때 뇌성마비로 장애를 가진 분이었는데, 발로 그림을 그려요. 이번에 교수로 임명이 되어서 기사를 쓰거든요."

민준은 조용히 듣기만 했다. 선우는 그 화가가 겪지 않은 이야기를 말했다.

"그런데 그분이 아이를 낳아 기르는데, 그 아이가 작년에 똑같이 뇌성마비에 걸려서 장애를 가지게 되었대요. 교수 임명장을 받는데도 그분이 눈물을 멈추지 못하더라고요. 그래서 같이 울었어요."

선우가 그를 응시하며 대답을 기다렸지만, 그는 그녀가 원하는 대답은 하지 않았다. 맞닿을 수 있는 지점을 그녀가 내밀었지만 그가 비껴갔다.

"그랬구나."

그는 생각에 잠긴 듯 허공을 응시했고, 선우는 그런 그를 응시했다. 카페 점원이 주문한 차를 가져와 정갈하게 놓았다. 그는 허브티를, 그녀는 홍차를 주문했다. 투명한 유리 포트에 연둣빛의 허브들이 잠겨 있었다. 투명한 유리 포트가 연둣빛으로 물들어갔다. 또 붉은 홍차 티백도 유리 포트에 담겨져 붉게 물을 들였다. 선우가 그 허브 잎과 홍차 티백을 바라보며 속삭이듯 말했다.

"당신을 어떻게 해야 할지 모르겠어요. 어떤 식으로 만나야 하는 건지……."

시선을 피하고 찻잔을 바라보는 선우를 그가 바라보았다. 그녀가 고개를 들어 그를 똑바로 응시하자 아픔으로 흐려져 있던 그의 눈동자가 얼른 그 빛을 감춘다.

"나는……."

그가 무슨 말을 하려다 말을 멈춘다. 그리곤 소용돌이치는 감정을 억누르듯 허브를 담은 포트에 손을 가져갔다. 그의 찻잔이 비워져 있었다. 그가 포트를 잡고 들어 올리려는데 그의 손이 경련하듯 떨렸다. 미처 힘을 주어 잡기도 전에 포트가 테이블 바닥으로 떨어지며 나뒹굴었다. 그의 얼굴이 굳어지고, 눈빛은 날카롭게 빛났다. 선우가 얼른 카페 점원에게 다가가 행주를 가져와 닦았다. 점원이 다가와 물기를 닦아낸 행주를 챙기고 빈 포트를 가져갔다. 그가 쓴웃음을 억지로 입가에 그리며 말했다.

"계속 자료 사진을 찍었더니…… 손이 말을 안 듣네."

선우가 침묵하며 고개를 끄덕였다. 점원이 새로 허브티를 내왔다. 뜨거운 물에 허브의 연둣빛 생명이 우러나와야 하기에 기다려야 했다. 민준이 따스한 포트를 손으로 감싸며 말했다.

"나는 너를 얽매이지 않고 만나고 싶어. 결혼 같은 거 생각하지 않고……."

선우가 그를 똑바로 마주 보았다. 그녀의 눈빛이 유리 조각처럼 깨지고 아팠다.

"적당히, 가볍게요?"

"그래, 적당히."

유리 조각 사이로 물기가 차 오르고, 이내 선우의 눈동자에서 눈물이 흘렀다. 멈출 새도 없이 흐르는 눈물 사이로 그녀가 눈앞에 있는 민준을 응시했다. 그녀의 눈물을 지켜보는 그의 눈

동자에 고통스러운 슬픔이 자리잡았다. 그가 쓰디쓴 말을 뱉어
냈다.

"너에게 상처를 주는 것이란 걸 알아. 그런데 나는 너와 결혼
할 생각이 없어. 아이를 가질 생각은 더 더욱 없고."

그녀의 눈물이 멈추지 않고 흘렀다. 말없이 조용한 눈물만 흘
리고 있는 그녀를 보며 민준이 음울하게 중얼거렸다.

"그래, 내가 나쁜 짓을 하는 거겠지. 내 편한 대로 널 만나겠
다는 거니까."

그녀가 눈물 사이로 피식 웃었다.

"맞아요, 나쁜 짓을 하는 거예요."

그가 힘겨운 듯 어금니를 깨물었다. 그러나 그의 눈동자가 간
절한 눈빛을 띠었다.

"선우야, 일 년 정도만 나를 만나줄 수 없겠니? 그 이후엔 절
대 네 옆에서 맴돌지 않을 테니."

그녀가 눈물을 닦아내며 고개를 천천히 끄덕였다. 선우는 울
면서 웃고 있었다.

"그래요, 일 년. 적당히 가볍게 만나요. 그 정도가 뭐 어렵겠
어요. 나도 아직은 당신을 놓지 못하겠는데."

그가 손을 뻗어 선우의 눈물을 닦아주려 하다가 이내 손을 거
두어들인다. 혹여나 경련이 찾아와 손이 떨릴까 두렵다. 두 손
으로 눈물을 닦아내면서도 눈물을 멈추지 못하는 선우를 보며
민준은 지독한 고통과 기쁨을 동시에 느낀다. 이렇게 그녀에게

나쁜 짓을 하는데도 그를 버리지 않는 그녀를 보며, 이런 그녀를 두고 떠나야 한다는 것이. 모든 것이 고통스럽고 모든 것이 기쁘다. 너무나 예쁘고 사랑스러운 그녀를 그가 어째해야 하는 건가.

그가 힘겹게 입 안에 감도는 쓴물을 삼키고 의자에서 일어났다. 그리곤 카페 내부로 들어가 휴지를 가져와 그녀에게 건넸다. 그녀가 그 휴지로 눈물을 닦았다. 민준이 새 휴지를 건네며 속삭였다.

"너에게 나는 상처만 주는구나."

휴지로 닦아낸 메마른 눈가에 다시 눈물이 고였다. 후두둑, 빗방울처럼 눈물이 내렸다.

"맞아요, 상처 주는 거예요. 하지만 그 상처, 내가 받을 수 있는 만큼만 받으면 되죠 뭐. 당신도 줄 수 있는 만큼만 줘요."

〈그래요. 당신의 고통, 당신의 삶, 주고 싶은 만큼만 줘요. 당신이 줄 수 있는 만큼만 받을게요. 내가 받을 수 있는 만큼만 받을게요. 나의 고통, 나의 삶, 당신과 모든 걸 나누려 하지 않을게요. 당신의 고통, 당신의 삶, 당신의 몫으로 남겨둘게요. 온전히 남겨둘게요. 사랑을 주려고 해서 미안해요. 사랑을 받으려고 해서 미안해요. 그냥 사랑할게요. 나의 모든 것, 그리고 나의 아무것도 아닌 것. 당신을 사랑합니다.〉

어느새 비가 멈추듯 선우의 눈물이 멈추었다. 그녀가 가을바람처럼 쓸쓸하고 아린 미소를 지으며 그를 바라보았다.

"그거 알아요? 당신 제안을 받아들인다는 건, 나도 당신을 이제는 적당히 대하겠다는 거라는 걸?"

그가 평온한 얼굴로 미소 지었다.

"음, 알아."

〈나의 모든 것, 그리고 나의 아무것도 아닌 것. 선우야, 내가 너에게 줄 수 있는 모든 것을 건넨다. 내가 움직일 수 있는 시간. 일 년여의 시간. 너에게 상처가 될 걸 알면서도 너를 잡는 나를 용서해 다오. 내가 떠난 후 나로 인해 받은 상처가 제발 치유되기를. 너의 남은 삶이 내가 준 상처에서 자유로워지기를. 모든 것을 줄 수 있는 사람과 사랑하게 되기를 바란다. 나에게 모든 걸 걸지 마라. 나는 너에게 줄 것이 없다. 내가 줄 수 있는 건, 시간. 이런 식으로 너에게 상처를 주는 나는 그럼에도 너를 사랑한다.〉

주홍빛 노을은 지고, 밤이 되었다. 두 사람이 함께 마신 차 값을 계산하고 미술관을 나왔다. 그리곤 미술관 근처 길을 나란히 걸었다. 도시는 밤이라도 밝게 빛난다. 인공의 아름다움이 사람들의 눈을 현혹한다. 맑은 공기와 푸른 하늘이 불가능한 도시에 이 인공적인 불빛이라도 있어야 숨통이 트인다. 두 사람이 그 인공적인 불빛 사이로 함께 걸었다. 노랗게 익어가는 은행나무는 어둠 속에 잠겨 잘 보이지 않았다. 보이는 건 명멸하며 반짝이는 조명들. 뜨거운 햇살과 소나기를 쏟아 붓는 여름이 갔다는 것을 알리며, 또 깊어지는 가을을 받아들여 겨울을 불러오는 은

행나무의 노란빛은 인공 조명의 빛에 가려 그 모습을 드러내지 못했다. 붉게 타오르는 단풍나무도 보이지 않았다. 겉으로 드러나는 것, 보이는 건 어둠을 밝히는 인공 조명들. 상가의 불빛이 환하게 길거리를 밝히며 사람들의 눈을 빼앗을수록 거리의 나무들은 제자리에서 조용히 가을을 받아들였다. 곧 겨울이 올 것임을 알기에 나무들은 스스로 잎을 떨어뜨렸다. 땅바닥에 떨어진 그 나뭇잎을 밟고 지나가며 사람들이 시간을 보내며 산다. 선우도 그 나뭇잎을 밟고 예쁜 핀을 구경했고, 민준도 나뭇잎을 밟고 선우에게 핀을 골라주었다. 노랗게 익어가는 나무들을 뒤로하고 두 사람이 길거리에 서서 떡볶이와 어묵을 먹으며 웃었다. 뜨거웠던 여름을 기억하며, 소나기가 내리던 날 찰나처럼 서로에게 닿았던 그 순간을 떠올리며, 다시는 오지 않을 그 여름을 아쉬워하며. 너무나 소중한 이 시간을 어찌해야 할지 몰라 두 사람이 가을 언저리를 맴돌았다. 그들은 그 가을 언저리에서 모든 것을 주고받았고, 동시에 아무것도 주고받지 않았다.

〈너는 나의 모든 것, 또는 아무것도 아닌 것. 나는 너의 모든 것, 또는 아무것도 아닌 것. 하지만 우리는 사랑이란 걸 했네.〉

epilogue

『〈新 행정도시 중앙청사 설계 공모에 故 건축가의 작품이
제출되어 화제〉

　지난 달 新 행정도시 연기, 공주 지역에 건축될 중앙청사 건물
공모가 있었다. 행정도시 법안이 통과된 후 작년, 이전 비용의 부
담을 줄이기 위해 연기, 공주에 있는 큰 건물을 이용해야 한다는
주장과 新 행정도시를 상징하고 국가 통합을 이루는 의미에서 새
로운 건축물을 지어야 한다는 주장이 팽팽히 맞섰다. 결국 모두가
아는 바와 같이 올해 초 규모가 크고 웅장하기보단 상징성을 드러
낼 수 있는 건축물로 결정이 되었다. 바로 독일의 수도 이전 사례
를 모델로 삼은 결과였다. 독일은 동서 베를린의 통합 및 도시 개

발과 맞물려 기본적으로 기존 베를린의 경관과 분위기를 그대로 유지하는 형태로 전개되었다. 그러나 돔 형태의 의사당과 같이 상징적인 건물을 신축하는 정도로 상징성을 반영했다.

현재 정부에서는 새로운 시대를 상징하는 건축물로 예술성과 국민 통합을 담아낼 수 있는 작품을 공모하고 있다. 흥미로운 건 이 공모에 작년에 세상을 달리한 한 젊은 건축가의 작품이 제출되었다는 것이다. 이 건축가는 죽기 직전까지 루게릭이란 이름으로 알려진 근위축성 측색 경화증을 앓고 있었으며, 투병 중에도 건축에 대한 열정을 불태웠다고 한다. 그리고 모든 재산을 '한국 ALS 협회'에 기부하고 홀로 세상을 떠났다.

작년 서른여덟 살의 나이로 유명을 달리한 이 젊은 건축가의 죽음을 안타까워한 선배 건축가가 공모 제출을 추진했고, 그가 살아생전에 근무했던 회사 동료들이 마지막 감리 부분을 검증하지 못한 그의 작품을 검토했다고 한다.

사실 건축계에서 이런 일이 자주 있는 건 아니다. 대부분의 건축이 의뢰자에게 먼저 주문을 받거나 이미 정해진 사업 조건에서 입찰 경쟁으로 업체를 선정하는 방식이라 건축가가 따로 사용되지 않을 설계안을 가지고 있는 일이 드물다. 간혹 유명한 건축가의 작품이 뒤늦게 발견되거나 그 당시에는 규모가 커서 쉽게 추진되지 못해 뒤늦게 빛을 보는 경우가 있다. 오 년 전 가우디의 작품이 공모에 제출된 일이 바로 그런 예이다. 뉴욕 세계무역센터를 대체할 건축물 디자인을 공모했던 WTC 기념 국제디자인대회에

77년 전에 고인이 된 스페인의 천재작가 가우디의 작품이 출품된 것이다. 95년 전, 가우디가 미래형 호텔 용도로 설계한 건축물 디자인을 가우디를 추종하는 예술가, 역사가, 건축가 그룹에 의해 추진되었다. 우연일까. 이번에 출품되는 작품의 작가인 故 권민준이라는 건축가의 작품에서 가우디에게서 영향을 받은 흔적이 있다고 한다.

가우디의 건축물을 하나의 단어로 표현하라면 필자는 〈선의 미학〉이라고 말하고 싶다. 기존의 직선 위주의 건축물에 아치형의 형태가 가미된 건축물이 대다수라면 가우디의 작품은 건물의 외형적 형태까지 끊어지지 않는 곡선을 이루어 미적 쾌감을 극대화시킨 경우이다. 가우디가 인체를 구성하는 뼈와 인체의 곡선에 많은 관심을 가지고 있었던 것은 잘 알려진 사실이다. 비평가들은 가우디의 곡선이 바로 이러한 부분이 근원이 되는 모티브가 아니었을까 추측하고 있다. .

故 권민준도 그랬던 걸까. 그가 누구보다 죽음과 삶의 경계에 있어서인지 그의 작품에서도 이러한 근원적 곡선을 만날 수 있다. 도환미술관과 강원도에 있는 '수 인터네셔널'호텔이 그의 작품이다. 아직도 서울의 명소로 사랑받고 있는 도환미술관을 보면 다른 미술관과는 확연히 다른 그의 독특한 감성을 읽을 수 있다. '수 인터내셔널'이 가우디의 작품을 응용하는 수준이었다면 도환미술관은 그 응용에서 한걸음 더 나아가 그만의 감수성을 가미한 것으로 평가되고 있다. 유독 곡선을 많이 사용하면서도 버선코처럼 뛰어

오를 듯한 반전을 보여줌으로써 새로운 건축모델을 제시했다는 평가를 받고 있다. 이번에 출품된 작품은 그의 투병 중에 설계되었던 것이라 더욱 세간의 주목을 받고 있다. 알려진 바로는 타원형의 구가 불규칙한 공간을 만들며 땅을 동그랗게 감싸는 모양이고, 건물의 외부에서 건물 겉면을 계단으로 올라갈 수 있는 형태라고 한다. 계단과 창문이 하나의 선으로 연결되어 안에서는 창문이 되고, 밖에서는 계단이 되어 독특한 느낌을 자아내는 것이다. 故 권민준의 작품을 출품한 건축가 박석천의 이야기를 들어보자. 그는 이 젊은 작가가 생전에 다녔던 회사의 대표이사이면서 현재 건축계의 한 기둥으로 평가되는 사람이다.

"이 건물이 정말 지어진다면 도시에 하나의 산이 만들어지는 것과 같습니다. 우리가 땅과 건물의 경계없이 산에 올라 어느 한 곳에서 쉴 수 있듯이 그가 설계한 이번 작품에서도 계단을 올라가면 하나의 정원을 만날 수 있는 형태입니다. 외부에서 한 건물의 옥상에 가려면 내부의 계단을 걸어야 하지만 이 건물은 외부에 있는 계단을 올라 옥상에 다다를 수 있는 것이지요. 멀리서 보게 되면 울룩불룩한 언덕 하나가 새하얀 눈을 맞고 설상의 자태를 뿜어내는 것과 같이 보일 겁니다. 또 하나 주목할 점은 이 산처럼 생긴 건물 주변을 작은 실개천이 휘돌 수 있도록 설계되었다는 점입니다. 사람들이 편히 쉴 수 있고, 문화공간으로 이용할 수 있는 자유로운 공간을 산 주위에 배치한 형태랄까요."

건축가 박석천의 말처럼 이 건물이 세워진다면 우리 나라 공공

건물 역사에 일대 대사건으로 기록될 것이다. 지금까지 권위와 웅장함을 드러내던 기존의 공공건물 건축 성향과는 다르니 말이다. 그러나 땅과 건물의 경계가 없고, 안과 밖이 하나이며 그 주위에 사람들이 쉴 수 있는 실개천이 흐를 수 있도록 한 이 설계안은 비록 채택되지 않는다 하더라도 건축계에서 유의미한 평가를 받고 있다고 한다.

현실적으로 이 작품이 채택될 가능성이 낮은 건 사실이지만 박석천 씨에 의해 현실화될 가능성이 크다. 그가 대표이사로 있는 〈공간〉 건축사무소는 우리 고유의 전통기법을 바탕으로 절실한 긴장감 가운데 섬세한 아름다움을 지향하는 것으로 알려져 있고, 지난 86년 창립한 이후 독창적인 건축 감각과 정도를 지키는 경영방침으로 해마 눈에 띄는 행보를 계속하고 있다(이 회사의 창립 멤버인 故 권길영 건축가가 故 권민준의 아버지이다).

박선천은 말한다.

"남김없이 자신의 모든 것을 건축에 쏟아낸 그의 마지막 작품을 이대로 썩힐 수 없다는 개인적인 안타까움도 있습니다. 환경과 인간, 그리고 건축이 융화되는 설계가 이루어져야 한다는 저의 생각과도 잘 부합되고요. 이 작품은 단순히 한 사람의 개인적인 결과물로 치부해선 안 됩니다. 우리 나라 건축계가 키워낸 결과이지요. 또 다른 길을 모색해서 그의 작품을 꼭 현실화시킬 생각입니다."

故 권민준 건축가는 투병 내내 이 작품 하나를 위해 삼 년이란

시간을 다 쏟았다고 한다. 또한 루게릭 때문에 근육이 마비되는 것을 늦추기 위해 날마다 그의 집 근처에 작은 동산을 올랐다고 한다. 그는 서서히 마비되어 가는 몸으로 산을 오르며 무슨 생각을 했을까. 만약 이번 작품이 실제로 지어진다면 그의 생각을 조금은 알 수 있게 될까?

사람들이 커피 한 잔을 마시며 바람을 쐬기 위해 창문을 여는 모습이 새 한 마리가 나뭇가지에 앉아 파드득거리는 것으로 보일 지도 모를 일이다.

—〈월간 Culture〉의 지선우 기자.』

사무실에 도착한 따끈한 새 책자를 선우가 집어 들었다. 그녀가 이번 호 표지를 찬찬히 뜯어보고는 책상 위에 있는 머그컵을 가지고 생수통이 있는 곳으로 갔다. 생수통 옆에 있는 커피 메이커에 커피가 한가득 새로 뽑아져 있었다. 점심을 먹은 뒤라 사람들이 졸음을 쫓으려 습관처럼 커피를 찾을 때였다. 커피 한 잔을 따른 그녀가 자신의 책상에 앉아 책을 펼친다. 그리곤 그녀가 쓴 기사 부분을 유심히 읽어 내려간다. 혹시 오타가 있나, 잘못된 문장이나 문맥이 있나 선우의 눈빛은 무감각하면서도 예리하게 빛났다. 그때 옆에서 똑같이 책자를 보고 있던 동료가 넌지시 말을 건넸다.

"근데 선우 씨, 이번 기사 좀 딱딱하게 썼더라."

"그래요?"

서로의 기사에 대해 평소에도 의견을 주고받던 사이였다. 지숙은 그녀의 건조하면서도 냉소적인 문체를 좋아했고, 선우는 지숙의 아기자기하면서 정겨운 문체를 좋아했다. 지숙이 예전의 기사를 회상하면서 말했다.

"선우 씨 글이 좀 건조하긴 했어도 문득문득 유쾌함 같은 게 느껴졌는데 이번에 정말 신문기사같이 썼더라. 선우 씨 기사는 직설적으로 확 찔러주거나 비틀어주는 맛이 좋았는데."

선우가 희미하게 웃는다.

"그냥, 쓰다 보니 그렇게 됐어요. 그러고 싶을 때 있잖아요. 감정이입 안 하고 그냥 기술만 하고 싶을 때."

지숙이 갸우뚱거리며 선우를 쳐다보았다.

"그래? 그래도 마지막엔 좀 감상적이던데?"

그 말에 선우가 다시 자신의 기사를 읽었다. 마지막 부분에 시선을 고정시킨 채 그녀가 어쩔 수 없었다는 듯 고개를 끄덕였다. 그리곤 책자를 덮고 창밖으로 시선을 돌렸다. 하늘은 언제나 드높고 언제나처럼 파랄 것처럼 맑았다. 그녀가 하늘을 멍하니 쳐다보다 커피 한 모금을 마셨다. 정지된 눈빛은 저 하늘에 고정된 채 입에서는 말소리가 의미없이 뱉어진다.

"흠, 다음 달엔 누구를 쓰나."

옆에 있던 지숙이 갑자기 뭔가 생각났다는 듯 신문을 들고 왔

다. 신문 몇 장을 들추더니 손가락으로 한 부분을 짚으며 말했
다.

"이 사람 어때?"

선우가 멍하니 기사 소제목을 보았는데, 의료에 대한 내용이
었다.

『프라임팜텍, 루게릭병 치료제 첫 개발, 곰 웅담 성분 원료로.』

지숙이 말을 이었다.

"만드는 사람 코너가 문화나 예술 쪽으로 치중되어 있잖아.
이번에 건축 쪽이었으니까 다음 달은 의료 쪽 어떨까? 약 개발
하는 사람."

선우가 무표정한 얼굴로 중얼거렸다.

"근데 왜 루게릭이우?"

지숙이 머리를 긁적인다.

"아니, 이번에 쓴 기사가 루게릭과 관련된 사람이다 보니까
나도 모르게 이게 읽히더라고."

선우가 곰곰이 생각하는 얼굴로 기사를 읽어 내려가는데 옆
에 있던 지숙은 말을 흐리며 자신의 책상으로 갔다.

"이번에도 루게릭 관련이라 좀 그런가?"

선우는 대답하지 않고 기사를 마저 읽었다.

『곰 웅담 성분인 우르소 데속시 콜린산(UDCA)을 원료로 한 루게 리병 치료제가 국내 연구진에 의해 처음으로 개발됐다. 공식병명 이 근위축성 측색 경화증(ALS)인 루게릭병은 척수와 간뇌의 운동 신경세포가 알 수 없는 원인으로 파괴, 근육이 위축되고 호흡이 마비되는 퇴행성 신경질환이다. 바이오벤처인 팜텍(대표 유서준)은 우르소 데속시 콜린산을 원료로 한 ALS 치료제 '유스솔루션'을 자체 기술로 개발, 최근 식품의약품 안전청으로부터 임상시험 허 가를 받았다고 밝혔다. 팜텍은 12월부터 서울대 의대 신경과 강우 섭 교수 팀과 함께 서울대병원에 입원 중인 ALS환자 60명을 대상 으로 임상시험에 들어갈 계획이다. UDCA는 미토콘드리아 막을 안 정적으로 유지시키고 유해산소의 발생을 막음으로써 세포의 죽음 을 억제하는 작용을 하지만 체내에 흡수될 경우 대부분 간으로 보 내지기 때문에 많은 양을 복용해도 혈중농도가 낮고 뇌에 전달이 되지 않는 문제점이 있었다.

팜텍은 유스솔루션이 UDCA에 수용성 탄수화물을 결합, 용해도 를 5만 배 이상 증가시킴으로서 간뿐만 아니라 뇌 등 온몸에 고농 도의 UDCA를 전달해 ALS를 효과적으로 치료하게 된다고 밝혔다. 유서준 대표는 '쥐를 대상으로 한 전 임상시험 결과 유스솔루션을 투여한 쥐의 뇌경색 부위가 50% 이상 감소한 것으로 나타났다'며 '유스솔루션의 제조기술과 관련 미국 특허를 획득했다'고 밝혔 다. ALS는 1930년대 미국 야구선수 루게릭이 이 병으로 죽으면서 루게릭병으로 불리고 있으며 영국의 물리학자 스티븐 호킹 박사

도 이 병에 걸려 있다. 인구 10만 명 당 1명 정도로 발생하는 희귀
질환이며 우리 나라에서는 2, 3천여 명의 환자가 있는 것으로 추
정되고 있다. 스위스 아벤티스사의 '리루텍'이 ALS 치료제로 유
일하게 판매되고 있으나 이 약은 환자 수명을 3~6개월 정도 연장
하는 데 그치고 있다. 유 대표는 '유스솔루션이 ALS를 비롯하여
알츠하이머병, 파킨슨병, 뇌졸중 등 퇴행성 신경질환 치료에 효과
가 뛰어난 것으로 나타났다'고 밝혔다.』

차분히 기사를 읽어 내려간 선우가 손끝으로 기사를 쓰다듬
었다. '강우섭'과 '유스솔루션'이란 두 글자 사이에서 그녀의
손가락이 천천히 움직였다. 마치 손끝으로 글자를 읽는 사람처
럼 도드라짐없는 평평한 신문지 위를 그녀의 손가락은 멈추지
못한 채 그렇게 글자를 쓰다듬었다.

〈민준 씨, 그렇게 지독하게 피임을 하더니, 약 오르지? 곧 있
으면 치료제가 나올지도 모른대.〉

눈물이 마른 줄 알았는데, 아직도 눈물은 나왔다. 선우는 눈
물 한 방울이 신문지 위에 떨어지는 것을 보면서 그녀가 살아
있음을 새삼 깨닫는다.

〈꽤 오랫동안 울지 못하더니 항아리에 물이 찼나 봐. 찰랑찰
랑 넘쳐흐르네. 민준 씨, 아이조차 남겨주지 않고 떠나니까 행
복해? 당신의 모든 걸 다 거둬가고 나니까 마음이 편해?〉

눈물이 지나가는 그녀의 입가가 빙그레 미소 짓는다. 그녀가

손가락 끝으로 신문지를 적시는 눈물을 훔친다.

〈당신이 편하면 됐어. 그럼 된 거야. 당신은 내게 아무것도 아니었으니까. 나도 당신한테 아무것도 아니었고. 그치?〉

목 안에 잠긴 무언가를 선우가 조용히 삼킨다. 그리곤 에어컨으로 시원한 실내와는 달리 매미 소리로 시끌시끌한 여름 한낮의 햇살을 바라본다. 다시는 오지 않을 것 같던 여름은 어김없이 찾아와 공기를 지글지글 끓였고, 사람들은 땀을 흘리며 냉장고에서 얼음을 꺼냈다. 아이스크림과 냉커피는 여전히 맛있고 시원하다. 그녀가 여름 햇살에 잠겨 그렇게 오랜만에 찾아온 감정의 흔들림을 느끼고 있는데, 지숙이 다가왔다. 지숙은 밖에 나가 하드를 사 왔는지 사람들이 모두 하드 포장지를 벗기느라 사무실이 부석부석거렸다. 지숙이 선우에게 하드를 내민다.

"선우 씨, 서주 이거 좋아하지?"

선우가 고개를 끄덕이며 지숙이 내민 하드를 받았다. 지숙과 점심을 먹고 회사 근처 길을 걷다가 구멍가게에서 우연히 이 서주 아이스크림을 발견한 것이다. 아이스크림을 잘 먹지 않는 그녀가 냉큼 하드를 사니, 지숙이 그걸 기억하고 있던 모양이다. 선우가 반짝이는 눈빛으로 지숙에게 웃어 보이고는 포장지를 벗겼다. 그런데 지숙이 돼지바를 오물거리며 멀뚱히 묻는다.

"근데 왜 눈이 빨개? 울었어?"

선우가 하드를 한입 베어 물고는 그냥 겸연쩍게 웃는다.

"기사가 좀 슬퍼서."

선우의 대답에 지숙이 장난스럽게 입을 벙긋거린다.

"어머, 선우 씨. 그렇게 감수성이 여린 사람이었어?"

선우가 피식 웃었다.

"응. 내가 좀 여리잖우."

선우가 뻔뻔한 표정을 지으니 지숙이 깔깔거리며 웃는다. 그러다 문득 생각난 게 있다는 듯 화제를 돌린다.

"참, 오늘 태영 씨 전시회에 사무실 사람들 다같이 갈까 하는데 어때? 다른 약속 없지?"

"예, 같이 가요."

삼 년 전 선우와 그렇게 헤어진 후 태영은 곧장 시카고로 사진 유학을 떠났었다. 얼마 전 한국으로 돌아온 후 사진작가로 활동을 시작했는데, 오늘이 첫 전시회가 열리는 날이었다. 귀국한 후 태영은 사무실에 들러 오랜만에 만난 사람들과 인사를 나누었고, 자연스레 선우와도 재회의 인사를 나누었다.

퇴근 시간이 되자 사람들이 하나둘씩 떠들썩했다. 각자의 일에 정신이 팔려 조용했던 사무실은 삼삼오오 모여 내일 일정을 논의하고, 전시회에 갈까 말까 각자 말들이 많았다. 어느 정도의 시간이 흐르고, 볼일이 있는 사람들은 퇴근하고 나머지 시간 있는 사람들은 전시회장으로 향했다. 편집장은 아무래도 인맥상 안 갈 수가 없던 모양인지 묵묵히 앞장을 섰다. 차 없는 직원은 다른 차에 몸을 실었고, 선우는 그녀의 차를 몰고 뒤를 따랐다. 삼 년 전 민준과 적당한 관계로 만날 때 그가 사준 차였다.

은회색의 차가 날렵하고 유려했다. 그녀에게 운전면허를 따라고 닦달을 하더니, 그녀가 세 번 응시 끝에 면허를 따자 그는 기다렸다는 듯 차를 사주었다. 차를 몰고 마음껏 어디든지 다니면서 세상을 구경하라는 그의 말에 차마 선우는 거절할 수 없었다. 혹여나 차가 다칠까 긁힐까 선우가 부드럽고 조심스레 운전을 했다. 도로에는 퇴근하는 차들로 가득했고, 거리에는 건물에서 풀려난 사람들이 여름밤의 시원한 바람에 몸을 맡겼다. 여름이라 아직 해는 뉘엿뉘엿 햇살을 간직하고 환하게 빛나고 있었다.

도환미술관 주차장에 차를 세우고 모두 우르르 전시회관으로 들어갔다. '20인의 젊은 사진 작가전'이라 사진은 각 작가별로 배치되어 있었다. 오늘이 전시회가 시작되는 날이라 대부분의 작가들이 나와 있었고, 작가들의 지인들이 모여들어 전시회장은 시끌벅적했다. 그 속에 태영이 있었다. 한층 여유롭고 동시에 깊어진 눈빛은 그가 참 열심히 살았다는 걸 반증하고 있었다.

사무실 사람들을 반갑게 맞이한 태영이 지숙이 건넨 꽃다발에 쑥스러운 듯 웃었다. 그리곤 선우에게도 와줘서 고맙다는 인사를 건넸다. 사무실 사람들이 얼른 전시회를 둘러보려고 제각기 사진 앞으로 걸어갔다. 내심 빨리 보고 저녁을 먹으러 가자는 뜻이었다. 선우도 사람들 뒤를 따라 사진들을 바라보다가 점점 뒤처졌다. 사진은 '대문'을 주제로 했는데, 제각기 다른 형태와 색깔의 대문들이 하나씩 사진으로 포착되어 있었다. 활짝 열린 대문, 반쯤 열린 대문, 살며시 열린 대문, 잠겨진 대문, 파란색 대문, 낮은 대문, 높은 대문, 철 대문, 나무 대문. 사진은 객관적인 시선으로 사물을 찍되 뭔가를 암시하듯 대문의 형태와 색이 주는 어떤 느낌을 잡아내고 있었다. 그중 재밌는 사진이 있었는데, 등이 굽은 노파가 대문 안쪽에서 강아지에게 밥을 주고 있는데, 대문 밖에 우체부가 서서 내부를 두리번거리며 아무도 없나 살피는 사진이었다. 등이 굽어 작아진 노파가 대문을 사이로 우체부에게는 보이지 않았던 것이다. 그냥 왠지 시선이 끌려 선우가 그 사진 앞에서 가만히 서 있었다. 그러다 문득 고개를 돌려보니 태영이 옆에 서 있었다.

"잘 지냈어요?"

선우가 태영을 바라보며 엷은 미소를 지었다.

"예. 태영 씨도 잘 지냈어요?"

태영은 대답없이 고개를 끄덕였다. 그리곤 손에 들고 있던 수첩 비슷한 것을 내밀었다. 선우가 의아한 얼굴로 쳐다보니 태영이 너털웃음을 흘린다.

"얼마 전에 방 정리하다가 이게 나오더라고요. 차마 버릴 수가 없었어요."

선우가 태영이 내민 수첩을 받아 펼쳐 보았다. 그것은 수첩이 아니라 작은 앨범이었다. 펼쳐 보니 그녀의 사진이 들어 있었다. 예전에 어린이 대공원에서 그녀가 웃고 있을 때 태영이 찍은 사진. 열 번 정도를 연이어 찍었던 그 사진들이 차례대로 이어져 꽂혀 있었다. 마치 빨리 넘기면 움직일 것처럼 사진은 연결되었다. 정지된 사진은 그렇게 움직일 것처럼 굴고 있었다. 물끄러미 그때의 자신을 응시하는 선우에게 태영이 말했다.

"선우 씨 거니까 알아서 해요. 아무래도 내 건 아닌 것 같아서요."

선우가 조심스러운 손길로 펼쳐 든 앨범을 닫고 그에게 말했다.

"고마워요."

뭐가 고마운 건지 선우 스스로도 알 수 없었다. 하지만 왠지 그 말이 나왔다. 남겨두겠다고 했던 것, 그걸 그녀에게 내미는 것. 더 이상 품고 있고 싶지 않다는 그 마음. 선우가 그냥 고맙다는 말로 받아들였다. 태영은 잠시 침묵을 지키더니 이내 무언가 생각난 듯 말했다.

"선우 씨가 쓴 기사 봤어요. 행정도시에 관련된……."

"아, 그거요."

선우가 쑥스러운 듯 웃으니 태영이 가만히 그녀를 응시하다 나지막이 짧은 말을 건넨다.

"잘 썼던데요. 예전하고 글 분위기가 좀 달라진 것 같더라고요."

"그래요? 그냥 쓰다 보니 그런 건데."

대화가 그렇게 사그라질 쯤 어떤 여자가 전시회관에 들어와 주위를 두리번거렸다. 태영이 그 여자를 보더니 미소를 지었다. 선우에게 눈짓으로 인사를 건넨 태영이 그 여자가 있는 곳으로 걸어갔다. 이십대 후반으로 보이는 여자는 상쾌한 이미지로 고왔다. 선우가 두 사람을 가만히 쳐다보다가 이미 전시회관을 다 둘러본 사무실 사람들과 함께 밖으로 나갔다.

도환미술관은 어느 날의 저녁처럼 달빛을 받아 반짝였다. 유리창을 많이 배치한 것은 달빛마저 모두 받고 반짝이라는 마음이었을까? 어둠 속에 달빛을 받은 유리창들이 빛 조각으로 흐트러지고 너울거렸다. 사람들과 함께 미술관을 나온 선우가 그 달빛 조각들을 뒤로하고 근처 음식점이 있는 골목으로 향했다. 불판에 삼겹살이 지글지글 구워지고 있을 때쯤 전시회를 마치고 태영이 여자 친구와 함께 음식점으로 왔다. 사람들은 너무 배가 고픈지라 오늘의 주인공이 오든 말든 고기가 익자마자 열심히 입에 쌈을 넣고 있었다. 선우도 열심히 마늘과 파, 고기 한 점을 싸서 입에 넣고 우적대고 있는데 가방 속에 있는 핸드폰이 울려 댔다. 그녀가 미처 입 안에 있는 걸 다 넘기도 못한 채 전화를 받았다. 모르는 번호라 그녀가 애써 사무적인 목소리로 대답했다.

"네, 지선우입니다."

그리곤 입 안에 있는 걸 다 꿀꺽 삼키는데, 핸드폰 안에서 낯선 남자의 목소리가 들려왔다.

[오늘 기사를 보고 전화 드렸습니다.]

“누구시죠?”

“아, 〈공간〉 사무실에서 설계하는 사람입니다. 이금택이라고 합니다.”

〈이금택?〉

순간 선우가 웃음을 터뜨릴 뻔했다. 그러다 문득 이 사람이 핸드폰 번호를 어떻게 알았을까 하는 생각에 경계 어린 목소리로 물었다.

“근데 제 번호는 어떻게 아셨죠?”

남자는 무뚝뚝하게 대답했다.

[사무실에 전화해서 〈공간〉 사무실이라고 했더니 알려주던데요.]

〈흠, 사무실 그 사람, 주의를 줘야겠군.〉

선우가 머리 속으로 정리를 하며 예의 바른 목소리로 용건을 물었다. 그러자 이금택이란 사람은 기다렸다는 듯 말을 이었다.

[수 인터내셔널 건물을 권민준 씨와 함께 공동으로 설계한 사람입니다. 그런데 무슨 가우디 아류작처럼 평을 써놓으셨더군요.]

생각지도 못한 일이기에 선우가 멀뚱히 반응했다.

“제가 그렇게 썼나요?”

남자는 딱딱하게 대답했다.

[네, 지선우 씨가요. 잡지에 실린 청사 공모 기사, 지선우 씨가 쓴 거 아닙니까?]

선우가 어이없다는 얼굴로 귀에 대고 있던 핸드폰을 떼어 멍하니 노려보았다.
〈뭐야, 이놈은?〉

두어 달 만에 책상 정리를 했다. 회의 테이블을 책상으로 쓰고 있는데, 책상 위에는 온갖 자료와 종이들로 가득해 책 하나 펼쳐 둘 공간이 없었다. 물론 〈그의 모든 것, 또는……〉의 자료는 극히 일부였다.

마지막으로 문장을 보기 위해 출력을 했는데, 이미 쌓여 있는 다른 종이들 위에 놓고 보아야 했다. 그리고 목차와 작가 소개까지 쓰고, 작품 후기를 쓰려는데 정신없이 어지럽혀진 책상이 눈에 밟혔다. 뭔가를 깨끗하게 비워버리고 정리하고 싶어진 것이다. 그리하여 책상 정리라는 역사적인 일을 오늘 치렀다. 지난 몇 달 동안 해왔던 일들의 흔적이 고스란히 눈앞에 펼쳐졌다. 지금 후기를 쓰는 책상 앞은 너무나 깨끗하고 휑하다.

작품 수정이란 이름 아래 두어 달 정도 내 머리 속은 민준과 선우로 복잡했고, 이제 그들을 모두 정리했다. 며칠 전 마지막 출력을 해놓고 서울에서 회사 일을 마무리한 나는 오자마자 잠 속으로 빠져들었다. 잠이란 걸 틈틈이 많이 자는 편이지만 어제 오늘의 잠은 정말 달았다. 선우와 민준으로 인해 그동안 피로가 누적되어 있었고, 머리 속은 폭발하기 직전까지 갈 정도로 아팠기 때문이다. 거의 17시간 동안 자고 일어난 나는 밀린 빨래를 하고 청소를 했다. 그리고 이 글을 쓰고 있다.

　대략 2년 전 민준과 선우를 써놓고 그동안 쳐다보질 않았다. 아니, 매번 수정하려고 쳐다보았으나 수정하지 못한 채 한쪽으로 미뤄두었다. 마주하기 버거웠고, 여전히 민준과 선우의 마음을 어떻게 결론지어야 할지 알 수 없었다. 2년 전, 완결을 맺고도 분량이 모자라 책으로 출판되지 못했던 글이다. 그때 그랬다. 내가 조금 더 살아가면서 사람을 더 겪어봐야 그 이후를 쓸 수 있을 것 같다는 예감을 가졌었다. 그리고 예감대로 2년의 시간과 사람들과의 만남이 그 이후를 쓸 수 있게 했다.

　대략 2년 전, 불덩어리를 가슴에 담고 썼던 글, 이해받지도 이해받고 싶지도 않은 마음을 그나마 표현해 보려 했던 글. 지옥 같았던 마음. 그 마음을 담았던 글은 2년의 시간이 지났음에도 나를 힘들게 했다. 애써 잠재워 놓았던 마음, 그게 건드려져 어느 순간 눈물을 흘리며 수정을 하고 있었다. 쓰다가 오랜만에 찾아온 눈물을 받아들이느라 집 주변 길을 많이도 걸었었다. 예전에 연재를 하며 민준이를 이해하지 못하겠다는 말을 들으면 나는 덤덤한 표정을 가장했지만 사실은 홀로 많이도 외로워했다.

글의 완성도, 소설의 재미, 장르소설로서의 역할과 테두리, 독자들의 평가, 출판사의 평가, 작가로서의 미래, 글쓰기의 값어치와 의미, 독자들과의 소통, 소통의 가능성.

모른다. 지금 이 순간은 그런 모든 것들에 관심없다. 평소의 대부분은 그런 것에 관심있어하며 살고 있지만 지금 이 순간은 모르겠다. 그냥 지금 이 순간은, 민준과 선우와 함께했던 시간에 잠겨 있을 뿐이다.

얼마 전 루게릭에 관해 조사를 하다 어느 청년의 이야기를 알게 되었다. 나이는 나와 비슷했다. 아버지와 형에 이어 루게릭이 발병한 청년은 홀로 모든 걸 정리하고 요양원을 찾아나섰다. 살아 있는 가족은 하나뿐인 누나. 갓 결혼한 그 누나에게 해가 갈까 청년은 누나와 연을 끊고 잠적해 버린다. 누나의 시댁에서 알고 누나의 결혼 생활이 힘들어질까 두려웠던 것이다. 그게 누나에 대한 그의 사랑이었다. 그리고 요양원을 찾아나섰는데, 생활보호대상자도, 연로한 나이도 아닌 그는 결국 어느 요양원에도 들어가지 못했다. 그리고 지방 어느 여관에서 호흡곤란으로 홀로 죽음을 맞이한다. 그리고 몇 년 후 그 누나는 두 아이를 낳고 살다 루게릭에 걸려 숨을 거둔다. 두 아이와 조금이라도 더 시간을 보내야 한다며 병원에서 퇴원을 한 그 누나는 마지막 순간에 무슨 생각을 했을까. 알 수 없다.

왜 루게릭을 다루었을까? 궁금해하는 분들이 있을 것 같다.

위의 이야기는 수정할 때 자료를 보강하면서 알 게 된 이야기다. 하필 루게릭을 설정한 것은 2년 전 어느 날 보게 되었던 다큐멘터리였다. 자세한 내용은 기억도 잘 안 난다. 다만 기억하는 것은 자매가 모두 희귀병에 걸렸는데, 그 표정이 기억에 남아 있다. 무심하고 무표정한 얼굴. 2년 전, 나는 아무리 애를 써도 감정이 느껴지지 않고 무표정밖에 지을 수 없었다. 속에서 눈물을 흘려도 웬만하면 웃음으로 스스로를 속이던 내가 정말 아무런 표정을 지을 수 없었다. 단 하나의 감정을 느끼는 것마저 고통 그 자체인 시간들, 나는 감정을 차단한 채 그렇게 무표정한 얼굴로 그 시간을 견디고 있었다. 사람들은 너만 힘든 게 아니라고 말했고, 이제 그만 잊으라고도 말했지만, 그건 내가 노력한다고 되는 게 아니었다. 그건 그냥 그 상태였다. 그런 내 얼굴을 그 다큐멘터리 속의 환자에게서 본 것이다.

파도한 실례가 될지 모른다는 생각을 하면서도 나는 민준에게 희귀병 중의 하나인 루게릭을 부여했다. 다른 희귀병을 앓고 있는 내 사랑하는 친구가 글을 보게 될까 노심초사하면서 말이다. 그리고 썼다. 써버렸다. 타인의 고통보다는 결국 내 고통을 드러내는 것에 급급했던 나는 다른 이에게 상처가 될지도 모를 일임을 알면서도 타인의 고통을 대상화하여 내 고통을 표현하는 도구로 써버렸다.

내가 겪은 고통을 겪지 않은 다른 사람들이 자신들의 심상을 표현하는 도구로 쓸 때 나는 분노하고 기분 나빠했다. 그런데 내가 그와 똑같은 행동을 하고 있었다. 그래서 쓰는 내내, 마음이 무거웠다. 그러나 그 무거움마저 글을 쓰는 사람이 감수해야 할 몫임을 안다.

글이란 걸 쓰면서 제발, 죄를 많이 짓지 않기를 바랄 뿐이다.

—연두.

김이현

〈불처럼 뜨겁게〉 출간

〈Rainbow Love Story〉등 이북 출간

〈그대를 위하여〉 출간 예정

현재 〈그대와 함께〉, 〈판도라의 상자〉,

《(新)신데렐라〉, 〈인어왕자〉 연재 중

LOVE IS http://www.soloveis.com

『그대의 연인』 1, 2

부숴 버릴 것을… 어디도 가지 못하게 날개를 꺾고 숨을 끊어버릴 것을…….

다른 남자에겐 가지 못하게 차라리… 차라리……. _민태준

석민서 씨, 난 그 사람 때문에 당신 곁에 있어요. 그를 지켜주기 위해……. _한여진

내가 가진 모든 힘을 총동원해서 그녀를 묶어둘 것이다.

그녀 스스로가 민태준, 그놈에게 가기를 원한다고 해도……. _석민서

● 김이현 지음 값 각 9,000원